2019 "善德武陵杯"
全国微小说精品集

小说选刊杂志社
中国微型小说（小小说）创作基地 编
武陵区纪委监委
武陵区文联

中国市场出版社
China Market Press
· 北京 ·

图书在版编目（CIP）数据

2019"善德武陵杯" 全国微小说精品集 / 小说选刊杂志社等编 . -- 北京：中国市场出版社有限公司，2021.1

ISBN 978-7-5092-1930-0

Ⅰ . ①2… Ⅱ . ①小… Ⅲ . ①小小说 – 小说集 – 中国 – 当代 Ⅳ . ①I247.82

中国版本图书馆 CIP 数据核字（2020）第 045029 号

2019"善德武陵杯" 全国微小说精品集
2019 "SHANDE-WULING BEI" QUANGUO WEIXIAOSHUO JINGPINJI

编　　者：	小说选刊杂志社　中国微型小说（小小说）创作基地 武陵区纪委监委　武陵区文联
责任编辑：	张再青（632096378@qq.com）
出版发行：	中国市场出版社
社　　址：	北京市西城区月坛北小街 2 号院 3 号楼（100837）
电　　话：	（010）68024335/68034118/68021338/68022950
经　　销：	新华书店
印　　刷：	成都兴怡包装装潢有限公司
规　　格：	145mm×210mm　　32 开本
印　　张：	16　　　　　　　字　　数：400 千字
版　　次：	2021 年 1 月第 1 版　印　次：2021 年 1 月第 1 次印刷
书　　号：	ISBN 978-7-5092-1930-0
定　　价：	68.00 元

版权所有　　侵权必究　　　印装差错　　负责调换

序一

弘扬善德文化　建设美好家园

中共武陵区委书记　莫汉桃

　　国无德不兴，人无德不立。党的十八大以来，以习近平同志为核心的党中央高度重视全民道德建设。通过全面加强全社会的思想道德建设，大力弘扬时代新风，深入实施公民道德建设工程，加强和改进思想政治工作，推进新时代文明实践中心建设，不断引导人们向往和追求讲道德、尊道德、守道德的生活，形成向上的力量、向善的力量。

　　善德文化作为中华文明史和优秀民族传统文化的重要组成部分，在其发展过程中与荆楚文化和湖湘文化相融会，是当下最具地方特色又最具影响力的文化现象之一。作为善德文化的发源地，挖掘和传承善德文化，不断赋予善德文化新的时代内涵，既是时代的要求，又是历史赋予我们的使命。

　　近年来，为切实增强文化对经济社会发展的支撑和促进作用，武陵区委、区政府以善德文化为基层，打造了以"厚德载物、自强不息"的武陵精神和"善德做人，勤廉做事"工作导向为核心的独具地方特色的武陵文化品牌，赋予了武陵文化新的内涵，为武陵文化注入了新的血液。这种文化品牌的树立，为武陵文化创造了良好的生态环境，武陵文化发展也呈现出百花齐放、空前繁荣的局面。而武陵微小说就是其中的杰出代表，武陵区更是连续六届成功举办武陵国际微小说节，武陵微小说已成为武陵区一张亮丽的文化名片。

为及时总结微小说在新时期道德建设中的成果，武陵区连续出版的《"善德武陵杯"全国微小说精品集》，所选作品围绕弘扬中华传统道德，主题正确，内容健康，构思精巧，堪为当下全国微小说之精品。不仅为武陵区也为全国道德文化建设增添新的华章，为促进微小说的发展繁荣作出了杰出贡献。

武陵是一块文化沃土，文化底蕴深厚，文化根基牢固，文化内容丰富，文化传承悠远。微小说篇幅虽"小"，却可以将无限引入有限，反映沧海桑田的时代变迁，再现波澜壮阔的社会生活，阐释修身齐家甚至治国平天下的道理。武陵微小说作家应该深刻领悟习近平总书记关于继承和发扬中华传统文化的系列讲话精神，并结合本土文化特色，加强自身修养，立足本土，放眼天下，既关心民众的诉求，又关注时事热点、焦点，在宏观的框架下探求微观的精微。写出既具有时代感又富有武陵风情，既具有宇宙观又具有深刻内心世界的好作品，为把武陵建设成经济繁荣、环境优美、人民幸福、文明和谐的美好家园发挥应有的作用。

序二

优秀微小说的若干特征

《小说选刊》副主编　李晓东

《善德武陵杯·全国微小说精品》栏目，是小说选刊杂志社和湖南省常德市武陵区合作推出的。每月在全国报纸杂志发表的数以万计的微小说中遴选10~12篇精品佳作，集中呈现给读者，至今已整整五年。这些作品见仁见智、各有千秋，异彩纷呈、各有所胜，不一而足。文无定法，但有常规，优秀的微小说都具有一些共同的特点，我总结，主要有以下六个方面。有的可能同时具备多种优点，或者至少居其一。我主要以这本集子中的作品，也就是2019年转载于《小说选刊》中的《善德武陵杯·全国微小说精品》栏目作品为例，进行阐释解读。

一、直面现实，敏锐及时。微小说是小说领域的轻骑兵，兼具文学性和新闻性两大特征。篇幅短小、创作便捷，生活中的新现象、新事物，一点一滴、一人一情，都可以成为微小说创作的灵感触点、取材基点和情节要点。习近平总书记2019年3月4日下午参加全国政协文艺界社科界联组会议时发表重要讲话,强调文学要记录新时代、书写新时代、讴歌新时代。践行这一伟大使命,微小说不仅可以承担,而且具有独特优势。2020年春节之后,新型冠状病毒感染的肺炎疫情成为重大公共卫生事件。在全国上下众志成城防控疫情的战斗中,中国文学没有缺席。在传统的诗歌创作、朗诵催人泪下的同时,微小说作家也纷纷把笔触和情思对准这场前无古人的战役,形成创作热潮,显示了微小说微而不小、见微知著的精神和以业余作者为主体的微小说作家强烈的责任感与使命感。

2020年,脱贫攻坚任务全部完成,全面建成小康社会,几千年来中国第一次全面消除贫困,也是世界扶贫史上的里程碑。在这本集子里,三石的《打米糖》以扶贫干部请帮扶对象——"一人吃饱全家不饿"的单身汉老槐给自己手工打两锅米糖,不仅让老槐每天有了几十元的收入,而且使久已消失的传统食品制作技艺重新恢复起来。不长的篇幅,寻常的故事,却包含着提高居民收入、复兴传统文化、发展特色旅游、振兴乡村经济等多层面的内容,且都是当下党和政府大力倡导、积极推行的。刘浪的《拼车》,将关注点集中到"共享经济"氛围下越来越普遍,甚至是时尚的"拼车"现象。但和"心灵鸡汤"式的暖心故事不同,小说直面友谊关系和雇佣关系之间的矛盾,写出了经济利益介入之后人心的微妙变化,每一步都是合理的,甚至理性的,却导致了对二人都无益处的尴尬结局。

二、继承传统,旧事新说。微小说作为一种独立小说体裁兴起,虽然是中国现代文学出现,特别是改革开放之后的事,但溯其渊源,却在中国古代典籍中大量存在。著名神话后羿射日、女娲补天、精卫填海、夸父追日等,用微小说的标准来看,都是非常优秀的作品。

包括一些诗歌，其实也是诗体微小说。比如杜甫的《石壕吏》，白居易的《卖炭翁》，而且写法不同，各有长处，这里试比较分析。《卖炭翁》由远到近，从终南山写起，写了卖炭翁的心理活动，早起赶路，一直到将近中午时光，"牛困人饥日已高，市南门外泥中歇"，篇幅也用了一大半，冲突才启幕。《石壕吏》却一开头就进入冲突，"暮投石壕村，有吏夜抓人"。《卖炭翁》是全知视角，《石壕吏》是限制视角，从投宿者"听"的角度展开，篇幅主体是老妇人的口述。出色的是，作者把关键细节都点了出来，"吏呼一何怒"，因为这一大声，投宿者被吓醒，才听到妇人的讲述。从现代社会治理层面审视这两篇作品，发现《石壕吏》里的差役尽管"一何怒"，但自始至终没有侵害这一家人，没有伤害年轻的媳妇，没有进屋搜查，说明虽然国家大乱，但基层治理依然合规有效。《卖炭翁》里的宫廷太监却在首都当街抢取民财。因此可以管窥出，为何唐朝可以平息安史之乱，之后却走向衰亡，知道"朝纲废驰"在细节上是怎么体现的。

众所周知的《聊斋志异》《阅微草堂笔记》，当然更是微小说的高峰。因此，在诸文体中，微小说是和中国优秀文学传统衔接最紧密的。中短篇小说中，历史题材作品相对较少，微小说领域却较多。第一部荣获鲁迅文学奖的微小说集——冯骥才的《俗世奇人》，写的就是清末民初发生在天津的故事。本书中，历史题材也不少，很多还荡漾着传统的传奇气息。

三、意味无穷，回味悠长。微小说篇幅小，但不等于容量小。如何以有限写无限，言有尽而意无穷，让读者掩卷沉思，反复品味，是其成功的重要标志。以此集子中的作品为例，获得2019"善德武陵杯"·全国微小说精品奖一等奖的蔡中锋的《中华神耳》，写了机关秘书张华练就一手通过脚步声就可以准确判断出来者是谁、心事如何的绝活，屡试不爽，大为得意。结果，却听不出自己父亲的脚步声。小说至此打住，留给读者的，是深深的思索。孝乃人伦之本，是什么造成了张华忘记自己的初心呢？现实生活中、自己身边，甚至就是自己，有没有这种情况，是不是这样的人呢？再如，刘国芳的《我们到此结束》，小说以"我们到此结束"结束了，读者的感悟可能还没结束，有的读者估计要捉摸一会儿，才能明白其中的含义。"浪漫邂逅"是多少人幻想的，真的发生了，回忆大约也很"美好""奇妙"，不料抵不住现实的一点点冲击，两条信息，一条刚收到，一条未发出。内容相同，也属于"心有灵犀"，却映照出此类感情的无比脆弱。"余音绕梁，三日不绝"，是中国古人对于卓绝歌唱的高度赞誉，孔子闻韶乐"三月不知肉味"，都是意味无穷、回味悠长的例证，也说明这一特征之于优秀文艺作品的重要性。微小说要想"揽天地于形内，挫万物于笔端"，显然不可能，但一个耐人寻味的结尾，却可以使作品升华。

优秀文学作品应包含三个层面，社会生活再现、思想心灵体悟、哲学象征意蕴。能带给人哲理思考的作品，无疑乃其中上品。戴希的《穿袜还是戴帽》，写中国妈妈和美国爸爸围绕孩子穿袜重要还是戴帽重要争执不下，最后离婚。小矛盾造成了大后果，但仅指袜子还是帽子吗？具象后面，是中美两国，甚至东西方文化、思维方式的差异。表面上不同文化交融互补，完美无缺，但深层次里，却如袜子和帽子一般，一个在脚，一个在头，距离遥远啊。

四、以点带面，小中见大。"微小说"有很多别名，微型小说、小小说、一支烟小说、掌上小说、闪小说，等等，重点指向只有一个，就是篇幅短小，通常每篇不超过1500字。亚里士多德《诗学》

给悲剧下定义时说,"是对有一定长度的动作的摹仿",长度,是文学作品,尤其是小说一个非常重要的考量因素。微小说字数少,容量受限,不可能表现广泛的、具有大时间跨度和复杂内容的事件,通常是撷取生活中的一点一滴,叙写一事一物,但小说的元素必须有,而且优秀的微小说,其记录新时代、书写新时代、讴歌新时代的责任和使命同样要履行。因此,以点带面、小中见大,就成了必由之路。

在吴建的《奶奶的小木船》中,两位行将就木的老人,其被外人不可理解的举动,却带出一段进军海南岛、解放全中国的历史大事,以及数十年不曾改变的纯真爱情、真挚战友情。作品读来让人仿佛回到数十年前烽火连天的岁月。而小木船载着布鞋顺河而下的意象,牵引着读者的思绪和心情,久久不能平静。黄标的《抢镜头》有点黑色幽默。"八项规定"出台之后,县里的张局长第一次坐公共汽车回老家,引起了父母、大伯、村里乡亲普遍的担忧,以为他出事了。张局长只好"抢镜头"上电视新闻,用这种方式"告诉乡亲们,我真的没事儿"。"国民性"问题,是鲁迅等现代文学大家关心的问题,但直到现在,"改造国民性"的任务依然任重而道远。

五、峰回路转,曲折有致。世界短篇小说三大家——莫泊桑、契诃夫、欧·亨利各有所长,其中"欧·亨利式的结尾"尤其为中国微小说作家所喜欢,但仅仅一个出人意料又在情理之中、令人感动的结尾,并不能造就一篇好的微小说。文似看山不喜平,"山重水复疑无路,柳暗花明又一村""有小口,仿佛若有光,初极狭,复行数十步,豁然开朗"这样的阅读体验,无疑是一篇好的微小说应该着力追求的。

岑燮钧的《猫眼》,似乎有点"文不对题",通篇只有两处写到猫,一处还是画中之猫,整个故事中,猫绝对是配角,甚至不如虫子。但猫的眼睛有个特征,就是瞳孔可以随意缩小或放大,表面眯着眼,其实一切尽在眼底。女主人公和老师的情愫,师母心知肚明,却一直没有说破,不仅不说,仿佛还在牵线、支持、默许,甚至助长。而师生间的情感,也始终没有突破限制,虽非"发乎情止乎礼仪",但读者的阅读惯性,却一次次遇到了挑战。三人之间的无声和较量,同时又似乎是默契,使作品有了别样的张力。桃子是最常见的水果,桃树在农村也多见,陆惠明《一棵桃树》的情节包括了栽树、搬家、挂果、打围墙、送桃子等,桃子的有无、大小,树的丰欠,都像谜一样,让读者产生疑惑甚至误解,结局是"欧·亨利式"的,让一篇取自生活小事、身边琐事,都是小人物的小说,有了特别的阅读体验。

六、言语精致,一字千金。"精致的汉语写作"是很多作家追求和读者期待的目标,微小说既最有条件,也是文体本身的写作要求。中国古代诗人特别强调"炼字",杜甫"为人性僻耽佳句,语不惊人死不休""晚节渐于诗律细",现代白话写作的微小说虽然不用如此着力于个别字句,但言语精致、一字千金,依然应该着意以求,而且有许多成功的例子。

本集子中肖建国的《三更月呜咽》,有"诗小说"的意蕴。描绘贫穷的湘西小城,既写出小桥流水人家的美好景致,又于文字中透出年轻人全数外出的凋敝现实。老人们月下思儿、集体哭泣的情境,由听而见,由虚而实,自然环境、老人心情、月亮云朵,共同营造起无限凄凉悲伤的氛围,使人不觉已处其中。结尾处极简短的两字——"没有",如一记重锤,击碎老人们的思念,也打破了之前的一切氛围、情境,留下的是儿女不关心留守老人的残酷现实。

当然，优秀微小说的特征不止上述总结的六点十二条，大多兼具数条数点之长处。与丰富多彩的创作实践和层出不穷的精品力作相比，理论总结永远是滞后的、简单的，甚至苍白的。一点阅读思考，请作家和读者批评。

目 录 contents

一等奖

001　穿袜还是戴帽　/　戴　希
004　中华神耳　/　蔡中锋
007　面　子　/　文敬芳

二等奖

011　昨夜无故事　/　聂鑫森
016　糖醋张　/　唐波清
020　船　家　/　蔡　楠
024　打米糖　/　三　石
028　奶奶的小木船　/　吴　建
032　搞笑的房子　/　徐　东
036　谁寄来的快递　/　陈秀荣

三等奖

039　梨花白　/ 赵淑萍
043　三更月呜咽　/ 肖建国
047　学　武　/ 高　军
051　拼　车　/ 刘　浪
055　爱情红烧肉　/ 欧阳华丽
058　琢　舞　/ 李佳怡
062　抢镜头　/ 黄　标
065　古　风　/ 徐水法
068　猫　眼　/ 岑燮钧
072　面　子　/ 纳兰泽芸

入围佳作

076　悔　/ 佟掌柜
080　一棵桃树　/ 陆惠明
084　我想和你一起骑单车　/ 苒小雨
088　老爸的扁担　/ 白小川
091　楼　道　/ 陈　光

097	王大壮的最后请求	/ 代应坤
101	鹿衔角	/ 申　平
104	羊族秘史	/ 申　平
107	去找战马墓	/ 申　平
110	末日抉择	/ 申　平
115	镇　秘	/ 津子围
118	我们到此结束	/ 刘国芳
122	等	/ 刘　浪
128	侄女上门	/ 陈秀荣
132	种花的男人	/ 赵淑萍
135	一斗阁笔记	/ 莫　言
144	客厅里钓鱼	/ 冯伟山
147	茶　爷	/ 刘建超
152	姑　夫	/ 丁大成
156	走在时间前面的钟	/ 尤秀玲
159	内　伤	/ 张晓玲
161	孝	/ 刘　帆
165	一只金耳环	/ 张洪贵
168	请喊我潘若云	/ 梁　爽

171	老　姜	/ 戴智生
174	风吹围巾	/ 符浩勇
178	跪　杀	/ 黄旭华
180	撒气碗	/ 楚仁君
184	老梁的困惑	/ 王祥云
186	憾　事	/ 袁炳发
190	画家厨师	/ 胡　玲
193	意　外	/ 赵晏彪
196	余　香	/ 滕敦太
199	陪局长跑步	/ 刘　浪
203	邻居赵五	/ 安　谅
206	慧　姐	/ 柴亚娟
210	结巴其实不是病	/ 安晓斯
214	老家来人	/ 陈耀宗
218	兄　弟	/ 文敬芳
220	儿　菜	/ 谢俊芬
224	水　蛇	/ 戴玉祥
228	群　主	/ 黄红卫
231	灯	/ 侯发山

235	大　哥	/ 唐　绰
239	初　心	/ 邢庆杰
243	接会啊	/ 田　夫
247	中　奖	/ 金　狐
251	记者的责任	/ 蔡中锋
254	一条大辫子	/ 鲁兴华
258	锻　刀	/ 郭　敏
261	我要提个要求	/ 李晓楠
265	藏起来的爱	/ 黄超鹏
268	如　意	/ 黄丹丹
271	银　洋	/ 陆涛声
275	悦见山	/ 许　仙
279	奶奶的火车梦	/ 刘林波
283	涵元阁	/ 岑燮钧
287	亿年之约	/ 罗光成
291	借与不借	/ 黄大刚
295	我一定帮你	/ 谢昕梅
297	老照片	/ 蒋先平
300	陌生人的欠条	/ 徐　东

305	价　值	/陈修平
308	推　磨	/高　军
312	称　呼	/李国新
315	镜　子	/李　艳
319	写情诗的男孩	/秦　俑
321	父亲出差	/李立泰
325	赶　脚	/相裕亭
329	刘二黑借粮	/代应坤
332	愚城烧饼	/曾宪涛
336	如果在冬夜，一个旅人	/何君华
339	知了叫声声	/非　鱼
343	遗　产	/李　方
347	鸡　公	/王　溱
351	铜锣李	/杜景礼
354	日上三竿	/李春华
358	一九八四年夏天的秘密	/王　锐
362	养　女	/张　弘
365	发　现	/芦芙荭
369	秋天的树叶	/陆惠明

372	封　刀	/ 揭方晓
376	父母的爱情	/ 佟掌柜
379	错　位	/ 王培静
383	恋爱开始了	/ 何高峰
388	金　牙	/ 吴全礼
392	六指杨	/ 王　茴
396	蝈蝈儿张	/ 范子平
399	三砖砚小筑与三十砚轩	/ 凌鼎年
403	两亩小麦的收割权	/ 蔡中锋
408	大红袍	/ 刘　泷
412	姨——妈	/ 蔡　楠
416	神奇的咒语	/ 黄旭华
418	放　水	/ 王　往
422	咬老婆	/ 娟　子
425	老实人	/ 李国新
427	担　当	/ 滕敦太
430	守　夜	/ 朱士元
434	歪脖鸡	/ 刘贵赓
437	白龙寺	/ 揭方晓

440　钓　鱼　/ 钟　雄
443　施先生　/ 张晓林
447　对门的男人　/ 王举芳
451　深圳是否相信眼泪　/ 廉世广
454　电梯13楼　/ 马　犇
458　眼　泪　/ 李　方
462　东方美人　/ 燕　茈
466　蒙古马　/ 申　平
470　加个微信吧　/ 蓝　月
473　丁磨爪　/ 谢俊芬

附　录

476　2019"善德武陵"杯·全国微小说精品奖获奖名单
478　2019"善德武陵"杯·全国微小说精品奖终评委名单

一等奖

穿袜还是戴帽

戴 希

女人是中国吕梁人,男人是美国加州人。女人和男人在英国剑桥大学留学时认识了。那时,女人喜欢向男人介绍中国的春节、端午节和中秋节,而男人向女人说得最多的是美国的复活节、圣诞节和感恩节。每次,女人谈起中国的汉赋、唐诗、宋词、元曲和明清小说,男人都要不停地"OK";而男人谈起马克·吐温、席尔瓦、惠特曼、福克纳等美国作家的作品,女人也会竖起大拇指。女人从男人那里了解了华盛顿和美国独立战争,男人则通过女人读懂了中国的诸葛亮和三国鼎立。

那时,他们觉得,中国和美国具有不同的历史和文化真好,让他们在一起总有说不完的话题,对彼此和彼此的国家都充满好奇。

随着交流和沟通的不断深入,两颗心也不断地靠近,直到谁也离不开谁。那时,天很蓝,风很柔,阳光很温馨,他们对未来充满美好的憧憬，很快陷入如火如荼的热恋。之后，他们结婚了，婚后一起定居美国。

有段时间，男人和女人的婚姻生活真是浪漫而甜蜜。刚去美国的新鲜感和异国风情更让女人大开眼界、乐不思蜀。

可好景不长，自从他们有了孩子，自从他们的孩子开始扶墙而立，男人和女人便产生了龃龉。

天凉好个秋！天凉了，女人要让孩子穿上暖暖的袜子，白天在家里的木地板上摸爬滚打，夜晚盖上被子放心睡觉。因为穿了袜子，即使孩子的脚伸出被子，也不担心他会受凉感冒。对女人的做法，男人强烈反对。男人一定要让孩子整天光着脚丫，无论在户内还是户外，无论玩耍着还是酣睡中。

男人倒要给孩子戴上帽子。白天让孩子戴着帽子在家里转悠或随大人外出，晚上戴着帽子盖上被子放心睡觉。对男人的做法，女人强烈反对。女人一定要让孩子头上没有约束，无论在户内还是户外，无论玩耍着还是酣睡中。

男人辩解说，脚与生俱来就是人身上最贱的器官，就是要与地面和外界零距离接触，除了行走也只能行走的。你要保护一双脚，把它捂得严严实实干吗？你不觉得这样很滑稽、挺可笑吗？

不！我不能听任你这样蔑视一双脚。女人立马抗议。她说，千里之行，始于足下。没有脚，你出得了远门？见得了世面？成就得了事业和理想？寒从脚下起啊，脚是人体最易受凉的部位，脚一旦受凉，寒气就会自下而上向全身渗透，使人生病，不保护好脚行吗？

怎么不行？男人举例说，我从小不穿袜子，不也长大成人啦？

谁让你这样啊？女人问。

还能有谁？男人脱口而答，我父母呀！

男人试图说服女人。男人解释说，头是出思想和智慧的器官，是人体的中枢神经所在地。人和动物最大的区别是什么？人有思想和智慧，能搞发明创造呗！头出了问题怎么得了，头一旦出问题，不能思考、想办法了，人不就是一般动物？所以，千万不能让头受寒，一定要好好保护，让我们的孩子天天戴着帽子。

笑话！妻子也辩解道，人身上数头最能经风雨见世面，抵抗力和免疫力都最强。我打小不戴帽子，不一样长大成人了？我的头出问题了吗？

那——男人又问，谁叫你在脚上穿袜子的？

除了我父母，女人脱口而答，还能有谁？

不跟你争辩了！男人最后说，这可是在美国，你们中国人不是讲"入乡随俗"吗？所以，我们的孩子不可穿袜子，只能——戴——帽——子！

我坚决反对！女人不依不饶，孩子有中国血统，儿子跟母亲的血缘更近，主要继承母亲的遗传因子。而况，美国社会本身是很包容的社会，难道就不能包容中国人的习俗？所以，我们的孩子不可戴帽子，只能——穿——袜——子！

……

穿袜戴帽之争愈演愈烈，男人和女人互不相让。矛盾无法调解，导致感情破裂。不久，他们只得离婚。

可即便如此，他们还是没有想通，不就是彼此的习惯和思维不同吗？习惯和思维不同怎么就……

原刊责任编辑　张琳

【作者简介】戴希，中国微型小说学会副秘书长。已在《诗刊》《小说选刊》《人民日报》等报刊发表转载作品一千多篇（首）。出版文学作品集二十七部。

中华神耳

蔡中锋

我早就听说我的老同学张华在某局当秘书二十年来,练就了一双出神入化的"中华神耳",今天,我正好出差路过他所在的城市,于是就顺道去拜访他,想亲眼见识一下他的耳朵究竟神到了什么程度。

来到张华的办公室,我俩三言两语寒暄之后,我就直入正题:"我听大家都说你的耳朵非常厉害,号称什么'中华神耳',可是我却一点也不相信!除非你能当着我的面拿出点真本领来。"张华听了我的话,笑了笑说:"你真的不信啊?那好办,我们俩都躲在我办公室的门后,我只需要听一下从门外路过的人的脚步声,就能告诉你路过的人是谁。"我说:"在你办公室门外来往的人多是你单位的人,而在你们单位除你之外的其他人我一个也不认识,听完脚步声之后,还不是你说路过的人是谁就是谁?"张华说:"这个简单,我让小王当证明。"说完,他拍了一下正在电脑前打游戏的小王的肩膀,"等一会儿我在咱办公室的门后听一下在咱们办公室门前路过的人是谁,我听到路过的人的脚步声后先小声告诉我这位老同学他的姓名和职务,不让你听见,然后你再打开门,看看门外路过的人是谁再告诉我们,以证明我说的对不对。"小王听了,很兴奋,连说:"好,好,好。"

过了一会儿,门外脚步声刚刚响起,张华就小声地对我说:"这位是李局长。"我不信,就让小王去看。小王等那人走过门去几步远后,悄悄打开门缝一看,对我说:"刚才路过的是李局长,我看到他的背影了。"我非常奇怪,就问张华:"你肯定是蒙对的吧?不然,只听脚步声怎么可能听得出来对方是谁呢?"张华说:"这当然是有原因的。李局长在我们单位总揽全局,大权在握,从来说一不二,所以,他的脚步声最沉稳。"我仍不以为然:"可能是你天天和李局长打交道,对他的脚步声太熟悉了,这不算!"张华笑了笑说:"那行,我们再听下一位路过的是谁。"

又过了一小会儿,又有人从张华的办公室门外路过,张华小声对我说:"这位是赵副局长。"我还是不信:"何以见得?"张华说:"在我们局,赵副局长最年富力强,前途无量,正是春风得意的时候,所以,他的脚步声最轻快。"我让小王打开门去看,小王果然说:"刚过去的是赵副局长。"我仍不信:"我们再听听下一位的脚步声!我就不信你每次都能听得出路过的人是谁,更不信你真的会是什么'中华神耳'。"张华说:"好!再听就再听!"

几分钟后,又一人从张华办公室的门前经过。张华附到我的耳朵上,肯定地对我说:"这位是我的手下,局当红秘书小刘。"我问:"你为什么会这么肯定就是她?"张华说:"小刘在我们单位最年轻美貌,又和李局长有一腿,除了李局长,谁也放不进她的眼里,所以,她的脚步声最轻浮。我不但肯定她就是小刘,而且我从她的脚步声中还可以非常肯定地听出了一件事,那就是昨天晚上她百分之百地被李局长'临幸'过……"我听了,也笑了:"你就死劲地吹吧!反正这事又没法去证明……"

小刘走过去之后不久,我又听到有一个人在张华的办公室门前来回走了几趟,大约是不确定要找的是不是这个办公室,然后开始轻轻地敲门。我笑了笑,一脸挑衅地对张华说:"你再说说现在正在敲门的这个人是谁。你若再说对了,我就真心地佩服你!承认你这个'中华神耳'!"张华摇了摇头说:"现在正站在门外的这个人虽然来来回回地在我的办公室门前走了好几趟,但肯定不是我的熟人,所以,我还真的听不出来他是谁。"

说着,张华就打开了办公室的门,然后非常惊讶地问正在门外小心翼翼地站着的那位一身农民工打扮的老汉:"爹,你怎么来了?"

原刊责任编辑 于双慧

【作者简介】蔡中锋,中国作协会员,当代微篇小说作家协会主席,《微篇小说》《中国寓言故事杂志》主编,已发表小说三千余篇。

面　子
文敬芳

　　自从五妹和单位老姐妹闹了一曲，机敏好强的她总让人避让三分。那天傍晚，下班的当口，一同进厂的几个老姐妹又闹开了，一个厉害的姐妹半真半假地对她说："五妹呀五妹，你身材窈窕，模样俊俏，可惜找个老公，没出息！这辈子都难混到个车间主任，真亏了你！"大家一听难为情，不知如何是好。但见五妹很镇定，笑着回敬："我家老公是没出息，但他有本事，找了我这么好个俊媳妇。不像你家男人，看似有出息，却找了个老婆罗圈腿。"把对方气得直叫："你、你、你……"她挽回了面子，很开心，头一扭，走了。

　　那年代，单位搞福利分房，房子的大小好赖都由职务职称决定。五妹的老公学历不比人低，这是当初她嫁给他的理由之一。但他为人过于憨厚，职务职称都没上去，分到的房子自然不如人家。

　　那时，同事之间的感情很深厚，平日你来我往地串门，若是谁家搬了新房，大伙便三五成群地上门道贺，一起热闹热闹，为主人温居。

可五妹有个原则，凡是房子面积比她家大、家境比她家好的，她一概不去，谁出面劝说都不管用。私下里她对人说，不给这些人显摆的机会，更不想看到他们得意洋洋的样子。她最爱做的，就是把家里打扫得干干净净，一尘不染。

五妹最得意的是她女儿，听话又聪明，小学和初中成绩一直名列班里第一。进入高中，女儿跟那个厉害姐妹的学霸女儿到了同一所学校，她更是一心扑在女儿身上，要与对方一决高低。

晚自习回来，她早早就为女儿准备好了夜宵，馄饨、荷包蛋、香蕉、苹果，变换着花样搭配，热腾腾、香喷喷。每每这时，她注视着女儿，仿佛看到了美好的明天，女儿将为她挽回失去的一切。而老公，则饿狼一样，眼里冒着绿光，直盯着女儿盘里的东西。也不怪他，此时，他已患上肺结核，急需营养，对种种好吃的东西充满渴望。尽管医生一再叮嘱，要她给他补充营养，但条件有限，她只能毫不犹豫优先女儿。每当看到他的眼神，她就朝他摆摆手，告诉他，冰箱里给他准备了很多黄瓜。

苍天有眼！高考时她的女儿考得最好，考上了北京大学！这很让她扬眉吐气。

自从女儿到北京上学，她的心就一直跟在女儿身边，从未离开。时常写信，事无巨细反复叮咛，仿佛女儿是永远长不大的孩子，有太多事情需要她操心。女儿进入大三后，她在老家再也待不住。提前一年办了病退，撇下老公，只身北上。

为了女儿，一向好强、好面子的她，放下那高贵自尊的心，忍受白眼和一切不平等待遇，在离女儿不远的地方，给人做起家庭保姆。

常常，她心里很不平衡，有着种种委曲，但一看到女儿，她就觉得一切都值。

男大当婚女大当嫁，她来北京的目的，就是想让女儿找个好女婿。都说女人找婆家无异于第二次投胎，在这头等大事上，可千万不能让女儿吃亏。

只是一贯听话的女儿在这件事上却有着自己的主意。大四开学不久，女儿告诉五妹自己有男朋友了。她赶紧打听是谁，得知是女儿大学同学，外表般配，家在农村。

看着女儿甜蜜而执拗的眼神，一向强势的她没有吱声。虽然家在农村令她很不满意，但因为是大学同学，她也不好明确反对。只是之后盯得更紧，一忙完事情就过来找女儿，明里暗里地表示，女孩子要矜持，不能让人白白占了便宜。

大学毕业，女儿和男友都如愿分配在北京。五妹即辞去保姆工作，在他俩的租房里当起保姆，每天茶饭上手，把女儿俩伺候得妥妥帖帖。只是，她像个不识时务的电灯泡，始终在女儿身边照着。

也许是感情所致，也许是为了争取合法权益，不到一年时间，他们就办理了结婚证。但五妹坚持，必须等有了自己的房子才能举行婚礼！这样在前来道贺的亲友面前才有面子。

女婿从此发奋图强，不久辞职办起公司。每天半夜回家，周末也不休息。不到一年就有好消息传来，他已经挣到足够买房的钱。五妹满心欢喜，夸女婿有出息，夸女儿好眼力。可这时，女婿却说，趁还没有举行婚礼，赶紧把离婚手续办了！他看着五妹恨恨地说，如今他只有带着颜值更高、出身更好的女人出入，才有面子。五妹听罢傻傻地愣在那里。

几年后,女儿再婚的时候,她回了老家。带着盆盆钵钵满满一篮子好吃的,她来到老伴墓前,声泪俱下:"老头子,还是你说得对,人不能太好面子。要不,咱女儿也不会刚过门,就带上了男方十岁的孩子!当了后妈。丢尽面子!"

原刊责任编辑　蒋语嫣

【作者简介】文敬芳,当代微篇小说沙龙名誉主席。先后在《国际日报》等报刊发表作品数百篇,有作品被《小说选刊》转载。某上市公司资深高管。

二等奖

昨夜无故事

聂鑫森

这是1969年盛夏一个尴尬的黄昏,而且注定也是一个尴尬的夜晚。

在偏僻的长冲知青屋,就剩下两个互不待见的人,而且是一男一女。男的叫游决明,女的叫花美霞。

知青屋也就是知青点,一共是五个人,两女三男,是去年冬下放到这里来插队落户的。下放前,他们是株洲一中高中部的同学,还是同住一条建国街的远近邻居,忽然之间成了在广阔天地磨炼铁骨红心的"插友"。这个地方属于株洲县朱亭公社旺坡大队牛背岭生产队,知青屋设在离队部五里外的长冲。住的是一栋稍经修整后的破山神庙,倒塌的泥菩萨早被清理出屋,神案成了他们的饭桌。宽敞的殿堂,用厚木板隔出几间作卧室、工具室、洗澡室、厨房。他们要干的活,简单而笨重:种苞谷、红薯、蔬菜,兼带栽树护林。

午饭后，一个女插友和两个男插友，因为远在株洲市的家里有急事，再说也有两个月没有休假了，他们向知青小组组长花美霞请假三天。

往常休假，一般是让两个人回去，留下三个人；或者是三个人回去，留下两个同性别的人。花美霞说："这怎么行呢？"

"我们问过游决明，他说你也可以跟我们一起回城，他一个人留守知青屋，正好和山鬼林狐做伴。"

"呸！呸！这个游郎中，狗嘴里吐不出象牙。我能走吗？知青屋真要出个事故，我的责任就大了。你看，你们要走了，他也不出来送送。"

"花组长，那我们就走了。"

"走吧，走吧。"

太阳渐渐地西斜，清凉的地气升腾起来，风悠悠地吹，知青屋外满山满岭的林木，发出细细碎碎的声响。

花美霞在三个插友走后，突然觉得很孤单，这种孤单不是因为清冷、静寂，而是失去了一个受人尊重的氛围。这个游郎中一个下午就闷在自己的卧室里，不是在清点随手采摘的药草，就是在看几本医书，也不出来跟她打个照面。

在五个人中，她最有优越感：出身工人家庭，具有领导才干，在学校当过红卫兵的小头目，"复课闹革命"后因为要求进步加入了共青团，现在是知青点的"一把手"，出工、收工、开会、生活，当然还包括做思想政治工作，都由她统管。她最看不顺眼的是游决明，父亲不过是城里一家国营中药店的坐堂医生，也就是世人所称的"郎中"。游决明自小就喜欢识别药草、背诵单方、翻看医书，下乡了更是如鱼得水，俨然走进了一个大药草园，干活不偷懒，还兼带做实习郎中。她从不叫游决明的尊姓大名，不论什么场合，敞开嗓子叫"游郎中"。

游决明不但不恼怒，还满脸是笑地答应，然后说："花姑娘，什么的干活？"

花美霞气白了一块脸，恨恨地说："痞子腔！"

"你慷慨送我一个绰号，我也送你一个，这叫来而不往非礼也。"

最后一缕夕阳，消逝了，暮色开始合拢，快八点钟了。

花美霞已经洗过澡，换上一条湖蓝色的的确良连衣裙，趿着一双软底海绵拖鞋，走到游决明卧室外。她个子高挑，眉目清秀，确实漂亮。在家她是满女，受宠得很，穿着比同龄的女孩子要时尚得多。

"喂。你不吃晚饭了？"她不敢叫"游郎中"，免得生闲气。

"喂。吃过了，吃的是中餐剩下的蒸红薯。"

"那就好。我到外面去散散步。"

"遇到了野鬼，就大声喊。"

"呸！"她脚步声柔柔软软，牵向屋外。

游决明在卧室里点亮了小马灯。"楼上楼下，电灯电话"在那个年代，还是个遥远的梦。

当天色完全黑了的时候，游决明听见花美霞的脚步声由远而近，走到知青屋的大门口，上了台阶，跨过门槛，突然停住了。接着，就听见花美霞恐怖的叫声："游郎中——游决明，我踩到蛇了，快来救我！"

游决明大声回应："花姑娘——花美霞，不要动，踩紧蛇！"边说边提起小马灯，还拎了一只手电，跑到门口来。他先在地上放下小马灯，再摁亮手电筒，照到花美霞的右脚上。海绵拖鞋踩在离蛇头一寸的蛇颈上，蛇头在鞋底边扭来扭去，黑红色的蛇信子一伸一吐。手电光从下往上移，脚跟、脚踝、小腿肚，很白净，缀着棋盘花纹的蛇身子如麻花一样，一圈一圈往上缠。

"游决明，我怕，你快想办法。"

"别动。这是条五步蛇，毒性大，咬一口，五步之内必倒地身亡。"

花美霞呜呜地哭起来。

"你常说'一不怕苦，二不怕死'，上台表态的豪情壮志哪儿去了？我游郎中自有办法，这条蛇不能白白遇上你！"

游决明先用两根细竹棍夹了一团破布，塞进蛇嘴，再用手撩开裙子的下摆，抓住蛇身，一圈一圈解开后，用左手抓住蛇尾，把蛇身扯直。接着，右手从口袋里掏出一把锋利的小刀，从蛇的肛门处，沿着蛇腹慢慢地朝蛇头笔直地剞过去，顺带把蛇的内脏也取出来。"好了，你可以松脚了。"游决明把刀子和蛇放到地上，说。

话声未落，花美霞身子一软，倒在游决明的怀里。游决明赶忙把她抱开去，让她坐在离死蛇几米外的地上。

"你先少安毋躁，我得去把这条蛇处理一下。这种毒蛇，县里有药材公司收购，可卖四五块钱哩，你总说伙食少油水，我卖了蛇，到集市买几斤猪肉，让大家打牙祭。"

"……你是当郎中的料。你这一刻想的是蛇。"

"你在想一男一女的夜晚，怎么说得清楚，是不是？"

花美霞一骨碌站起来，疾步进了她的卧室，没有关上门。

游决明找来两根筷子，扎成十字架，把蛇头拴在十字架上端，再翻开蛇肚皮，一点一点盘在筷子上；然后进了厨房，用微火烘焙蛇头、蛇皮。

游决明把这一切弄妥，然后洗手、冲澡，准备入房安睡。他看见花美霞的卧室门，还开着。墙上的挂钟，正好敲了十二下。他上床很快就睡着了。

睡梦中的游决明，没想到花美霞会悄悄地在他门上挂了一把锁。黎明时，他醒过来，听见花美霞悄悄开锁和取下锁的声音，便明白了此中缘由。

打着赤脚落地无声的花美霞，转身走了。

游决明没有惊动她。他只是不明白，花美霞先是敞开自己的卧室门，而后又在他门上挂上锁，是她放任自己后的一种醒悟和自律，还是对他表示出一种装模作样的警戒和掩饰？这个女子心太深了，不能不提防。

昨夜无故事。游决明心里说：他们永远也不会有故事了。

原刊责任编辑　刘遥乐

【作者简介】聂鑫森，中国作家协会会员，湖南省作家协会名誉主席、株洲市文联副主席。曾获庄重文文学奖、湖南文学奖等数十次。

糖醋张
唐波清

"糖醋张",是个挺有名气的厨子,也是个挺有名气的铺子。

张爱国的爹病死得早,娘一把屎一把尿地拉扯他长大。张爱国打小就讨厌读书,翻开课本头皮就发麻,逃学便成了他的家常便饭,娘也拿他没辙。

娘有一手好厨艺,糖醋排骨糖醋鱼,糖醋豆腐糖醋薯,糖醋茄子糖醋梨,那可是十里八乡第一厨。

娘的心里打着盘算,老话说得好,饿不死的厨子,冻不死的铁匠,咱就将这门手艺传给儿子吧,也算是替他寻了一条谋生的路。说来也巧,张爱国读书没兴趣,学厨子可是上心得很。他做起糖醋菜来,一点就通,一学就会。

张爱国听说城里开餐馆赚大钱,便一头闯进县城,开了一家叫"糖醋张"的小铺子。他自豪地说,这个"糖醋张"的招牌,还是咱宴请几位文化人琢磨出来的呢。

酒香不怕巷子深。这个"糖醋张"的小餐馆，虽然铺面位置有些偏，可架不住张爱国手艺精湛，味道堪称一绝，一传十，十传百，门庭若市，生意兴隆。慢慢地，食客们便四处传播张爱国的神奇传说，那就是什么客人吃什么菜，他只要看一眼就知晓，客人定个价位就行，无须自己点菜，他保准伺候客人一百个满意。就因为这个神奇传说，小县城里的人们，从此便忘却了张爱国的名字，只记得他叫"糖醋张"。

新来的张副县长就是不信"糖醋张"的神奇传说。张副县长下了班，挤进"糖醋张"铺子，点了个高档价位，好奇地坐等上菜。几分钟工夫，主菜就上了桌，糖醋茄子糖醋梨，还配了几碟爽口的小吃。张副县长迫不及待地尝一口糖醋茄子，外脆里嫩，酸酸甜甜，味蕾全开；张副县长迫不及待地尝一口糖醋梨，酒香扑鼻，沁人心脾，胃口大开。

张副县长乐呵呵地走了。店里的伙计好奇地问"糖醋张"，你咋就知道他爱吃啥呢？

你没看出他是个当官的？当官的平时大肉大鱼吃腻了，他们就好这口"素"的。"糖醋张"有板有眼地说。

一帮在机关上班的年轻人就是不信"糖醋张"的神奇传说。下了班，男男女女挤进"糖醋张"铺子，男的坐一桌，女的坐一桌，两桌都点了个中档价位，好奇地坐等上菜。几分钟工夫，主菜就上了桌，男的那桌是糖醋排骨和糖醋茄子，女的那桌是糖醋鱼和糖醋梨，还分别配了几碟爽口的小吃。只见几个小伙子尝了一口糖醋排骨，红亮油润，肥而不腻，爽口开胃；只见几个小姑娘尝了一口糖醋鱼，香酥酸甜，落口逍遥，回味无穷。

这帮年轻人乐呵呵地走了。店里的伙计好奇地问"糖醋张"，你咋就知道他们爱吃啥呢？

你没看出他们是上班族？他们平时的伙食时好时差，咱就要"荤素搭配"，男的一般爱吃油腻的，咱就端上糖醋排骨，女的一般爱吃细腻的，咱就端上糖醋鱼；俗话说"茄补阳，梨滋阴"，糖醋茄子自然就上给男的那桌，糖醋梨自然就上给女的那桌。"糖醋张"有板有眼地说。

一群在城里打工的泥瓦匠就是不信"糖醋张"的神奇传说。工地上刚收工，泥瓦匠们就邋里邋遢地挤进"糖醋张"铺子，他们点了个低档价位，好奇地坐等上菜。几分钟工夫，主菜就上了桌，两份糖醋排骨，两份糖醋鱼，两份糖醋茄子，两份糖醋梨……味道自然好。

这群泥瓦匠乐呵呵地走了。不等店里的伙计好奇地张口，"糖醋张"有板有眼地说，这些农民工外出讨生活不容易，整天卖苦力，工地伙食又差，肚子里缺油水，咱可要多上菜上好菜。

这些年，"糖醋张"就靠这个神奇传说发了财，在县城里修了房，买了车，娶了妻，生了娃。终于有一天，"糖醋张"想起了还在乡下独居的老娘。

专车迎接老娘进城。那天，"糖醋张"兴奋地说，娘，咱给您炒几个拿手菜。

娘迟疑地问，爱国，你可晓得娘爱吃些啥？

"糖醋张"拍着胸脯回着话，娘，您放一万个心，什么人爱吃什么菜，咱从来就没看走过眼。何况咱从小就知道娘爱吃啥。

"糖醋张"在铺子里替他娘摆了一桌糖醋全席，糖醋排骨糖醋鱼，糖醋豆腐糖醋薯，糖醋茄子糖醋梨……

铺子里，客人们的桌面上都是光盘行动，唯独老娘的那桌没动过筷子。

娘,这是咋的?您不是最喜欢吃甜食吗?"糖醋张"惊奇地问。

娘沉默了稍许,然后很平静地说,爱国,娘在五年前就得了糖尿病。

原刊责任编辑 熊芳

【作者简介】唐波清,湖南省作家协会会员。曾被评为"2017年度全国小小说十大新锐作家"和"世界华语2018年度微型小说十佳新锐作家"。

船　家
蔡　楠

在白洋淀，陈福友绝对是捕鱼的老手，老到九十岁了，还在捕鱼。

早年间，白洋淀是水泽之国，淀水汪洋浩渺，滋养得鱼肥蟹壮。水势大的时候，不适合撒网捕鱼，陈福友就下卡捕鱼。他跟着父亲将船划过纵横交错的港汊沟壕，来到一片茂密的芦苇荡，然后开始下卡。下卡是件很有意思的事情。在浸过猪血的长长的线上，拴上类似于牙签状的小竹片，把它弯成 U 形，在口上套上用芦苇秆做成的套，中间塞上饵食。鱼是一种贪吃的东西，把饵吞下的同时，竹签就紧紧地撑住了鱼的嘴，想再吐出来已经不可能了。父亲摇船，福友下卡，卡线在他的小手中抖一抖地跳跃着，他就看到了今后的抖动的美好生活。

可是后来，日本人占领了白洋淀。陈福友就不下卡了，改用鱼钩捕鱼。福友小小年纪不用小钩，却喜大钩。大钩治鱼，多在有水溜的宽阔水面。鱼常喜在水中逆流游动，当触到鱼钩时，便被挂住，挂住的鱼越挣扎，越深，直到动不了为止。那年夏天，有一艘日军的快艇载着五个鬼子，开到陈福友下钩的地方来洗澡。他偷偷地潜水过去，将一串大钩，围绕着洗澡的鬼子们悄悄下好，然后爬上汽艇，将枪支和衣物敛到自己的船上，开到了抗日雁翎队的驻地。等到雁翎队员赶来的时候，五个鬼子已经血肉模糊了。

水浅鱼多的季节，陈福友就用花罩捕鱼。1963年白洋淀发大水，水都淹了村子，房子有的也被泡塌了。全村人都被安置在村子里最高的采蒲台上，等待政府救援的直升机来扔大饼。有时候，直升机扔不准，将大饼和饼干扔到了水里，都泡得成了面糊糊。陈福友觉得这面糊糊真不如他逮的鱼好吃。他就拽着自制的大罩，腰间系着鱼篓，凫水来到未被淹没的苇地里罩鱼。苇地里水浅，他光着膀子在苇地里蹚水，还一边叫喊着。鱼受了惊吓向水底躲避，触及河底，浑水上翻，陈福友用力将大罩按了下去，鱼就成了罩中之鳖了。鱼送到了一村灾民的手上，就等于把村民的性命从龙王的手上夺了回来。陈福友的大罩捕鱼就一直持续到大水退去。

后来，有专家说地球变暖，天旱少雨，白洋淀上游九条河的水位像花一样枯萎。白洋淀没了水，干了。甭说鱼了，就连那一望无际的芦苇和袅袅婷婷的莲花都无影无踪了。陈福友将船反扣在千里堤上，裸了背坐在船上晒太阳。老伴儿胡小仙走过来，递给他一支烟说，你看你，背上都晒得起鱼鳞了，我怎么越看你越像一条鱼呢！

陈福友说，我是鱼，可我是一条行走在岸上的鱼。

胡小仙笑了，这种鱼我可是头一次见过。

可咱不在岸上晒成鱼干行吗？胡小仙又说，咱走，咱去渤海湾捕鱼行吗？村里置办了几条轮船，嚷嚷着让人报名呢？咱去不？

不去！

为啥？

我要在大淀里掘坑寻水，我不离开白洋淀。

陈福友说着，站了起来，把烟揉揉放在嘴上叼着。胡小仙连忙去给他找火柴，还没等火柴找来，陈福友手里的烟腾的一下就被太阳晒着了。

陈福友开始了在白洋淀掘坑寻水的漫长之旅。他的铁锹用烂了三百六十把，他把白洋淀九十九个湖泊掘了个遍，终于他掘出了一条白洋淀通往黄河的水路。

在陈福友掘淀寻水的日子里，世界发生了巨大改变。水乡修了桥，水乡修了柏油路，水乡建了工厂，水乡建了高层建筑，捕鱼的事情人们逐渐淡忘了。

可陈福友又回到了水里，回到了淀上。

已经有了儿子的儿子对陈福友说，你这把年纪了，就别去捕鱼了，歇了吧！

陈福友说，我不能歇，歇了会死的！

那我给你买个机器船吧，省力气。

不用，机器船有污染，老船家还是使老船好！

陈福友告别了儿子，告别了岸。把那条千里堤上的木船修补好，刷了漆，船顶上支起了塑料布，船上准备好了小柴灶、锅碗瓢盆、柴米油盐等，然后带着胡小仙，披上蓑衣，振臂摇桨，小船像一条梭子鱼一样蹿进了大淀。

老头子，你这劲头怎么看也不像是九十岁的船家呀！胡小仙说。

你这豪气也不像八十四岁的船家婆呀！陈福友说。

咱们去哪里?

去采蒲台下面下粘网,傍晚到雄安新区集上卖鱼!

老船家这样说着,船就飞过了一片苇地。苇尖上独立的一只红嘴水鸥就飞离芦苇,鸣叫着,逐船而来。

原刊责任编辑　张琳

【作者简介】蔡楠,中国作协会员、《河北小小说》主编,先后在《人民文学》《中国作家》等刊物发表作品。曾获"中国小小说金麻雀奖"等奖项。

打米糖

三　石

费干部跟老槐说，老槐，过年给我打两锅米糖吧。

老槐莫名其妙地盯着费干部看，切了一声说，满大街都有得卖，谁还自己打？

费干部说，老槐你还不知道啊，手工打的，那是甜而不腻、脆而不坚，比起店里机器生产的，口感好了去了，更何况是你老槐打的米糖。

费干部这么一说，老槐的脸就笑成了一堆褶子。

乡下的年总是来得更早些，过了腊八，家家户户就开始准备年货，杀猪、打大米果、做扣肉滑肉，好不热闹。自然，还得打米糖。老槐就是打米糖的，早些年十里八村的，米糖打得很有些名气，直到年边，那是没得一天的歇息。东家打了西家打，倒也能够多少赚些过年的用度。当然，这说的都是以前。如今，厂里什么都能生产，店里什么都有的卖，就说米糖，县里有好几家食品加工厂都加工米糖,这产量不是手工所能比得了的,至于口感嘛,老槐不做评价,只哼哼一声。

但不管服不服气,反正老槐多年的手艺便歇了空。少了这一块儿的收入,虽然他是一人吃饱全家饿不着,但每逢过年,老槐还是有些紧巴。

答应了费干部,老槐就要做些准备了。还好,打米糖用的工具手工栏搭还在,只是布满灰尘,翻出来清洗一番,就可以用了。糯米家里没有,但隔壁邻居今年种了一些,掏些二晚去邻居家兑换,再去弄些麦芽、芝麻、白糖、豆末,万事俱备了。

老槐先将糯米过水淘洗,满水浸泡三四个钟,然后磨浆、上锅,用柴火蒸熟,搁麦芽发酵后滤渣,熬制成饴糖,饴糖在逐渐冷却时缓慢成形,就可以上手工栏搭拉糖。这手工栏搭,只是一根去皮的树木,一般为四五十公分粗细,底座为青石,树木镶嵌于青石凹槽,上端再嵌两根臂粗木棍,样式与咏春拳练功的木桩有几分相似。老槐将糖坯缠绕于木棍,双臂裸露,将饴糖拉直再反向缠回木棍,动作极快,倒也像极了咏春练功手法。米糖打的好坏,这一环节至关重要。如此反复,遂成白色,搁案板搓捏制成圆袋状,灌上配制好的芝麻、豆末、白糖,从一个口上以抽丝的方式做成条形,剪成一寸左右的糖段,一锅米糖大功告成。

老槐打米糖时置于室外空地,引来不少人驻足观赏,啧啧稀奇。还有一中年男子求购。老槐说,不卖,给朋友专门打的。中年男子仍不死心,卖给我便是,朋友那儿你可再打。老槐想想也是,离过年还早,再说费干部也不见得近日会来。心中细算一下,说了个价钱。中年男子倒也爽快,掏出钱来给了老槐。老槐算了下账,除去糯米、芝麻、白糖成本,小赚几十,心里倒也畅快。

至于费干部那儿，糯米等物品还有，继续打便是，保证不耽误。

接着又是蒸米熬糖打糖，这对老槐算不得什么，虽然费些体力，老槐也不似当年那般有劲，但还是能顶得住。说来也怪，一连十数天，每天打两锅米糖，最后都卖了。老槐家地处河埠老街，常有城里人过来游玩，见老槐打米糖觉得新鲜，顺带就买个几斤，甚至还有人慕名上门订货的。白花花的银子，老槐要不挣也是情不由衷。先前准备的糯米、芝麻等早就用尽，老槐已到处采购几次。倒是费干部的米糖一直没有着落，让老槐多少有些不安。两年多来，费干部是老槐的帮扶干部，人不错，经常上门嘘寒问暖，送米送油，还帮着干些体力活计。

眼看就要过年，老槐算着日子，心想最后再打两锅给费干部，谁买也不答应。正在蒸糯米时，费干部来了，一脸笑嘻嘻地说，老槐，听说你最近打了几十锅米糖，生意好得很啊。费干部没提自己米糖的事，但老槐心里有数，便有些尴尬，嘿嘿一笑说，这最后两锅就是给你打的。

就这会儿，一辆小车开到边上，车上下来两个人，其中一个说，喏，就是这儿买的。另一个便对老槐说，师傅，给我打两锅米糖。老槐将脑袋摇得如拨浪鼓，不行不行，这两锅得给费干部，人家早订了。这人仍说，师傅，我可是从县里专门跑来买的，就卖给我吧。可老槐仍摇头，不行不行。

费干部说，老槐，你看人家大老远慕名而来，这不扫了人家的兴致吗？你就先给他吧。

老槐说，不行，给了他，你的米糖咋办，过两天就是年了。

费干部微微一笑，附在老槐耳边说，老槐，告诉你个秘密，我有糖尿病，吃不得糖，一点儿都吃不得。

说完，费干部拍了拍老槐的肩膀，哈哈大笑而去。

老槐一时没反应过来，摸了摸后脑勺，一脸的呆愣样子……

原刊责任编辑　何南宁

【作者简介】三石，本名熊磊，2008年以来业余从事小小说创作，以廉政题材为主。作品散见于《小说选刊》等各类报刊，入选各类年选本数十篇。

奶奶的小木船

吴　建

　　三奶奶推着坐在轮椅上的木头遛弯儿："木头，咱们这辈子还能去南海看看不？"木头知道三奶奶"去南海看看"的意思，就拍了一下自己的腿，叹了一口气："唉！都是我，拖累你了！"三奶奶的眼圈有些发红，苦笑了一下："算了吧，咱都老了，走不动了，听说去南海先坐飞机再坐轮船，千里遥远的，这辈子想想就算去了。"

　　三奶奶两个人一块儿过，大门上挂着"烈属"的红牌牌。这个红牌牌让三奶奶脸上荣光了一生，也心痛了一生。

　　没过几天，三奶奶问木头："木头，快告诉我，咱们薛河的水是不是流向西湖的？"

　　"是呀。"

　　"西湖水是不是流向东海呢？"

　　"对呀。"木头弄不明白三奶奶问这些做什么。

　　三奶奶又说："那东海的水一定是通南海的，对不？"

木头愣了一下，说："是呀，还别说你知道得还真不少呢。"

听木头说是，三奶奶昏花的老眼瞬间亮了。

过了些日子，三奶奶又对木头说："木头，咱们找人做一只小木船吧？"

木头不明白地看着三奶奶："你做小木船干啥？不当吃又不当喝的。"

"我看见有人把河灯放在小木船上，河灯就不会下沉，顺着河水往下漂。听说能漂很远很远，挺好玩的。"

木头心里想，你都几个点了（多大年纪了），还放河灯？怪不得有人说老人是"老顽童""老小孩"，看来这话说得一点也不假。

几天后，三奶奶拿回家一只小木船，像拿个宝贝一样欣喜地反和正地看。

夏季的一天，山洪暴发，薛河涨水了。三奶奶踮着小脚推着坐在轮椅上的木头急急地出了门："快，木头，咱们走。"三奶奶把小木船放在轮椅后面，她自己背着一个布包，"木头，走，咱们下河去。"三奶奶推着木头到了河边。

河水暴涨，黄龙一样滚滚向西。三奶奶把那个布包层层打开，里面是一双发了黄的老布鞋，就是那种手工的，千缝百纳能踢死牛的老布鞋。木头一惊，突然明白了三奶奶要做什么了。

三奶奶小心翼翼地把老布鞋放入小木船里，再用绳子固定好，然后把小木船缓缓地推进了河里，那只载着老布鞋的小木船就顺着浪涛向下漂去。三奶奶看着越漂越远的小木船，松了一口气："好了，这下老三就能穿上我做的鞋了。"

那只小木船越漂越远，三奶奶的心也好像跟着小木船漂走了："老三啊……六十七年了呀，我一直想给你送这双老布鞋……去南海太远了。再说，木头这个样子，一会儿也不能离人，我没办法呀……晚上我只要一合眼，就看到你光着脚丫子在大海里……我和木头也没有多少日子了，就要去见你了……"原来，三奶奶心里一直隐藏着一个故事，三奶奶的故事只有木头知道。

六十七年前，三奶奶过门才三天，三爷的部队就接到了攻打海南岛的命令。三爷脱掉脚上结婚的新布鞋，又穿上那双露着脚指头的烂布鞋就要走。那双新布鞋是结婚时借对门二蛋的。三奶奶一把拉住了三爷："急啥呀？"三奶奶也顾不上脸面了，央求婆婆去东家借鞋布，西家借鞋底，点灯熬油整宿没睡觉，也只赶出来一只，另一只才刚起头儿，三爷就穿着那双露着脚指头的旧布鞋跟着部队走了。三爷走时对三奶奶说："媳妇，慢慢做，等我打完海南岛回来再穿也不晚。"谁知三爷这一去就没能回来。

后来，三爷的连长回来了，连长是拄着一双拐杖回来的。连长握着三奶奶手说："他是个英雄，没有他就没有敢死队！"连长说着从一个小箱子里拿出一只老布鞋，那是一只露着脚指头的褪了色的旧布鞋。连长双手托着，像托着一枚军功章，给三奶奶……原来，三爷带着敢死队强渡琼州海峡时英勇地牺牲了。连长只抢回了三爷的一只漂在海水中的鞋子。连长没走，三爷的声音一直在连长的心头炸响："如果我光荣了，请你照顾好我的女人！"

木头就是那个连长。

望着越来越远的小木船，木头忽然缓缓地抬起右手，向小木船和那双老布鞋敬了一个军礼！

原刊责任编辑　郭晓霞

【作者简介】吴建,山东枣庄人。中国寓言文学研究会闪小说专业委员会会员,中国当代微篇小说作家协会理事。作品获多种文学奖项。

搞笑的房子

徐　东

老李赚了将近四百万，却来找我诉苦。

老李买过一套二手房，当时八千块一平方米。那套房子花了八十多万，首付了二十多万，贷了六十多万。当时他的爱人没有工作，只他一个人赚钱，每个月除了生活开支还要交房贷，压力山大。没想到他爱人又意外怀孕，违反了计划生育政策，他被单位辞退。失去稳定收入的他便想把房子卖掉，开个饭店。房子在房产中介挂出去，很顺利地卖了。他们还清了银行贷款，赚了将近四十万。卖了房子的他们非常高兴，在钱还没有到账之前生怕买主后悔了，当买房子的人把钱打到他们账上之后，才长出了口气。现在看来，老李的房子当然是卖亏了，提起那件事，他恨不得用头撞墙。

为了安慰老李，我说，你还记得老杨吧？老杨比我们来深圳的时间都要早，至今还没有在深圳买房子。比起他你还算是好的了，毕竟当初在房子上赚到过钱。现在老杨成了我们报社的笑料，因为他总觉得房价高。一平方米三千块时嫌高，一万块时还嫌高，三万块时更是嫌高得离谱。让他没有想到的是，房价一直噌噌往上涨，同样的房子后来每平方米涨到了七八万块。他和他爱人收入都不差，多年来省吃俭用，存了不下两百万。照现在的房价，两百万也不过是一套不大的、位置也不会太好的房子的首付款，而且还得欠银行几百万，两个人的工资加起来，也不过刚够还月供的，而且得还一辈子，你说搞不搞笑？

老李点了点头，又摇了摇头说，我还真笑不起来。说到这儿，我是真心佩服老唐。老唐和老杨同时进报社的，我刚进报社时他还带过我一阵子。那时他天天带我去看房子，说这儿的房子可以买，那儿的也可以买，可我当时根本没有听进去。老唐和老杨不一样，他认定了房子会升值。三千块一平方米时他买，一万块一平方米时他买，三万块一平方米时他也买。前几天我刚见过他，他准备买前海十多万一平方米的房子，说那儿的房子将来升值空间大。他现在少说也有三十套房子，七八个商铺，还在想着买房子，真是上了瘾。他曾亲口对我说过，现在去外地他都不大敢坐飞机，怕飞机失事，家里人搞不清他在什么地方买了房子，收不到租，你说搞不搞笑？

我笑着说，确实搞笑。如果我们当初跟着老唐的思路走的话，现在都成了亿万富翁。你看老唐那么多房子，现在还在报社老老实实上着班，多低调啊。他也不见得比我们的工资多，今天能有那么多套房产，也不是他比我们原来就更有钱，而是懂得如何用银行的钱。当他有了第一套房子，可以用房子贷款买第二套。有了第二套房子，他可以出租，用贷款买第三套。早先也没有限购这个概念，个别楼盘甚至不需要首付，只要你有份正式工作，还得起贷款就可以了。

老李拍了一下自己的大腿说，真是撑死胆大的，饿死胆小的——你说我当初开饭店怎么就没想起来用房子抵押贷款呢？我们用卖房子的钱开了饭店，起早贪黑地干，每天累得和狗一样，回到出租房里倒头就睡，孩子的教育也没顾得上。我们也算干得有成绩，每年除去开支能落个三四十万块，十年下来赚了将近四百万。这些年房租一年一个价，我们也一直想着买房子，可房价又一年比一年高，我们手头那点钱也就越来越不算钱。上个月我老婆在网上查，结果查到了我们当年卖出去的那套房子，标价六百二十万，每平方米六万多了。你知道这意味着什么吗？这意味着我和我爱人这十年来不光是白干了，还赔大了。那套房子还是同小区最便宜的一套，我老婆和原来的买主，现在的卖主见了面。对方还记得我们，说如果我们买，愿意实收六百一十五万，便宜五万块卖给我们。加上各种税费，我们那套十年前以一百二十万卖出去的房子，现在得花六百四五十万才能买回来，你说搞不搞笑？

我忍不住笑着说，这也太搞笑，太不正常了——你们不会真买了以前的那套房子吧？

老李叹了口气说，房价现在那么高，我确实是不想买了，可我爱人觉得钱放在手里即使不贬值，说不定哪天就花完了，还不如买房保险。我也觉得有道理，因此还是买下了那套房。上周三十万的订金已经交上去了，估计再过一段时间我们就可以搬回原来的房子里去了。我们是第一套房子，可以贷七成，七成相当于是四百多万。我爱人精打细算，主张将来房子过户后就租出去，我们继续住在便宜的出租房里，这样每个月能赚个两千多块，你说搞笑不搞笑？

我说，这也太搞笑了，不过这不只是你老李搞笑了。

老李说，你说是谁在搞笑呢？

我说,我也说不好什么在搞笑,让我们每个人都变得那么搞笑了。

原刊责任编辑　李青风

【作者简介】徐东,出生于山东郓城,现居深圳。中国作家协会会员,一级作家。出版有小说集《欧珠的远方》《旧爱与回忆》《欢乐颂》等。

谁寄来的快递

陈秀荣

正在午睡，手机突然响起，说是有件特快专递，请立即过来领取。吴海民忙问："要不要付款？""不需要的。"对方答道。见不需要付款，他心中便宽慰了一些，立即说："请放在单位门卫处，过会儿去拿。"他本想睡一会儿，但怎么也睡不着，总是想着这个邮件。到底是谁？这个问题始终悬而未决。赖在床上约莫一刻钟时间，他还是起身飞快下楼，骑上自行车朝单位门卫处飞奔而去。拿到了邮件，就应该知道是谁了。

到了单位，门卫把邮件递给了他。他接过一看，没有寄件人的地址、姓名，更没有电话号码。他前前后后翻看着，生怕疏忽哪一个细微的地方。翻看了好几次，最终也没找到寄件人的任何信息。于是，他让门卫用剪刀将它剪开，打开一看是护膝、护腰、护肩的东西，北京一家公司邮寄过来的。寄件人知道自己的单位，还知道自己喜欢运动，应该是熟悉自己的人啦！他苦笑了一下，这到底是谁啊？什么意思？但不论怎么说，不要钱能收到礼物也不是什么坏事。于是，他心中释然地回家了。

到家时，老婆问他："是谁寄的？什么样的礼物？"

他把礼物送到老婆的面前坦然地说："就这个。"

老婆拿到手左瞧瞧，右瞧瞧："奇怪啊！是谁对你这么关心啊？这包裹的皮呢？"

"上面什么信息都没有啊！"吴海民突然意识到问题的严重性。老婆是有名的醋坛子，如果不讲清楚，她是不会罢休的。

"你还愣在这儿干吗？快把皮给我找回来！"老婆突然提高嗓门。

吴海民吓了一跳，脸都白了，唯唯诺诺地推门出去，再次骑着车朝单位飞奔而去。

"和我耍心眼，你还嫩着点呢！"老婆瞅着他狼狈的身影，自鸣得意地笑道。

吴海民急急忙忙地赶到单位，门卫说："刚才被一个收旧品的老头拿走了。"一听这话，他立即傻眼了，这可怎么办？没法交代了，就是跳下黄河也洗不清啦。他呆呆地坐在门卫办公室里，手足无措。门卫说："实在不行，我向你老婆证明去，替你洗干净身子。""不行啊！你是单位的人，会越抹越黑的。除非找到那包裹的皮。"吴海民哭丧着脸说。"那就没办法了，不是熟人，到哪里去找那老头哟？"此时，门卫摊开双手，一副爱莫能助的样子。

吴海民满腹心事地推着车子往回走：是不是办公室的李晓岚寄给我的？平时，她总是关心自己，偶尔还倒杯咖啡给我。可惜她长得不怎么样，我对她更没什么想法。或许，她因我的冷漠而生气了，故意使个坏。呵呵！怎么可能呢？她是办公室有名的抠门。也许是老同学张慧，有几次遇见我，总是含情脉脉地笑着，笑容中似乎藏着一种暗示。要是同学时代还有点想法，现在大家都老了，不会有那想法了。办公室老季也有可能啊！曾经对李晓岚有意思，害怕我从中横插一扛。他故意寄个莫名的邮件，叫我那善于吃醋的老婆生疑，然后盯紧我，让我对李晓岚无机可乘……

站在门口，他有点犹豫了，但还是掏出钥匙开了门。女人早已站在了门口，手叉腰间，厉声道："我就知道你找不回来，心中有鬼了是不是？快点把这狐狸精招出来，否则这日子就没法过了。难怪有几次打你电话你没接啊，那是你正在和狐狸精鬼混，你就等着吧，看我怎么收拾你。"

此后一个来月，吴海民像小媳妇一样过日子。最让他受不了的是老婆每月给他的二百元零花钱也停发了，他的烟虫快饿死了。见别人抽烟时，他赶紧躲得远远的，否则泪水会不争气地流下来。

有一天，儿子从外地出差回到了单位，特意打了电话给他，问："最近收到包裹了吗？"他这才恍然大悟，责怪道："怎么不早说？家里快翻天了。哎呀！这孩子。"儿子委屈地说："你们不是总说我不关心你们，说我们这些独生子女自私。迟点告诉你们，让你们有个惊喜。难道不行吗？"

原刊责任编辑　赵威

【作者简介】陈秀荣，写作微小说多年，曾有作品入选《小说选刊》及其他选刊。著有小说集、诗集多部。

三等奖

梨花白

赵淑萍

这世上,大部分的良善之人,不会咒别人死。但是,对于村里一个叫"梨花白"的人来说,就不一定了。

因为,他是给死人穿衣的。村里的老人们,在生前,就准备好了一套寿衣,专为以后赴阴曹地府时穿。入殓或者火化前这行头就得全换上。那寿衣,往往是中式衣服,老太太的鞋子,还绣着繁密的花,和戏文里的一样。为了留住阳间最后的印象,这衣服当然要穿得光鲜、体面,不能皱巴巴的。可是,死者的身体僵硬了,不好穿,而且亲人们穿,又怕眼泪掉在上面,让逝者后世流泪烦忧。于是,就有了专门给死人穿衣的人。这钱好赚,以前二三百现在七八百。而且,主家还得给穿衣人好酒好烟伺候,伺候他也等于在给死者尽孝。

这村里能给死人穿衣服的也就两个人。有一人已经很老,穿得不利索了,现在,有丧事的人家都来找"梨花白",甚至,外村的人也慕名来请他。

"梨花白"眉清目秀,长得不赖。他爹娘去世早,就剩下他和弟弟两个。以前大家都穷,这两兄弟孤苦伶仃的日子更难过。平时,就种点庄稼,还给人家干点杂活。"梨花白"的弟弟,绰号叫"猫头鹰",经常小偷小摸。比如别人家地里的瓜熟了,番薯可收了,他就半夜三更去偷,但是,绝对是东家偷一点,西家偷一点,匀开偷,偷瓜挑熟的,决不踩死瓜藤和生瓜蛋子。偷桃子常偷那种歪劣干瘪的,不偷饱满丰润的。除了吃的,其他东西都不偷。日子长了,村里人知道是他,只是骂几声,也不怎么理论。因为昼伏夜出,就有了"猫头鹰"的绰号。起初,人们怀疑"梨花白"也参与了。但一天,有人经过他们破败的屋,漏风的墙里传出了"梨花白"的厉声呵斥:"你我管不了了,但偷来的东西,我饿死也不吃!吃了,脏了手,怎么给死去的人穿衣?"有一次,人高马大的"猫头鹰"在一个外乡人那里讹钱(按今天的话说就是"碰瓷")。这时,"梨花白"赶来了,甩手就是一巴掌,"猫头鹰"就乖乖地跟着哥哥走了,从此再无此行径。

"梨花白"面庞白皙,空闲的日子,夏天,常穿一件雪白的纺绸衫,摇着一把折扇,很有点文化味。因为爱听说书,那《三国》《水浒》《隋唐英雄传》之类的,他熟了,乘凉时就讲给别人听。他讲得最生动的是"三请樊梨花"。凡此种种,就是他被叫"梨花白"的由来。要说他那双手,不仅白,而且匀。他穿寿衣,平整,妥帖,整个像被熨过一样。穿时,他戴上手套、口罩,那神情是凝重肃穆的,如在进行一项无比庄重的仪式。人们对他客气,也跟他聊天,但终究不会长谈,更不会深交,可能多少有点忌讳。

村里死人，对这家来说是噩耗，对"梨花白"来说无疑是个好日子。有一年夏天大热，村里的老人被生生热死的就有七八个。"这下可好，'梨花白'发财了。"村人说。可是，"梨花白"的一大半钱都给了弟弟。"猫头鹰"就带着这笔钱和一位寡妇住在一起，不久，四十多岁的寡妇，居然添了一个漂亮的女娃。

村西的一位孤老婆子，年岁高了。不知什么时候起她每晚都穿着寿衣睡。她怕自己有一天睡着睡着就醒不来。她孤身一个，又没钱，没人给她穿寿衣的。你想，大热天捂着寿衣睡，不病也得捂出病来。后来，"梨花白"特地跑去，劝她："别担心，有我呢，我会给你穿寿衣的，我不要一分钱。"老婆婆顿时神清气爽，身体硬朗了不少。

但是，人们还是判断，"梨花白"一定每天盼着这村子死人。死了人他才有生意。特别是富户李三，就说过，人不为己天诛地灭，"梨花白"铁定盼着有人归天。李三因为自己带了好多种病在身上，面对"梨花白"时特客气："我说'梨花白'，我高血压心脏又不好，什么时候两眼一闭就去了，到时，你给我穿衣，我备了上十一下九件，你一件件都要给我穿得齐整、舒服，我儿子一定给你双倍钱。"

那天，李三从外面回来，天色已晚，抄近路走小道，走得急了点，突然感到晕眩、气闷，跌倒在路边。而这时，路边只有"梨花白"一人经过。"梨花白"二话不说，平时文质彬彬的他，咬破了李三的手指，然后背起李三狂奔，跑到附近的诊所。就这样，李三捡回了一条命。后来，人们再没说过他盼村里死人的话。

年复一年，"梨花白"也老了，头发雪白，但身子很硬朗，他孑然一身，仍然在给逝者穿衣。

那天,"猫头鹰"那亭亭玉立的女儿,在梨花地里举着手机拍照。"梨花白"和"猫头鹰"打路边走过。"我说侄女,你别拍梨花了,拍我们吧。我们两个,头发也跟梨花一样白。"夕阳中,"梨花白"脸上的笑容很灿烂。可是,不知怎么随即黯淡了。他对弟弟说:"我给那么多人穿了寿衣,谁又给我来穿呢?又有谁会像我这样把'穿寿衣'当一回事?"

原刊责任编辑　雷默

【作者简介】赵淑萍,女,宁波市作协评论创委会副主任,海曙区作协主席。作品散见于《文艺报》《小说界》等二十多种报刊。有作品入选《小说选刊》。

三更月呜咽

肖建国

那年秋天,我在湘西一个叫瓦拿的小山村住了几日。

"瓦拿"是方言,意思是贫穷的山坳。这村子也确实太穷了,至今还没有一条像样的土路,连通外面的世界。我从小镇翻山越岭、涉水过河来到这里,仿佛一下子回到了旧社会。

墙是土墙,瓦是灰瓦,斑驳的木门吱呀作响。室内简洁、干净。两把竹椅,一张方桌,还有朴拙厚实的木床。这就是老洼经营的"客栈"。

我到达时,太阳西斜。空空荡荡的院子里,除了树,就是风。老洼对我说,村里全是老骨头,年轻人都出去捞世界了,孩子们则在山下上学。老洼五十出头,腿有残疾,出不了远门。就紧跟形势,把村民废弃的房屋租过来,翻修一新,办起客栈。

有人笑他,这穷乡僻壤的,鬼都不来,会有人来吗?

老洼回应道,现在都进入"渔网"时代了,那么多的鱼挤在一个网里,这里的荒凉,说不定就是风水宝地。

老洼把一张张图片抛到网上。枯藤老树昏鸦,古道西风野花,小桥流水人家,这里应有尽有。于是,就有人舟车劳顿来了。老洼算算,除去成本,每月能赚壶酒钱。

熟悉下环境,天色已暗,袅袅升起的炊烟让小山村活跃起来。隔壁一老叟佝偻着腰,敲着木盆,发出咚咚回响,呼唤着山坡上贪玩而晚归的牛羊。老叟一身黝黑,眉毛很淡,好像随时都有被抹掉的可能。

他冲我笑笑,露出一张没牙的嘴,算是打了招呼。

整个傍晚,我看到六七位老人,他们行动迟缓。见到我,脸上都露出木然的笑。老人、土墙、眼睛里透出不屑的牛羊,在我脑子里烙下瓦拿印象。

夜里,我在半醒半梦间,隐隐约约听到一阵哭声。刚开始嘤嘤呜呜,嗓音嘶哑,持续低沉,像是用手掌捂着嘴巴,不敢让悲痛放肆开来。间或有些哽咽,顿了几下过后,伤心的抽泣则更加凄切。最开始是一个人哭,紧接着是两个、三个……哭声有了力量,越显悲壮。我在这悲壮的力量中,由迷糊变为清醒。咬咬舌头,疼!我明白,这不是梦,而是真实的存在。

人一清醒,恐慌便袭遍全身。我轻轻侧转身,那哭声就像看着我似的,忽然由高变低,混合的悲伤又变成了单一的呜咽。如泣如诉,凄凄惨惨,听之在左,忽之在右,我浑身起满鸡皮疙瘩。

这半夜三更的,难道有鬼不成?

看看手机,临近子夜。伸手拉灯,电却停了。虽然老洼曾交代过,夜里会停电。但在这个鬼魅迷离的时刻,任我内心如何坚定,也有些不寒而栗。

我摸索到床头的搪瓷缸子，索性坐起来。这时哭声稍弱，可依旧在房间里萦绕徘徊。透过窗子，我看到半轮秋月浮在云雾缥缈的西天。西天很低，紧扣在屋檐下。哭声就好像从那里传出，通过风、通过雾、通过山岚，丝丝缕缕传入耳膜，钻进脑海。那月牙也对我发出清冷的笑，隐约可见的凤眼中，忽地涌出大片雪白的泪。

我骇然。哭声也戛然而止。这一夜，无法入眠。

第二天，我问老洼，可曾听到哭声？

老洼瞪着鼓眼泡，愣怔片刻，把头摇得如同拨浪鼓似的说，没！我再小心询问老叟，老叟夫妇异口同声回答，没——有——啊。

我在诧异中感觉到，要么他们都在说谎，要么我真的是出现了幻觉。

好在第二天夜里，哭声再次响起。刚开始依旧是嘤嘤呜呜，有些强忍住似的。慢慢地有哭声加入，悲伤宣泄顺畅许多。我翻身起床，蹑手蹑脚走出小院。

白天，我已看好地形，非常自信哭声来自邻居老叟。踩着月影，循着哭声，我轻轻来到老人的泥墙外。果然不错，有七八位老人坐在院中，倚着老榆树，围成一个圈子，正在默默哭泣。有的哽咽，有的抽搭，有的独自抹泪。院里院外，没有言语，只有嘤嘤嗡嗡、咿咿呜呜的哭声。哭到惨处，吓得半边月亮赶紧坠入云层，天地为之一暗。

夜不凉，我却瑟瑟发抖。老人们哭过一阵子后，你拉我一把，我拽你一下，互相搀扶站起身来，然后各自蹒跚着回家。我揉揉双眼，静静心神，突然感悟自己冒昧地出现这里，确实很不厚道。

第三天夜里，我期待哭声再次响起，可惜没了。

第四天依旧没有。

第五天，我要返回小镇，老洼来送我。走了很长一段土路，老洼才开口说话。他说得很缓慢：好多年了，都已成了习惯。人越老，越是想念外出的子女。特别是到了晚上，更觉孤零零的无所依靠。刚开始，只有老叟因思儿哭泣。没想到这一哭，就好像在朦胧的泪水中见到儿子一样，思念之情顿时有所缓解。其他老人听到后，纷纷仿效。经多年验证，老人们在三更之月思念亲人，则子女感应更加灵验，都会及时打回电话。于是乎，这就成了老人们想见子女的一种习惯。

我听完，默不作声。突然问：这两天，小山村的电话多吗？

老洼一脸苦相，极诚恳回答：没有。

不过，老洼旋即补充道，我说的这些话啊，你别当真，只当是一场梦好了。

原刊责任编辑　王十月

【作者简介】肖建国，广东省作协会员，近年来在全国各级报刊发表、转载作品近百篇，出版有小小说集《那年大雪》。

学 武

高 军

离自己的村庄越来越近，心跳得也越来越快，他自己都能听到咕咚咕咚的声音了。

离开家乡三年，本以为回来正正自家门头，从此以后能扬眉吐气，在村人面前有尊严地生活，可是这一切又落空了。

因为家里受了欺负，他发誓拜师学武，然后回来报仇雪恨，于是就去了南少林寺。他当时什么也不懂，就莽莽撞撞地闯入寺门。别人问他，他说就是要找最高武艺的师父学武，大家都觉得他很可笑。在大家的笑声里他还愣怔着："俺就是要学最高的武艺，回去叫人不敢再欺负俺家。"

周围一切都静了下来，住持过来了。

"怎么回事儿啊？"住持一问，大家都无声地散开，该干啥干啥去了。

他知道这个人有分量，应该是寺里的重要人物了，就又重复了要学武艺报仇的话。

住持笑了笑，拍了拍他的肩膀："你随我来吧。"

他乖乖地跟着住持走到后堂，住持在座位上坐下来，他站在那里，有些拘束，不知该怎么办才好。

住持又笑了笑："你要报什么仇呢？"

他脸上带着些稚气，但说起话来火气一蹿老高："俺家在村里小门小户的，村子里大多数人家都姓胡，其他姓也都有多家，姓乜的只有俺一家，所以很多人动不动就欺负俺，这样下去俺可受不了，所以就来投奔师父学武报仇了。"

住持还是满脸笑容："想学武艺，你可吃得了苦受得了累？"

他头一抬，上身一挺："受得了！不吃苦中苦，难做人上人。俺从小就下地干庄户活，从来不怕苦和累。"

住持还是不温不火，语调平静："学武还得有耐心呢！"

他再次挺挺胸："俺有耐心。"

住持把他领到了灶膛间，指指炉灶："这里有个铁锤子，竹子可以用它砸开，你的任务就是用它烧火燎水。闲着的时候可以用手拍拍这块石头，等它表面变滑溜的时候就到火候了，就能证明你能吃苦受累有耐心。"

尽管他一心想早点学武艺，但是对住持提的这些要求又提不出反驳的理由，只好耐着性子住下来，干起了烧水的活儿。

他知道心急吃不了热黏粥，就慢慢安下心来。拿起铁锤，用力一敲，粗粗的竹管炸裂开来，拿起竹片续入炉膛，火光就时高时低地舔着壶底。这个空闲时间里，他就用左右手反复拍打那块粗糙的石块。单调的生活倒也颇有规律。随着时间一天一天地过去，他心中的火气慢慢被磨去了一些，报仇的心思也不是太急太强烈了。

山中无历日，不知不觉一年时间过去，他就这样在寺中干着普通的烧茶水的活儿。

这天，住持来到了灶房。在他又去摸锤柄的时候，住持走上前来，握起拳头，一下砸下去，竹管应声裂成了碎片："其实也可以这样砸，你试试？"

他听话地攥起拳来，照着另一段竹管就是一拳，那根竹管也裂了开来，只是竹片比住持劈开的要宽很多。

随后，他还是不住地用手拍打那块有些滑腻的石块，慢慢地他觉得用拳头劈竹管越来越顺手了。

时间又过了整整一年，住持再次过来，用左右两手各拿起一段竹管，同时用力一攥，两手中的竹管都变成了竹片，落在了地上："从今天开始，你也要这样。"

他学着住持的样子，也捏开了手中的竹管，但还是和上次一样，比住持捏开的要宽一些。

又是一年过去了，住持把他叫到了自己面前，很和蔼地说道："三年了，你用自己的行动证实了你能吃苦受累，也很有耐心，你经受住了考验，可以学习武艺了。我看这样吧，你先回家看看父母和家人，家里人也肯定很挂念你呢，等回来的时候我就亲自教你学武。"

这时候，他才想起来，自己竟然在这个灶房里燎了三年的茶水了！

因为没有学到什么武艺，回到家中的时候他显得很低调。好在父母告诉他村里人都知道他到南少林寺学武去了，这三年来家中没有受到任何人的欺负。他觉得，自己没有学到什么武艺，还得老实做人，就打算安一桌酒席，请请村里的头面人物，感谢他们对自家的照顾，也希望他们今后继续对自己家好。

可是，大家都知道他去学了三年武艺手段肯定了得，都不敢接受他的请客。但饭菜都准备好了，不来不行啊，于是他就去亲自叫，再推辞的他就拉住人家的胳膊请，结果被拉的人都"哎哟哎哟"的，乖乖跟着他来了。

在大家忐忑不安中，酒过了三巡，看他也还是原来那么谦和，人们逐渐放松下来，开始问他去南少林寺学武的情况。他也已经喝了几杯酒了，想起三年来什么武艺也没学到，就是在灶房里烧了三年茶水，不由得心中升腾起一股火气，照着桌角就是一拍："我哪里学过什么武艺！"他的话音还没落下，桌子的一角"啪"的一声落到了地上，桌前所有人一下子张大了嘴巴，半天没有一点动静，反应过来后纷纷找理由赶紧告辞了。

他没有再回南少林寺去找住持，而是在村子里春种秋收，安分地度过了一生。

原刊责任编辑　何光占

【作者简介】高军，山东沂南人，出版小说集十部、文学评论集五部、散文集一部，《紫桑葚》收入全国通用语文课本。

拼 车
刘 浪

那一天,鲁适开着小车驰出老远,才想起路边那个头顶着包,冒着小雨,焦急地等着公交的女士是他一个小区的邻居。

他停下车,将车窗打开,用力地挥手。女士显然也认出了他,一路欢呼着小跑了过来。

坐上车,鲁适才知道这个在小区经常照面的邻居叫周姗,并且还知道她最近跳槽了,新公司就在路边不远的地方。

周姗说:"原来你也在这边上班啊,太好了,以后我就蹭你的车了。"

鲁适很爽快地答应了,还幽默地说:"男女搭配,开车不累。"其实,半个多小时的车程,在路上有个人说话也真是挺好的。

这以后,周姗每次都准时在小区的门口等鲁适。而鲁适到了路边的那个公交站,见不到周姗也会停下车等上几分钟。临时有变化时,两人就会通个电话。

每次，下车前，周姗在关上车门的一刹那，都会抬起头，给鲁适一个灿烂的微笑，然后招招手，说："谢谢啦！"

就这样，一个多月过去了。

这天，周姗一上车就说："鲁适，总是蹭你的车，我也很不好意思。这样吧，我们拼车吧，每个月我给你三百元。"

其实鲁适也有同样的想法，现在油价不断上涨，多载一个人，还是多出不少费用的。但想是这样想，他说出来却是："不用啦，只是顺路而已。"

周姗说："别客气啦，拼车很流行的。我坐公交也是要花钱的，现在坐你的车已经方便很多了。"鲁适不再说什么了。

第二天正巧就是一号，周姗上车就说："拼车就从今天算起吧。"鲁适笑："那好，恭敬不如从命哟。"

两个人说说笑笑，很快到了地方。下车后，周姗将车门关上的一刹那，在窗外招了招手，要说什么，却欲言又止。

鲁适开着车继续前行。他想：周姗刚才要说什么呢？想了一会儿，他明白了，周姗当时的表情和动作，本来是想说声"谢谢"的，可为什么她又没说出来呢？突然间，鲁适恍然大悟：今天不是开始拼车了吗，人家既然要给钱，为什么还要对你说"谢谢"呢？

虽然是这个道理，但鲁适却觉得有点别扭。

那以后，周姗还是准点坐他的车，两人还是谈笑风生。唯一不同的是，周姗再也没有说过一声"谢谢"。

这天，下雨了。鲁适到了路边没看到周姗，就打她电话。周姗说："雨太大，我没带伞，你到公司来接一下我吧。"

鲁适看了下天，雨并不是很大，犹豫了一下，他还是按照周姗说的路线，将车开了过去。周姗正在楼下等，在很多同事的目送下，周姗提着包,轻巧而熟练地钻进车。

鲁适以为周姗这回会说声"谢谢"了。哪知,周姗上车的第一句话竟是:"哈,专车接送,这感觉挺好。"

转眼到了月底。这天,周姗一上车,便递过来三张老人头:"鲁适,这个月的拼车费给你。"

鲁适笑笑,其实他早就想好了。他把钱推了回去,说:"还当真了,一个小区的邻居,顺路帮个忙,这么客气做什么?"

周姗有点惊讶,又把钱推了过来。鲁适执意不收,周姗只好作罢了。

到了地方,周姗下了车,关车门的一刹那,周姗抬起头,招招手说:"谢谢啦!"

这句久违的话,让鲁适觉得心里一下子舒服了好多。

周姗还是每天坐鲁适的车。在车上,两人还是谈笑风生。但鲁适和周姗都觉得车内流淌的空气里开始多了点什么,或者说是少了点什么。

终于,有一天,鲁适想好了一个理由,就说自己出长差吧。就在鲁适准备打电话给周姗时,周姗的电话却先打了过来。

"鲁适,我明天要出个长差,可能要一个多月时间,你就不要等我了。"

鲁适笑笑,说:"好的,那一路顺风啊!"

鲁适把上下班的时间调整了一下,以免撞上周姗。但几天后的一个雨天,他的车经过路边时,他却看见周姗顶着包,冒着小雨,在路边焦急地等着公交。

而周姗一定也看见鲁适了,但她没有说话,也没有招手,而是转过身,去追逐一辆开来的公交车。

鲁适听着音乐，开着车继续前行……

原刊责任编辑　李素灵

【作者简介】刘浪，安徽宿松人，现居广州。出版作品集《俗事吾睹》《兄弟是手足》《紧急任务》三部。获第九届"茅台杯"《小说选刊》年度大奖等。

爱情红烧肉

欧阳华丽

是结婚的第三年了，他清楚她喜欢的颜色是米色和灰色，知道她化妆前一定要敷一片面膜，知道她怕黑，每晚一定要猫似的蜷缩在他怀里，攥着他的手。当然最清楚的是她非常喜欢吃他做的红烧肉。

他做的红烧肉，肉软，色红，皮嫩。通常是那种层层叠叠的五花肉——肉皮、肥肉、瘦肉各居一层，又密不可分，宛若深情相偎的亲密爱人。她经常像个孩子似的看着他为那道菜忙碌。而在做那道菜时，他就像一个魔术师，变着戏法，生涩的肉块从深红至浅红，从厚重到晶莹，从"浓妆"到"淡抹"。经过一道一道工序和步骤之后，肉块最后变得如果冻般诱人，且具有果冻不具备的迷人酱香。出盘时，托着盘子稍一颤，它们便果冻般左右摇摆。她每次都争着把它从锅里端出来，而他则会宠溺地把第一块肉塞进她的嘴里……

就在他们婚姻的热度由滚烫的浓咖啡，转向温牛奶时，峰像一颗火种，迅速将她不温不火的生活点燃。那个男人仅仅一个眼神，或是轻轻与她额头相抵，都能将她潜伏的热烈猛然唤醒。他是一个极讲究生活品质的男人。他们的约会就是一部富有异国情调的美食史，烤三文鱼，葱烧海参，法式田螺，奶油蘑菇汤，清炒芦笋，素鱼翅，亚麻子油杂粮窝头……餐厅优雅静谧，菜品精致高颜，荤素合理搭配。情至深处，他指天发誓，今生一定要娶她为妻。而她爱的天平也身不由己地偏向外形俊朗、浪漫多情的峰。她想到了离婚，只是他深爱着她，她无法预测，离婚会带给他怎样的震撼与打击。一日夫妻百日恩，她尝试了很多次，依然不知如何开口。不久，她所在的公司准备在另一座城市设立一个分部，她积极行动起来，终于争取到了那里的工作，当一切准备就绪，她收拾好行李向他辞行。他一下子目瞪口呆，有些恼火地说，这么大的事情你竟然不跟我商量一下，你眼里还有我还有这个家吗？他从来没有这么大声跟她说过话，她的眼前雾蒙蒙一片。她压抑住内心的愧疚转身出门，他追出来，说："那，我做些红烧肉，用罐子密封好，你带过去。"她撇撇嘴："我正在减肥。"然后，头也没回就下楼。他头一回蒙蒙地站在楼道里，像一个被孤立的束手无策的孩子。她有些失落也有些感伤，又安慰自己，或许这样绝情他会因气恼而淡漠对自己的感情，将来离婚不至于放不下。

  来到陌生的城市后，工作上的巨大挑战，南北方生活上的很多差异，各种不适应状况很快出现，而胃的记忆功能此时愈发凸现，对他做的红烧肉，充满渴盼。峰每个星期都飞来看她，带她去各大餐馆吃各种好吃的。或许是多年来他做的菜浓油酱赤，麻辣鲜香，把她的胃给惯坏了，跟峰连着在外面吃上一段，心里就空落落的，总有吃不饱的感觉。他们在餐馆也点过红烧肉，可她吃上一块以后总是感觉差点意思，就没有勇气再吃第二块。每当孤独寂寞难受之时,她心里就会挂念起他做的那锅红烧肉。有时,她也照着菜谱尝试去做,但总是火候把握不好,不光厨房被她折腾得惨不忍睹,而且做出来的红烧肉也是色香味全无。她这才发现,原来做一盘红烧肉竟然需要这么长一段时间的沉静心绪,慢慢守候……

这天她从公司加班回来,厨房里五花肉肉汁正咕嘟咕嘟翻滚,散发出她熟悉的诱人香味。当峰像个饭馆里的大师傅那样,用勺子在炒锅底上俏皮地敲两下,告诉她自己已经为她做好她最爱吃的红烧肉时,她一下子怔在那儿。当峰把一块红烧肉塞进她的口中,她只嚼了两口便惊呆了……

"这个味道,你是从哪儿学来的?"话刚出口她便哽住了。

峰沉默了一会儿,然后怅然道:"你走后不久,他找到我,说你最喜欢吃红烧肉,他很耐心地教我选肉,调底料,煸炒,上糖,小火慢炖。他还说,猪肉必须要炖三个小时以上,中间还要多换几遍水,这样才能将肉中的脂肪去尽,才能让女人既健康美容,又不长肉……"

泪慢慢涌上来,她的心仿佛被人掏空,泊满了悔恨。峰把一张纸递给她:"离婚协议书他已经签好字了……"等她回过神来,峰已经悄悄离开。这时,她看到微信里的图标在跳动,点开一看,里面是峰给她的留言:也许我很多地方都比他要出色,唯有对你的爱,不如他红烧肉般的厚重与敦实……

原刊责任编辑 童光丽

【作者简介】欧阳华丽,湖南省作协会员。有作品散见于《小小说选刊》《当代文学》《国际日报》等中外报刊。出版长篇小说《风雨人生路》等。

琢 舞

李佳怡

　　晨光初现,一片一片的雪花悠然而落。在大雪中,一个细高个儿的男人,翩然起舞,他的舞姿与飘落的雪片相映成趣。

　　这个男人叫王琢,老李认识,是做小买卖的。做什么小买卖呢?不好定义。这么说吧,什么快,他卖什么:灯节他卖元宵,清明节他卖冥纸,中秋节他卖月饼,春节他卖鞭炮,樱桃下来他卖樱桃,毛桃下来他卖毛桃……不管卖啥,一年四季他不闲着。

　　老李早晨遛弯儿,恰好遇到王琢在自己的摊位前跳舞。老李乐了,问,王琢,你跳的是什么舞啊?

　　王琢说,琢舞!

　　什么"抽"舞?就是笨蛋舞吗?

　　你没听说,倒也不算你孤陋寡闻。因为这个舞蹈,是我王琢创造的,所以叫琢舞!以后,我会让我的舞家喻户晓,你会慢慢听说的!

王琢乐呵呵地说着，老李的问话，一点都没影响他继续跳他的琢舞。

老李"呸"了一声，也乐了。心想，家都那样了，还穷欢乐呢！

王琢的儿子七岁，脑瘫，成天靠人侍候。妻子精神分裂，一犯病就整天在外面疯跑，不着家。家里家外全靠他王琢一个人忙活。

老李又问了几句什么，但王琢不再理会老李，仍继续跳他的舞。

老李见王琢不搭理他，也就没了心思再看他跳舞，他还得遛弯儿锻炼呢。

老李走了一圈儿回来，突然想起来，该问问王琢今天卖什么了。

王琢一边跳着舞，一边回答说，我今天卖的是大豆包。我的豆包是正宗北票的，馅儿是正宗大芸豆的，皮儿是正宗大黄米掺小米的，用的水是北票松山五泉水。所以呢，我给我的豆包起了个品牌，就是"一二五"牌，扩展开来就是"一豆二米五泉水"！

王琢一边说着，一边跳着，看起来非常欢乐。

一听王琢说出"豆包"二字，老李就胃口大开。老李喜欢吃豆包，打小就偏好这口，问，多少钱一个？

王琢说，五毛钱一个。

老李听后心一沉，心想，可够黑的了。但又口犯馋水，实在顶不住诱惑，于是，咬咬牙买了十个。心想，不就是多给两块钱嘛，能咋的呀！

老李买完了，又陆续有几个老头儿跟王琢打听价格，听了报价，老头儿们竟头也不回地走了。

而那个王琢竟跟没长心似的还在跳。

老李回家把冻豆包蒸好了，一吃，黏黏的、甜甜的，真就不似平常的豆包，老李想，这钱没白花！

吃过了王琢的豆包，老李觉得应该再买些，就下了楼，直奔王琢的豆包摊，说，再给我来一百个！

王琢一边跳舞一边说，老李啊，我可不能卖给你那么多。最多，我卖你二十个！

老李一听急了，说，你这是大姑娘要饭太死心眼了吧？开店哪有怕大肚子汉的？

王琢说，那你就不懂了，要不说你没有战略眼光呢。哈哈，我这是在打广告搞推广呢，要做大！

老李说，你可真逗，小题大做，卖几个豆包，还需要战略？还要有眼光？我看还不如赶紧卖了，多赚点钱呢！

王琢停下舞动的四肢，一本正经地说，我可不逗你！真是这样！

老李像不懂似的摇了摇头。

王琢还是像傻子似的跳舞。后来，王琢的摊子前经常有人围观，看王琢跳舞，走时顺手把豆包买了。

后来，老李天天来王琢家买豆包，也不多买，每次都是十个以内，够吃一顿的，他倒要看看王琢到底琢磨的是什么。

王琢的小摊上豆包没断过溜儿。

再后来，不但冬天王琢卖豆包，就是五黄六月，王琢还卖豆包。而且，有冻豆包、鲜豆包，还有已经包好的自己现吃现蒸的那种豆包，并且，都是北票的，广告牌子也竖起来了，"一二五"牌。

那时，王琢已经不摆小摊了，而是租了门市，常年经营起了豆包店。

当然，开了店的王琢已经不跳什么琢舞了，他没有那工夫了。

老李问，你咋不跳你那琢舞了呢？

王琢说，我是不是说过我要我的舞蹈家喻户晓？

老李说,说过呀,咋了?

王琢说,那不就得了嘛,买二两棉花你纺一纺(访一访),我王琢是不是家喻户晓?

王琢说着指了指自己的小店。

那倒是,现在谁不知道王琢的豆包店呢?谁又能离开它呢?

据说王琢的儿子仍然瘫着。好在,王琢的妻子精神分裂病好多了,都能照顾儿子了。

这时,老李才恍然大悟,说王琢是个有心人。

原刊责任编辑 杜凡

【作者简介】李佳怡,女,80后,供职于某杂志社。作品散见于《文艺报》《中国文化报》《北京文学》《西湖》《西部》《湖南文学》《飞天》等报刊。

抢镜头

黄 标

"老娘,我回来了!"张局长踏进家门,老娘正在生火做饭。

老娘惊喜而又略带责备的意思:"哎呀,我儿回来啦!怎么电话都不打一个呀?"

"哦,国庆放假有点空闲,心想大半年没回老家了,就回来了啦!"张局长接过老娘递过来的洗脸帕。

"那司机小刘呢,还不快叫他进来坐。"老娘向门外望去。这么多年来,张局长回农村老家,都是小刘开车把他送回来的。

"哦,小刘今天没来,我一个人回来的。"张局长回答道。

"是小刘有事,还是单位的车坏了?"老娘感到很意外。

"小刘没有事,单位的车也没坏,是因为现在干部纪律要求很严,不准公车私用,特别是国庆这种重大节假日,督查得更厉害。"张局长解释说。

"是不是真的哟,你没骗老娘吧?"老娘盯着张局长的脸看,眼里闪过一丝担忧。

"当然是真的，我骗老娘干吗呀？"张局长感到莫名其妙。

"这回我是亲自到车站排队买票，乘公共汽车回家的。虽然颠簸了三个多小时，但我感觉还挺好的呢！"张局长补充说。张局长已经多年没有乘公共汽车了，有一种久违的感觉。以前小刘送他回农村老家，他大都在车里睡觉。而这次乘公共汽车，他竟然丝毫没有睡意。

这时候老爹赶集回来了，一进门就急急地问："我儿果真回来啦！没犯事吧？"

"儿好好的，犯什么事呀？老爹！"张局长一头雾水。

"吓，乡亲们都传遍了，说你一个人从公共汽车里钻出来，空着手，低着头，灰溜溜地回老家，肯定犯事下课了呀！"老爹急得喉咙冒烟。

"哈哈，是这样呀"，张局长哈哈大笑，"难怪在村口下车后，和碰到的乡亲们打招呼，感觉大家的表情都有点古怪呢。"

老爹老娘对望一眼，不相信地摇摇头。以前儿子回家，可都是坐的奥迪车，前呼后拥，挺胸抬头，大包小包送给爹娘伯叔甚至邻居，好不气派！

张局长只得耐心地解释："我空着手，是因为没有现成的礼物，而儿又忘了买。以前儿拿回来的那些礼物，全是别人送的。现在干部纪律要求很严，别人不敢送，儿也不敢收。至于低着头，是因为儿颈部长了个小疮，正在治疗中，抬头会很疼呢！"

"真是这样吗？"大伯也急急地赶来了，一把抓住张局长的手，"有乡亲说，侄儿下车后，后面还有两个人远远地跟着，说不定是公安或者纪委、检察院的人……侄儿真没犯事吗？不是回来告别的吧？"

张局长一听哭笑不得，只得又把事情的来龙去脉原原本本解释一遍。

张局长回城时，在村口等公共汽车，总觉身后有乡亲指指点点，老娘似乎还背过身抹了一下眼泪。张局长忽然感到心里很沉重。

回到机关，张局长陪同县长调研时，总喜欢往镜头面前凑。县电视台的记者有时候想给县长拍特写，见这情况，便悄悄叫张局长回避一下，但张局长总是假装没听见，或者只是口头答应。碍于张局长是局长，记者只得另觅机会、另选角度、见缝插针拍摄。

有一次市长来视察，县长和张局长等人陪同，张局长又往镜头面前凑。市电视台记者火了，问张局长："你有话要对全市的观众说吗？"张局长连忙摆手："没有没有。"然后对记者说了句只有他自己听得懂的话："我只是想通过电视新闻告诉乡亲们，我真的没事儿！"

原刊责任编辑　刘驷刚

【作者简介】黄标，土家族，湖南龙山县人。中国少数民族作家学会会员、湖南省作协会员。出版《一扇窗》《随心所欲》等作品集13部。

古 风

徐水法

或许说是多年的默契,看见母亲在灶上忙碌,父亲就会坐到灶下去烧火,我便起身去村里走走。几乎每一次回家,我都会抽出时间在村里的老祠堂、老厅和一些公共场所走走看看,看见那些老人在家,我就会走进去,和这些硕果仅存的家族长辈闲聊一会儿。

阳光已经西斜,村里的炊烟已经三三两两开始飘腾起来,从屋顶上烟囱里喷薄而出的烟柱,像一条白龙腾跃在空中,东一条西一条,在村子上空,升腾飘袅。只是已经失去了早年间那般热闹,以前一到傍晚,炊烟一起,就能在村子上空笼成一大团白雾,就像大片的云团聚集,村里则是朦朦胧胧,正如自远而近铺天盖地的夜色,淹没整个村子。我随意走向村东,路上偶尔碰到几个从地里回来的乡邻,彼此都是热情地打着招呼。村东是通往邻邑诸暨的庙下岭,早先岭下那个赵家坎是在山谷里,我家有两块自留地,没少去干活。

刚走近村东的岭头,就听见了低沉带点沙哑的"吭嗨吭嗨"的声音，这声音太熟悉了，以前在村里务农时，两个或更多的人抬石头扛木头时都会喊着这样的号子！多年没有听见，这么晚了，谁家还在抬东西呢？

很快，一丛毛竹梢头露出来，哦！我明白了，这是有村里人把几棵毛竹捆在一起，然后两人扛着走。几十米长的毛竹，一个人一般只能背一棵，把毛竹捆在一起，两个人扛就可以扛三到四棵，甚至五六棵，以前我在家时，也时常和父亲一起这样扛的。

走近一看，这不是福祥伯吗？唉！说起来是个苦命人。他也算有儿有女，可惜儿子养到十来岁，突发疾病走了，女儿嫁到外省，听说生活过得不太顺心，几年才回来一趟。福祥伯老夫妻就像孤老一样，七十多岁的老人，什么事都得老两口自己扛。

我走上前去，叫一声"福祥伯"，接过伯母肩上的毛竹，帮着一起扛上岭。手上拄着竹棍佝偻着腰的福祥伯老两口，一迭声地对我说着谢谢的话。举手之劳，弄得我反倒不好意思。听说岭下还有几棵，我闲着也是闲着，就和他们一起下岭，帮着他们扛上来。"罪过罪过！让你帮我们背毛竹……"老伯母一路不停地说。我说没关系的，你们不要这样，小时候你们肯定没少抱过我，再说我是你们的晚辈，又正好闲着。

看看吃饭还早，我又闲逛了一会儿。回到家，意外看见福祥伯也在，脚边一堆青菜和冬笋等，正在和我父亲聊着天。母亲看见我，有些责怪，"你去哪里了？福祥伯等你好久了。"

福祥伯看见我，满脸笑容地站起身，对着我，"真是罪过啊！让阿水帮我们背毛竹。我们没啥东西好谢。青菜是自己种的，冬笋是我砍毛竹时挖来的，栗子也是我自己从山上捡来的。"

我才明白，老人觉得我帮他们背毛竹，心里不安，特意来谢我，我连连谢绝。父母亲说一直在劝他拿回去，他不肯，还说要等你回家,亲口谢谢你!说这是不值钱的土货,表表心意。

老人居然不容我怎么推辞,见我到了,就起身要走,边走边说:"我回去了。你们不用多说,我明白你们的意思。你们不收就是看不起我。我老了……"

看着老人蹒跚的身子,这下轮到我傻了,怎么会这样呢?倒是父亲劝我,先收下吧,我们吃饭。饭桌上,父亲说老人这是礼,你不要拂了老人的一片心,你帮他背了毛竹,他觉得欠你一份人情,不把这点东西拿来,他心里总觉得欠你什么,你收下了,他觉得还了人情。母亲也在边上说,没事,你走了我把你买来的营养品给他家拿一份去,就说是你还的礼,小辈不能白收长辈的礼。

回城后,母亲在电话里说了许多福祥伯家的事,当然是我"回礼"的反应。说老人几次来我家,问询我的父母,我什么时候回家,说要请我去他家吃饭。我让母亲转告我的谢意,谢谢他们,心意领了,饭就算了,每次回家都匆匆忙忙,连母亲烧的饭都吃不够。

临近年关,母亲打来电话,告诉我福祥伯拿来一大块肉,说是自家养的年猪杀了。听说现在城里人都到处买乡下自家养的土猪肉,一定要带给阿水一家人尝尝。

挂了电话,许久许久,坐着一动不动。我仿佛看见福祥伯弓着腰走在那条弄堂里,左手夹着烟,右手提着一大块肉,正喜滋滋地往我家去。

原刊责任编辑 黄灵香

【作者简介】徐水法,在《小说选刊》《散文百家》《读者》等报刊发表百余万字作品,数十篇散文、小小说入选各种年选本及中高考模拟试卷。

猫　眼
岑燮钧

梅姨踏上舜江府老城的一条小巷时,一只猫蹿出来,从她脚边一溜而走,大概跑出十来米的样子,又在一根石柱下蹲身回望,眼睛圆圆的,一动不动,看着梅姨走近,然后"喵"的一声,往里一蹿不见了。

这条小巷显然是经过了修饰。有些人家的檐下,挂着红灯笼。门框四周,刷过白,门则刷成了黑色或者暗朱色。桥上莲花托底的石柱上,放着花花草草,花茎垂下来,随风飘荡——与五十年前全不一样。那时,门板上的漆斑斑驳驳,门口生着煤炉,烟熏得人直咳嗽。她每次经过时,总要小跑几步。

她这一辈子,就这么过来了。五十年前,她从这里离开,去了香港。在纽约,她长年租住在公寓里,有过一段似是而非的婚姻。保罗比她大二十岁,就像当初老师比她大二十岁一样。这是一个劫。她做姑娘时,她妈给她说过,称骨算命,她只有二两三钱。

到了老年，最难熬的是皮肤发痒，吃过不少西药，还是痒得彻骨；也曾去唐人街配过中药，在公寓里煎熬，药香飘得到处都是。夜里，总是睡不安稳，老是感觉有虫在爬。早年，她换过许多公寓，来不及买床，或者，是为了搬家方便，常常席地而卧。保罗不在之后，她也曾换过公寓。最初，也没买床。一夜开灯时，大大小小好几只蟑螂从她身边爬过，她不由大叫起来，不断用鞋子拍打。蟑螂跑进了缝隙里，她惊魂未定，谁知，一会儿，蟑螂趁她一个转身，又爬了出来。她又尖叫起来，慌得穿上高跟鞋猛踩。第二天，她就立马买了一张床。床上固然没有蟑螂，但疑心有许多螨虫，或者，房子里有蚂蚁？她总是感觉痒。熬了一个礼拜，她再也不能忍耐。于是，又换了一家公寓。可是，搬床的成本比新买一张还要贵，她就扔下了这张床。她在无数次搬家中，不知遗弃了多少张床。她给几个朋友都说过公寓里闹虫灾。他们对此不是淡然置之，就是怀疑她有心病。她也不争辩。人最难逃避的是宿命。记得那次老师握住她的手时，正好一条毛毛虫从横梁上掉了下来。她惊叫的时候，听到了楼梯上的脚步声，师母端着桂花圆子上来了。

这条虫困扰了她一生。去年开始，她又搬回了香港。她不断在吃中药，虽没什么大效果，但似乎好些。上半年祝晓童来香港参加一个油画展，特地去看望了她，告诉她，舜江市把他家的老宅征为"祝敏之艺术馆"，下半年要举办一个"祝敏之油画展"，遍邀海内外亲朋好友与会。祝晓童邀请她到时也共襄盛事。她没答应也没拒绝。这些年来，老师祝敏之和师母朱桂芳已淡出她的内心很久了。

第二天是正式的典礼。前一天黄昏她在小巷徘徊了很久，在"祝敏之艺术馆"的大门前，她怎么也没有找到当年的老宅。她疑心老宅已经被推倒了。她在参加典礼时，不断探看各个角落。院中的两缸荷花，只有茎叶。那株藤萝，还没爬上架子。这些都不是旧物，她发现，艺术馆是全新的。一直走到最里面，才发现还有三间老楼房。对，那才是祝家的老宅。但是，比原来新多了，显然，经过了整修。

走进老宅，她怔怔了一下。墙上老师的目光，直视着自己，就仿佛当初他盯着自己看。作为祝敏之的高足，她的油画博得了老师的激赏。当年在舜江大学，她是老师最喜欢的学生，师母总是打电话给她："你快来吧，你来了，他才能画下去。"她每次来到祝宅，总要先向师母问安。那时，祝晓童还只有五六岁的样子，脑后留着一根长长的辫子，师母总是把它折起来，然后用橡皮筋把它绑住，免得被别的小朋友拉扯。"快叫梅姨！""叫姐姐就够了！"她总是这样说，然后用手指勾一下晓童的鼻子，晓童就会跟上去。"乖，爸爸在画画，你别上去！""我要跟梅姨玩！"但师母还是把他抱了下来。

她下来时，总是忐忑不安。她有时下楼梯前，在门口站一会儿。到楼下时，师母总是笑着走出来："小梅，我炖好了莲子汤，你吃了再走。""不了，不了！"她有时跑掉，有时留下来。若是每次跑掉，未免太那个了。"敏之，敏之，你休息一下，下来吃碗莲子汤。"如果老师不下来，晓童就喊："我和梅姨把莲子汤都吃完了！"这时，老师就下来了。老师吃莲子汤，师母看着他。师母不吃，她偷眼看师母。师母的脸很圆润，白白的，头发挽着髻子，穿着月白色的碎花底的旗袍。她的眼总是笑盈盈的，透明如水。"你们画好了吗？"师母像是对老师说，又像是对她说。她在楼上，师母很少上来。老师一直不作画，只是看着她。她知道老师的意思。她看到地上有许多揉掉的纸头。"老师，我来给你调颜料！"有她在身边，老师画画如有神助。有一回，老师也是这样一直看着她，然后说："小梅，我们一起去巴黎吧。"

她下楼来。"画好了？"师母走出来，说，"小梅，师母给你织了一条围巾，你试试看！"她说："不了，师母，多不好意思，你还是给老师织吧。""他也有,他也有!"她示意了一下毛线篮。毛线篮边蹲着一只猫,它抬头看着自己。"去!"师母随手挥了一下,"喵!"猫叫了一声,满是无辜,让人不忍赶它走。"谢谢师母!"她向她鞠了一躬。那是一条火红的围巾,她喜欢极了,可是她的心很乱。

她好一阵不敢再上祝宅。不是怕老师,而是怕师母。"小梅,你不来,你老师好像什么都干不成,你帮帮他吧。"她还记得最后一次出现在祝宅时师母说的一句话。她想,师母难道真的不知道老师想什么?她离开时,"你再来哟!"师母看着她,那眼睛还是像秋水一样。她定定地看了一眼,"嗯"了声,转身就跑。出院门时,回头一看,发现师母正转过身去,一只手在抹眼角——是灰尘吹进了眼睛里吗?

她没去巴黎,而是去了香港。后来的时世就很乱了。

老宅是按照旧样摆设的。在卧室,她再一次看见了这双秋水一般的眼睛,淡然而优雅。她不知道这双眼睛是怎样面对一九六六年的风暴的。老师自杀了,师母也自杀了。她在香港知道这个消息,已经是一年之后了。

典礼结束后,祝晓童把她送到了机场。她把几张自己早年的油画捐给了艺术馆,其中一张,画的是一个织毛线的女人身边蹲着一只猫,猫怯生生地抬头看着什么。

回到香港后,她又搬了好几次公寓,每次都是因为虫灾,足足闹了有半年之久。

原刊责任编辑　付德芳

【作者简介】岑燮钧,浙江慈溪人。浙江省作协会员。有作品入选年度排行榜、年度选本。著有小小说集《戏中人》、散文集《文人之美》。

面　子

纳兰泽芸

满成的媳妇秋莲都过门三年多了,肚子还跟瘪了气的气球一样。

跟秋莲同一年嫁过来的新媳妇村里还有三个,三个都是嫁过来没多久就怀了,第二年就一个接一个比赛似的生了。这让满成觉得很憋气,在村里老少爷们儿前面都抬不起头来。

那天根柱还当着一帮大老爷们儿说:"满成啊,你家秋莲咋回事嘛,标标致致的一个小媳妇儿,怎么一上你的炕,肚子就成哑巴炮了?是不是……"根柱乜斜着眼睛坏笑着,周围的几个大老爷们儿听出了根柱话里有话,都起哄起来:"根柱今晚你去帮帮忙,保准秋莲明儿一早肚子就鼓起来了!"

满成恼羞得耳朵眼里要冒出火来,可是他还是忍住了,他想起了秋莲的话:"满成,都是村里的老爷们儿,抬头不见低头见的,人家就是说几句玩笑过嘴瘾,你可不能真动气跟人家动手,不值当,咱过自家的日子,有娃没娃是咱自己的日子,就是没娃我也跟你踏踏实实过一辈子。"

秋莲几句话，把个满成心里暖得不行。所以就算在外面被糙老爷们儿笑话，他想动气的时候想一想秋莲，就不跟他们计较了，满成心想："你们笑我，你们的媳妇虽然有娃，可谁的媳妇比得上我秋莲漂亮贤惠！"

满成秋莲结婚满四年的时候，老天给了他们一个意外的礼物。秋莲觉得自己可能怀上的时候还不敢跟满成说，她怕空欢喜一场，到村里赤脚医生文胜那里确认真的怀上了，秋莲也高兴得蜜一样。

晚上当满成把秋莲搂在胳膊弯里要亲秋莲时，秋莲羞涩地推开他："不行了，我有了。"

"有什么了？"满成还傻乎乎的没反应过来。秋莲只是羞笑，还主动在满成脸上啄了一口。

这在秋莲是很少的主动，秋莲性格文静羞涩，一般不太会主动对男人亲热。秋莲轻轻地说："你要当爸爸了。"满成只觉得自己的脑袋幸福地轰了一声。

两个人都高兴得不知道怎么办才好，满成说："哎呀盼了四年啊，我都快绝望了，觉得这辈子再也当不了爹了。秋莲你说说看，怎么前面那么久都怀不上呢？"秋莲说："这不就跟咱们种地一样嘛，墒情不好的时候，种什么没什么，墒情好的时候，种什么收什么。"

秋莲的怀孕让满成很是骄傲，满成就像一蓬戈壁滩上的转蓬草一样，干旱的时候蔫头耷脑灰了吧唧无精打采，可是一旦逢上一点雨水，转蓬草立刻绿意葱茏生机盎然。秋莲的怀孕就是这及时雨，让灰了吧唧的满成生机勃勃。

为了给秋莲补足营养，满成逮黄鳝、捉泥鳅，还一个猛子扎到河底摸河蚌，就因为秋莲说喜欢吃辣椒酱炒河蚌肉。秋莲说辣嗖嗖的河蚌肉，越嚼越有味儿。

河蚌摸回家，满成剖开蚌壳，取出肥厚的河蚌肉，还细心地一点点在河蚌肉里面寻找看看有没有小蚂蟥，小蚂蟥经常会钻进蚌壳吸河蚌的汁液。

秋莲说："满成，人家都说酸儿辣女，我这么喜欢吃辣的，八成肚里是个女娃子了。"满成说："不管是啥娃，只要是咱俩的娃，都好！"

经常吃过晌午饭，满成牵着秋莲的手在村里散步转悠。村里女人见了说："哟，秋莲啊你是哪辈子修来的福哦，怀个娃满成把你当观音菩萨供着。"然后用手一戳男人的脑门子："我怀娃那会子，我家这死鬼一根灯草也没帮我拿过！"

又有女人看着秋莲的肚子说："秋莲这肚子盖个碗都掉不下来，肯定是个男娃子！"

这个时候，满成就高昂着头，扬眉吐气。

秋莲说肚子大了，怕满成睡觉不老实踢着孩子，就让满成到另一个房间睡。

秋莲肚子越来越大，还有不到半个月就要生了。这天一大清早，秋莲对满成说想吃山上的野鸡蛋。山上的野鸡蛋可不好找，但是这时候就算是月亮上的玉兔，秋莲说想要满成就要爬上去捉。

满成在村外那座小山上拉网式地搜索野鸡窝，好容易找到了几个野鸡窝可惜窝里都没有蛋。满成望着空空的野鸡窝想到秋莲失望的眼神，就又鼓起勇气继续寻找。

一直到天黑透，满成才在一个山毛榉的树根边上找到一个野鸡窝，窝里有六个野鸡蛋。满成欣喜若狂地抓起野鸡蛋就往家跑。

跑到家看到家里黑灯瞎火，一打听才知道秋莲跟着村里的拖拉机上县城里了。"坏了!"满成一声喊,掉转头就往县城跑。

跑到县医院,满成在产科找了一大圈都没找到秋莲,问护士也摇头说不知道。满成急得直抓自己头发。

半夜时候,实在没辙的满成回到村子,打远就看见自家屋里亮着灯,满成一阵狂喜奔回家,看到秋莲躺在床上,身边有一个肉乎乎的小肉团。

"啊?秋莲,你咋都回家了?难怪县医院找不到你,吓死我了。"

"吓啥?我跟娃娃不都好好的吗?看看,这是我们的娃。"

满成有点颤抖地抱过粉红的小肉团,小肉团睡着了,睡梦里咂巴着嘴。满成的眼泪就落了下来。

秋莲的眼睛也湿润了。今天好险,要是表妹难产晚几个小时才生下孩子,等满成赶到县医院可就露馅儿了。

不过她还是很欣慰,她和男人满成的面子算是永远保住了,他们再也不会在村里人面前抬不起头了。

虽然枕头在肚子上绑了好几个月太难受,肚子都捂出了好多痱子,但都是值得的。

她想好了,过了这个"月子"她就去看看表妹,这死丫头,男朋友都不要她了还留下他的种干啥,早该打掉呀!不过也好,要是真打掉了,她秋莲上哪儿捡这么现成的便宜去啊!

原刊责任编辑　王孝付

【作者简介】纳兰泽芸,籍贯安徽池州,现居上海。鲁迅文学院第33届高研班学员。《读者》《青年文摘》等期刊签约作家,中高考热点作家。

入围佳作

悔

佟掌柜

早上起来,晓光仍被满口牙都掉了的梦纠缠着,想起在病床上躺了三年的父亲,呆愣了好一会儿。开车上班的时候,没来由地回忆起往事,想当初生意做得很好,谁知道竟被人骗得血本无归,一夜间变成穷光蛋。兜里揣了二百元钱,一个人跑来上海,仗着极佳的口语,应聘到外企给德国老板当司机兼私人助理,慢慢熬上了采购部经理的位置。

晓光到办公室打开电脑,正处理邮箱里的往来信件,手机响了,一看是妹妹的手机号,心猛地跳了几下。

"晓丹……"

"哥,爸早上起来说心难受,到医院检查,医生说是大面积心梗,很危险,你要是能请假赶紧回来吧。"妹妹带着哭腔语声急促地说着。晓光的手有些抖,也没管碰倒新沏的咖啡,挂断电话直奔人事部。

飞机落地的时候已华灯初上,他打开手机,短信提示有 N 多未接电话。赶紧拨通妹妹的手机,哭声传了过来,"哥,爸走了,临走的时候一直盯着门口,肯定是想你……"

处理完丧事,晓光躺在宾馆的大床上睡了整整一下午,醒来的时候已经晚上十点了。他瞪着满是血丝的眼,拨通了"犊子"的手机。

"犊子"是他发小赵林的绰号,小学、初中、高中都和他一个班,俩人简直就像黏在一起的玩偶,处处都能看见他们同进同出的影子。晓光性格内向,寡言稳重,赵林则一脸痞相,泡妞打架的事儿没少做。当年他赔得一文不名,那二百元钱还是赵林给的。这几年回来少,但经常在电话里联系。赵林母亲瘫在床上的时间比他父亲还长,好像有五年了,为了能天天照顾她,赵林在小区里开了一家小超市,勉强维持生计。

俩人找了一家串店,要了一箱"老雪",菜还没上来就喝上了。"老雪"又叫"闷倒驴",是沈阳本地的地产酒,酒劲大,晓光每次回来非喝它不可,好像只有喝上"老雪",他才是沈阳人。赵林本想安慰安慰晓光,可看他闷头喝酒的样子,也不知该从哪儿开口,只好一杯一杯陪他往肚子里灌。没多一会儿工夫,一人两瓶老雪见了底。喝着喝着晓光眼泪掉了下来,口齿不太清晰地开了口:"犊子,我现在越想越后悔,我不孝啊,古人云,父母在不远游,可我呢,离家十年了,老爸在床上瘫了三年,我从来就没伺候过,临了临了,也没让他看上我一眼……"

"晓光,你别这么说,晓丹和你妈总跟我说,叔治病和请保姆的钱都是你出的,你虽然赚得多,但这些钱不是一笔小数目,不容易啊。"赵林拍了拍晓光的肩头,说道。

"钱算什么啊,我爸真是白养我了,一次屎盆都没给他倒过。"晓光情绪越来越激动,"犊子,还是你做得对,那么多出去发展的机会都放弃了,整天照顾你妈,看阿姨被你照顾得多好,真要是有那么一天,你肯定不会像我这样后悔。"

赵林一听这话,竟也哭了起来:"晓光,你后悔,我比你还后悔呢,我悔不当初没出去发展啊……"

赵林顿了顿,一仰脖把杯里的酒喝了,又倒了一杯,又喝了。"你知道吗?我妈病这五年,几乎用尽了我所有积蓄。我开的小超市你也看见了,维持生计还可以,可现在孩子马上就要考高中了,别人家孩子都在点对点补课,咱家孩子补不起啊。媳妇整天跟我吵,总说我为了照顾妈不管孩子的前途,唉……"

晓光一听犊子的话,心里更加难受。两人你一杯我一盏地倾吐着苦水,眼看着下半夜了,赵林突然想起什么来:"晓光,你说你后悔当初不该离开家,现在你爸走了,家里就剩下你妈了,你妹妹那身体是没法照顾你妈的,你打算怎么办?辞职回来?"

晓光一听赵林的问话,一怔,端着酒杯的手停在半空中。是啊,现在爸没了,就剩老妈和妹妹了,晓丹因为先天性心脏病一直就没结婚,以后怎么办?他该怎么办?若辞职回来,能找到合适工作吗?媳妇呢,能同意回来吗?没有工作,以后老妈和妹妹有病靠谁?他不敢想下去。

赵林一看晓光的神情,知道他也不过是说说而已。他自己又如何呢,难道真能把母亲扔在病床上,出去赚钱好让女儿补课吗?唉……这都是命啊!

一周后,赵林的银行卡里多了五万元钱,微信上收到晓光的留言：暂借你五万，你小子想着还我。

原刊责任编辑　梁永利

【作者简介】佟掌柜，本名佟惠军。高级会计师。辽宁省作协会员，东北小小说沙龙副秘书长。有小说、散文、诗歌作品散见多家报纸杂志。

一棵桃树

陆惠明

老陆的孙子喜欢吃桃子。老陆就去陆家镇上买了桃树苗回来，种在屋前的场地上。

一年后，那棵桃树长得很茂盛。

又是一年开春，桃树树冠伸展，一树桃花十分喜人。

第三年，小陆在昆山城里买了房子，一家老少就从陆家浜泗桥村搬到了昆山城里，唯独没法搬走的就是那棵桃树。老陆说，桃树三年结桃，今年照理孙子是有桃子吃了。

到了城里，小陆夫妻早出夜归上班，老陆和老伴就负责送孙子上学放学，买菜烧饭。日子过得很充实。

几个月后，村里的老张到城里买东西，就顺便来老陆家玩。老乡邻来，老陆夫妻自然要热情招待，非要留老张在家吃饭。老张盛情难却，喝了一杯酒后，红着脸说，你家的桃树结果了。

老陆像个孩子似的开心，真的？

老张说真的，但是桃子已经没有了，都被隔壁老王家的孙子吃光了。老王对这个小孩子太宠了，一清老早，眼睛睁开就吵着要去摘桃子，其他孩子见他吃得眼热，也想去摘，可桃子已被老王老婆摘光了。

晚上，小陆他们回来了，老陆老伴就讲起老家桃子被隔壁摘光的事。小陆说摘也摘了，吃也吃了，难道回去跟他们吵架啊？乡里乡亲的不好。

老陆老伴却说，那不行，今年事已至此，明年开了春，我们回去把围墙打起来，这样他们就摘不到桃子了。

老陆白了她一眼，兴师动众回去打围墙，打围墙的钱能买多少桃子，这棵桃树就几块钱买的，吃了又如何？再说了，老张的话也不可全信，老王家不可能把一树的桃子都摘了，等过段时间，有机会回老家的话，听听老王怎么说的。

几个月后，亲戚家办喜事，老陆就回老家了。老王见老陆回来，连忙与他打招呼，于是就说到了桃子的事情，老王歉意地说，小孩子太调皮，打了骂了不管用，一得空就爬上那棵桃树，吃了还想吃，实在是不好意思……

老陆笑了，小孩子不懂事很正常，贪嘴也很正常，我们不在家，不吃也要烂掉的……

老王尴尬地说，明年等桃子熟了，我一定帮你照看好，顺便的话摘好了给你送去，也让你孙子尝尝自家的桃子。

老陆哈哈笑着拍了拍老王的肩膀，路程太远，桃子熟了让村里人分享一下吧，你的心意我领了。

回到家里，老伴问老陆，老王怎么说？

老陆说，明年，他帮我送桃子来，让我们孙子也尝尝鲜。

老伴哼了一声，不要到时候桃子的毛都见不到一根。

转眼又是一年，桃子成熟的季节，却不见老王送桃子来。老陆老伴就说了，这个老王真是个黄伯伯，只有你会相信他的话，要是照我的意思，打好围墙，桃子一只也不会少。

老陆眯着眼睛，你打好围墙有用吗？存心要摘，一堵围墙能拦得住啥？只怕到时候你还是空欢喜一场。不要再为几个桃子纠结了，都怪我，当时就不应该去种啥桃树。

两人正说着话呢，有人敲门。老陆去开门。只见门口站着的是满头大汗的老王，手里拎着一篮沉甸甸的桃子。

老陆老伴通红着脸迎了出来，一定要留老王在家里吃饭。老王千谢万谢就是不肯留下来吃饭。

老王走后，老陆跟老伴说，这下你没话说了吧。

老伴说，没想到老王还真是个讲诚信的人。

从此以后，桃子成熟的季节老王都会送桃子来。有一年老王送来的桃子非常小。老陆很好奇。老伴说，这也正常的，好的大的他们吃掉了。

老陆吼了一声，老王是这样的人吗？

没过几天，村里有个长辈过世，老陆和老伴去奔丧。两人抽空就到家里看看，到了家，两人都惊呆了，只见那棵桃树光秃秃的一片叶子也没有，更不要说是桃子了。老伴痛心地说，这桃树怎么死了？什么时候死的啊？

这时，老王听到声音连忙过来，耷拉着脑袋说，这棵桃树早就死了，我也不知道啥原因，也没好意思跟你们说。

那你送来的桃子……

老王回头看了一眼自己家。

老陆夫妻俩顺着老王的目光望过去，只见老王家的场地上也种了一棵桃树，满树桃子十分喜人，只是桃子的个头不是很大。

老陆与老伴突然说不出话来，你，你……

老王说，孙子喜欢吃桃子，但怎么能老吃你家的呢，所以第二年我就种上了，没想我家的长了桃子，你家的就枯萎了……

原刊责任编辑　藏北

【作者简介】陆惠明，江苏昆山人，中国民文协会会员，昆山市第二届签约作家，2003年开始故事小小说创作，作品发表于《民间文学》《文学报》等。

我想和你一起骑单车

芇小雨

此时，我骑着单车，携着风，一路飞过古老的街道。

这个城市到处都有红的、黄的、蓝的、白的各种颜色的共享单车，老城区这条古旧的老街上，也处处点缀着 ofo 黄与 hello bike 蓝，我却是第一次走近它。好久不骑单车了，久得我都忘记有多久了。但是，飞奔的感觉一点都不陌生。

我一边用力踩脚踏一边回头，我知道马阅正在身后某一处墙角的某个窗口看着我。我知道他看着我青春飞扬的背影，及腰的长发，随风卷起的白色长裙，还有我背上挂着猴子吊坠的黑色双肩包。他的眼神很迷茫，迷茫中夹杂着不服气，而我回头的动作，让他的心跳瞬间加速。他伸手捂向胸口，张大了嘴，可是声音还没有发出来，我已经扭头看向前方。老街两侧的老墙上爬满了凌霄花。我的裙裾拂过凌霄花的枝头，长发轻拍蝴蝶的翅膀。

我最喜欢和马阅一起骑单车。我们穿梭在校园里，穿过网一样交织斑驳的光影,可是,谁让岁月如风呢?我们最后一次一起骑单车,是毕业典礼那天的傍晚,学士服叠得整整齐齐,放在车筐里。也是在那天傍晚,马阅郑重承诺,他要为自己的感情负责,照顾我一生。

马阅从来都不骗我。婚后,我只做一件事情——画画,马阅却包揽了我们生活的全部。那些年,我在画画这条路上走得磕磕碰碰,懵懵懂懂,两耳不闻窗外事。马阅却在我完全没有参与的情况下,开了公司,换了大房子,换了车子。马阅说,为了我,做什么他都信心满满。我相信马阅的话,具体到每一个标点符号。

在我的第一次个人画展圆满结束时,马阅失踪了一个星期。这一周我完全联系不到他。我急坏了,满世界地找马阅。一周后,就在我伤心欲绝、以为他再也回不来了的时候,马阅回来了。他告诉我他临时出了个差。我悬起的一颗心放下了,我从来不怀疑马阅告诉我的一切。

几年后,在我的第二次个人画展圆满结束时,马阅再一次失踪。这一次是三个月。他的公司照常运转,他的电话却打不通。这一次,我没有满世界找他,我夜以继日待在画室里,让忙碌占据我的每一分钟。因为我不想承受心被悬起的感觉。

三个月后,马阅回来了,没有给我任何解释。

我想了好久都不明就里,我想知道为什么。后来马阅告诉我,是两粒退烧药惹的祸。那晚他加班,正忙得不亦乐乎时,一杯水和两粒退烧药被一双手送到了他面前。那是一双柔软白皙几近透明的手,那手安静地扶上他的额头,他才知道自己正发着烧。他是被那两粒退烧药打动了。

马阅坐在我面前,我们相对无言。我不问马阅接下来会做何打算，我完全不想知道。我只知道，我会尊重他的选择。马阅没有选，他如往常一样，包揽了我们生活的全部。

后来，我又开了几次个人画展。每次画展结束后，我都会在当天离开。我转动地球仪，选择足够远的行程，巴西、阿根廷、南极……在我离开的日子，我从来不问马阅会在哪里。

阿历的电话打来时，我正在为马阅庆祝四十二岁生日。马阅的愿望我不知道，但是我的愿望是，能再和他一起骑一次单车。梦想、功名、灯红酒绿占据了我们太多的时间。

很久没有骑过单车了，久得我都不记得有多久了。

阿历从澳洲给我们寄来了她参与研发的 NMN，她说此药可以使人的 DNA 重建再生，达到返老还童的神奇功效。阿历说，澳洲那边已经全民都在服用了，相当安全可靠，你们放心服用吧。我的闺蜜阿历是位医学天才，对她的话，我深信不疑。

在马阅四十二岁生日的一周后，我和马阅同时服用了 NMN。一个疗程结束，我的头发、眼睛、大脑、皮肤、身体的每一个部位，都如期回到了二十岁时的状态。让我们意外的是，马阅却没有丝毫变化。听到我们的反馈后，阿历呵呵笑着，说马阅居然也中彩了，这样的例子极少见，但这是正常现象。一般人服药后会很快见效，只有个别人，要等上一年，五年，也或者是十年，药效才会慢慢发挥作用。当然，也有极个别的人，由于个体原因，NMN 对其是没有效果的。针对这一现象，阿历他们已经开启了新的研发项目。

忘记告诉你了，此时是二〇三八年的夏天。二十年前，二〇一八年夏天的某个傍晚，我和马阅一起骑着单车穿行在校园里，我们的车篮里放着叠得整整齐齐的学士服。那一年，我们大学毕业即将离开校园。

再次回头，我和马阅一起生活了多年的那栋老房子越来越远。那是马阅花巨资购来的四合院，那里有我的画室，有我和马阅所有的回忆。

我踏着单车，青春飞扬的身影风一样飞过古老的街道，我要回母校。出发的时候我说，马阅，我会在老地方等你。我想和你一起骑单车。

原刊责任编辑　张晓林

【作者简介】苒小雨，原名张玉玲。女，河南省作家协会会员，在国内外报刊发表作品数百篇。代表作入选《中国当代小小说大系》等。

老爸的扁担

白小川

老爸的扁担挑了一辈子,跟爸一样实诚。

那还是分家时,爷爷特意给的,说爸力大能干,是个能扛活的人。

那时候,在那个叫秀水的小山村,爸就用这根扁担挑柴,挑米,挑货郎,也挑起了我的童年。爸跟扁担形影不离,故事,也因扁担而起。

二婶是我的亲婶子,也是我家的邻居。二叔因为下矿,一次矿难中三十出头就没了,只留下二婶和刚出月的孩子。村里人都说二婶命硬,犯白虎,克夫。二婶不好再嫁,别人也不敢给介绍。她一面下地干活,一面还得带孩子,风里来雨里去,娘俩儿的日子真叫苦。

二婶跟我家处得来,有时家里做点好吃的,妈就让我送去。妈说,孤儿寡母的也不容易。爸也经常帮二婶家挑柴,挑水,干些重活。就为这那些村妇们还一个劲儿地嚼舌根呢,说爸和二婶两人有啥见不得人的事。爸就冲妈傻笑，我啥人你不知道？妈也不发脾气，自己的老爷们儿我能不清楚！这事就算过去了。

再后来的一次，妈真急了。

一天晚上，妈从姥姥家回来，本来是要再等两天的。妈说姥姥的病情已经好转，放心不下家里。进屋一看，爸不在家，到外屋，见爸的扁担也不见了。我说，爸帮二婶挑水去了。妈嗯了一下，说离家有几天了，我顺便去看看你二婶娘俩。

只是没多大会儿，妈就回了，我看见她的眼角泛起了泪花。我问，妈说，风大，沙子进了眼。赶紧睡觉。

十点左右，爸才回来。看见妈在家，爸愣了一下，随即又笑了。

爸说，老太太的病好些了？妈好半时才回了句，嗯！

爸又说，放心不下我们爷们儿，你就回了？妈放大了声音，我再不回来就乱套了。你咋这晚回来？老实说！

爸顿了下思绪，慢慢捏出一支烟，刚想点着，就被妈给抢了下来。她纤细的手，像一道闪电。爸又笑，天黑前我帮他二婶挑了几担水，就听说村东头的老张家准备办喜事的那头猪跑山里去了，这不，就去帮着找猪，亏得我去了，硬是把那猪给挑了回来。

就这么简单？你说的话你要负责任！妈出奇地歇斯底里。

这一晚总算熬过去了。

第二天早上，妈就跟换了个人似的，说今天是赶集的日子，咱俩扯点布料给他二婶做身衣裳。爸有些丈二和尚摸不着头脑，就赶紧赔笑说好，也没问为什么。

过了晌午，老张家就过来感谢爸，说爸真是把好身骨，扛活的好料子。妈一个劲儿地说邻里邻居的这都是该做的。爸看看妈，眼角略扬。

我猜得透爸的意思，妈也是聪明心细的人儿。

爸说，那天晚上，他明知道是要出力挑猪的，猪是活的，劲儿大着呢，他就没舍得用自己的那根扁担，就把扁担放在了二婶家。

疙瘩总算解开了，可我心里一直有些疑问。

后来妈跟我说了缘由。那晚她进了二婶家的院里，看见二婶家拉着窗帘，屋里灯光微暗。却在门口发现了爸的扁担，借着月光，那扁担透着光亮，光亮是扁担上的铁箍和着爸的汗水，长久下来的结晶。那光亮甚是夺眼，差点蒙混了妈的耳朵。就在这时，妈隐约听见二婶的屋里有女人欢愉的声音，心咯噔了一下。要不是那根扁担的存在，妈是不会理会这事的。妈顺着缝隙费劲地瞧了下，接着心就碎了——她依稀看见爸的背影。妈忍着泪水，把头缩了回来，径直回了家。等到爸回来，俩人就吵了那一架。也赶上闹肚子，妈就一宿没咋睡。天刚见亮，妈去厕所的时候，突见有人从二婶家出来，仔细辨认，是本村的喜贵。妈说，从后面看背影，真像你爸啊。

转眼，吹起改革之风，人们的思想也逐渐解放，二婶是穿着母亲做的衣裳出嫁的。原来二婶早就相中村里的单身汉喜贵，喜贵勤劳朴实，跟父亲般能扛活，俩人早就偷偷好上了。爸说，喜贵这小子太有城府了，瞒了大家这么多年。说着，就用那根扁担挑着嫁妆，将二婶送了过去。

原刊责任编辑　李亚贤

【作者简介】白小川，满族，1980年生，辽宁省作家协会会员，东北小小说沙龙理事。毕业于鲁迅文学院第27期少数民族文学创作班。

楼　道

陈　光

当老墨轻手轻脚把打印好的倡议书一份一份贴到每家每户的门上时，心便悬了起来。有多少人响应，又有多少人反对呢？他心里没底。有没有人说他没事找事瞎起哄，有没有人嫌他咸吃萝卜淡操心呢？他越想越觉得自己确实有点多事。

多事就多事，管他呢。闲事总得有人管，听与不听是别人的事，自己问心无愧。贴倡议书时，他还是有点顾虑，害怕人家知道是自己贴的，就把时间选择在中午大家都关门休息的时候，且在自家门上也端端正正地贴了一份。

写倡议书时，老墨思路清晰，灵感起舞，文笔流畅，手指在电脑键盘上上下左右飞动，一篇情真意切的千字文一挥而就。倡议书不能针对人，不能伤及人，词语运用要妥帖，意思表达要准确。老墨把文章输出来，习惯性拿出红笔开始在喷着墨香的纸上一字一句认真推敲。倡议书写得虽然老到严谨，但不够轻松活泼，毕竟自己倡议的不算什么大事。不当面的中文语境表达，往往让接收者产生很多理解上的歧义。现在的人啊，真是聪明，比如发短信时，总喜欢加上一个表情，那意思就生动准确多了。老墨想，中华文明太博大精深了。倡议书主题内容写完了，可以写几句顺口溜，调节调节气氛，就好像加上了表情包，让人看了觉得好玩。老墨立马就写，华花韵一韵到底，一气呵成。他又修改了几处用语，落款不能署上自己的名字，要署"三单元住户"集体的。嗯，不错！一正一邪，既表明了意图又轻松活泼。不愧是写了二十多年公文的老笔杆子！老墨与其说在欣赏鲜活的文字，不如说在欣赏自己的才华。

复杂的事情简单做，你就是专家；简单的事情重复做，你就是行家；重复的事情用心做，你就是赢家。老墨为自己找到了解决问题的方法有点沾沾自喜。

其实，这样的事情要是发生在以往，那根本不是事，根本不需要费脑筋，老墨立马直接上门就可以搞定。不过以往这样的事也不可能发生。以往也不是很久以前，大概也就是三五年以前。

究竟是什么事呢？老墨所住的房子在沔州花园三单元六〇一，是步梯房，共有七层。现在从一楼至五楼的楼道都堆满了杂物，有多余的建筑垃圾，有废弃的纸箱纸盒，有的堆放得整整齐齐，有的扔弃得一片狼藉。每次老墨从一楼走到自己的家，爬得累不说，心更累，这些垃圾让他特别纠结。楼道堆放杂物，安全隐患很大，且特别有碍观瞻，老墨是个比较爱干净的人。有几次，老墨实在忍不住了，就边走边捡弃物，比如，烟头、纸屑等。有时下到一楼，扔一把废弃物到公用垃圾箱；有时上到六楼，扔一把烟头到自己家的垃圾袋；有时他也拿把扫帚从七楼扫到一楼。他多么希望自己的行为能感化这些左邻右舍，他多么希望楼道能够天天干干净净。可是，自己再怎么努力，也如一片树叶扔进了河里，荡不起任何涟漪。想上门跟邻居们一一打打招呼，却又都不太熟悉，张不了那口。老墨每次爬六楼，如同在走所谓的蜀道。几次，老婆说搬家算了。老墨却舍不得这个地方，房子宽敞明亮格局好，坐北朝南风向好，楼下绿草树木环境好，一栋楼与一栋楼之间间距大空间好，哪像现在的电梯房，密密匝匝的，住进去感到紧张。住了十九年的房子，感情太深了，哪能说搬就搬。老了，真是老了！老婆说。老墨还有一年就满五十了，却从没感到自己老，别人说爬六楼太累。老墨说，六楼又不高，一下子就爬到了，还可以逼迫自己锻炼锻炼。近来，爬六楼，有点累，莫非自己真的老了？老墨心里明镜似的，主要是楼道的环境太差。

马上又到春节了，楼道里依然山河破旧。老墨想，用什么办法呢？文人只能用文道。对，写份倡议书，给人们提个醒，楼道是公共空间，不能再堆垃圾，不能乱扔乱丢。

倡议书贴出后，老墨守株待兔，静观其变。一天无变化，两天无变化，三天无变化。老墨的心情特别的沉重。每次走到自己家，关上大门，差不多是瘫在沙发上。

十九年前，老墨还是小墨的时候，单位给分了这个房子，他多么骄傲，多么自豪。这是当时最好的公务员住房，在单位里没有点资本的人根本住不进来。左邻右舍、楼上楼下的住户，大多面熟，时间久了，就像朋友一样。楼道里，根本看不到垃圾。即使偶尔有点，马上就有人主动拿起扫帚。小区是敞开式的，虽然没有严格的物业管理，楼道里却总是干干净净。小墨自然也常常参与到楼道的清扫队伍之中。

时间如猫步蹑足前行，现实在悄然发生逆天变化。大概六七年前,原始住户开始陆陆续续搬出这个单元住房,各有各的原因。每搬走一家,老墨心里就难舍一下。十四个老住户,一家一家像约好了似的,纷纷搬出,现在只剩下了老墨。重新搬进来的住户,一个个都是生面孔,职业五花八门,有的好像是附近农村搬上来的,有的好像是做生意的,有的是专门看管孩子的老人。再也看不到以往一起上下班的情景,再也体会不到那见面主动打招呼的亲热劲儿,再也找不到你拿扫帚我拿抹布抢着打扫楼道的情形。老墨失落极了。

比失落更可怕的是楼道里开始垃圾遍地,杂物堆放得山高。人与人之间的差距实在太大,素质太低了。老墨无数次在心里冒出这样的念头。

龙旗阳阳,和铃央央。人心总是向善的,人们总是爱美的。倡议书贴出去之后,怎么会鱼不动水不调呢?老墨想,是不是倡议书文辞表达不妥呢?他拿出打印好的底稿又认真地看了起来:

各位户主:大家好!新春佳节即将来临,首先祝您及全家一切吉祥、万事如意!我们近期将组织志愿者清理、打扫单元的楼道,用优美整洁的环境、干净卫生的面貌喜迎新年,请您主动配合一下,在元月二十五日前将各自堆放在楼道的杂物清理干净。如您没有时间,逾期我们将视作无用之物全部清走,还您一个美好的生活空间。楼道是我们的公共场所,堆放杂物容易产生火灾等安全隐患,还有碍观瞻直接影响心情,请大家共同保护环境、爱护卫生!

小小楼道共上下,友情连着你我他,杂物堆放隐患大,公共卫生靠大家;你把墙面刷一刷,我把扫帚拿一拿,干净整洁美如画,人人见了人人夸;乱扔乱丢遭人骂,乱贴乱画该刀杀,野蛮行为当勒马,监督批评制止它;有缘四海来相聚,不分彼此是一家,互帮互助互牵挂,近邻不比远亲差;公共场所公共爱,公共卫生公共抓,品行端正格高雅，文明开出幸福花！

老墨把倡议书看了一遍又一遍，觉得语言表达上没啥问题，意思也说得清清楚楚。现在的人啊，太麻木！老墨有点无可奈何。到了第六天，一个周末的中午，老墨拿起扫帚开始有气无力地打扫起楼道来。灰尘、纸屑、烟头好打扫，堆放的垃圾怎么办？自己眼目中的垃圾，也许是别人家的宝贝，纸盒可以卖钱，建筑材料可以再利用。大致扫扫算了。老墨觉得特别无趣。

物以类聚，人以群分。不能改变别人，那就改变自己吧。春节过后，就去看新房子，换个地方。老墨打定了主意。

楼道堆放的垃圾全不见了，打扫得特别干净，是你干的吧？老婆一进家门，就嚷道。我简单扫了下。老墨仍然有气无力。不对，特别特别干净。老婆道。哪里哟？老墨觉得老婆有点夸张。真的组织志愿者哪？可以可以！老墨觉得老婆不像在奚落自己，便把门打开，瞟了一眼楼道。

五楼楼道的垃圾不见了！老墨又走出门，往楼下走，四楼楼道的垃圾也不见了。再往下走，楼道全都干干净净，堆放的杂物如同变魔术一样全部消失了。他来到了一楼，楼道竟在一个下午发生了翻天覆地的变化！老墨摸了一下扶梯，一点灰尘也没有，刚刚用抹布认真擦洗过，楼道上用拖把认真拖过，如舌添一般。老墨从一楼又往七楼爬，干干净净，不是做梦。当他再次来到一楼时，一张大红纸印入他的眼眸。红纸上贴着他写的倡议书，下面用毛笔工工整整写着九个大字"坚决拥护，从今天开始！"和各家各户户主的签名。看着看着，老墨眼泪快掉下来了，像个孩子。

从一楼回到自己的家，如履平地，老墨感到身轻如燕。一楼与六楼的距离其实并不远嘛！老墨心旷神怡。我本善良、人人爱美，楼道就是心道，老墨神情愉悦的时候总爱像哲学家一样思考问题。

原刊责任编辑　张哲

【作者简介】陈光，现供职于湖北仙桃文广新局，仙桃市文联兼职副主席，全国文化先进工作者，国家二级编剧。

王大壮的最后请求

代应坤

　　王大壮昨夜几乎没睡，一大早起来眼睛红红的，走起路来一点精神都没有。

　　他担心的事情终于还是来了：派出所要辞退他。吴所长昨天下午找他谈话，他闷头一个劲儿地抽烟，没有提出任何要求。他知道县公安局局长只能干到六十岁，而他已经六十六岁啦。

　　他是一名合同工，以前叫临时工，有趣的是，他这名临时工居然在国家机关待了几十年，比有些正式工待的时间都长。

　　太阳刚从东方爬出地平线，王大壮就在院子里背着手转悠，这里的一草一木、一砖一瓦，是如此的亲切，又是那么的遥远。

　　二十八岁那年，他从部队退伍回到农村，昔日的警卫连班长一下子没有了奋斗的方向。正当他苦闷的时候，镇上工商所招聘协管员，他毫无悬念地被录用了，所里只有三个人：所长，副所长，他。他是这里的顶梁柱，动力气活、得罪人的事大多由他出面，那时候执法不规范，不存在临时工无权执法的事，他也就大大咧咧，天不怕地不怕地执法，一次，本镇一家最红火的食品厂用霉变的面粉生产月饼，一时间引起许多人食物中毒，群众跑到镇政府反映，没人搭理，于是跑到工商所投诉，所长副所长哼哼唧唧也不表态，任群众在所里大喊大叫，王大壮头脑一热跑到这家食品厂，弄来样品，送检，检验结论是霉变食品。于是封存了所有月饼，并要求所长予以经济处罚。

这下可戳了马蜂窝，食品厂老总跑到县政府喊冤叫屈，要求解除合作协议，返回老家浙江。

县政府与食品厂的合作协议未解除，王大壮却被解雇了，理由是执法不当。

王大壮是含着微笑离开工商所的，心里想：当官不为民做主，不如回家卖红薯，大不了继续种我的二亩地！

镇上派出所的姜所长当初跟王大壮是一个部队的，虽说不是一期兵，但脸不热心热，他知道王大壮有过硬的擒拿技术，于是招聘他为治安员，协助干警抓捕犯人，巡逻放哨。这期间，王大壮多次负伤，多次被评为优秀治安员，但是他转正的事，却一次次搁浅。姜所长抚摸着王大壮伤痕累累的头部，眼睛湿湿地说，弟弟呀，眼看你就到四十岁了，这年龄几乎没有转正的可能了，一月几百块钱工资只能糊口不能养家，回去吧，所里补助你一万块钱，你在镇上做点小生意，比在这儿强。

王大壮的脸突然红了，说，姜所长嫌我年龄大了，想撵我走？如果是这样，我现在就走，所里的补助费我分文不要。

姜所长说，好，好，算我多嘴，你继续战斗！

谁知这年冬天，王大壮遇上那件事呢。

那天晚上,派出所抓来十多个吸毒人员,人多,手铐不够用,有几个人就没有严格控制着,一个嚷着小便的年轻人,走近院墙时突然一个跃身逃了出去,王大壮随后也翻过墙头,追赶过程中王大壮被逃犯捡起的石头袭击,下颌骨粉碎性骨折,他忍着剧痛生擒了逃犯,乖乖,原来是毒枭!

姜所长调走,马所长继任,姜所长离开所里的那天晚上,跟王大壮结结实实地喝了一次酒,两人都醉了,两个大男人抱在一起哭得稀里哗啦。

王大壮五十岁那年冬天,马所长单独请王大壮喝了一顿酒,喝酒回来马所长说,由于年龄问题,县局决定让您离开治安岗位,您在所里食堂忙忙,活轻,也没有危险。

王大壮转过身,说,所长,别说了,我要喝酒!拿酒!

马所长一把拉住他的手:哥,我的亲哥,你不同意可以,酒就别喝了。

王大壮用手在脸上抹了一把,眼睛亮晶晶的,半晌才说,我是军人出身,服从命令,明天我就到食堂去!

谁能知道呢,那个晚上王大壮关着灯,坐在床沿上抽了一夜的烟,烟屁股扔得满地都是。

有人说王大壮是官迷子,祖宗八代没见过官,治安员这个角色算什么?还恋恋不舍;有人说王大壮头脑搭错线了,跟他一起退伍的农村兵在街上摆一个摊点,也挣了几十万元,他倒好,一万元存款都没有;还有人说,王大壮不抓人身上发痒,你看,他到了食堂以后还多管闲事,几次追赶已经逃脱的犯罪嫌疑人……

暂且放下别人对王大壮的评价,让我们把目光转向王大壮吧。此时,在派出所院子转了几个小时的王大壮,身穿警服,迈着坚定的步子走进吴所长办公室,说,所长,你昨天找我谈话,问我有啥要求,我现在请求:让我穿旧式警服戴旧式警帽,站在咱们派出所门前照一张相,我百年之后,照片陪我……

吴所长眼睛湿润了,"啪"的一个立正,右手敬了一个最标准的军礼。

原刊责任编辑　卓慧

【作者简介】代应坤,中国寓言文学研究会会员,安徽省作协会员,2017年全国小小说十大新锐作家,作品散见于《小说选刊》《四川文学》等。

鹿衔角

申 平

来了，来了，那头野鹿果然又准时出现在清凉山的那面山坡上，而且它的嘴里，竟然衔着一支鹿角！

简直太神奇了，简直太震撼了，简直太伟大了！简直太不可思议了！

老孔激动万分地迎上去，他不由自主地掏出手机，想把这千古奇观拍下来，拍下来。

可是那鹿却猛然停下脚步，警觉地看着他，甚至要转身离开。老孔急忙把手机装回衣袋，并举起两手示意。野鹿这才重新迈步向他走来，一直走到他的面前。老孔看见鹿的两眼清澈如水，充满友善，它停下脚步，放下鹿角，又开始用力摇晃头颅，一会儿，它留在头上的另外一只角也掉在了地上。

老孔感动极了，伸手摸了摸鹿头，喃喃地说：老伙计，你还好吧？

野鹿温顺地低头让他抚摸，并伸出舌头舔他的手。人和鹿四目相望，似有千言万语。突然不远的树林里响起了几声呦呦鹿鸣，野鹿全身一震，立刻向老孔摆了一下头，向山上跑去。快进树林时，它又停下来，回头望着老孔，举头向天，发出几声呦呦的叫声，好像在和老孔告别。随即，它的身影消失在密林里……

一连三年了，老孔每年都会在春日的这一天进山来看望这头梅花鹿。这鹿每年都会为他奉上一对鹿角。他把鹿角带回城里，要么送给朋友，要么拿去卖掉。一对鹿角，可以卖到一两千块。

老孔和这头野鹿的友谊，开始于那年他和几个驴友到著名的旅游胜地悟道村游玩。在清凉山里，他因为掉队迷路，邂逅了这头受伤的野鹿。这鹿受到了什么野兽的攻击，后肢鲜血淋漓，不能站立行走。老孔随身带有急救包，立刻上前给它包扎。起初那鹿惊恐地拼命挣扎，后来大概看出他并无恶意，就让他包扎。老孔害怕野鹿再遭毒手，随后就守在它的身边，并去拔青草给它吃。一连三天，直到野鹿能够起身行走。分别时，那鹿依依不舍，鸣叫致谢。

第二年，老孔记挂野鹿，又在分手那天到山里看它，没想到那鹿竟然真的在那里等他。见他来了，欢叫跳跃，脱角相赠。今年最绝，竟然来了个鹿衔角。老孔听说有一种草药叫作鹿衔草，里头还有个美丽传说哩。但是那个传说哪里有眼前这个鹿衔角的故事生动感人啊！只是无法拍摄图片，怕人家不信……

老孔当日回家，就把这个奇遇说给家人听，老婆果然不大相信。但是在艺术馆工作的儿子却信了。作为超级摄影迷，儿子拍手击掌连叫可惜。他说，老爸，这简直太神奇了！如果能把这个画面拍下来，不用多少技巧，绝对可以拿全国甚至国际摄影大奖，一举成名！老爸，明年你一定要带我去哟。

老孔说：我也想拍，但是它绝对警惕。我看出来了，我和它的友谊，是不能掺杂任何东西的，你趁早死了这条心吧。

但是，老孔却经不住儿子无数次的软磨硬泡，他到底还是答应了儿子。

那神圣的一天终于在盼望之中临近了。父子俩提前一天开车再去悟道村，再上清凉山。查看了地形，儿子便手端高档相机老早埋伏在一片乱石树丛之中。

来了，来了，野鹿果然又准时来了。而且它的嘴里，真的又衔着一支鹿角！

老孔兴奋异常，向它挥手致意。野鹿就迈着轻快的步子向他走来。近了，近了，人和鹿越来越近了。老孔又看见鹿那清澈如水的眼神了。

但是，鹿却突然停下脚步，紧张不安地望着老孔。随着树丛里极其轻微的几声脆响，野鹿突然转身，它用哀怨的眼神看了一下老孔，就那么衔着鹿角，嗖嗖几个跳跃，就像闪电一样消失在树林之中。随即，树林中传来一片呦呦鹿鸣之声，那声音分明带着失望和愤怒！

这时候，儿子却猛然跳出来，他高举相机，大声喊叫：拍到了，拍到了！老爸，鹿衔角，我拍到啦！

这一天，老孔的心情和儿子形成强烈反差。以后一连多日，老孔一直郁郁寡欢，野鹿那哀怨的眼神，还有群鹿那愤怒的吼声，折磨得他吃不好，睡不香。

第二年春天，老孔再次独自进山。他在那面山坡前等了好几天，依然不见野鹿那熟悉的身影。偏偏这个时候，他接到了儿子的电话，极其兴奋地告诉他，他的摄影作品《鹿衔角》一举摘得国际金奖，奖金数万美金。

老孔却一点儿高兴不起来，心中空空的好像丢了什么东西。

原刊责任编辑　刘公

羊族秘史

申　平

一只老绵羊，在给羊族书写历史时有了一个惊人发现：原来古代的羊，也就是它的祖先，居然是凶猛的肉食动物。

老绵羊进入时光隧道，在那里发现了祖先们的最初形象：头上的两只角并不像现在这样弯曲，而是呈四十五度角直直向前伸出，顶端锋利，犹如利刃；牙齿也不像现在这样细密，而是高低错落，一边有一颗长长的剑齿；身上的毛也不像现在这样柔软，而是根根直立，硬如铁丝；它们的个头也比现在大得多，一个个都像小牛犊那么高。

羊的祖先也不是生活在草原上，它们生活在山间丛林之中。它们成群结队，奔跑如风，以猎取其他动物为食。因为羊多势众，所以就连剑齿虎、猛犸象等都惧怕它们三分。

可是后来……问题出在羊族的第555代传人身上。

这个传人，不，准确地说是传羊——老绵羊干脆叫它555，它从小娇生惯养，居然养成了好吃懒做、胆小怕事的性格，而且它的小资情调还很严重，总喜欢进行一些不切实际的浪漫幻想。

比如它会经常看着天上的云彩说：我们为什么不搬到云彩上面去住啊，如果那样，我们就不用费力奔跑了。

就是这样一只羊，因为它是头羊的长子，所以在头羊死后，它被拥戴为王。

成了羊王的555，却不想带领群羊去冲锋陷阵，猎取食物，它每天只管在山上和年轻母羊打情骂俏，嬉戏作乐。当别的羊为它猎回食物，它边吃还边流眼泪：哎呀，你们又杀生啊！

这个时候，世界正在发生剧烈变化，山林大量消失，每天都有动物绝种。羊群不但猎取食物越来越难，而且还不断被别的动物猎食。这时有羊提出，是不是转移到其他山林里去生活，开辟新的领地。但是555却不同意。他说，我们从小就生活在这里，熟悉这里的一切，有危险知道往哪儿藏，往哪儿躲。去陌生的地方，如果遇到强大的敌人我们该怎么办？

群羊只好继续生活在这片面积越来越小的丛林中。

吃的问题越来越尖锐突出了。

这天，555早晨起来，突发奇想。它异常兴奋地召集部属开会，在会上它提出了一个新思维：既然猎取动物如此困难，我们为什么一定要吃肉呢，我们为什么不可以像猛犸象一样吃草呢！

群羊听了，一片哗然。

555说：你们嚷嚷什么，其实我已经偷偷尝过了，这满山遍野的青草细嚼慢咽都是甜的，而且营养丰富。青草就地取材，食之不尽，不用打打杀杀就能轻松获得，我们何乐不为呢！

于是，羊群就展开了轰轰烈烈的食草运动。

一改吃草不要紧，群羊吃惊地发现，它们的角变弯了，牙齿变平了，身上的毛变软了，个头也变小了。而且最要命的是，它们成了所有肉食动物的攻击对象。就连过去见了它们就望风而逃的野狼，也开始以它们为食了。

群羊开始抱怨555，商议推翻它的统治。

但是，555这时偏偏又提出了一个新思维，那就是去投奔最强大的人类，寻求他们的保护。

人类很高兴地接受了它们的请求。白天，有人带领它们出去吃草，夜晚，它们则住进人类为它们搭建的羊栏里。遇有危险，人类总是挺身而出，使它们化险为夷。

群羊很高兴，555很骄傲。

但是很快，人类也露出了狰狞的嘴脸。一到年节，他们也不跟555商量，就大肆捉羊宰杀，食其肉，寝其皮，十分残忍。群羊毫无反抗之力，除了哀叫几声，只能任凭宰割。

这时555却对大家说：羊固有一死，与其大家困死山林，断子绝孙，还不如像现在这样牺牲少数，保护多数。实践证明，我们投奔人类的行动是英明正确的……

老绵羊看到这里，早已老泪纵横。它不知道，羊族的历史应该怎样去书写。

原刊责任编辑　邓琼

去找战马墓

申 平

父亲退休的第二天,就开始收拾行囊,准备进山去寻找战马墓。妈妈拦不住,就打电话把我叫回来,希望我能帮她阻止父亲的行动。

我对父亲说:爸你疯了,这么大岁数了还要冒险进山去找一堆马骨头。如果你觉得闲极无聊,可以去周游世界啊,钱我来出。我还把父亲的行囊藏了起来。父亲被我缠得没办法,他说:那好吧,我现在把情况给你讲一讲,如果说不服你,那我就不去了。

我坐下来,以嬉笑的神情面对父亲,看他能说出什么天花来。

父亲沉默了一会儿,以忧伤的语调开了头:孩子,当年你奶奶,还有我和你的叔叔、姑姑们也是这样阻止你爷爷的。你爷爷一生最大的憾事,就是没能进山去寻找战马墓。他临死的时候,还拉着我的手,断断续续地说着两个词:大榕树、战马墓。

后来,我在你爷爷的回忆录中,才真正了解了事情的真相,我一直都在后悔当初不应该千方百计地阻拦他。

入围佳作 107

你爷爷原是第四野战军一个骑兵连的连长,咱家里不是有一张他骑在马上的照片吗,那真是威风凛凛,而且他也是战功赫赫的人啊!后来,骑兵连随军南下,那些驰骋中原的战马,到了南方就有点不适应了。它们吃草拉稀,身上早已好了的伤口又开始溃烂。越往南走天气越热,许多战马都病了。为了不影响行军速度,战士们只好忍痛把病马一匹匹放开,让它们去自寻生路。你们知道吗,骑兵和战马的关系那就是生死与共的战友关系啊,一旦要分开,而且又是永别,那种心情是何等的难受啊!但再难受也没办法,最后就连你爷爷那匹最好的战马黑旋风,也不得不放掉了。你爷爷抱着马头哭啊,真是肝肠欲断。最后骑兵连几乎成了步兵连,战士们硬是凭着两只脚板,每天以一百多公里的速度往前走。就在他们走进广东地面,每天在深山老林里穿行的时候,有一天,他们遇上了一桩奇事。

这天他们正在一棵大榕树下休息,前面再次响起了继续行军的号声,这时他们突然听见,后面传来了一阵雷鸣似的脚步声。当时他们是殿后部队,后面来的是什么人呢?你爷爷一声令下,战士们立刻做好了战斗准备。随着脚步声越来越近,战士们的眼睛全都瞪大了。你们知道他们看到了什么,是一群战马!就是骑兵连陆续放掉的部分战马。它们在黑旋风的带领下,循着军号声追赶部队来了。

当时的场面你可以想象一下,肯定是感天动地的。你爷爷在回忆录中曾经这样写道:我一眼看见,黑旋风就跑在马群的前面,就像我过去骑着它带骑兵连冲锋陷阵一样。我和战士们一起呼喊着战马的名字,迎着马群飞跑过去,抱着各自的马脖子哭啊喊啊。黑旋风打着响鼻,眼中泪光闪闪,它还伸出舌头来舔我的手,看样子真想跟我说说话啊!可是忽然间,黑旋风却慢慢地倒了下去,所有的战马一匹匹都倒了下去。这时我们才看到，天啊，战马全都骨瘦如柴，身上几乎都烂得露出了骨头，它们就是凭着最后一口气，翻山越岭来追赶部队的啊！它们瞪着的眼睛好像在诉说：就是死，也要死在部队上，死在主人面前！我们的战马，它们是多么勇敢，多么忠诚啊！战士们呼喊着，痛哭着，最后在大榕树下挖了一个大坑，把所有的战马埋在了一起。我对战士们说：这棵大榕树就是记号，等到全国解放了，我们活下来的人一定要找到这里，为它们重新修墓……

后来你就知道了，你爷爷作为南下干部，留在了南方工作，一干就是几十年。作为一个地地道道的北方人，他克服了重重困难，硬是把根扎在了南方的土地上。开始是忙，接着又被打倒，等他重新出来工作，身体就不行了。这时他就开始张罗进山去找战马墓，但是每一次都被我们给拦住了。我们打着关心他的旗号，却使一个老战士的毕生愿望一直无法实现。真是罪过啊！

父亲讲完了，我久久陷在一种神圣庄严的氛围中不能自拔。最后我激动地对父亲说：老爸，我现在决定，要陪着您一块儿进山去，去找战马墓。如果我们俩一下子没有找到，还有您的孙子，咱们可以一代代地找下去，直到找到为止。

爸爸听完，竟然跟我热烈握起手来，他眼含泪花说：好孩子，咱说走就走。其实，我们不仅是要去完成你爷爷的心愿，也是为了找回更多的东西。这个你懂的。

原刊责任编辑　陈美华

末日抉择

申 平

狼、虫、虎、豹、猿、鹰……山中所有的动物倾巢而出,一批批轮番冲向那群不速之客——强大无比的人类,扑、咬、撕、抓!尽管这些高等动物手里有激光枪、离子炮等先进武器,尽管动物死伤惨重,尸积如山,但是它们依然不屈不挠,拼死相搏。每一轮攻击过后,人的数量也在锐减。

山外,不断有巨大的爆炸声传来,火光映红了天际。显然人类已经没有退路,继续前进,似乎也只有死路一条,这些人好像真的陷入了绝境。

这是公元3080年的一天,世界核战爆发,人类花了几千年创建的高度文明社会被彻底摧毁,其中一股幸存的人在一个叫作雷哥的人的带领下逃往深山,没想到却遇到了动物们的顽强抵抗。

又是一轮惊心动魄的血腥厮杀过后,雷哥清点了一下人数,惊骇地发现只剩下不到一百个人了,而且每个人都伤痕累累。绝望、清晰地写在每一个人的脸上。雷哥叹了口气,他朝前面望去,只见山顶之上,那只体型巨大的虎王正在巨石之间跳跃吼叫,指挥调动着它的部队,准备对他们发起新一轮攻击。动物的吼声此起彼伏,地面、树梢、天空,到处都布满仇恨的眼睛。雷哥想,最后的时刻到了。

雷哥抖一抖精神,下令大家检查整理武器,他用嘶哑的声音对所有的人说:"各位兄弟姐妹,现在我们进退两难,我们只能拼死一搏了。听我命令,接下来五人或十人一组,各自突围,能活几人算几人吧。"

雷哥话音未落,就听见人群里响起了男人的哀叹和女人的哭声。

这时候,有个身材瘦削、戴着一副眼镜的男人走到了雷哥的面前,雷哥奇怪他的手里竟然没拿武器。只听他说:"雷哥,不能硬拼了。我们换一种方式,也许还有活路。"

雷哥疑惑地望着他,所有人都疑惑地望着他:"换一种方式?"

"对,"这个男人说,"我先来自我介绍一下:我叫郑大槐,是个动物学家。我粗通某些动物的语言,可以去试着沟通一下,或许……"

"那你懂老虎的话吗?"雷哥不客气地打断他。

"这个我不懂,我只能和猿类简单对话。"郑大槐说,他似乎有点惭愧。

"那有屁用!准备战斗吧,别抱幻想了。"雷哥说着丢给他一支激光枪。

郑大槐却又把枪扔了。他说:"已经到了这个地步,你怎么还相信武力呢!动物们奋起保卫家园,它们并没有错。反倒我们是入侵者,我们就不会对人家说一声对不起吗?"

郑大槐说着，三下两下扯下了自己的衣服，又在泥水血水里滚了一下，然后他跃出掩体，四肢着地向前爬去，边爬，嘴里边发出稀奇古怪的叫声。

世界一下变得死寂，不管是这边的人还是那边的动物，所有的目光都聚焦在郑大槐身上。直到雷哥狂喊一声："准备掩护！"寂静才被打破。只听山上的虎王也长啸一声，立刻，成千上万只动物一起朝郑大槐扑来，将他团团围在核心，只要虎王再吼一声，他立刻就会变成一堆白骨，或者，连骨头渣也剩不下。

郑大槐匍匐在地，一动不动，只是嘴里仍在发出古怪的叫声。世界再次沉寂下来，山上山下的空气，似乎燃个火星就能爆炸。

转机是一只老猿的出现。它好像是受了虎王的指派，动作缓慢地从山上下来，一直走到郑大槐面前。动物们纷纷给它让路。郑大槐看见它，就像看见了救星，他们两个连说带比画，很快，郑大槐被老猿带到了虎王面前。

尽管郑大槐几十年和动物打交道，但是面对这个巨大无比的山中巨兽，他还是被吓得浑身发抖。他看了一眼这个大家伙，才真正懂得人们过去所形容的"血盆大口""灯笼一样的眼睛""钢牙铁齿"是怎么回事。

现在，他匍匐在地，由老猿当翻译，开始和虎王进行一场生死攸关的对话。

老虎愤怒地问："你们这些人为什么要闯进山里来？你们杀了我那么多孩子，我要把你们统统杀死吃掉！"

郑大槐连连作揖，口称"对不起，对不起"！他说："我们人类已经没有家园了，到山里来是为了避难逃命的。希望虎大王能给我们一个安身之地。"

虎王听了，不由冷笑道："哼哼，让你们安身，那我们就无处安身了。"

郑大槐急忙让老猿说："虎王您难道就没有感觉到吗，这些年人类一直在大力提倡保护环境，保护动物，这样动物才得以繁衍生息啊！如今人类有难，还请虎王高抬贵手吧。"

虎王听了似有所动，它说："既然你们有难，为什么不说明情况，反倒强来呢！你们以为我们软弱可欺吗？"

郑大槐又是作揖连连："是我们错了，错了……霸道惯了。"

虎王最后厉声说："你们要想活命，那就让所有的人都像你一样爬出来。我会考虑给你们几个山头让你们生活。但你们必须尊重我们，绝不允许再生祸乱！"

郑大槐连连点头，急忙下山通知。没想到雷哥却坚决不同意。

"我们是人！是人啊！宁愿站着死，绝不跪着生！"

但是大多数人却扔掉了武器，并开始脱衣服，一个一个相继爬出掩体。

最后只剩下了雷哥，他全副武装、威风凛凛地跳出掩体，冲着山上的虎王放声大笑，并高声喊道："你有种下山来跟老子单挑，一决雌雄吗？"

回答他的，是一声惊天动地的怒吼。接着，所有的动物便以铺天盖地之势、雷霆万钧之力扑向雷哥。雷哥也不惊慌，猛地拉响了身上的超级炸弹。一声巨响，他和许多动物同归于尽。

天地间一片混沌，剩下的人和动物都呆住了……

原刊责任编辑　刘燕妮

【作者简介】申平,中国作家协会会员、文学创作一级,广东文学院签约作家,省作协理事,广东省小小说学会会长。曾获小小说金麻雀奖等奖项。

镇　秘
津子围

　　华子被人称为"镇秘",他自己都觉得这个称呼别扭,镇秘是小镇大秘的简称,有人介绍他时说,华子可是小镇的谁谁谁呀,那个谁谁谁当然是大人物。华子的工作职位描述是:镇办公室文字综合,他自我定位为:码字匠。

　　昨天晚上,华子到同事家喝喜丧酒,喜丧酒是这个镇的古老传统,老人去世超过八十岁的一般都设宴款待亲朋好友。席间,华子被老阚叫了过去。老阚问华子:明天向县绩效考核组的汇报材料弄好了吗?华子打包票说:放心吧领导,妥妥的!

　　华子的酒一定没少喝,以致第二天参加会议时还晕晕乎乎。人坐齐整了,老阚先客气一番,说些欢迎指导、接受教育之类的套话,然后打开稿子,照本宣科地汇报了。老阚汇报,华子就可以微目养神、打盹休息了,反正他坐在角落里,没人关注他……突然,华子后脊梁的神经被电击一般,他觉得老阚讲得越来越不对味儿,材料拿错了吗？华子连忙翻看桌子上的打印稿，完了，材料真错了，而且，想挽回已经来不及了，因为材料一大早就放在了考核组成员的桌牌前，他们早已看过。

华子接手文字综合工作半年，按老丛传下来的秘籍应对工作，总体上还算不错。老丛那个年代"爬格子"，华子则是"敲键盘"，可一些经验还是通用的，都说"天下文章一大抄，抄来抄去有提高"，那是通行版本，关键还得有独门绝技，也就是老丛说的，手心手背都得有数儿。事实上，老丛交接给华子的几种材料蓝本就体现了他的数儿。比如要争取上面的资金支持，镇里的数据就很不好看，困难很多，令人同情；如果要招商引资，镇里的数据就该冒的冒，该藏的藏，让人觉得这是一片投资的沃土；可上面要评优了，镇里的数据就好看了，不仅好看还绚丽夺目，令人赞赏；如果上面来达标考核什么的，镇里的数据就攀高附低，拿捏分寸，恰到好处。多年的经验表明，几任领导多成功于此，当然，版本使用上绝不能出问题，拿错了就是致命陷阱。今天老阚汇报的材料就是争取上面资金支持的汇报稿，各方面数据都很难看，都不达标……

很显然，读了两页的老阚也发现问题了，他开始脱稿汇报，可又讲不清楚，所以一边照稿读，一边解释，吞吞吐吐，一扫开始的气势和自信。华子大气不敢出，偷偷地观察老阚。老阚也朝他这边看过来，两人瞬间对相，老阚的目光很毒，仿佛有把锋利的刀子。

华子借故离开会议室，本想去办公室找文书小蒋，查查拿错稿子的原因，走到办公室门口，他又向厕所走去，此刻，查明拿错稿子的原因没有任何意义，再合适的理由也于事无补。去厕所倒是离开会场最正确的选择。华子本可以在小便器前解决具体问题，他还是选择去蹲大便池，把自己锁在里面。华子闻到，自己撒的尿里散发着浓烈的酒精味儿。

病榻上的老丛曾拉着华子的手说，写材料不容易啊，拉干屎、尿黄尿、省老婆、费灯泡，你写得好理所应当，一旦出了问题全由你承责，要功劳，别想！搞好了也就弄个苦劳。华子知道，这回他可走麦城了，昨天晚上还拍胸脯保证，怎么也不会想到栽自己头上。栽得毫无防备，结结实实。

也罢！华子想，索性自己就此转行吧。坐办公室写材料看似风光，其中甘苦只有自己知道，仿佛走在一条看不见的独木桥上，点灯熬油，如履薄冰，他还不到三十岁，鬓角就夹杂了白发，何苦呢！人挪活树挪死，换一份工作也许还换了份心情、换了个天地呢！

华子大咳一声，准备站起来，不想反坐到大便池上。大概蹲厕所的时间太久了，华子两腿已经不听使唤，他好不容易爬起来，双腿僵直，慢慢走出厕所。文书小蒋站在走廊里，喊他：华秘呀，你去哪儿了？大家找你都找疯啦！华子满不在乎的样子说：我能想到。小蒋说：老阚让你去食堂陪客人呢！华子蒙住了：谁？让我去陪客人？小蒋说是啊，今天老阚特别高兴，见谁都笑。华子进一步蒙：他高兴？老阚？小蒋说可不是吗，考核组表扬咱们了，说走了五个乡镇，只有咱镇的汇报材料真实可靠，没有粉饰夸张，体现了实事求是的精神。华子呆呆地站着，腿不麻了，脑袋却有些麻。

这时，老阚陪考核组组长走过来，他热情向考核组长介绍：这是华子，我们的镇秘，正规大学的毕业生！

原刊责任编辑　于双慧

【作者简介】津子围，原名张连波，出生于1962年，辽宁大连人，中共党员。法学学士、管理学硕士、硕士生导师。大连市作家协会副主席。

我们到此结束

刘国芳

有时候，男人会觉得很孤独、很无聊或者很空虚，这时候男人不想待在家里，想出去，去到一个很远的自己从没到过的很陌生的地方，最好会发生一些故事，比如遇到一个女人，一场艳遇。这天，男人就这样想着，后来，男人行动了，开着他的车出来了。

那是一个阳光很好的天气，这样的天气最适合外出，男人开车出来后，并没想过去哪儿，只顺着马路往前走。忽然，男人看见前面马路边站着一个女人，而且，这个女人还向他的汽车招着手。男人有些开心，很快把车开到女人跟前并停了下来，男人说："你做什么？"

女人说："想搭你的车。"

男人求之不得。男人说："上车吧。"

女人说："等一下。"

女人说着，绕到车后面，用手机拍下了男人汽车的车牌，然后才上车。男人坐在车上，并不知道女人拍下了他车牌，男人在女人上车后问着女人说："你去哪里？"

女人说："我还没想好去哪儿，先搭你的车往前去吧。"

男人说："你一个女人，怎么敢随便搭陌生人的车？"

女人说："不怕。"

男人说："怎么不怕，要是我是坏人呢？"

女人说："我已经拍下了你的车牌号并发在微信上。"

男人当然也有微信，男人说："你把我的车牌号发在微信上做什么？"

女人便把手机伸到男人眼睛前。女人说："你自己看吧。"

男人便在女人手机上看到他的车牌号和这样几个字：

搭这辆车去远方。

男人看过，跟女人说："你倒是有心计。"

女人说："防人之心不可无嘛，要是我出了什么事，公安就知道我与这辆车有关，你也就脱不了干系。"

男人说："你要去远方，怎么不邀个伴儿，就一个人出门？"

女人说："只想一个人出来。"

男人问："为什么？"

女人说："有时候，我会突然觉得自己很孤独，很无聊或者很空虚。"

男人接嘴说："这时候不想待在家里，想出来。"

女人说："是，想去一个很远的自己从没到过的很陌生的地方。"

男人忽然笑了笑，男人说："最好会发生一些故事，比如遇到一个男人，一场艳遇，是吗？"

女人说："你怎么知道？"

男人没回答女人,只说:"你看我合适吗?"

女人说:"难道今天会有故事?"

男人说:"有可能哦。"

话说到这种程度,男人和女人不发生故事都不可能。男人和女人这天去了一个景区,这景区距他们所在的抚州市有几百公里。在这儿,男人和女人可以像情人一样。事实上,别人看他们也像一对情人。女人看见别人看他们,还是有些不自在,女人跟男人说:"在别人眼里,他们会觉得我们是什么关系?"

男人说:"情人关系呀。"

女人说:"我们才不是情人哩。"

男人说:"但我们走在一起人家绝对会以为我们是情人。"

女人说:"千万别碰到熟人。"

男人说:"不会,这儿离我们抚州那么远。"

女人说:"但愿。"

两人在一起,也会说些别的话,男人就看着女人说:"你还是个美女哩。"

女人说:"才看出来呀?"

男人说:"你一上车就看出来了。"

女人说:"你也不错,挺文雅的。"

男人说:"谢谢!"

差不多整整一天,他们都在一起,到晚上了,他们也不想分开。事实上他们也分不开,他们并没有回来,还在景区,这样,他们要在景区过夜了。他们去开了房,开房的时候男人没问女人开两间还是一间,女人压根儿也没提这事。男人只开了一间房,进房后,男人一伸手抱住了女人。

男人女人真的有故事了。

第二天早上，他们离开了景区，几个小时后，他们回到了抚州，一到抚州，他们就分开了，但分开前，他们彼此留了微信。男人在女人走后，发了一条微信跟女人说："谢谢厚爱，以后还可以见面吗？"

女人回复："看心情，心情好的话，可以。"

男人发去一个笑脸。

再来说说男人。男人随后被调到一个大机关上班，当了不大不小的官员。这天，男人到机关食堂吃饭时，竟意外地碰到了女人。女人边上有人，他们喊女人李主任，女人也看见了男人，她愣了一下，然后连招呼也没打，就从男人跟前走过了。

男人愣在那里，但很快，男人回过神来，男人没想到女人也在这个大机关工作，男人觉得这事不大好玩了，也不能再和女人玩了。男人拿出手机，跟女人写了这样一条微信：不能再联系了，我们到此结束。

写好，男人正要发出去，忽然，男人手机一响，原来是女人给他发来了微信，同样是这样几个字：不能再联系了，我们到此结束。

原刊责任编辑　何为

【作者简介】刘国芳，江西临川人，1997年加入中国作家协会。著有小小说集二十部，曾获小小说金麻雀奖等多项。

等

刘 浪

1

这是间五星级酒店，既可以说富丽堂皇，也可以说古典幽雅，但此时，集中在大厅的一百多人谁也无心思欣赏酒店的美景，他们从站立的几排高低不同的铁架子上不约而同地伸长脖子，把期待的眼神齐刷刷地向大门口抛了过去。

一阵急促的脚步声由远而近。大家绷紧的身体都骤然一松。哦，张厅长终于来了。

但是，大家失望了。因为他们看到进来的还是刚才出去迎接的那几个省交通协会的领导。这不，走在前面，挺着大肚腩，飘着根花领带的蒋会长朝着铁架子奔了过来，肥腻的脸上已经渗出了一层油汗。蒋会长说，不好意思啊，大家再等等。张厅长在路上堵车了。

2

五十多岁的刘大憨站在第三排铁架子中间,刚开始,他感觉这么多人像一根根桩似的杵着等一个人,还蛮新鲜有趣。后来,站着有点累了,他便偷眼瞟了一下左右。那两个人戴着眼镜,一个镜框是方的,一个镜框是圆的,都一脸斯文,像是当领导的。能和这些人一起合影,这让他有点得意。

刘大憨是个农民,来自这个省北部的一个城市郊区。他承包了一片山林。为了上下山方便,他一个人花了差不多十年时间,硬是修了条山道出来。当然,这山道在方便他的同时,也方便了那几家去山脚下上学的孩子。

今年,刘大憨被媒体挖了出来,有说他是当代愚公的,有说他是时代楷模的。在连续参加了几个表彰活动后,他就被邀请来参加这次的省交通协会年度表彰大会。原以为像往常一样,中午吃完饭就可以拍拍屁股走人,哪知一出餐厅,就被工作人员引到这个大厅,站到了铁架子上,等待来张集体大合影。

铁架子前面,还放了一排酒店的椅子,每张椅子都贴了纸条,一看就是给领导准备的。本来椅子上也坐满了人,但由于中间的那几把椅子一直空着,大家就知道重要的人物还没到。于是,在等了十多分钟后,前排的人也不再老实坐着,他们有的站起来闲聊,有的在四周溜达。铁架子上的人可没那么幸运,协会的谭秘书长好不容易将人按高矮胖瘦撵到铁架上排好了,这会儿就像个督站的监工,一遍遍安抚大家。在他的絮叨中,刘大憨知道没来的这个重要人物,叫张厅长。

3

天气并不是太冷,但酒店开了暖气。大家穿着整齐,沙丁鱼似的挨挤着,加上刚吃完饭,都有点热。

蒋会长已经不知是第几次到门口去迎接了。谭秘书长守在铁架子前来回踱步,一会儿低下头来看看表,一会儿又抬头向他认识的人打着招呼,说,领导能来和我们合影非常难得,大家稍等,就到了,辛苦下。

有人便说,不辛苦,不辛苦,领导才辛苦。

门口又进来一批人,人群中蒋会长的肚腩非常明显。大家再次松了口气,领导终于来了。

架子上的人立即振作精神,挺直腰杆。前面第一排的人也赶紧回到各自的椅子上,做好表情。只等张厅长和几个领导把屁股往第一排中间的空位上一填,就可以合影了。

哪知蒋会长奔到铁架子前,还是解释,大家少安毋躁,张厅长本来是赶到这边和大家一起午餐的,但临时另有公务,现在正急着赶来这里看望大家,估计再等几分钟就可以了。可能他看到铁架子上回应他的眼神中有些不满,于是转个身,有话没话地问摄影师,都准备好了吗?

摄影师在机器后面,已经站了半天,早就不耐烦了,说,万事俱备,只欠厅长啦!

4

刘大憨一直有高血压,当他想到这点的时候,他的头好像很配合似的,马上有点不得劲,脚也有些疲软。本来他想说,受不了啦,我要下去。可刚稍微一侧身,就发现方眼镜和圆眼镜同时瞥了他一眼,那意思是,你要是下,这队列不就全散了,折腾啥?刘大憨暗自后悔,早知溜个边多好。

前排有个胖子可能也是站久了,一脑门子汗,他扯下领带说,怎么还不来呢,我可受不了啦。他想下铁架子,可左右看看,遭遇和刘大憨一样,根本无法动身。于是他又解开西装,嘴里骂了一句什么。

谭秘书长感觉到人群的异样,几乎有点哀求地说,大家再等等吧,坚持就是胜利,张厅长还有几分钟,快了,快了!

时间在等待中一分分过去。大家看到,谭秘书长拦住一个路过的男服务生,可能是说关空调的事,但服务生指指大厅的穹顶,好像是说,这是中央空调,没法关。

刘大憨远远望着服务生,突然觉得他走路的姿势有点女里女气,就在他想笑的时候,感觉自己一阵头晕目眩,软软地倒在了旁边的那个方眼镜怀里。

众人一阵骚动,惊呼声中,却听得门口那边一阵喧哗,张厅长到了。

5

刘大憨在医院缓过来的时候,已经是下午三点多了。床边守着的谭秘书长见他没事了,就开始抱怨,老刘你也是,有高血压要早说嘛。

刘大憨说,不好意思,这几天忘记吃药了。

谭秘书长说,怪不得,合个影还差点搞出事,吓死人了。好在没让张厅长看到。张厅长从门口到大厅,虽然就只要五分钟,但我们已经把你从人群中举出来,很快转移到休息室,队列一点没乱。谭秘书长比画着举人的姿势,说到后面居然有点眉飞色舞了。

顿了顿,谭秘书长又有点黯然,说,只是你和抬你的那几个人没能和张厅长合上影,没法等了。

6

谭秘书长走后,刘大憨到医生那儿转了趟,回来才发现手机上有几个未接电话,全是老婆的。他赶紧回过去,老婆接通电话就吼开了,为啥不接我电话?山上那路有一处塌方了,小娃们上学都危险着呢,你何时回来啊,要抓紧给修好。

刘大憨没敢说晕倒这件事,那等我回去吧。老婆说,抓紧回来,这事等不得!

刘大憨挂了电话没多久,手机又响了,一接,居然是谭秘书长的。他说,老刘,你这破事还是被张厅长知道了,厅长明天要到医院看望你。

刘大憨说，不用啦，刚才医生说明天一早我就可以出院了。

谭秘书长说，你必须再等一天，医院的费用不用操心，协会全包了。张厅长明天到医院，你可以和他合张影，比今天这张合影强多了。

7

第二天，刘大憨在山道上甩开膀子大干的时候，蒋会长、谭秘书长等一大群人正拿着相机、鲜花和果篮，簇拥着一个人，沿着医院逼仄的走廊，向刘大憨的病房涌去。

原刊责任编辑　于双慧

【作者简介】刘浪，安徽宿松人，现居广州。出版作品集《俗事吾睹》《兄弟是手足》《紧急任务》三部。获第九届茅台杯《小说选刊》年度大奖。

侄女上门

陈秀荣

侄女举家进城,目的非常简单,就是让儿子能接受好一点的教育。

第一次到我家时,她带来了一些家里长的瓜果、蔬菜,我见了挺亲切的,它们让我感受到了家乡的气息。她一脸无奈地说,二叔,人一辈子强苦强挣为的啥?不就是为了给孩子提供好的教育吗?将来能够有出人头地的一天。我们村条件稍微好一点的人家都将孩子转到城里读书了。论条件,我也不比别人差多少。孩子他爸在运输船队上,月工资四千多元,在我们那个小地方收入应该可以了。听说某某小学和某某附小质量不错,叔帮我将孩子弄进去。我见她一脸的急切和诚恳,点了点头。

我本想给某某小学的校长挂个电话说这事,但转念一想,我是机关普通工作人员,如果只是挂个电话,怕自己不够分量,人家因此不给面子。不如干脆到校长办公室找校长去。面对面,脸对脸,即使校长有点难处，他也会尽力把这孩子收下的，况且是我侄女的孩子。我跑了几次，校长不是去开会，就是忙接待上面领导。总算等到了一次机会，我把来意向校长说了，哪知校长很爽快地答应了，并把孩子的姓名和有关情况记了下来。没想到事情如此顺利，我身上立即轻松起来，告辞时再三说着感谢的话。

没到一个月的时间，侄女又手提一箱牛奶到我家找我，说得请老师吃饭，请老师多关照孩子。老婆在一旁微笑着说，以后到我家来就是串门玩，别那么多礼，否则让人感到生分。我也笑了笑，以后再来就别带东西了。再说需要请老师吃饭吗？我也做了好长时间的教师，只要孩子好学上进，老师都会喜欢、重视的，不会分出彼此的。但我的这番道理在侄女面前是行不通的，她说她懂，只是听孩子说他们班不少学生家长都请客送礼，如果连顿饭都不请老师，怕孩子在班级里吃亏。在她的多次纠缠下，我又只好接下这差事。只是她临走时，老婆说你把这箱牛奶带回去给孩子吃吧！哪知侄女笑着说，婶嫌少是吗？这句话将我老婆饯在了门口，再也没说什么。我只好一边和她说着话，一边把她送下楼去。这件事，我没有帮她办成，尽管我打了几次电话约她孩子的老师，可人家只是一味地谦虚，死活不答应。后来，由于我怕烦，侄女也没有一个劲儿地追我，再加上工作上事情多些，最后也就不了了之。

一年多后，侄女又打电话给我说晚上到我家玩一会儿。这回老婆笑了笑说，你家侄女挺现实的哟！无事不登三宝殿啊！果真如老婆所料，她一个朋友玩麻将时，被河下派出所抓着了，要罚款八千。朋友的事也找我来帮忙？我心中多少有点不悦，怪她多管闲事，更何况我又不在公安系统，得求人去帮忙。但她已在人家面前夸了海口，说找叔一定能把事情办好。没办法，我又通过同学关系帮她办成了这件事，少罚了点款当晚就把人放了出来。

再后来，她在城里无论什么事，大事小事难事易事，她都会想到我这个叔。就像我老婆说的，她把叔当差役使唤了。唉！我说，人家孩子在城里，除了我们，举目无亲，不找我们又去找谁啊！

又有一天早上，我们还没起身，家里电话突然响了起来。老婆从睡梦中惊醒，非常不悦地拿起电话。一听是侄女，老婆冷冷地将电话递给我，是你家侄女的电话，肯定又有事找你了。我接过电话，侄女说她已经到我家楼底下了，想来看看我们。我放下电话，连忙开门让她进来。她手里提着蛇皮口袋走了进来，进门后仔细瞧了瞧我，然后又走进房间和她婶打了招呼。见她神情怪怪的，我忙说有事吗？侄女笑了笑，没事，只是长时间没和叔、婶联系了，想看看你们。侄女一边和我们唠着家常，一边和我们吃着早饭。在我上班前，我还是小声问了她一下，有事吗？她依旧笑了笑，没事。见我要上班，她也要走。

下楼后，我站下来小声地说到底有没有事。她大声笑了起来，真的没事烦叔。然后又把嘴凑到我耳边说：昨晚我做了一个梦，梦见叔和婶闹离婚了，婶的娘家人把叔的腿打折了——我一夜也没睡好觉，一大早醒来就来看看叔和婶。见你们一切都好好的，我也就放心了。那蛇皮口袋里是藕和莲子，听说吃了它，夫妻和谐、家庭美满。听她这么说，我的鼻子酸酸的，眼睛湿润了起来。这一感动，话多说了几句。我说叔和婶都很好。在城市里生活比不得农村，你要多长个心眼，以后有什么难事尽管找叔。

好啊好啊！她连连点头，笑得比任何时候都开心，而我却又有些后悔自己的"感动"了。

原刊责任编辑　向红

【作者简介】陈秀荣,笔名花中搂月,江苏省作家协会会员。先后在《当代》《文学报》等报刊发表近三百篇(首)散文、诗歌、小说。多次获得各类奖项。

种花的男人

赵淑萍

男人说他要种花。女人怔了一下。随即，轻蔑一笑："那我拭目以待。"女人说这话是有原因的。男人是肿瘤科医生，生活中除了看病就是看书。他从不陪她逛街，情人节也没送过礼物。女人曾撒娇要他送花，他说："给你钱，自己去买好不好？"女人被气得够呛。一个连买束鲜花都不会的男人，居然说要种花。

男人真的买来了花架，带来金银花条和土。金银花是最好种的，播种、插条、分根都能存活。当年，就开出了二色花，清香扑鼻。受了鼓励，男人种的花越来越多。茉莉、紫藤、牵牛花、君子兰……除了看病、看书，男人的生活又多了一样内容。每天下班回家，第一件事就是往露台上跑。冬天，他端出花盆，让它们晒太阳；夏天，不管烈日当空或夕阳斜照，他给花一一浇水。他养花一点章法都没有。花要修剪，他却从不修剪，结果，文竹长得泼辣恣肆，茉莉花的枝条也张牙舞爪。草花蔓延，露台看上去乱糟糟一片。"你种花还是种草?"女人的问话里有几分奚落。花草在男人心中好像没有贵贱之分,石斛花和一串红他一视同仁,君子兰他呵护有加,水缸里紫色的水葫芦花他也当宝贝一样欣赏。

不管怎么说,他养的花都活了,而且开出了花。

男人难得地浪漫起来,每逢花开,他就拍下照片传到朋友圈。有一年,紫藤不开花,他闷闷不乐。台风前,他忍痛把殷红的玫瑰剪下来,插在玻璃杯里。夏天的夜晚,他也会摘几朵栀子花放在她的案头。

女人喜欢花,但活泼而喜欢社交的她,对一些琐碎的事情没有耐心。男人在家,她从来不给花浇水。男人出差了,千叮咛万嘱咐,要她别忘给花浇水。偶尔浇水,女人的裙子被玫瑰花刺钩破,脚上被蚊子咬了好几口,那遍地的藤蔓还差点把她绊倒。她就不明白,男人为什么日复一日有那份耐心。

露台上的金银花开了一次又一次。繁密的花枝间,居然有鸟来筑巢了。"上边有只鸟,你不许吓她!"男人得意洋洋地说。女人抬头望去,果然有一只雌鸟伏在那里,看到她一惊,飞到了对面的屋顶,但一直注视着,不离开。女人端把凳子站上去,看到了一窝鸟蛋。鸟妈妈在孵小鸟呢。她躲到一边,鸟妈妈迅速又飞了回来。

这样过了十多天,初春,一个雨夜,他们上去看鸟巢,鸟妈妈一动不动,看见人靠近,也不飞走。第二天,女人发现鸟妈妈似乎不在了,站上凳子去看个究竟,不由打了一个寒颤:刚孵出的小鸟都冻死了。

鸟妈妈是太伤心,所以离去了。

男人和女人都很难过。他们太缺乏经验了,如果在鸟巢边放些绒布和草,悲剧或许就不会发生。后来,本来誓做丁克族的他们改变了主意,并且约定,如果有了孩子,一定要尽力呵护。

但女人还是很困惑,男人为什么会迷上种花?她问过,男人总是顾左右而言他。有一天,男人洗澡去了。她无意中看到桌上男人的手机传来一条信息,短信是这么写的:顾医生,我弟弟昨天走了。他很感谢您,因为您的治疗和鼓励,他又有了五年的时光。他说,每次在朋友圈看到你发的金银花开得那么灿烂,就心情大好。以后,金银花开的时候,他一定在天堂那头看着,为您和您的家人祝福!

女人掐指一算,露台上种的金银花,已有五年了。

原刊责任编辑　叶向群

【作者简介】赵淑萍,女,浙江省作协会员,宁波市作协评论创委会副主任。作品散见于《文艺报》等报刊。有作品入选《新中国六十年文学大系》。

一斗阁笔记

莫　言

真　牛

那头牛，身材魁梧，面貌清纯，是牛中伟丈夫也。初购来时，儿童围绕观看，社员点评夸奖，队长洋洋得意。但此牛厌恶劳动，逃避生产。套一上肩，立即晕眩，跌翻在地，直翻白眼。鞭打不动，火烧不理。一摘套索，翻身跃起。如此这般，众人傻眼。支书曰："人民公社可以养闲人，但绝不能养闲牛。"队长曰："若不是法律保护耕牛，老子一定要宰了你。"会计曰："好男不当兵，好牛不拉犁。"支书曰："闭嘴，你的话里有严重的政治问题！当心撸了你的会计。"会计面色灰白，悄然而退。牛翻白眼，不见青光，疑似阮步兵转世。无奈，只好将它牵到集市售卖。那牛一到集市，双眼放光，充满期待又略带忧伤，仿佛一个待嫁的新娘。集市上收税的人一见它就乐了:"伙计,您又来了啊。"牛眨眨眼曰:"伙计,不该说的莫说,拜托了啊!"

诗　家

大清乾隆年间,吾乡白公有三子,皆忤逆不孝,但俱有诗才。父将三子诉之于官。差役将三子拘至衙,县官升堂审讯。父历数三子不孝行状,言之动情处,失声号啕,老泪纵横。官曰:"忤逆不孝乃本朝法定大罪,轻则廷杖,重可大辟。但本官爱才,不忍动刑。闻尔等皆能诗,即以衙前竹为题,各做一首,通即恕,不通则严惩之。"长子咏曰:"老爷衙前一丛竹,顺着节儿往上数。老爷今年做知县,明年定会升知府。"次子曰:"老爷衙前竹一丛,旭日初照枝叶红。老爷明年升知府,后年提拔进京城。"三子曰:"老爷衙前竹丛一,观音菩萨来送子。送个儿子中状元,送个女儿嫁皇帝。"官大喜,令差役责打白公四十大板,斥之:"生了三个诗人,还告什么刁状!"

葱　管

余少年时与兄割草、牧羊于野,渴甚。沟渠中虽有水,但苦如盐卤,不能饮。兄遂问羊:"羊羊羊,何处有水井?"羊咩咩数声,东向狂奔,吾与兄追随至翰林碑。碑前果有一古井,深可数丈。时有翠鸟由井中飞出,水气淋漓焉。探身下望,井中映出倒影。吾口渴愈烈,恨不能跳入井中畅饮。兄突发奇想,采来葱管数根,以口叼之,劈开双腿,足蹬井壁,次第下之,如入幽灵之境。良久,兄口叼贮水葱管，攀缘而上。以葱管授我，饮之，其水甘洌，如琼浆玉液。如是者数，兄气喘吁吁，力渐不支。于心不忍，道：哥，我不渴了。兄道：再取一次即止。兄蹬壁又下。忽听扑通一声，余知兄落水，急忙低头探看，只见兄站在井底，水及其胸。余急问：哥，没事吧？兄道：好凉快啊。我道：哥，你快上来吧。兄道：我踩到一个硬硬的东西。兄俯身入水数次，摸上一黑色长物。兄解下腰带，拴住此物，挂在脖上，攀缘上来。拔草擦去泥污，竟是一把长刀。找砖头磨去铁锈，发现刀背上刻有两个篆字，经学校老师辨认，说是"葱管"。我与兄闻之愕然，难道古人知道我们会用葱管取水吗？许多年后，我想，也许是一个姓管名葱的人，将自己的名字刻在刀背上。

锦　衣

　　一富家女，容貌姣好，及笄，自言宁死不嫁。其母怪之。每至夜深人静时，闺中即有男子说笑之声。母逼问之，女曰：系一美貌华服男儿，夜来幽会，鸡鸣时，即匆匆离去。母授计于女。至夜，男又至，女将其华服锁于柜中。平明，男索衣欲去，女不予，男怅怅而逝。清晨，大雪，母开鸡舍，见公鸡赤裸而出，不着一毛，状甚滑稽也。女急开柜，见满柜鸡毛灿灿。女抱鸡毛出，望裸鸡而投之。只见吉羽纷扬，盘旋片刻，皆归位鸡身，有条不紊，片羽未乱也。公鸡展翅，飞上墙头，引颈长啼。啼罢，忽作人语，曰：吾本天上昴星官，贬谪人间十三年，今日期满回宫去，有啥问题找莫言。

入围佳作

仙 桃

吾少时听爷爷说,崂山西侧悬崖上,有桃一株。三月开花,其华灿烂。八月桃熟,崖下仰望,鲜红如玛瑙,气味芳香,人间罕嗅之也。博者曰:此仙桃也,食之可长生不老。多有渴望不死者,攀岩而上,但终无一近顶者。村中有巧人杜乐,诸工皆能,乃倾其家产,造抛石机一具,能抛石数十丈。俟桃熟,集村中精壮数十人,拉动机器,抛石上崖,先不中,调整数次后,有一石正中桃树,似闻噼啪之声,见数桃下落,众蜂拥上前欲接,但距地数丈时,即被仙鹤噙去。

抗日战争时,游击队找杜乐造抛石机。其时杜乐已死,其子杜兴按父留图纸,造抛石机一具,在攻打蓝村炮楼时,立下大功。游击队奖励杜兴,赠其蟠桃一筐。

茂 腔

吾乡高密有戏曲茂腔,流传二百余年,至今演唱不绝。吾从小耳濡目染,得益甚多。此戏起源于民间,曲调委婉凄凉,如泣如诉,如怨如慕,尤为村妇所迷。剧情多惩恶劝善、帝王将相、才子佳人等老套路。剧中唱词,多使用方言土语,听起来格外亲切,但外乡人不懂也。

黑龙江边祝家屯,系民国初年由一闯关东的祝姓高密人创建,后亲戚朋友皆投奔而来,遂成一高密屯。二十世纪九十年代中,屯中一老妇病重,对儿女说出最后愿望,临死前想听一段茂腔。那时还没有互联网，但 VCD 已经有了。其子就给高密的亲友拍电报，索求茂腔光盘，同时去哈尔滨买了一台机器等候着。半月后，光盘寄到，老妇已在弥留之际。家人匆忙将茂腔放出，起调过门一响，老妇手指颤动，慢慢地睁开眼睛。等到著名旦角郭秀丽那悲凉婉转的唱腔响起来时，老妇竟然坐了起来。一曲听罢，心满意足地说："中了，现在可以死了。"言毕，仰倒而逝。

褂　子

　　吾少时曾随生产队里的妇女采摘棉花。深秋时节，天气寒冷，妇女们已有披棉衣者。是秋，余新缝一件蓝华达呢褂子，穿在身上，自觉添了二分人才。因棉花柴磨损衣服甚重，余即将褂子藏在麻袋中。赤膊拾花，身上被花萼划得伤痕累累。一日，冷风飕飕，阴云密布，时有雪花飘落，气温降到零度。妇女们都穿上了棉衣。一常姓大嫂激我："青年，今天还光膀子吗？"我说："光啊！"于是我冒着寒冷脱下褂子，塞进麻袋，放在地头，然后将白布包袱，上挂脖子下系腰，赶紧拾花，塞进包袱，棉花冰冷，凉着肚皮，风吹到背上，如被刀割。妇女们嬉笑不止。为了不让她们看我笑话，我发誓宁愿冻死，也不穿褂子。为了抵抗寒冷，我开始唱样板戏："穿林海跨雪原气冲霄汉——"那些娘们儿，一定认为我疯了。我暗自得意。装疯卖傻是为了吸引女人的注意，她们注意我了，并且知道了我的扛寒和我的爱护衣服。当我拾满了一兜棉花到地头上找麻袋时，麻袋没有了，珍藏在麻袋里的褂子自然也没有了。

　　装疯卖傻是要付出代价的。

踩　鱼

　　吾家房后五十米，即胶河也。夏天晌午，河中全是洗澡的人。河水被晒得滚烫，浅水处，水仅没脚踝。河系沙底，硬而平滑，有银白鲢鱼被烫得发昏，来回乱窜。吾等追逐踩踏之。有乳名皮囤者，一中午曾踩鱼八十条。

　　皮囤七岁时，父母双亡。皮囤跟哥嫂生活。其兄懦弱，其嫂霸蛮。皮囤常受其嫂虐待，其兄不敢阻拦。一日，其嫂与邻村一著名泼妇打架，被打翻在地，踢踏不止。皮囤奋勇向前，揪住泼妇头发，将其拽倒在地。有邻人问："皮囤，你嫂子对你那么不好，为什么还要救她？"皮囤说："她再不好，也是我嫂子。"其嫂闻知，甚为感动，从此改变态度，视皮囤如同己出。

　　吾曾追随皮囤下河踩鱼，但总是踩不到。看那皮囤，在浅水中跳跃腾挪，如同舞蹈，一会儿弯腰，从脚底摸出一条，放到胸前布袋里，一会儿又弯腰摸出一条，放在胸前口袋里。我问皮囤，为什么你能踩到而我踩不到？他说："左脚撵了右脚踩，右脚撵了左脚踩。"

虎　疤

　　吾乡有一奇人，面目狰狞。自言系在关东挖参时为老虎所伤，人送外号"虎疤"。吾曾听其亲口讲述此事。说，一日黄昏，他挖得一枝七品叶，大喜。忽觉脑后冰冷，猛回头，见一只吊睛白额大虫正款款地从林中走出来。大虫说："挖参的小子听着，此参是我栽，此山是我宅。要想拿参走,留下小命来。"那人说,我扑上去与大虫斗,虫死我伤。

这个打死过老虎的人,人民公社时期,在生产队里当饲养员,喂牛喂马,颇有怀才不遇之慨,常常在我们面前发牢骚:"奶奶的,老子堂堂的打虎英雄,竟然落魄到如此地步啊……"接着就唱:"何日里施展我盖世武功,打尽了老虎再打恶龙——"人民公社解体后,此人成了卖药酒的,四集遍赶,卖虎骨酒、虎鞭酒,当有人质疑其假时,他指着自己的疤脸说:"看到了吧?这是跟老虎搏斗时所伤,虎死我伤。"

槐　米

槐树分国槐与洋槐。国槐花籽可入药,能治风症。吾家曾养一猪,因去势而染破伤风,牙关紧咬,身体僵直,平躺在地,不能站立。兽医云,必死无疑。吾母曰:死猪当成活猪医吧。遂将槐米炙末,混以米汤,用兽用针管自嘴角灌之,半月后竟愈。之后此猪狂吃疯长,邻人曰,其报恩也。

数十年后,我爬上北海公园白塔所在之小山,下山时,见山路两侧,全是粗大的国槐,槐花半谢,槐米累累。一老人正在采摘槐米,曰:半花半米,正是最佳采摘时。吾问老人采此何用,老人曰:晒干,炙粉,蘸煮鸡蛋,日食两枚,可轻身健体。

深　巷

我的朋友糕糕在县城梧桐街开了一家咖啡馆,生意兴隆。馆名

"深巷"，系我所题。戊戌春节，我在故乡。槉槉来访，邀我去喝咖啡。盛情难却，即随其往。进馆便见墙上挂着一幅署名"莫言"的书法，字迹秀美，法度森严。文字内容是："一辆由白鹅驾辕的四轮车由小巷深处摇摇摆摆地驶出来。拉长套的是两只肥胖的绿鸭，车上载着狐狸的新娘。她身披白色的婚纱，头上戴着丁香花冠，睫毛很长。早起送牛奶的工人看到她们来了，慌忙跳到一边，为她们闪开了道路。"

我问："这是怎么回事？"他憨憨一笑说："替你扬名呢！"

爱　马

爱马人爱马甚过爱自己。他自己从不洗脸，但他会给马洗。严寒的早晨，在结冰的井台，用冒着热气的井水给马洗脸，用洁白的毛巾给马擦脸，马神清气爽，目光皎然。他满面污垢，眼睛晦暗。此是我亲眼所见，1969年在城外五里店。爱马人是我家亲戚，姓汪，是地主分子，我该叫他表叔。那还是人民公社时期啊，那时候马和牛一样都是集体财产。那时我们的教科书上说：地主对人民公社怀有深仇大恨，时刻梦想着变天。经常有地主投毒害死人民公社马匹的案件，这个地主怎么会这样呢？一个地主爱人民公社的马爱到这种程度，谁会相信？如果那匹马是他自己的，他该怎么个爱法？又一想，我这想法太不文学了，真正的爱，是与所有权无关的。上帝是所有人的，难道能归你一个人所有吗？祖国是十几亿人共有的，难道能归你自己吗？想到这些，我就明白了。

原刊责任编辑　甫跃辉

【作者简介】莫言,山东省高密人,中国当代著名作家。代表作有《红高粱家族》《丰乳肥臀》《檀香刑》《生死疲劳》《蛙》等。2012年获得诺贝尔文学奖。

客厅里钓鱼

冯伟山

卢七说啥也没想到蔡局长家的门一敲就开了。他屁股刚挨上沙发,就当着局长夫人的面把一张两千元的购物卡放到茶几上。局长夫人一笑,边给卢七倒水,边朝里间喊了声:"老蔡,来客人了。"这当儿,卢七在心里很放荡地笑了。心想,都说蔡局长清正廉洁,看来是徒有虚名。

说起蔡局长,卢七一点也不陌生,他大名蔡长青,论起来还是自己二十年前的战友呢。虽然不在一个连队,但在一个营部啊。入伍不久,蔡长青就在部队闹了个大笑话,人人皆知。一日,新兵们在一个大库房里打扫卫生,不知谁不小心把挂在墙上的一个灭火器碰了下来。也巧了,那灭火器的保险栓被撞开了,在地上边转边"突突"地冒着干粉。蔡长青见了,一个箭步窜过去就把灭火器抱在怀中。他大喊:"快闪开,快闪开,危险!"他抱着灭火器没命地朝库房外跑去。所有的新兵都被他的喊叫惊呆了,不知发生了什么事儿,有朝角落里躲的,也有干脆抱头趴在地上的。等连长急火火从不远处赶来时,蔡长青已把灭火器扔进二十米外的一个水塘里。他满脸是汗,胸脯急剧地起伏着,结结巴巴地说:"连、连长,那个红红的东西被我扔进水里了,不、不会再爆炸了吧?"连长一脸紧张,等弄明白了事情的原委,忍不住哈哈大笑起来。连长说:"那是灭火器,不会爆炸的。"此时,新兵们也三三两两聚了过来,听说蔡长青玩命般抱着的是一个灭火器时,也都笑起来。有说他土老帽的,也有说他没见识的。蔡长青低着头,尴尬得浑身不自在。他小声说:"我老家在一个大山里,我没见过灭火器,见在地上突突地冒白烟,以为要爆炸呢。对不起,让大家受惊了。"这时,连长轻轻拍拍他的肩头,严肃地说:"怎么能怪你呢?不但不怪,我还要表扬你,你的不怕牺牲、勇于奉献的精神正是我们所有士兵学习的榜样!"不几天,蔡长青的名字就在整个营部传开了。

后来,听说他在部队干得很好,埋头苦干,年年是标兵。再后来,复员回家做生意多年的卢七突然听说蔡长青来自己家乡的县城当公安局长了,就想见见他,叙叙旧情。

蔡局长出来时,手里竟拿了一根鱼竿。卢七急忙站起来,笑着说:"蔡局长,您还记得我这个战友吗?"蔡局长没回答,笑了笑,说:"你坐着,我边钓鱼边陪你聊天。"钓鱼?卢七大惑不解,在客厅钓什么鱼呀?随着蔡局长坐定,他才看清客厅的一角摆了个硕大的玻璃鱼缸,缸里也没水草啥的,就养着一些普普通通的鲫鱼。蔡局长说:"我小时候最好钓鱼,村子附近的小河和池塘里我都钓遍了,现在想起来心里就痒痒。这些年工作压力大,闲暇时间少,就在家里弄个鱼缸偶尔过过钓瘾。"说着,蔡局长把鱼饵挂好,钓线入缸。一会儿,鱼就围拢过来,瞪眼在钓饵旁一个劲儿地观望。这时,一条大个的鲫鱼猛冲过来,把小鱼驱散开,在饵旁左看右看,上下游动,满眼的贪婪和欲望。看着蔡局长持杆的专注和淡定,卢七也屏住了呼吸,两眼死死盯着鱼缸。终于,大鲫鱼昂着头,摆了摆尾巴,还是张口扑向香喷喷的钓饵。局长双臂一抬,大鲫鱼就悬在半空。卢七见了,忙伸手帮着去捉鱼,蔡局长摆摆手,一笑,把鱼从钓钩上取下又扔回缸里。蔡局长说:"自当局长以来,常有人用饵来钓我,稍有不慎,便入万劫不复之渊。想想小时候钓到的那些鱼,煎炸煮烤任我摆布,其实那些鱼就为了一点饵料,真的很悲哀。这事对我感触很深,就专门弄了个鱼缸,一有空闲就钓着玩,其实是时时自省,千万不能有丝毫的贪欲呀。"

卢七听了,无言以对,一肚子想说的话又憋了回去。蔡局长把购物卡塞到卢七手里,又拍拍他的肩膀,说:"老战友,很抱歉,我该送客了。"

卢七出来时,一肚子不解,这年头还真有奇事呀!他脑子里突然又冒出当年新兵们嘴中的那个蔡长青,那个抱着灭火器没命地奔跑的傻老帽。卢七摇摇头,又使劲点点头。

原刊责任编辑 李凌

【作者简介】冯伟山,《青州文学》主编,已在《小说选刊》《北京青年报》等百余家报刊发表、转载文学作品70余万字。出版小说集4部。

茶 爷

刘建超

茶爷祖上三代在老街经营茶货铺子,在豫西一带很有名声。

茶爷不在乎赚钱多少,茶爷也不喜欢生意,之所以坚持做茶铺,他说,这只是念想,能闻到祖辈留下的气息。

茶爷卖茶,红茶、绿茶、黄茶、白茶、黑茶、青茶种类繁多,茶爷自己一年四季,杯子里就是毛尖。

茶爷的杯子是个大号玻璃瓶,杯子里一半茶叶一半水,他走哪儿都抱着个杯子。茶爷早上泡一杯茶水,喝了添,添了喝,一天不换茶叶。晚上临睡前将茶叶捞出晾干,积攒够了就用泡过的茶叶包饺子蒸包子。

茶爷好客,常请人喝茶。

老街人都知道,茶爷请茶也是有讲究的。

茶爷请客有两种说法,茶爷举举手中的杯子说,有空去我家里喝茶啊。这话是客套。你去也行,不去也行。

茶爷要是说，走，去家里喝茶。那你注定是要跟着去的，茶爷的威望自不必说，茶爷在老街的辈分也很高。要你去喝茶，那是给足你面子了。

七月天，闷热。茶爷在街上溜达，被一阵吵闹声吸引了，是和盛斋古玩店的胡老板。

茶爷走进和盛斋，胡老板正扯着一个壮汉的胳膊不让走。

胡老板说，这主儿进店就转悠着看看这，摸摸那，转身要出店时，店里的伙计发现一枚古金币不见了，就拦住了壮汉不让走。

壮汉梗着脖子，摊开两手说，你们看看，我这个样子能拿你的东西吗？

茶爷看看壮汉，壮汉膀大腰圆，挺着肚子，光着上身，只穿条简易的短裤。

壮汉看着茶爷说，茶爷，要是不嫌弃我丢人，我立马脱光了让他们看看。

店里的伙计哭丧着脸说，确实是他来了以后那枚古金币就不见了。

茶爷喝了口茶，拧杯子盖的当口，看了看壮汉，说，算了算了。走，去家里喝茶。茶爷扭头出门。

胡老板张张嘴没说话，伙计还想拉住壮汉，壮汉一甩胳膊，跟着茶爷走出店门。

茶爷家在老街八角楼旁，一个典型的老街四合院，院子当中放着个根雕制成的茶台。

茶爷把壮汉领进门，两人坐在茶台前，夫人摆上一只大铜壶，一只白瓷蓝花的大海碗。

茶爷满满地倒上一碗茶，说，这是家里人自己调配的凉茶，有夏枯草、金银花、荷叶、桑叶、甘草、蜂蜜、冰糖。清心败火，纾肝理气。来，喝一碗。

壮汉本就心急，加之天热，刚才走得也急，已经是汗珠子顺着脸颊往下淌，端起碗咕咚咕咚就是个底朝天。

茶爷微微笑着，又倒满一碗。来，接着喝，慢慢说。

壮汉又是一碗喝尽。

两个人喝着茶说着话，一壶凉茶被壮汉喝完了。

壮汉揉着圆鼓鼓的肚子，说，茶爷，我得用下您家的厕所，憋得慌啊。

茶爷指指方位说，去吧。

壮汉站起身，就听得扑簌一声，一枚金灿灿的古钱币从壮汉的裤腿里掉出，骨碌到茶爷脚前。

茶爷弯腰拾起古钱币，说，天热手滑，瞧瞧，这钱币滑落到你的腰间你都没留意啊。快去还给胡老板吧，回来咱爷俩接着喝茶。

壮汉呆立着，涨红了脸。接过钱币羞愧地给茶爷鞠了个躬，走了。

夫人来收拾茶具，说，我都看出来了，他是把钱币藏在肚脐眼里了，不然裤子提那么高？茶水喝多了，肚子圆了，钱币就藏不住了。

华文、华武是双胞胎兄弟，在老街开了间摄影工作室。

去年兄弟俩的母亲去世，留下了一处房产。兄弟俩因为拆迁赔偿款的分配闹翻，甚至还动了手。茶爷叫华文、华武来喝茶。

茶爷给兄弟俩倒上第一壶茶，说，在清朝啊，有位贤人叫王好古，他在《汤液本草》中说喝茶能清头目；先人说的话，咱得信啊。我这一壶绿茶就有这个治疗头目不清的功效。来，喝喝茶。

华文、华武谁也不看谁，端起碗一饮而尽。

茶爷说，头脑清楚点儿没有？头脑清楚就能想起点啥事情。你俩七岁的夏天，想起啥没有？

哥俩七岁的夏天，一起去潆河边玩耍。弟弟华武不小心滑落到河里，河水很急，华武扑腾着喊叫。哥哥华文见状，一跃跳下河，紧紧抓住弟弟的手不丢。幸好进货路过的茶爷把他俩拉了上来。

茶爷说，华文你小子也不会游泳，还往河里跳。

华文说，我是哥哥，我不让弟弟死。

兄弟俩面对面，又喝了一碗清茶。

茶爷换上第二壶茶，说，来尝尝乌龙茶。还是清朝啊，有个叫黄宫绣的人在《本草求真》里也说喝茶能治头目不清。先人说的话，咱得信啊。下午喝乌龙茶，健脾消食让人神清气爽啊。你哥俩再想想，十七岁，十七岁的夏天。想起啥没有？

华文、华武十七岁那年一起参加高考。哥俩都接到了大学录取通知书。哥俩家境窘迫，靠母亲打零工度日，供不起两个人上大学。

弟弟华武把自己的录取通知书藏下，去打工赚钱，最后悄悄去卖血，给哥哥攒够上大学的钱。茶爷知晓情况后，资助兄弟俩念完大学。

茶爷说，骨肉之情的这些事，咋就忘了呢？

兄弟俩又喝了一碗茶，对望着，握住手，抱在一起默默流泪到号啕大哭。

茶爷喝口茶，起身背着手走出院门。

老街有了新的俗语：茶爷请客——你得有肚量。

原刊责任编辑　李佳怡

【作者简介】刘建超,中国作协会员。在《解放军文艺》《北京文学》等报刊发表小说、散文八百多篇,出版小说集十一部,获第八届《小说选刊》年度奖。

姑　夫

丁大成

　　姑是在鄂豫皖边三省青年联欢会上认识姑夫，并决意要嫁给他。

　　起先奶不同意。姑夫武大郎的身材，姑长得跟画上跳下来一样，再说"天上飞的是九头鸟，地上跑的是湖北佬"，况且那个大山旮旯不长庄稼。怕姑嫁过去吃亏。我们这些"小萝卜头"也不同意，亲爱的姑嫁那么远，走亲戚多难啊！

　　一家人歇晌正摇着蒲扇说着话，门外"咚"的一声闷响，大家慌忙拥出去看，只见门口横着截抱把粗的老杉木，把稻场砸个坑。父亲吭哧地抱起来说，是上好的寿材！找送寿材的人，姑夫正撩起衣襟擦着汗往回走。姑柔声喊，哎，喝盅茶，打个尖啊！姑夫不作声，头也不回地走了。

　　当时家里正准备给奶做寿材。

　　第二天将吃罢午饭，门外又"咚"的一声，姑夫又背来截老杉木。第三天第四天……天天如此，风雨无阻。那"咚咚……"的擂树声,砸得奶心惊。奶忍不住,早早地等在门口,拦住姑夫说,莫来这套……姑夫说,就算认个干娘!

奶叹一声,这个人……

姑夫背来的十二截老杉木在我家门口堆成小山,引得邻居啧啧赞叹。十二圆方的老杉木是寿材中最好的。生于忧患死于安乐,家乡人认为去回时莫过于有一口好棺材,得提前准备好。

奶艰难地改变了主意。

姑出嫁后的第一个年节,拜年的任务被奶落实到我的头上。我不情愿,说认不得路。奶说路在嘴上。嘴上问到的路真的难走!想姑夫背着沉重的老杉木,顶风冒日,接连十二天,往返在这条荡气回肠的山路上,真的不容易,难怪奶动摇。

"出门三五里,各处一乡风",姑夫这里的风俗是一家亲满湾亲,自然我应该去每家拜年。

我走在姑夫前面按姑夫的指点说,二表爹,请到堂屋拜年!主人慌忙给我敬烟倒茶。姑夫介绍说,我妻侄,别的不照,学习还好,是考大学的料!那时将恢复高考,大学生了不得。主人赞叹,年少志高!忙进里屋摸出一盘馃子要往我荷包里倒。姑夫赶忙掏出一个红布袋替我接了。到下一家,姑夫还是这样刻意地介绍,我得到格外的招待,姑夫提的红布袋很快被馃子装满了。其实我读书不用心,有一次逃学,奶掂根楠竹丫子抽我,正好姑夫到我家替我解的套。那时还在吃稀汤寡水的"大锅饭",望着满袋子馃子,我对姑夫心生好感,暗暗发誓要用心读书。后来真的考上了大学。

年拜完了,将回到姑家,就有人用圆盘托着一碗糍粑挂面腊肉汤放到堂屋的方桌上,说一声"味儿不好,请河南客打个尖"便自去了。虽说过年伙食不差,但我跑了六十里山路,家家拜年又享用了过多的茶水,早已饥肠辘辘,便掂起筷子大口地吃起来。

姑忙里偷闲地从厨房里出来招呼我,我拿空碗一照,惊得姑"哎哟"一声说,这是"看汤",吃不得!我尴尬地脸红到耳根。姑急忙拿着空碗走进厨房低声对当家的婆婆说,俺侄儿不懂这里的规矩,也怪我没对他说清。婆婆的脸色很不干净。这时姑夫不知从哪里冒出来走进厨房好笑地说,弄一碗还给人家不就是了。婆婆说:"打了人家的旧缸还新缸,新缸没得旧缸光。"姑夫轻松地说,这个好办。姑夫还"看汤"回来,带给我两个红皮鸡蛋。姑惊喜地问,你咋说的?姑夫说,我说我妻侄说你做的汤好吃。小孩子家,冒办法。人家高兴的,非送俩鸡蛋。

虽则如此,我还是为自己的越格,尤其为贪嘴越格羞愧万分。为逃避尴尬,尽管太阳已经落山我还是固执地决定立即走人。姑夫说,我送你吧。我说不用!姑知道我的犟脾气,为我准备了一只火把一盒火柴,嘱咐我天一黑就点上。不管有啥动静只管大胆往前走,千万不要扭头往后看,那样野兽会乘机咬住喉管。我说姑、姑夫你们请放心,我会照顾好我自己!

背着一布袋馃子紧赶慢赶往回赶,天还是慌忙设急地黑了下来,四周的大山阴森森的,身后鬼哭狼嚎豹子阴森森地吼叫。我赶紧点上火把,一路上想着小英雄雨来、王二小、张嘎……给自个壮胆。总算看到家里温暖的灯光!我颇为我的壮举自豪。忽然身后滋溜一声,我放胆地用火把往身后一照,照到个摔倒的身影,是姑夫!

姑夫像错吃"看汤"的我样尴尬,慌忙说,都怪刚才不小心……

深更半夜回家,奶极不高兴,啥瘪规矩,你个犟筋,小孩子不懂事大人也不懂,万一有个一差二误!我赶紧说,是姑夫送我回来的。人呢？姑夫说"初一父族，初二母族，初三妻族"，按规矩后天初三来拜年。

奶叹一声，这个人……

后来这个人倾心于山区生态旅游开发，名震鄂豫皖边。

原刊责任编辑　梁永利

【作者简介】丁大成，河南信阳人。已在《广州文艺》《奔流》等市级以上报刊发表小说散文二百余篇。其中入选多个选本，获过多项奖。

走在时间前面的钟

尤秀玲

搬新居了,那个旧挂钟从老宅迁过来,安置在客厅的北墙上。

挂钟已经四十多年了,可它的表盘依然清新明亮,它的钟摆依然守时地摆动,每隔半个小时"当当"报时的声音也和从前一样清澈。

挂钟是婆婆留下来的。临终前,她曾嘱托我,一定要替她保管好这个挂钟。婆婆活着的时候,对这只挂钟异常钟爱,它一直挂在婆婆卧室的西墙上。每天早晨醒来和夜晚入睡前,婆婆都要眼睁睁地看一会儿挂钟。公公曾建议婆婆晚上休息时,将钟摆停止,钟摆停止了,也就不会再报时了,自然消失了"当当"的报时声。尤其是半夜十二点,"当当"的钟声要响十二下,严重影响了公公的睡眠。可婆婆却坚决不同意,她自称睡觉时,若是听不见挂钟报时的"当当"声,会整夜睡不着觉。没办法,公公只好依了婆婆。每晚,他都要等到过了十二点,挂钟"当当"了十二下以后,他才能入睡。

嫁给先生已经十多年了,这十多年中。家里的挂钟总是如初时的样子挂在那里，每天"滴答，滴答"地轻唱着。给钟上弦，是婆婆唯一坚持做的活计，每三天扭一回钟摆侧面的小发条。而且每一次扭动发条，婆婆都将钟表上的时间调快十分钟。

为什么不把挂钟上的时间调正常呢？我曾问过家中的每个人，可他们谁都不肯告诉我答案。就连老公也不肯对我说实话。他和我说，过好咱俩的日子得了，挂钟调快还是调慢都是爹妈的事情，你就别多问了。

一天晚上，我听见婆婆咳嗽得厉害，就找了两片止咳药给她送去了，推开门，我看见只有婆婆一个人睡在床上，而公公则蜷缩着睡在沙发上。我把这一惊天发现告诉了老公，谁知老公一点不以为然，他打着哈欠说我这是大惊小怪，他说他小时候，就知道爸爸妈妈分开睡的事儿了。

可这是为啥呀？见我疑惑，老公说他也不知道。

婆婆和我闲聊时，曾说她从来没和公公睡过一个被窝，哪像现在的年轻人，两个人天天盖一个被子。说这话时，婆婆的眼睛一直盯着我的床，眼睛里流露出的分明是羡慕的神情。

许多年过去了，公婆都过世了。随着生活条件的好转，我们手头有钱了，就换了大房子。房子里所有的物件都是新的，唯有那个挂钟是旧的，但它是公婆留给我们的念想，无论搬到哪里，都得带着它。那天清晨，老公踩在椅子上给挂钟上弦。自从婆婆过世后，每三天扭一回钟摆侧面的小发条就变成了老公的活计。老公也和婆婆一样，将钟表上的时间调快十分钟。

"你怎么和妈一样，为啥非得把时间调快呀！"我盯着老公问，老公"嘿嘿"一笑，什么都没说。

"咱家这可真是走在时间前面的钟呀，自打我嫁到你们家，它就从来没走过准点儿。"我嘟囔着做家务去了。

原本已经不把这事放心上了。可谁知，我却在无意中知晓了挂钟调快十分钟的秘密。

那次，和老公一起回他的乡下老家参加一个亲属孩子的升学宴，宴席是自家杀了猪宰了鸡，在村里的宴席厅操办的。村子里老邻旧居的人都出来喝酒了。就连八旬开外的李爷都到场了，李爷辈分高，是村里的老人，虽然八十多岁了，但身体硬朗，思想活跃，说起话来，依然有板有眼。见到我们，他很开心，饭后闲聊，从他口中得知了很多村子里已经过世的老人的生前趣事。这其中就包括我公婆的一些事情，他说我婆婆是个干净利落的人，但脾气不好，她很看不惯我公公的拖沓和慢性子。两人总为此争吵，特别是到了农忙的时候，婆婆总生气公公不能天天陪她在庄稼地里干活，而公公觉得自己很委屈，他在县里是有工作的，总不能天天请假，回屯子种地吧。

时间长了，两人有些生分。公公就和邻居家的寡妇有了不清不楚的暧昧关系。可由于婆婆看得紧，他们并没有机会做出什么有失分寸的事情。可那天，婆婆拉肚子了，干完活时，蹲坑方便，晚回家十分钟，就是在这十分钟里，公公和邻家的寡妇行了一次周公之礼。那件事情发生过后没多久，婆婆就和公公把家搬到了县城里。搬家时，公公花了两个月的工资买了这个挂钟。婆婆很喜欢挂钟，她在挂钟上调快十分钟，就是将生命中不属于她的十分钟删除了。时间久了，全家人都默认了那走丢的十分钟，只有我被蒙在鼓里这么多年。

原刊责任编辑　李青风

【作者简介】尤秀玲，女，黑龙江省作协会员。在《小小说选刊》《微型小说选刊》等刊发表过小说。现任哈尔滨市作家协会小小说创作委员会主任。

内 伤

张晓玲

晓航平时在离家很远的工厂上班,每天早晨一出家门就要一整天不能回家。今天下午,老总急急地找到她,让她即刻回家收拾一下东西,马上到外地出差,因为厂里卖给外地某企业的设备出了故障,急待解决问题。

接到老总安排的任务,晓航立即坐着单位派遣的小轿车回家拿身份证和换洗用的衣服。来到家门口,她却看到自家的小车停在门外,不由得有点讶异:"半下午的,他回来干什么?"她忐忑不安地轻轻打开家门,进门就看到沙发上有女人的大衣,卧室门口,还有一红一黑两双拖鞋并排放着,而卧室里的床垫子正发出急促的呻吟声。

她并没有太冲动,而是将手机打开免提,然后颓然地坐到沙发上大声地给儿子打电话:"儿子,如果你爸爸偷情被人给抓住了,你说妈妈应该怎么办呢?"卧室里的声音戛然而止,死一般寂静。

"爸爸是我的偶像,是全世界最完美的男人。他怎么可能会去偷情?妈妈,你瞎说什么啊!哈哈。"扬声器里传出儿子天真而又快乐的声音。

"儿子,如果这件事是真的,那我应该怎么办呢?是闹到他单位去?还是和他离婚?"晓航感到自己快要窒息。

"哎呀,妈妈,如果闹得爸爸身败名裂,对你对我又有什么好处?我们班一个同学他爸爸和小三开房,让扫黄的给抓住了。小三嫌丢人,就和他吹了。后来他爸妈也离了婚,结果直接就把他给毁了……"听儿子说到这里,晓航已经泪流满面。

"儿子,妈妈和你开玩笑呢,妈妈只是假设一下若出现这种情况看你如何处理,爸爸依然是你的偶像。今天厂里派我去外地出差,过几天就回来。你要好好学习,若有事就给我打电话……"

楼下传来喇叭声,她知道单位的司机已经在催她启程。

儿子很优秀,不能毁了他的世界。

伤,是内伤,别人看不见。她把卧室门口那两双拖鞋拎在手上,出了家门就丢到垃圾堆里,再用手指理了理稍显凌乱的头发,然后坐上单位的小轿车,向着一个很远的地方驶去……

原刊责任编辑　蔡中锋

【作者简介】张晓玲,《当代文学》和《当代汉诗》海外版主编,已发表小说三百余篇,获得中外文学奖项二十多个。

孝

刘 帆

有个人一生被人念叨。

这人,生在远门镇。

远门镇,风景极其秀丽,在南岭北奔二百余公里的水州境内。

这个古艳动人的地方,有个古艳动人的妇人。

风光入眼在远门镇,不但群峰耸立,如屏如障,就是烟云变幻,也积翠堆蓝。偏偏镇上房屋接瓦连椽,沿河星布,兼绿树在其间点缀,春水发声之时,有竹筏乘流而下,河间如画,精壮汉子,在筏子上自如,水深流急,也不见胆怯。

自从水州王位纷争结束后,这里复归平静。女子们闲若无事,时在岸边危立,土布花裙,在一处轻烟细雾中,令江上过往外人,生出啧啧赞美。

与镇上相距五里远近,生就一座怪石突兀的山,山顶有座庙宇,名"云上寺"。此庙只一条极其陡峭、狭窄的攀缘之路可以上达。背后则是险峻悬崖，谅有胆之士亦无法上去。庙里住着一个和尚，人物也是面善和气，英俊标致，每日参禅苦修，诚心诚意，不求闻达，却有一众善男信女，活跃不已，纷纷前往求几声佛法。

镇上尽头，是一户安静人家，女子是一个虔诚的信众，已有二十余年烧香信佛史。女信士貌美如花，身材高挑，常来宝刹祈福，青年和尚不知咋的，竟不做深度理会。

妇人这一天，在山路上艰难走着，两边树木葱茏，小道拐弯抹角，矮小植物遮挡视线，林深幽暗，妇人竟全然不惧凶险，始终面色柔和。

妇人上山，内心有时也很忐忑，却并不混乱，只要脚踏在前往云上寺的泥土路上，一颗心望着前方，就常常祈祷，口中念念有词：愿我能赎回罪过，让法师脱离苦海，愿万能的神罩住菩华，洗脱冤孽。

菩华一直在梦中。从认识菩华开始，月光就常常无声无息地出现在梦里。

二十年来落脚在远门。妇人有时想，这就是命啊。

妇人上山，有的地方根本没有可供攀缘的树枝或柴草，且怪石嶙峋，行走极其艰难。每上一处，已然气喘吁吁。没办法，岁月如流，都说年轮是把杀猪刀，不信不行啊。妇人，每前行一步，便感吃力，有时很想坐下来歇一歇，又怕下山时天黑，不好回家，二十多年，都从未在半路停歇过。妇人来来往往，其实也不甚明白，这样执着只因为篮子里放着些新鲜时令的果菜，或禽蛋酥油？非也，这些固然有些，可妇人却不尽然如此。

上山之路，如此难走，也曾想带孩儿上山来，最终不想拂了菩华清静，祸起另端。云上寺隐于近山顶处，没在树林中，倒是一处幽僻佳处！寺中干净整洁，祈愿烧纸献牲祭拜，在这据险处兀立，香火缭绕，尽管上山之路心惊，但在庙中，却感觉心安云开。

妇人到得庙里，依例到正殿佛祖像前虔诚叩拜。和尚在一旁敲木鱼，口中"南无阿弥陀佛"念念有词，寺中并无他人，这等险绝处，上来之人，也少，非虔诚信士，必不肯来。

还香叩拜礼毕，和尚请施主偏殿稍坐，妇人也将一应带来之物交给和尚，柔声道："法师何苦如此长于山中？今已太平，妇与法师二十多载，暑去春来，人世有多少啊？"

"施主虔诚，菩华感同身受，我佛慈悲，唯愿施主福慧双增，菩华无以回报，愿生生世世成为施主在菩提之路上的助伴。阿弥陀佛！"

"法师！"

"施主请回吧，山高路险，万望小心！阿弥陀佛！"

"法师，我……如果不是当年支持二王爷，你就不会……"

妇人一双眼睛，似要滴出泪来，一路辛苦，唯愿法师心里明白。"孩子大了，亦不可能常来宝刹，愿法师保重！只是孩子日渐成熟，必定要寻好人家与之成婚，法师你有何安排？"

"施主，一切善善之人，都是好人家！菩华相信，世间必有善根。菩华失手，罪孽深重，避祸遁入空门，已负你，无法陪伴终生，罪过，罪过，愿青灯常伴，你尘缘未了，孩子之事，你做主，一切随缘吧！"

"如果可以，来年再来宝刹还愿！"

妇人此番下山之后，每日劳作，浆洗缝补，邻里间往来亦少。其子每日早出晚归，谋些营生，妇人觉得孩子大了，也不过分干涉，任其于自然中成长。

来年,妇人依约上山进香。

一路前行,不觉大吃一惊。临河悬崖上已开辟一条小路,路旁草丛不见,从前狭窄、人不能过的途路,已经新辟成石板梯路,劈陡恶险处,两边各有长而粗的铁链固定,可作为上下援手的屏障。云上寺山脚与前山沟壑间,已然架设了一座拱形石桥,虽小,但四人并排行走并无大碍。如此,到云上寺省却一大半路,节省不少时间。

只是这荒野外,人工凿就的羊肠小道,究竟是何人所为?妇人不解。

晨钟暮鼓,日日依旧。

过往外人,却时常在筏子上听到一个故事,一个男孩一日尾随,始知母亲探望出家的父亲。唯恐路途艰辛,担心母亲失足堕入深涧,与父亲相见之愿不能达成,所以他特意雇定石匠、铁匠,历时一年艰难修成。

在远门镇,导游一直说那个男孩。

叫什么名字?游客好奇地问。

导游说,男孩后来寂寞地远走了,再也没有回来。不过,他的母亲高寿,常有接济,日子衣食无忧,直到归西。

那条石板梯路时常有人维护,男孩去了哪里?没人知道。

远门镇的人,却常念叨他:孝。

原刊责任编辑　莫树材

【作者简介】刘帆,湖南常宁人。广东省作家协会会员。广东省小小说学会副秘书长。中华精短文学学会签约作家。《荷风》执行主编。

一只金耳环

张洪贵

阿瑞和我是邻居。他小时候家境很富裕，经常抱着一只鸡腿在啃，或是挥舞着一把能喷水的手枪向别人身上射击，我们几个年龄相仿的孩子羡慕得要命。后来发生了一件事，彻底改变了他的命运。

阿瑞十三岁那年，我们正在课堂上听课，他母亲风风火火地跑来，说不好了你爹出事了。拉起他就跑。他的书包和板凳还是过了很久我捎回去的。事后才知道，附近的煤矿出了事故，正在井下挖煤的阿瑞爹埋在了里面，等三天后救援队把人挖出来，早已硬挺挺的了。

阿瑞娘像受了刺激，见谁都拉住人家手不放，说些夜里阿瑞爹托了她个梦之类的话，然后就抽抽搭搭地哭。村里人见她像见了瘟神，纷纷躲避。阿瑞娘就搂着阿瑞哭，搂着村里的大树哭，慢慢眼睛像是金鱼鼓起的水泡眼，不久就双目失明了。

阿瑞开始一个人在社会上混，结交一些不三不四的朋友，后来靠帮人要账过日子，一有了钱就吃喝嫖赌。更为出奇的是，他在耳朵上戴了一只金光闪闪的耳环。村里人叹着气，背后指指点点，也像过去躲他娘一样躲着他。他抓着娘的手让娘摸，说你儿子现在出息了，在镇上名气大得很。娘摸到了耳环，气得一巴掌打在他脸上，翻着眼睛骂，你个不孝的子孙，你爹在地下怎能安心？

老人家已哭不出一滴眼泪来了。

好在阿瑞还算孝敬，有了钱，就买上好吃的东西堆在母亲旁边。我周日不上学也经常去看望老人家。她拉住我的手，先去摸我的耳朵，我说我是梁子，她不听，摸完了左耳摸右耳，没摸到耳环才确定是我。我想她的听力也出现了问题，要不不会辨别不出我俩的声音。

有一次我在学校附近见过阿瑞。他坐在一辆无牌照的轿车上，看见是我，摇下车窗，怀里搂着一个女人，冲我打了一个响指，说，梁子哥，还读书呢？样子牛逼得很。然后给那个女人介绍，这是我最好的伙伴，光腚长大的朋友，梁哥。但我看得出他的眼神里流露出一丝自卑和忧伤。

几年后我高中毕业，看看没有别的出路，就去煤矿当了一名矿工。突然有一天，阿瑞跑来找我，让我也带他去煤矿上班。我很高兴。矿工虽然苦，但毕竟是一门正当工作。他在社会上瞎混，早晚是要出事的。

我俩分在一个班，上下班都一块儿。每次歇白班，他都会买上一些好吃的捎回家。

过了很久我才知道，之前他在镇上赌博犯了点儿小事，派出所的人去家里找他，看那双目失明的母亲，没忍心带他走，只进行了一番劝导教育就算了。人家一走，母亲摸着他那只金耳环，弯腰就给他跪下了,哭诉着说,你要是不学好,我将来如何去见你爹?干脆一头撞死算了。说着拿头往墙上撞。阿瑞一把抱住她,苦苦哀求,答应以后好好做人,娘这才放弃了轻生的念头。

我也随他看过几次老人。每次我说是梁子,她都不信,非要摸摸我的耳朵。阿瑞把头伸过去,说娘,我在这里呢。娘用手轻轻捻着那只耳环,这才开心地笑了。我发现,那耳环被摸得溜光,就算在阴暗的屋子里也闪闪发亮。

天有不测风云。

一年后,在下夜班回家途中,阿瑞遭遇车祸身亡。

我不敢把这消息告诉阿瑞娘。买上食物去看她,她摸摸我的耳朵,问阿瑞这几天怎么没回来。我忍着悲痛告诉她,阿瑞为了多挣点钱,加班呢。老人脸上露出了微笑,抓着我的手放心地点点头,瘪瘪的两腮像是嚼着东西,自言自语地说着什么。我却一句也没听懂,眼里噙满了泪水。

我回家想了一夜,老这么瞒下去也不是办法,第二天在耳朵上打了个孔,也挂上了一只金耳环……

原刊责任编辑 王琪

【作者简介】张洪贵,1970年生,山东安丘人,做过秘书、编辑、记者等。在《时代文学》《延河》《火花》等报刊发表诗歌、小说四十多万字。

请喊我潘若云

梁　爽

潘若云真的老了。

她不在家，打电话也没接，我是在公园里找到她的。她没去看广场舞，也没去听京戏，我找到她时，她正在西北角的竹林边听一个小伙子念报纸。小伙子念得结结巴巴，一听便知肚里没几滴墨水，潘若云却半眯着眼睛听得入神。两人中间的桌子上摆着血压计、宣传单，还放着潘若云的拐杖、水杯、老花镜、软帽和开襟的驼色毛坎肩。

见是我来了，潘若云起身。小伙子忙抓起坎肩和软帽替她穿戴好，把老花镜帮她放进包，又把拐杖水杯递到她手里。潘若云说，再见啊小刘，我明天再来。被唤作小刘的小伙子笑，潘奶奶再见，明天我把药给您送过去。

离开了小刘的视线，我问潘若云：又买了什么药？

降血压，提高免疫力的。潘若云说得轻飘。

又是保健品，都是骗人的。

不用你管，我自己的钱。

你的钱是大风刮来的吗？妈，能不能别这么执迷不悟，你买了那么多保健品，也没见你怎么吃过。

潘若云不再说话，我们彼此沉默地走着。公园门口有个三级台阶，潘若云一手拄着拐杖，一手托着腿弯处，上一级托一下。我伸手想去扶她，她摆了摆手，没让。

我的心颤了下。想当年潘若云站在师大的讲台上，也是个叱咤风云的人物。

你今天怎么有时间来，不用出诊吗？

我被医院派去德国做访问学者，下周走，三个月以后才能回。

你不出国不也是个把月才来一次。

妈你别这样。

我怎么样了？

现在的潘若云对我和弟弟说话就是这样，要么冷嘲热讽，要么夹枪带棒。父亲走后的第一个冬天，潘若云去楼下市场买菜，在卖鱼的摊位前滑了一跤，小腿骨折，被邻居送进了医院。彼时恰逢我参加市里组织的乡村医疗公益活动，在一个偏僻的山村。我第二天赶到病房的时候，潘若云铁青着脸对我说，我不是你妈，以后喊我潘若云。

想起父亲在时，他把潘若云照顾得无微不至。我们每次回家，她总会说，年轻人要好好干事业，你们优秀，妈妈脸上才有光。我和弟弟按照母亲说的，几乎把全部精力拼到了工作上，直到弟弟远渡重洋去了美利坚，我也成为院里最年轻的主治医师。潘若云曾在电话里对她的妹妹说，养个有出息的孩子，不如养个孝顺的孩子，我两个孩子都有出息又能怎样？一个只在过节时打打电话，另一个只会给我钱……

潘若云说得没错，对于我和弟弟来说，相较于金钱，时间显得更为奢侈。我们不知道被谁绑架上了战车，在时间的囚笼里只能不断前行，不敢转弯，更别提掉头。

打开家门，屋子里蹿出一股寒气。顾不上换衣服，潘若云便倚到床上休息。

冰箱里姹紫嫣红，红的番茄绿的黄瓜紫的甘蓝白的牛奶一应俱全。潘若云说，是小刘帮买的。

哪个小刘？问后我即想起，公园里卖保健品的小伙儿姓刘。

厨房里的水龙头是新换的，光鉴照人，一串英文数字彰显着"九牧"的标志。潘若云说，是小刘帮换的。

煤气表上的五个黑色数字除了6便是8，看起来很吉利。潘若云说，不用看了，小刘上周充的值。

我一边洗菜一边琢磨着，还有什么事儿要嘱咐潘若云。对了，血压，不知道潘若云最近的血压怎么样。

我用围裙擦了擦手进到卧室时，却看到潘若云半坐半卧地睡着了。头歪向一边，正好靠在一摞高高的保健品药盒上。鲜红色的药盒全都没有拆封，在潘若云满头白发的映衬下，鲜亮而刺眼。

原刊责任编辑　郑光

【作者简介】梁爽，女，辽宁建平人，现居武汉。作品散见于《小说选刊》《小小说选刊》等，入选多种权威年选集，入选多省高考模拟试卷。

老　姜
戴智生

　　姜遇安过了花甲，没啥看不开了。他好日子过过，苦日子过过，无非三餐饱饭的事情。他祖上经营药材，家财万贯，但在爷爷手上衰败了。新中国成立后，父亲彻底改行务农，不会耕地，做了村办会计。好在有这个变故，他的家庭成分被评为"下中农"，避免了后面各种磨难。所以嘛，前好后好说不定的！话说回来，瘦死的骆驼比马大，姜家底子厚，三年自然灾害，人家挖野菜捡田螺，他父亲在床底下挖现洋，悄悄兑换口粮。那时姜遇安还小，不谙世事。轮到他持家，是娶了女客，孩子接二连三地出生，生活全靠工分，日子艰难。

　　不管怎么说，儿女总归拉扯大了，米缸有米吃点稠的，少粮就吃点稀的。爷爷讲过，祖上有钱的时候，也不是每天吃肉，不是每天吃干饭。况且，鄱阳湖畔，鱼米之乡，山上水里都有填肚子的，只要肯起早摸黑，大凡饿不死人。

　　老姜比父亲勤劳多矣！

他与父亲还有不同,就是老姜非常爱惜祖上传下来的东西。值钱的物件被父亲卖光了,瓦房还在。难得父亲聪明一回,当时上面要求铲除梁上的木雕,父亲用黄泥巴盖住应付了过去。后来老姜一点点抠出黄泥巴,擦净,重新描金,雕梁保存完好。堂前八仙桌相配的一对太师椅,平时一定搁在阁楼上,过年时才肯搬下来坐一下。

这对太师椅其实简单,就是框架扶手椅。祖上原来一对鸡翅木质地太师椅,透雕荷花嵌大理石靠背,雅观大气,被父亲换了一担稻谷。

阁楼还堆放了一些什物,簸箕箩筐、木桶竹床,都是破旧的东西,老姜舍不得丢。整齐摆放的二十多只小口大陶坛,那是老姜的宝贝,里面装满了他收集的桔子皮。爷爷告诉他,桔子皮是调味品,又是配方不可或缺的一味良药,益气化痰和脾,能治百病。

村后大片丘陵,老姜分有十几亩坡地,他全种了桔子树,冬季施肥培根,入夏枝条挂果累累。无奈果实青而无味,也好!姜遇安记得爷爷的话,专门收集桔子皮,亲自采撷、剥皮、晒干、大锅翻炒、封坛保存。偶有红透的桔子,他也送给邻里品尝,桔子皮一定要收回。

桔子皮与果瓤很容易分开,但有讲究。先用指甲在桔子底部抠开一个小口,用力分为两半,又把两半一分为二,撕成了四瓣,取出果瓤,果皮上部连接,合拢来依然像完整的桔子。

老姜的老伴很熟练,女儿也会搭把手。他有两个女儿一个儿子,儿子最小。儿子小时候,娘舍不得他做事,他就在树林里蹦来蹦去,间或采来一把狗尾巴花,插在蹲在地上剥桔子皮的姐姐发梢上。

女儿出嫁了,老姜希望儿子帮把手。儿子不愿意,说:"你留这些桔子皮有啥用?没看你换一分钱。"

老姜说:"你懂啥,桔子皮是放得越久越好,所以叫陈皮。"

儿子已经长大,有自己的想法。他说,砍了桔子树栽葡萄,办采摘园,收益快。

老姜懒得搭理他,儿子只晓得图眼前,目光短浅。

父子观念不同,冲突在所难免。父亲除了固执地收集陈皮,主要精力都放在几亩农田上,日出而作,日落而息,母亲养两头过年宰杀的猪,养几只生蛋的鸡,典型的小农经济。儿子看见村里盖起一幢幢水泥楼,心里痒痒的,他决定也去广东打工赚钱。

老姜不反对,儿子出去闯荡一下是好事。他交代:

"有心在哪儿都有机会。你记住,饭是一口一口吃,不要想一口吃成胖子。"

儿子出去了半年,竟然悄悄回来了。他兴高采烈地告诉父亲一个特大喜讯,广东陈皮市场价比黄金。

老姜并不诧异。他说:"我知道呀,那是放了八十年以上的陈皮。"

儿子说:"三四十年的陈皮也卖好几万一斤。"

老姜点点头,告诉儿子:"南方桔子北方叫橘子,都能做陈皮。药性最好的是广东新会出产的陈皮,就如人参是长白山的好,价格也最高。"

儿子当即说:"反正外观一样,我们就当新会的陈皮卖。"

老姜面露不悦,说:"家里的陈皮不是不值钱,我生不带来死不带去,迟早是你的。"他停顿了一下,继续说:"你也不要想歪了,新会陈皮做工特殊,切三刀分三片,我们全部是手撕四片。"

原刊责任编辑　申平

【作者简介】戴智生,江西省作协会员,作品散见《小说选刊》《小说界》等报刊,有作品入选年选本和中考试卷,偶有获奖。

风吹围巾

符浩勇

本来商贸局局长韩风出差回来可直接回家的。可他忘了带钥匙，妻子朱珊要等到五点半才能下班。他决定先到县委大院里自己的办公室，顺便处理一下出差期间的信件和报刊，然后等朱珊下班后与她一起回家。

县委大院里各单位清洁工由机关事务局统一管理，派往他单位的清洁工是一个三十多岁的瘦弱女人。大家称她小卢。平时她打扮非常朴素，或者说有点土气。他进入单位大楼时，正碰上小卢在清扫楼梯。她说，谢谢局长你那天送我报刊。韩风这才记起了出差前清理过期的报刊，正碰上她在打扫走廊，随手把一堆没用的报纸和杂志给了她。他说，一堆旧报刊，我还得感谢你帮我清理了。他走进办公室，桌子上果然堆满了信件和杂志。他坐下前，给朱珊打了一个电话，说他已回到单位。

韩风读完信件正要翻看杂志时，朱珊已来到了办公室门口。他说，等我把这些杂志扫一眼就走，顺手把刚刚收到的一本时装杂志递给了她。朱珊一接过就惊叹一声：呀，好漂亮的围巾啊。朱珊说到围巾，韩风就想起给她买的礼物，立刻起身从旅行袋里取出了一条紫色的围巾。

朱珊接过紫围巾后并未牵动她的情绪，这让韩风有些失望。事实上，朱珊已经有好多年没有因韩风的礼物而激动了。朱珊只是冷冷地看了一眼，就顺手把紫围巾放到沙发的拐手上，接着继续看那本时装杂志。少时，有人打朱珊的手机，是约她去打麻将的。她兴奋地将家的钥匙甩给韩风就飘然走了。韩风看到紫围巾仍在沙发的拐手上，就想朱珊一定是不喜欢紫围巾，要不，她走时会戴上的。他走过去捡起紫围巾，放进了公文柜里。

次日，韩风来到办公室，发现茶几上放着三个苹果。苹果又大又红，以为是秘书放的。可秘书说，这是小卢送来的，她说你送过她旧报刊。韩风说，难怪她昨天在楼梯上说要谢我。

韩风上班途中走出单位大楼时又看见了小卢。她正在忙着清扫单位门口的落叶。寒风还在拼命地刮着，飕飕的冷风像长了腿一样直往她脖子里钻。她显然感到了寒冷，她使劲地往衣服里缩脖子。他看见她的脖子越缩越短。后来，她只好把衣领竖起来，想让衣领挡住寒风。但衣领毕竟太软弱了，寒风一下子就把它吹倒下去。

有一条围巾就好了。韩风猛然想起那条妻子不喜欢的紫围巾。他转身踅回办公室。当他再次走到了小卢身边，发现她已经冷得浑身发抖了。小卢。他轻轻地叫了一声。小卢从落叶中抬起头来，嘴唇都变乌了。他没有马上把紫围巾给她，他先说到苹果。小卢低下头说，只能算是一点心意。韩风这时把眼睛移到了她的脖子，说，这么冷的天，为什么不披一条围巾呢？小卢的身体颤了一下，说，乡下很少披围巾的。话音未落，韩风把紫围巾递到了她面前，说，我这围巾，送给你吧。她顿时一惊，立刻抬起头看他，却不敢接紫围巾。韩风说，今天的风很大，快围上吧。他说时已把紫围巾塞进了小卢的手中。

朱珊一直都没提到那条紫围巾，她似乎将它忘得很干净。韩风想可能主要还是她围巾太多的缘故吧。她在家里有一个围巾专柜，各种各样的围巾挂了十几个衣架，几乎每天都要换一条。

一个下午，韩风刚走下单位门口的台阶，一条紫围巾突然映入他的眼帘。韩局长，总算等到你了。说话的是小卢，她脖子上的紫围巾在这寒天里分外醒目。韩风一愣，问，你等我？她点点头说，等你有好一会儿了。韩风看见小卢手里拎着一只塑料袋，忙问，你等我有事？她脸一热说，我从老家给你找来了几斤野蜂蜜。

韩风摆摆手说，你留着吧。一条围巾，不值得你说谢的。小卢想了想说，你要是不要这几斤野蜂蜜，那我就把紫围巾还给你。她说时手已伸到脖子上要解紫围巾。韩风赶忙说，我收下你的蜂蜜还不行吗？小卢沉默了一下说，只是一条围巾，可它暖心，这一年冬天我都不会觉得冷。

那天单位召开职工大会，韩风看见小卢出现在窗口，她仍然披着那条紫围巾，格外惹目。忽然，会议室的大门被人敲响了。敲门声很重，职工们都愣住了，可韩风没想到，朱珊来了。

韩风迅速走出门去，朱珊就冲了上来。韩风问，什么事这么急？朱珊迫不及待地问，你上次买的那围巾呢？韩风想朱珊可能见到甚至怀疑小卢披的紫围巾。他反问朱珊，我已交给你了，你怎么来问我呢？朱珊说，落在你办公室了，你收起来，或许已送人了。韩风保持沉默，对朱珊说，别闹，这事回家说吧。他说完就转身进了会议室。

当晚，韩风回到家，朱珊并没有提及紫围巾的事，对他显得很客气甚至生出几分柔情。

次日，韩风没有见到小卢，而是另一位清洁工来单位清扫。快下班时，秘书来对他说，事务局打来电话说，小卢辞职走了。据说是她跟一个男的好上了呢，她那条紫围巾就是那男的送的。

韩风一听差点栽在地上。

原刊责任编辑　晋洋

【作者简介】符浩勇，中国作家协会会员，海南省作家协会副主席。曾在《人民文学》《当代》等报刊上发表小说、散文、诗歌1600余篇（首）。

跪　杀

黄旭华

曾将军倨傲地坐在虎皮长椅上，幸灾乐祸地看着眼前这个曾经贵为大王的囚徒，满怀鄙夷地揶揄道："山大王不愧是山大王，都到这种地步了，还端着臭架子不放不肯下跪，你可知你全家人的生死现在全掌握在我的手上。本官之所以到现在还不杀你，是看上了你还有几分能耐，有心抬举你，只要你今后肯弃暗投明为我所用，荣华富贵自不消说，倘若有半点敢忤逆我的意思，也自然会让你一家老小死无全尸，聪明的就识相点。"

那囚徒同样鄙夷地看着曾将军，冷哼一声，愤然说道："我李某人跪天跪地跪父母，就是不跪衣冠禽兽。成王败寇，各为其主原本无可厚非，而你却毫无名将风范，硬是将我军已经投降的十力兄弟活活坑杀。要杀便杀，我如果今日降了你，如何对得起我九泉之下的兄弟们。"将军顿时面若寒霜，阴沉地说道："来呀，把他拉出去凌迟处死。"

就在这时，突然有一名信使闯进营帐，带来元帅的命令，请李将军到中军大帐叙话。本来快死的囚徒即刻被松了绑，洗漱干净，换了身体面衣服，送往中军大帐。临行前，囚徒还意味深长地回过头来剜了曾将军一眼，曾将军同样报以冷笑。

中军帐中，囚徒慷慨陈词，力陈朝廷横征暴敛，大小官员鱼肉百姓，以至于官逼民反、连年战乱、民不聊生的现实。听得元帅频频颔首，投以赞许的目光。最后囚徒非常动情地说道："我中华之所以积贫积弱，全是因为徇私舞弊，墨守成规所致，只有整顿吏治，除旧迎新，中华才有希望。"元帅站起身来同样动情地说道："讲得好，我愿意同将军一起为拯救国家危亡做斗争。"两只大手紧紧握在了一起。没几天，元帅就授予囚徒不小的官职。

然而过了几天，就在元帅和李将军一起在营中散步的时候，有几个李将军的旧部突然冲了过来，齐刷刷跪倒在李将军面前，痛哭流涕，异口同声地称他为大王。元帅的脸上立刻阴云密布。

没过几天，李将军就被莫名其妙罢免了官职，又过了几天，他又被人揭发犯上作乱的罪行，被凌迟处死，夷灭九族。不久，曾将军将那几个下跪的李将军的旧部秘密处死。还不阴不阳地说道："跟我斗，你还嫩着呢……"

原刊责任编辑　赵莉

【作者简介】黄旭华，新疆作协会员，《作家文苑》副主编，已在各种报刊发表微小说两百余篇。

撒气碗
楚仁君

男人又发火了。

"哐啷,哗啦""哐啷,哗啦"……

一阵尖锐的瓷器破裂声,从庄西头的草屋里传来,像打雷一样,势不可挡地撞击着村人的耳膜。

男人像一头狂怒的大牯牛,张着血火的眼睛,嘴里骂骂咧咧,挥动手里的钉锤,三下两下,就把锅屋里的吃饭碗砸个稀巴烂。灶台上、菜柜里的碗碟,顷刻间变成一堆碎片,闪着白花花的光。

男人似乎还不解气,梗着脖子,朝堂屋方向吼道:"吃,吃,吃,叫你吃个屁!"言罢,狠狠地跺了一下脚,又朝地上吐了一口唾沫。

女人没有露面,在屋里嚷道:"你砸吧,够种把我也砸了。"随后,传来女人"呜呜"的哭声。

听到哭声,男人像霜打的茄子一样,蔫答答地蹲在地上,双手抱着头，就像掉进夜壶里的蛐蛐一样，再也不吭声了。

男人是村小学的教师，得闲的时候喜欢打麻将。一打牌，就忘了时间，连天加夜地连轴转，最长的一次，连打三天三夜没下桌。

男人打起麻将来，连家也不顾。时间一长，女人难免唠叨几句气话，数落上一通。男人每次打牌输得多，赢得少，本来就烦躁，回家来听女人这么一叨咕，心里更加乱糟糟的。

打人不打脸。女人每次一提到打麻将的事，男人就像秃子忌讳头上的秃疤一样，最怕人家揭他短。女人每次一说他，男人就发火，一发火就砸东西出气。

女人眼睛不好，怕光，眼里像破膛的蜡烛那样，一年到头泪流不止。女人生得瘦弱，娇小，一副病歪歪的样子，吵架、打架根本不是男人的对手。

男人不捏女人这个软柿子。每次一发火，也不打女人，专砸东西。家里没有什么值钱玩意儿，一日三餐离不开的吃饭碗，成了男人宣泄的对象。这火一上来，就想砸碗。

头一次生气砸碗，正赶上吃晚饭时间，男人看到一屋子的碎碗片，后悔没留下一只吃饭碗。天无绝人之路，男人从水缸里拿过舀水的葫芦瓢，盛上女人早就烧好的稀饭，蹲在灶台边"呼噜呼噜"地吃起来。孩子们饿了，也学着男人的样子，轮流用瓢对付着吃了晚饭。女人一口饭没吃，躲在屋里，只"呜呜"地哭。

第二天一早，男人跨着竹篮，从供销社买回一大摞碗。路上碰到庄上人，就问他："这不年不节的，你买这些碗干什么？"

男人笑笑，掩饰道："小孩子不中用，刷碗时把碗都打碎了。"

渐渐地，庄上人都知道男人的这个癖好，一生气就砸碗。一看见男人买碗，庄上人就知道，男人又和女人吵架了。庄上人就问他：

入围佳作

"小孩子不中用,这回碗又打碎了?"

男人并不生气,讪讪地笑,一句话也不说,头也不回地走了。

这年秋天,女人的眼睛痛得厉害,男人陪她到公社卫生院检查。大夫看过之后,摇摇头说:"你这是青光眼,以现在的技术和手段,没法治了……"

男人蒙了,傻呵呵地盯着大夫看了半天。看见大夫脸上不容置疑的神情,男人像得了软骨病一样,一屁股瘫在地上,低着头,双手狠狠地撕扯着自己的头发,懊悔得直想砸东西,只是卫生院里没有像碗一样可砸的物什。

这以后,女人的视力越来越差,最后竟什么也看不见了,只剩下一点微弱的光感。女人躲在屋里,成天"呜呜"地哭,哭得男人心烦意乱,忍不住朝女人吼道:"就知道哭,哭能管个屁用。"

女人这时不知哪来的勇气,顶撞道:"都怪你,有时间打麻将,没工夫陪我去看眼。我眼睛瞎了,都耽误在你手里。"

这话把男人惹火了,像兔子样蹦起多高,几步蹿进锅屋里,挥起钉锤,照着吃饭碗就是一通狠砸。"哐啷,哗啦""哐啷,哗啦",尖锐的瓷器破裂声,再一次在村庄上空回响起来。

女人循着声音摸过来,疯了一样地撕扯着男人的衣服。一边撕,一边叫:"你砸吧,你砸呀,有本事把我也砸死算了,反正我是一个废人,什么都不怕了……"

男人站在原地,一动不动,任凭女人撕着、扯着,脸上痛苦地扭曲着。只是他这一表情,女人再也看不见了。

女人眼睛瞎了,什么也做不了,成了一个活死人。以前由女人承担的活计,现在全部由男人揽下了。不揽不行啊,其他的都好说,这饭总得要吃吧。

男人彻底告别了过去"倒了油瓶都不扶"的清闲日子，每天从家里到学校，不停地忙活着，很少有时间再去"来两圈"了。

日子，就这样慢慢地过着。男人和女人，似乎都适应了这样的生活，少了吵架声，也少了"哐啷，哗啦"的砸碗声。

这一天，男人闷声不响地拉着女人的手说："跟我来。"女人疑惑地跟着男人，来到堆杂物的披厦里。

"你摸摸，这是什么？"男人把女人的手牵到一堆东西上。

"呀，是碗"女人好奇地问，"哪来这么多碗呀？"

男人说："我买的，从供销社买回了几百只碗，这一屋子都是碗。"

女人的手在碗堆上摩挲着，责怪道："你疯了，又不娶媳妇办喜事，买那么多碗干什么？真不会过日子……"

男人捏了一下女人的手，说："等哪天你眼睛好了，我一只一只地砸碗给你看，我喜欢听这砸碗的声音……"

女人笑笑，眼前似乎闪现出一丝白花花的光来。

原刊责任编辑　鲍宏

【作者简介】楚仁君，安徽省寿县人，中国楹联学会会员，安徽省作家协会会员，安徽省摄影家协会会员。现供职于寿县文广新局。

老梁的困惑

王祥云

老梁是一家医院负责打扫卫生的清洁工,前阵子医院按常规给每位员工体检。

几天之后,一位相熟的大夫拿着一张体检表一脸狐疑地把老梁拉过来问他最近有没有吃什么激素类的东西。这问题问得老梁一头雾水,原来有一个学名复杂的词那一项老梁的指标出奇的高,换成大白话说就是老梁雌激素水平超高于正常人,医生含蓄地说再发展下去有乳腺癌的可能。

这一下晴天霹雳,老梁再三确认是不是报告搞错了。因为老梁以往体检一向很健康,他也很注意养生,先进厨房再进药房,药补不如食补也是常挂在嘴边的话。而且一个男人怎么能得乳腺癌呢?老梁百思不得其解。

第二天开始老梁就像换了一个人,心理上背了包袱,大夫让他留意观察一段时间之后再复查。老梁每天像失了魂,六神无主的他只会盯着一个地方出神发呆。老梁老婆阿玉是个仔细人,看着老梁的样子心里反复琢磨,到底是怎么回事呢?听着老梁一声声地叹气,阿玉想这样下去可不行,跟老梁决定一起还原之前生活中的每一个细节,看看问题到底在哪里。怕给孩子们添思想负担,二老决定没搞清楚之前先不告诉孩子们。

按说每顿饭的食材都是阿玉亲手做的,家常饭菜不应该有激素,早饭有时喝点豆浆但两人都喝了怎么阿玉没事呢?平日老梁喜欢吃的水果阿玉上网反复查有没有含有激素的可能,"男人为什么得乳腺癌"这个关键词也在网上搜索了无数次。太阳渐渐落山两个人没找到一点线索。

临睡觉前洗完脚老梁拿起茶几旁的"润肤剂"涂手涂脚,阿玉顺口问了一下涂的是什么。老梁说医院里这东西很多,经常快过期的产品都会成箱成箱扔掉,他偶然看到有打开包装扔在一边的,闻了闻味道挺香,不注意手上沾了一点涂开也很滋润,看着可惜顺手就拿了一瓶回家。用了两次发现这东西对皲裂很有效果,老梁常年手上裂口子,涂上这个以后光光滑滑,现在不光手上涂,脚上也开始用了。阿玉拿过那瓶"润肤剂"仔细端详,一拍脑门,"哎呀,你肯定是被这个害的!"

老梁凝视着这瓶写着丰胸膏的"润肤剂"片刻,立马恍然大悟。丰胸膏是给女人丰胸用的,主要成分是雌激素……

原刊责任编辑　朱永丽

【作者简介】王祥云,女,出生于1988年,山西太原人,全国女子围棋冠军。著有《孤高求败——阿尔法GO 60局精解》《步入围棋的殿堂》等。

憾 事

袁炳发

今天是星期日,老人起得很早。太阳还没有出来,老人拎着鸟笼子就出门了。

天地之间白蒙蒙一片,氤氲着淡灰色的雾霭,老人走得很急,不断地抬头望一眼天空,他遛鸟儿的树林离住所很远,也很偏僻,他喜欢那里的幽静,他感觉那里就是他和鸟儿的世界。

老伴儿走得早,儿子在外地做一个企业的老总。老伴儿走后一年多时,老人的几位老友,想帮他再续个伴,儿子也赞成,但都被他拒绝。老人当了一辈子教授,人很清高,他内心里一直认为,半路续伴,是对发妻的不忠诚。

他现在成了典型的空巢老人。

每当孤独寂寞的时候,他常站在鸟笼子跟前,这时鹦鹉会扑啦啦地扇动翅膀,做出各种可爱的动作,老人明白,她是在安抚他寂寞的心灵。作为回报,老人会把最好的鸟食放在笼子里。

时间久了，一人一鸟有了默契，鹦鹉会在老人忘记吃药或者休息的时候，发出各种不同的叫声。老人感觉他的世界不再寂寞，这种关心让老人在恍惚中似乎又回到了有老伴儿的日子。

　　老人来到林子的时候，太阳已经离开地平线，一片血红色的光辉清凛凛地悬浮在树林上空，透过树木的缝隙斑斑点点地洒在老人的脸上，老人轻轻地把鸟笼子放在树林深处的草地上。

　　青草刚刚发芽，树木处在要绿未绿的中间地带，这正是老人追求的境界，都绿了就没了盼头，而一点不绿又太苍凉。

　　老人觉得人生就是一场等待，小的时候等自己长大，自己长大了又盼儿子长大，现在儿子长大了，自己也老了。

　　树林很静，只有微风偶尔吹过，树枝相撞，才会发出扑簌簌的轻响，就像风铃在叩动老人松弛的心弦，让他下意识地会想起远逝的青春。

　　他喜欢早春的季节，尤其喜欢和鸟儿在这里独处的时光。

　　让老人想不到的是，两只黄鸟儿的突然到来打破了这里的幽静。

　　她们婉转的叫声，引逗得鹦鹉不断地扑啦着翅膀，这时老人做出一个大胆的决定。

　　他蹲在地上把鸟笼子打开，鹦鹉就像一支绿色箭镞射向天空，然后一个漂亮的回旋又落在树梢上。

　　老人恋恋不舍地仰脸看着鹦鹉，他能感受得到鸟儿回归自然的快乐，老人嘿嘿笑了，连连向鹦鹉摆手。

　　鹦鹉对着老人说了一声谢谢，向树林深处飞去。

　　老人缓缓地靠在树身上，闭上眼睛。

　　树林很静，只有草木萌芽的微响，黄鸟儿不知什么时候已经飞走了。

老人缓缓睁开眼睛，步履蹒跚地走到鸟笼子跟前蹲在地上，他目光虔诚地看着鸟笼子的竹制小门，他在等鹦鹉归来。

他不敢想象，没有鹦鹉的日子，他一个人要怎样去度过。

当鹦鹉从天空缓缓地落在老人的肩头复又落在笼子里时，老人激动得流下了眼泪。

到这个林子里遛鸟的除了老人还有一个年轻人。

他笼子里也装着一只绿皮鹦鹉，看了老人放鸟儿等鸟儿的全过程，他几乎不敢相信自己的眼睛，原来玩鸟儿居然可以玩到这个境界。

他赶紧拎着笼子到老人跟前搭讪，向老人请教是怎么做到的。

老人未语，老人拎着鸟笼子走出树林。

出人意料的是老人忽然晕倒在地，鸟笼子甩出去很远，年轻人赶紧把老人背到自己的车上，等他返回树林的时候，两只鸟儿正在隔着笼子交流。

年轻人把老人送到医院，老人因为突发脑出血已经神志不清，年轻人只好通过老人的手机联系他的家人。

等老人的儿子乘飞机赶回的时候，年轻人悄声地走了。

几天以后，老人终于醒过来了。他的目光不断地在病房里来回转动。儿子立即把鸟笼子拎到父亲的床前。

老人摇摇头说，是谁送我来的医院？

儿子说，一个年轻人，我到后没来得及和他说话，人就走了。

老人长叹一声，你现在不用守着我了，赶紧把那个年轻人给我找回来，我有话说。

可儿子通过各种渠道也没有找到送老人来医院的年轻人，父亲为此心情十分沉重，病情也加重了。

儿子很奇怪就问父亲，你究竟有什么话要和他说呢？

老人说，告诉年轻人，天要下雨娘要嫁人，人岁数大了，生病是自然的，但不是不能改变，可惜知道得太晚了。

儿子很难懂得父亲这话的意思，明明是告诉年轻人的话，可话里跟鸟一点不沾边呀。

父亲说完这句话就走了，儿子按照父亲生前的意思把他的骨灰埋在了那片幽静的树林里。

做完这一切，儿子把鸟笼子的门打开放走了鹦鹉，可鹦鹉落在墓碑上就是不肯离开。

忽然一个年轻人拎着鸟笼子从树林经过，鹦鹉大叫着，然后向年轻人飞去。

老人的儿子终于找到了他要找的人。

原刊责任编辑　张琳

【作者简介】袁炳发，中国作家协会会员，黑龙江省作家协会全委会委员。1984年开始创作，至今已在《十月》《中国作家》等报刊发表小说数百篇。

画家厨师

胡 玲

经营二百多年的醉翁酒楼,传到老秦这已是第七代了。老秦年迈,希望儿子子墨能接管酒楼生意,可子墨喜舞文弄墨,一心要做个逍遥画家,不愿与锅碗瓢盆打交道。

有一天,子墨离家来到江南桐城,期盼有朝一日能见到他最崇拜的画家陈非凡,聆听他的教诲。两年后的一天,子墨在新闻里看到陈非凡举办"夕阳美"画展的消息,欣喜若狂,遂奔现场。子墨看到所展画作画的均为老人,画中的老人瘦骨嶙峋,满面沧桑,皱纹毕现,视觉冲击力、画面震撼力强大。

画展期间记者问陈先生,这次展出的作品为什么全画老人?陈非凡说,我喜欢画老人,他们的每条皱纹里都饱含着智慧,每根白发里都藏着故事。记者又问,展品里,你最喜欢哪幅?陈非凡说,我最喜欢《父亲》这幅作品。记者要他谈谈《父亲》的创作过程。陈非凡对记者说,父亲离世前,我从未觉得他有多重要,但离开我们后，才发现我这辈子依靠的大山轰然倒塌了。那几天，我什么也没做，就是画我的父亲。每画一幅都是一挥而就，原来父亲的音容笑貌早已深入内心，植入骨髓。从那时起，我开始画老人，画我认识的每一位老人，我要留住他们在世间的模样。又有记者问，能谈谈您的创作心得吗？陈非凡说，画画时，心中有温度，画出来的作品必然是鲜活的。

陈非凡的话如同子弹，重重击中子墨的心脏，子墨突然呆住了。这话父亲说过，他太熟悉了。当时子墨对父亲说，做不好菜，无法接管酒楼生意。父亲对他说，做菜时，心中有温度，做出来的菜一定是上乘的。

子墨盯着《父亲》中的老人，大脑一片空白。蓦然间，他似乎看到了父亲的影子飞入画中，与画上老人重合为一，慈祥地朝他笑着。子墨想起了父亲。孩童时，父亲做面点时，把面粉涂在他脸上，他顶着一张"花猫脸"在酒楼上蹿下跳，逗得客人哈哈大笑。念书了，冬天从学校回来，冷得浑身发抖，父亲把他拉到后厨的炉火旁，端给他一碗热气腾腾的排骨莲藕汤，他一口气喝了个底朝天，浑身温暖舒坦。读大学初次离家时，父亲打包一盒酒楼的卤鸡爪给他，在火车上吃的时候引得邻座的小孩直流口水……

子墨默默走出展厅，拨通了家里的电话。接电话的是母亲，听到他的声音，母亲泣不成声。他叫父亲接电话时，母亲哭得更厉害了。母亲说，你爹每天关在房间里摆弄他做菜的炊具，一句话也不说……

子墨突然有了新的决定。他回到家后，看到醉翁酒楼大门紧闭。母亲说，你爹年事已高，实在无力撑起酒楼，关门了。

子墨说，妈，你把钥匙给我。干什么？开门做菜。很快三菜一汤端出来了。子墨拉着摆弄炊具的爹说，爹尝尝我做的菜。老人家每道菜都尝了尝，露出意外的神色问，这是你做的？子墨说，是的，我从小在酒楼长大,耳濡目染,味道差不了。他认真地看着父亲说,爹,从明天起,咱们的酒楼重新开张。父亲问,当真?不做画家了?子墨说,做菜不耽误画画,画画也不误做菜。

子墨接过炊具,醉翁酒楼重新营业。

子墨潜心钻研厨艺,他发现画画和做菜是相通的,他把画画的技巧运用到厨艺中。画画讲究色彩搭配,菜也要做得好看有菜色。工笔画下笔时讲究细致,不拖泥带水,切菜配菜也要细致利索。画面不能画得太满,留白才有韵味,做菜也一样,无须太多调料,最简单的烹饪手法,才能保留食物的原味。画画崇尚写意,洒脱自由,炒菜也要行云流水,不拘泥于形式……

子墨自创了一套做良心菜的方法。食材只取最新鲜的,每天清早赶往乡下,买农民刚从田地里摘来的蔬菜。取消酒楼的点菜环节,他买到什么做什么,食客就吃什么。酒楼每天最多接待五桌客人,客人来吃饭必须提前预订。

母亲觉得子墨这样做恐怕要关门。他说,出色的画家惜墨如金,出色的厨师视菜如命,世间之事宁少毋滥,多了肯定要应付。在子墨的打理下,醉翁酒楼名声大震,成为当地最有特色的酒楼。

有食客听闻子墨以前是画家,好奇问他,老板,为何不见你画画?子墨一笑说,画在心中,好菜如画,画在菜中。

原刊责任编辑　宁炳南

【作者简介】胡玲,广东省作家协会会员,惠州市小小说学会副会长。作品散见于《红豆》等报刊,著有作品集《尘埃里的芳香》《心花朵朵》。

意 外

赵晏彪

她们师徒二人在澡堂里意外相遇了。

与欧苹兰对面相视的这个女人，既是让她获得了九枚金牌荣誉的恩师，同时也是毁掉她一生幸福的师傅胡为花。

这次"意外"的见面，其实是欧苹兰刻意安排的与胡为花分别八年后的第一次巧遇。

欧苹兰直勾勾地望着恩师胡为花，她感到十分意外，师傅怎么这么老了？这位过去曾经像母亲一样的师傅，如今见面她竟然会恩仇皆有，欧苹兰哭泣着叫了声胡师傅。胡为花开始并没有认出这是自己曾经的爱徒欧苹兰，当她认出了欧苹兰的那一刻也是泪水奔涌，两个女人在这样一个场景里抱头大哭。

欧苹兰是在一次学校运动会上被恩师胡为花看中的。当时只有十四岁的欧苹兰便开始了举重生涯，恩师对她就像自己的女儿一样，每天吃什么，喝什么，运动量多大，练习什么器械，都是恩师胡为花为她特意量身打造的，甚至卫生巾都是她给买。

恩师胡为花以训练量大而著称，在每周练习的深蹲计划里，她都有细致的安排。周一上午，第一次下蹲最大重量的50%做3次，70%做3次，80%做2次，90%做1次；最大量做3组，每组1次，85%做3组，每组力竭，90%做2组，每组2次。第二次下蹲最大重量的60%做3次，80%做3次，90%做1次；最大量做1次，85%做3组，每组3次。下午下蹲最大重量的60%做3次，80%做3次，90%做1次，最大量做1次。而这还不算，每天至少一个小时要上力量，弯举10次，4组，就是120公斤。还有托臂弯举、交替弯举等其他动作。在恩师胡为花的严格要求下，经过几年的训练，欧苹兰在十年当中一共获得九枚金牌，并曾多次打破女子举重纪录。

就在欧苹兰最为鼎盛的时期，一次运动会，她拿到了金牌，但后来却因服用违禁药品，被取消资格，金牌没有了，禁赛三年。她的身体已经到了极限，尽管她为举重队为恩师赢得了无数金牌、荣誉，但她只有一个选择——退役。欧苹兰退役了，一是身体被掏空了，二是她服用了违禁药品，后果很惨，未能得到好的安置，被分配在体工队食堂打杂了三年。当时她二十六岁，与另外一名运动员结婚了。为了养家糊口她用退役时的几万块钱奖励做些小生意，由于不擅经营，生活一直未得到改善。

为了能够有一口饭吃，欧苹兰和丈夫接受了一份澡堂搓澡的工作，一天搓二十多个也就赚百十来块钱，想再多搓几个也不行，因为练举重而留下的伤病一直困扰着她，每天工作完都需要很长时间才能恢复。昔日的风光不再，鲜花掌声没有了，面对的是给人搓澡。这巨大的落差已算是不幸了，想不到欧苹兰还有更大的不幸。她与丈夫结婚几年一直没有孩子，医检时被医生告知，终身不能生育了。

晴天霹雳。欧苹兰可以忍受伤痛，可以忍受贫穷，可以忍受做下等人，但她却不能够忍受自己无法做母亲这样的打击！在她运动生涯辉煌的时期，她的恩师为了欧苹兰能巩固成绩，让她服用了"大力补"这种禁药，此药会让运动员体内的男性激素增加，获得倍增的力量。恩师胡为花骗欧苹兰说，这是一种营养剂，服用后欧苹兰的确觉得疲劳感舒缓了，她一直服用了六年，这六年使得她的身体被"改造"成男性一样，至此失去生育能力。欧苹兰将自己最好的年华献给了体育事业，献给了恩师。

恩师捧着爱徒的脸，打量着欧苹兰，她已经苍老得不像是个才三十岁的女人。胡为花此时此刻没有一句话。欧苹兰望着恩师说："师傅，我获得了多少金牌，为您争来了多少荣耀，想不到自己连做一名母亲的权利都被剥夺了。"

澡堂里的女人们一直在倾听着两位的对话，经常来这里搓澡的人此时恍然大悟，没想到给自己搓澡的竟是一位举重冠军。大家都跟着一起流泪，是为了欧苹兰的可惜，还是为胡为花的造孽？

有人在大声地指责胡为花，声音似乎越来越高，这时一个意外发生了，只见胡为花扑通一声跪在了欧苹兰面前……

原刊责任编辑　张颐雯

【作者简介】赵晏彪，中国化工作家协会副主席，中国少数民族电影工程剧本部主任、少数民族影视作品评审委员会委员。

余 香

滕敦太

万洁又来了,这是她第三次来看望于香,说了会儿贴心话,突然支支吾吾:"有件事……"

于香就知道这事非同一般。两人多年交情,做着同一个事业,最重要的是,爱人出车祸离世这一个月来,于香伤心欲绝,患了抑郁症。万洁一天几个电话安慰她,在她人生最黑暗的时候不断送来光亮,此情难忘啊!万洁够姐们儿,于香也痛快:"姐有事直说,我一定尽力。"

"这时候麻烦你不太合适啊!"万洁叹了口气,"但也只有你才行。协会有一个服务对象张姨,这老太太的孙女出了意外,她性情大变,几个帮助她的小姑娘都被她骂跑了,我们协会又不能中途放弃,这样会失信于社会。只好请你出山了,可你现在的状况……"

于香和万洁都在义工协会。两人都是款姐,男人有事业,孩子在国外,有钱有闲的她们经常到麻将馆打发时间。当听说万洁他们经常义务帮助一些需要帮助的人们时，于香马上也加入这个"红榆伞"义工协会，花不太多的钱，或者投入不太多的时间，就能帮助那些老弱病残人，于香干得很开心。

想不到一个月前，爱人出车祸离世，于香受不了打击，一下子病倒在床。在国外的女儿劝于香出国，于香拒绝了，一来是因为生活习惯，还有一个就是放不下那些求助的眼神和感恩的目光。见万洁如此一说，于香毫不犹豫地点头。

于香的服务对象张姨，家住一个二层小别墅，在城东的富人区。老太太七十来岁，面无表情，坐在轮椅上，像一尊佛。于香的任务就是每天推着轮椅，陪老人到海边看海，这是老人要求的，上午下午各一次，每次两小时，为期一个月。

上门做义工，于香经验丰富，每天推着老人到海边散心，想着法子劝慰老人。老太太不说话，一直阴沉着脸，于香就找话题安慰她。万洁早就告诉她了，老太太儿子离异，到了国外，上高中的孙女跟着她生活，前不久孙女为救落水的小孩不幸溺水身亡。老人每天到海边，望着孙女溺水的地方，一言不发，默默泪流。

于香就一阵阵心疼，各家都有各家的不幸啊。一边劝慰老人，一边流着眼泪讲起车祸离世的爱人，果然老太太跟着哭起来，两人这一哭，居然有了共同的语言。

真得佩服万洁会安排，让于香来陪伴张姨，可算找对了人，每当老太太在海边伤心流泪时，于香就温言安慰，有时安慰不起作用，于香就使出"杀手锏"，以哭对哭，哭自己英年早逝的爱人，这招果然有效，老太太马上止住哭声，拉着于香的手来安慰她。结果是，老太太暂时忘了伤心，于香心中的积郁也释散了不少。

随着相处时间的累积，于香与张姨有了说不完的话。一天，听张姨说她孙女名叫余香，与自己的名字音同字不同。她不觉吐出一句流行词："缘分啊！"然后与张姨相视微笑，都有"面向大海，春暖花开"的感觉。

满一个月的那天，于香把张姨推到屋里，擦着眼泪："张姨，以后我还会来看你的。"

张姨也恋恋不舍："你这孩子，这些日子让我开心了，说再见也要开心点！你们做义工不容易，自己辛苦，让我们舒心，我会记住你的！"

目送于香出门后，老太太忽地离开轮椅站起来，一边揉着快要麻木的双腿，一边挪到窗前，望着于香骑车离去的背影喃喃自语："于香啊，你心情好了，我的任务也已完成。可怜我这两条老腿啊，这些日子坐轮椅可遭罪了。"

一个月前，张姨的外甥女万洁来找老太太，说她做义工的同事于香爱人出车祸死了，于香患了抑郁症一病不起，想请老人配合演一出戏，让于香来照顾她一段时间，好让时间冲淡于香心头的郁闷。

揉了揉不太利落的双腿，老太太慢慢来到孙女的卧室。桌上，孙女的靓照甜甜地笑着，花瓶里放着新鲜的玫瑰。老人轻轻地嗅着花蕾，就像亲着孙女的脸："余香啊，奶奶我也帮助了一个于香。她和你一样，都做义工，以后，奶奶我还会帮你做下去的……"

原刊责任编辑　王成章

【作者简介】滕敦太，江苏省作协会员，《华文作家报》《朔方·精短小说》副主编，在中外报刊发表文学作品近千篇。

陪局长跑步

刘 浪

  局里在三清山森林公园召开年终总结大会，要求下属各部门、单位至少派两名代表参加。章所长见几个副职都忙，便叫了只是副主任科员的老关同去。

  三清山走高速一个多小时车程。上午报到，下午就开完了会，但局里在山腰的别墅区开了房，安排第二天上午再自由活动一下，午餐后返回。

  当晚没事，大家便三三两两地在山上四处溜达。章所长喜欢玩麻将，饭后便撇下老关，不见了踪影。老关便一个人沿着小道晃悠。巧得很，在一个拐角处就遇到了江局长和几个人也在散步。

  江局长头发差不多掉光了，但身体还很健硕，晚餐可能喝了几杯，一脸的酡红。见到老关，他很兴奋地说，你姓关，上次局里搞田径比赛，你拿过一等奖的，是我给你颁的奖。

  这让老关有点受宠若惊。要知道全局有六七百号人，下属单位有十多个，虽然局长给他颁过奖，但那已经是一年前的事了。

寒暄了几句，老关知趣地想走开，哪知江局长谈兴很浓，一个劲儿地说，他读大学时也很爱好运动，只是后来公务太忙，就没有坚持下来。不过，现在还坚持每周要晨跑几回。

末了，江局长说，这公园空气这么好，路也修得平整，不跑上一回都白来了。老关你明天早上陪我跑步！

老关有点诚惶诚恐，连声说，好，好，明天早晨我陪您锻炼。

江局长一帮人继续往前走，老关突然想到什么，就喊了句，江局，明天早晨几点？江局长回头做了个手势，明天六点半，不见不散。

回到房间，老关半天平静不下来。老关的副主任科员是个非领导头衔，能不能转上实职，只是局长的一句话而已。老关心想，这回陪局长跑步，可是一个机会啊！兴奋之余，老关很快想起自己根本就没带运动服和运动鞋。

于是，他赶紧往家里打电话。老婆听说要送运动服和鞋就急眼了，什么，这大晚上的，让我给你送这个，你是不是发神经？老关知道老婆会急，于是把缘由说了。老婆说，陪局长跑步，也不用这么夸张吧？老关火了，难道你让我穿着西装和皮鞋陪领导跑步吗？老婆支吾了，说，那可不可以请个假，不跑呢？

别废话，马上送过来，误了事，你到时别后悔！老关吼道。

放下电话，老关又想起没和局长约好在哪里碰头。于是，他决定先向局办公室王主任问下江局长的房间号。

电话通了，老关自报家门。王主任那边很嘈杂，当他听清老关说的话时，立即有了警觉，你要江局房间号干什么？老关没敢说实话，就说：我想向江局汇报点工作。王主任说，有事回局里再说，不要打扰领导休息！就把电话给挂了。

　　没有房间号，那只能明早电话约了。老关打开电视，可满脑子里还是陪局长跑步的事，他一遍遍模拟明天跑步的情景和细节，想着江局长会说些什么，他要如何作答。

　　就这样胡思乱想了好久，约莫老婆要到了，老关便往山下走，在公园大门口，正好遇到老婆开了车过来。老婆见面就骂，你个神经病，这么晚我根本就没走过高速，一路提心吊胆的。

　　老关接过装着衣服和鞋的手提袋，便对老婆说，赶紧回去吧，要让人看到你送这玩意儿上山，肯定会笑我拍马屁。老婆没好气地说，你就是拍马屁嘛！

　　夜里十二点多，章所长回来了，见老关还在看电视，就问，这么晚还没睡？老关说，习惯了，太早了我睡不着。章所长看了看老关，说，是有心事睡不着吧！老关心里咯噔一下，但章所长没有再说什么，径自去了卫生间洗漱。

　　上床的时候，章所长问，你找江局做什么？老关一慌神说，没啊，谁说我找江局长？章所长粗着嗓子说，我和王主任一起打麻将呢。老关，你不要搞小动作哟。对了，江局在250别墅，你可以现在去。

　　章所长翻身睡去，很快呼声如雷。

　　半夜里，听着章所长的呼噜声，想着他刚才所说的话，老关几乎一夜未眠。

　　第二天早上六点没到，老关就收拾整齐，悄悄出了门。到了外面，老关才发现天下起了雨，虽然不大，但路面已经尽湿。不过，在老关看来，这种天跑步应该也没有什么问题。

　　冒着小雨，一路寻觅，老关终于找到了250别墅。在门前的槐树底下又站了很久,看到手机显示时间到了六点半,老关便上前敲门。连着叫了几声"江局"之后,江局长穿着大裤衩,睡眼惺忪地打开门,问,什么事?老关先让脸上堆满笑容,然后轻声提醒,约好六点半晨跑呀!

江局这才看清是老关,又抬头看了看天,便恶狠狠地骂了句,下雨天跑什么步?你神经病啊!

房门"咣当"一声关上。老关像根桩似的杵在门前很久,只感觉额头上流下的全是水,分不清哪是雨哪是汗。

原刊责任编辑　何光占

【作者简介】刘浪,安徽宿松人,现居广州。获第九届茅台杯《小说选刊》年度大奖。入围2017年汪曾祺华语小说奖。

邻居赵五

安 谅

明人和老王等几个人站在医院门口,迟疑不决。又有两个邻居匆匆走来,见到他们,神情颇为诧异:"怎么不进去?难道赵五他,走了?""别瞎猜,听说已苏醒,除脸部烧伤外,其他没有问题。"明人连忙制止。"那你们怎么不进去探望呀?"其中一位疑窦顿生。"这,这……"老王开口了,吞吞吐吐,"有人说,这场火是他引发的。他在家里打牌抽烟……"现场一片静寂。好一会儿,老王说:"我看有可能,他就喜欢喝酒、搓麻将,每天晚上都要闹到半夜。半夜里,我们都睡梦里了,谁会发现着火呢?""这么看来,是他自己惹的祸,然后怕出人命,逐个敲了我们的门?"有人跟着嘀咕一声。

赵五在家里排行老五,五十多岁,前些年提前下岗了,无所事事,就爱找人在家喝大酒、搓麻将。喜爱清静的邻居们对他很有意见,常常向物业投诉。物业找上门几次,赵五有所收敛,可玩耍的习性未改。

昨天半夜，明人和邻居们的房门被赵五敲响。赵五本有结巴，这回更严重了："快，快，快走，着，着，着火了！"果然就嗅到一股刺鼻的烟味。在一片慌乱中，楼上楼下的十多户居民大人小孩，都匆忙下楼，大都睡眼惺忪，衣衫不整，有的甚至就裹着毯子，扶老携幼，惊慌失措。赵五却没下楼，还往楼上噔噔噔地跑，明人问他上哪儿，他说，他去楼上通知其他人。"你自己注意安全！"明人提醒他，扶着邻居一位老人下楼，看他急如星火地与自己擦肩而过。

安全撤到楼下，消防车已呜呜地赶到。十五六层烟雾滚滚。明人用目光四下找寻，仍不见赵五的身影。坏了，他一定被困在楼里。他连忙找到一位现场消防指挥，告知这一情况。消防员迅速问明情况，拿着对讲机下了命令。只见几位消防战士像蜘蛛人似的，飞速攀爬到失火楼层，高压水龙头的水柱扑向了烟雾和火海。

当消防员把赵五从楼里的烟雾中救下来时，他已昏迷不醒，面目全非。很多邻居当场就哽咽不止。载着赵五的救护车，飞驰而去。

"多亏了赵五呀！不是他敲门，我们都命运未卜！"邻居老王感叹，其他邻居也附和着，点头称是。不少人泪挂双颊，既为赵五的行为感叹，也为他目前的状况揪心。

火很快扑灭。不幸之中的大幸是，除赵五外，楼内无一人伤亡。由于扑救及时，大火只在楼道一时猖獗，并未殃及各家室内。只有赵五家的门被烧成一团黑了。

大清早，明人提议去探望赵五。赵五是英雄，没有他——敲门，后果不堪设想。他们抵达医院门口时，碰到了一早就在忙乎的邻居刘大妈，她说，她想了半夜，这场火来得蹊跷，很有可能是赵五自己在家里抽烟燃了火，要不，他怎么会最先知道，而且也只有他家的门被烧毁。这一说，令大家都震惊，老王也嘟囔道："这个说法有道理。"

犹豫好久。又有几拨邻居过来,他们也都是赶来探望赵五的。这场面确实有点尴尬。

沉吟一会儿,明人开腔了:"在事情还未弄清之前,这还只是猜测。何况,赵五毕竟也是为了救大家才烧成这样的。我们去看看他,也应该。"

躺在重症病房的赵五,脸部被包扎得密不透风,只露出两颗眼珠和两只鼻孔。鼻孔里还插着一根管子,护士正在给他进食。这让明人多少有点宽慰。

赵五的妻子抽泣着说:"这两天赵五身体不好,我们早早熄灯睡了。突然,赵五从床上跳起来,吓了我一跳,他使劲嗅嗅,说声:糟了!连忙开门观望,又赶紧回屋,把我从床上拖起来,一起下楼。刚下一层,他又独自返回。我拉他不住,他说他要叫醒邻居……"

在场的邻居,都听着,好半天不吭声,有的人欲言又止,老王、刘大妈则表现得似信非信。

只有明人再三说道:"谢谢赵五,真的谢谢赵五!"

几天后,火灾调查结果出来,是楼道的电表间自燃。赵五的家门正巧紧挨着电表间。

赵五真是英雄啊!老王、刘大妈挨家挨户串门,说要推荐他为见义勇为的英雄。媒体来采访了,老王、刘大妈又抢先在镜头前露脸:"赵五是英雄,我们早就看出来了……"

原刊责任编辑　赵美

【作者简介】安谅,本名闵师林,中国作家协会会员,已在《人民文学》《诗刊》等全国各类报刊发表文学作品及出版文学专著约六百万字。

慧　姐
柴亚娟

　　我是实习期间认识慧姐的。说起这事，有十几年了。当时我被分到一所镇中学实习，慧姐也在这所学校上班。

　　校长安排我教初中英语。我上了几节课后，发现这里的学生普遍英语底子薄，就有意地给学生多留一些作业。

　　没想到过了几周后，校长找到我，说，有不少家长反映你留作业多，学生写不完其他作业。

　　姜天就是去校长那里反映的家长之一。他是姜大龙的父亲，也就是慧姐的丈夫。

　　姜天凡事爱出风头，慧姐管不了。他在这个镇属于"地头蛇"那种人。

　　慧姐呢？是个大美人，见过她的，都这么说。她之所以能在这所学校当小学民办教师，是姜天找他当教育局副局长的姨夫安排的。

　　那天下班前，慧姐怕姜天找校长我有想法，特意找到了我，非得请我到她家吃饭，我推托不掉就答应了。

于我而言，刚入社会，又身在异乡，除了工作热情，我没有端架子的资本。

慧姐做好四菜一汤，又拿来几瓶啤酒，说，今晚就咱俩，孩子跟他爸去奶奶家了。慧姐把我拉到炕边，帮我脱掉鞋子。我盘腿坐在桌旁，像回家一样。

一瓶哈啤下肚，我有点晕，话也多起来了。

慧姐酒酣之际，又打开一瓶，给我倒满，说，娟妹，我特别羡慕你的能力，假如时光能倒流，我也上大学！那样，我的命运就会重写！

我说，慧姐，过奖了。

慧姐说，不，是真话。不过，现在我只能指望儿子了！

我一杯酒喝下，晕乎乎地说，你儿子聪明，没问题，放心吧。

我和慧姐越喝越尽兴，越聊越投机，彼此的心贴近了。

这次饭后，慧姐和我成了无话不说的好朋友了。

我不负众望，更新教法，寓教于学，娱教愉学。果然这个办法奏效。慧姐的儿子姜大龙不再讨厌英语了，还说要考外国语大学呢。姜天对我也刮目相看了。

慧姐对我更是好上加好。谈起丈夫姜天，她把掏心窝的话讲给我听。慧姐告诉我，她本来是有心上人的。她和本镇的一个副镇长相好多年。但他有家，除了婚姻，他什么都能给她。而认识姜天后，她的世界塌了！

姜天知道她有心上人，但他一眼相中了慧姐，所以软磨硬泡，如愿以偿了。

我说，这样挺好。慧姐说，有时候是挺好，但他驴脾气上来了就成了另外一个人了，把我往死里打。

我说，这都啥年代了？这不是家庭暴力吗？慧姐说，这就是命呗！

慧姐凑到我跟前，拉着我的手，示意帮她掀开内衣，给我看她身上的旧伤。我看到慧姐后背上一道道疤痕。

我一时不知说啥是好。

慧姐看出了我的心思，话题一转，说，为了儿子，忍着吧。或许儿子大了，一切都会好起来的。

很快，半年的实习结束了。我离开了这所学校，被分配到省城的一所中学任教。

这期间，慧姐每年都要来省城几次，过来看我，还给我带来不少她家乡的特产。慧姐总是和我说，我就是她理想中的自己。说得我心里热乎乎的。临走时，我也给她带回几斤红肠和大列巴。相聚的时刻，我们都非常开心。

不久，上面下来文件，全国范围内取消民办教师。慧姐本身初中肄业，考试没转正，下岗了。

屋漏偏逢连天雨，慧姐下岗后，姜天得了半身不遂。

让慧姐欣慰的是，儿子姜大龙高考喜得硕果，考上一所重点大学。

慧姐原本是想等到儿子考上大学后，和姜天离婚，没料到命运又一次和她开了个玩笑，姜天患了重病。这个时候离开，慧姐做不到。慧姐大哭了一场后，选择继续过下去。

为了维持生活，还有供儿子大学的费用，慧姐开始四处打工。下班回家，还得侍奉卧病在床的丈夫。后来，慧姐给镇上各小卖店送货。姐姐在省城开小食品批发，给慧姐的都是进货价。慧姐每周都要在省城与小镇之间，往返几次。大包小包地扛着货，到各食杂店送货。送完货到家，就给姜天做饭，擦洗身子。姜天看到慧姐每天这么辛苦，脾气小了不少。

慧姐送货积存了一些钱后，就在镇中心临街租了个店铺，开了家"慧姐饭庄"。听说饭庄的生意不错，挺火。其间，为了拉拢饭庄生意，慧姐结识了各路朋友，经常陪他们喝酒，还经常喝醉。

我劝慧姐，别干这个饭庄了，太辛苦了。钱无止数，挣多少算多呀！慧姐说，再辛苦两年就不干了，姜天那个身体，我得存点钱养我俩老。

有一次，慧姐到省城办事。办完事，我和慧姐在一家小饭馆碰面。吃饭时，慧姐和我说，娟妹，你猜我现在的理想是什么？

我摇摇头。

慧姐说，我现在最大的理想是：把自己变回小时候。说完，慧姐扭过头去。等她转过头时，我看见慧姐的眼里含着泪水。

不久，我被学校安排去国外培训学习一年。回来后，当年我实习的那所学校的校长，邀请我过去给他们的中学生上一堂励志课。

我如约而至。见了校长，我先向他打听慧姐的情况。校长略一顿，说，你还不知道呀？她死快一年了，让人杀了！由于她社会交往太复杂，警方破案有很大难度，现在案件仍在侦破中。

听此噩耗，我险些晕过去，回到省城家里，很多天仍缓不过劲来。

十几年后，在我写这篇小说时，又想到了慧姐说过的她最大的理想：把自己变回小时候。

我泪流满面。

原刊责任编辑　李佳怡

【作者简介】柴亚娟，黑龙江省作家协会会员。作品散见于《百花园》《海燕》《北方文学》《小说林》等文学期刊，多篇作品被选入各种年选本。

结巴其实不是病

安晓斯

天不明,邓总经理就起床了。多年的习惯了,每天他都要到城东的小树林里去散步。这小树林子空气好,因为距中心城区稍远点,人也少。人少了,就清静。不像城中心的银湖公园,去的人太多,见了面都得说话,至少也得点点头。话说多了,点头多了,晨练的兴趣就大减。

说起这小树林子,邓总经理是最钟情的。一来可以锻炼身体,二来可以尽情地说话。和谁说?当然是和小树林子说。为啥?因为只有在这里,邓总经理才不会结巴。说话不结巴,才能畅快淋漓地说,说话才会尽兴。

刚大学毕业时,邓总经理还不是邓总经理,在一位老亲戚的关照下进了总公司。临上班的头一天晚上,邓总经理到老亲戚家请教。老亲戚说,记住六个字就行了:少说话,多干事。

从此,邓总经理就横下一条心,少说话,多干事。三年时间就干到了公司中层领导的位置。这期间，有两个把不住嘴巴的，就被调离了总公司。可是，月有阴晴圆缺，事也有阴晴圆缺。长期不太说话，邓总经理不知不觉就落下了毛病，说话总是断断续续，后来就结巴了。不过，邓总经理的大部分时间，都是在办公室里写写材料，然后跑跑腿办办公事，也用不着上台讲话，结巴不结巴似乎不太影响什么。就这样，邓总经理一干就是十多年，年年都是总公司优秀员工，年年都受到公司领导表扬。公认的评语是：默默无闻，少言寡语。履职尽责，不事张扬。直到那一年冬天总公司人事调整，邓总经理就离开总公司，下基层成了邓总经理。

当了总经理，自然是需要不断讲话的。深知自己有结巴毛病的邓总经理十分苦恼。思索再三，邓总经理出台了新规。先是在公司院内醒目位置制作了大标牌，上书八个大字：默默无闻，埋头苦干。号召公司上下少说话，多干事。宁流千滴汗，不多一句嘴。邓总经理是总公司下来的领导，把每一项工作都安排得井井有条，还出台了严格的绩效考评办法。工作面前，人人平等。荣誉面前，业绩为上。由于结巴，邓总经理很少批评人，年底总公司考核组来公司考核班子，邓总经理总是全票优秀。

在公司里不讲话、少讲话可以，到上级部门汇报工作，不说话总不行吧。为了弥补结巴这个毛病，遇到不说不行的时候，邓总经理对自己的汇报材料总是精益求精，能短则短。时间长了，还得到了总公司领导的好评。评价邓总经理的汇报，材料翔实，重点突出，条理清晰，不拖泥带水。有时遇到下属公司高管中流传的不利于团结的"闲言碎语"，总公司领导首先排除的就是邓总经理。他连说话都很困难，还会去传播小道消息？一来二去，经年累月，邓总经理不论在总公司领导心目中，还是在基层员工中，都树立了很高的威信。

工作上的得心应手虽然使邓总经理身心愉悦，可生活中的结巴毛病却使邓总经理无比苦恼。想当年，少年不识愁滋味，邓总经理在大学里还拿过演讲大赛的冠军。现如今却连正常说话都很困难。那种尴尬无奈的滋味，真的是刀架不到谁脖子上谁不清楚。

直到有一天，邓总经理起早晨练时，发现了城东的小树林子后，才有了从未有过的愉悦和快活。那天，他在小树林子里散步时，无意中踩到了一堆狗屎上，就骂了一句当地的粗话。刚骂过，邓总经理忽然发现自己骂得很利索。他不太相信自己，就又骂了一句，还是很利索。就想，我不结巴了？可一走出小树林子，再骂，就又结巴了。还是不行啊，邓总经理依旧十分苦恼。从此，邓总经理晨练时必到城东的小树林子，在那里，邓总经理就可以尽情地说话，一点儿也不结巴。为检验小树林子里这种效果的真实性，邓总经理还认真地做了各种试验。他带来了公司的各种材料，带来了报纸和杂志，甚至带来了大街上散发的美容美发、减肥瘦身，治疗性病、白癜风之类的小广告，都能很流畅地大声读出来。我不结巴了？可一走出小树林子，还是不行。

从此，邓总经理的晨练地点就选在了城东的小树林子。因为只有在这里，他才能尽情去说话，或者痛痛快快地骂几句。每次走出小树林子，邓总经理都很兴奋，都很轻松。

这样的日子，直到上个月，邓总经理因为年龄原因，从公司领导岗位上退下来。

今天一大早，邓总经理又准备去小树林子。心里就想着，不当总经理了，也用不着再讲话了。不用按时去上班了，再也不用操心结巴不结巴了。路上，他拾到一张保健用品的小广告，就读了起来，邓总经理突然发现自己一点儿也不结巴了。真不结巴了？邓总经理不太相信。再读，再试，真的不结巴了。

邓总经理也不去小树林了，他快步回到家里，大声叫道，老太婆，大喜啊。正在厨房做早餐的老伴儿见他大呼小叫，就说，神经病，啥大喜了？

邓总经理就流利地读了一段小广告上的文字。

你，你，你，不结巴了？倒是大吃一惊的老伴儿，一时高兴得结巴起来。

原刊责任编辑　杨晓敏

【作者简介】安晓斯，河南省作协会员，焦作市作协副主席。在全国各地报刊上发表小说、散文数百篇。

老家来人

陈耀宗

老家突然来了人。

这可打乱了段传林的计划。

本来,难得休一次年假的段传林,正坐在家中的书房里敲打着键盘,他打算好好利用这段时间赶写一部中篇小说,按他的设想,如无意外,初稿可望近期杀青。他是业余作家,供职于省直单位。

老家来的不是别人,是段传林的二叔两口子。二叔的儿子很争气,考上了省城广州的一所名牌大学——华师大。这次二叔和二叔母是专门来广州送儿子上大学的,顺便来看看在广州工作的侄子段传林。段传林想,二叔与父亲是亲兄弟,是自己的亲叔叔,他们千里迢迢进省城,自己再忙,也得搁下手上的活儿。他只好将手头上忙着的创作先放一放。不管怎么说,二叔两口子可是自己的亲人,一定得接待好招呼好,绝不能怠慢他们。这点人情世故段传林还是懂的。

二叔夫妻俩从没出过远门，一直待在乡下，最远的地方也只是到过县城。这次两口子是第一次进省城，像作家高晓声笔下的陈奂生上城，像刘姥姥进大观园一样，到处是现代化气派的高楼大厦，到处是人流车流，到处是立交桥，让他们眼花缭乱、目不暇接。二叔兴奋极了："到底是省城，到底是广州，就是不一样，州就是州，县就是县，连公鸡母鸭也大一半呀！这回我总算见了大蛇屙屎。"

在二叔夫妻俩眼中，大都市的一切都是那么新鲜，那么富有诱惑力。当他们走进段传林所住的住宅小区，看见这里像花园一样处处风景美如画时，感到如入仙境。一进段传林的家门，二叔两口子不由两眼放光，"哇！好豪华，好漂亮！"二叔和二叔母这里看看，那里瞧瞧。之后，二叔拍着段传林的肩膀说："老侄，连卫生间都装修得这么讲究，你好有本事，这套房子值好多钱吧？"

段传林说："一百六十万，这买的还是二手房，除了首付，每月还得按揭。"

"我的天！一百六十万？按揭？"二叔直吐舌头，与妻子对视着。

闲谈中，得知段传林在单位是个科长，二叔摇着大拇指说："老侄当官了，这是咱们家族的荣耀和骄傲！"

段传林赶忙说："二叔，快别笑话我了，我只是个小科长，纯粹是跑腿的。"

"老侄过于谦虚了。"二叔呵呵一笑，"这么后生就当上科长，这是祖宗积了德，前途无量。"

段传林知道二叔他们来一趟广州不容易，他开着新买才几个月的小车，载着二叔两口子兜风观光。

二叔很舒服地坐在小车里，不住地夸奖段传林："老侄真有钱，是豪车呀，买了多少钱？"

入围佳作　　215

"哪能算豪车，才十八万。"段传林实话实说，"除了首付，这车也是按揭的。没办法，每天上班挤公交车和地铁，挤怕了，只得硬着头皮买了。再说，有了车子，回老家也方便些。"

"是吗？"二叔瞪大着眼睛，"房子也按揭，小车也按揭？"

段传林点着头："是呀，每月还贷是有些压力。"

"既要供房，又要供车，老侄能耐不小，有本事。"二叔说。

一连几天，段传林一直陪着二叔两口子，带着他们登人称"小蛮腰"的广州电视塔，逛天河城，夜游珠江，观赏长隆欢乐世界……五光十色的世界，让二叔不知身置何处，大开眼界。

段传林不光带二叔两口子玩好，还让他们住好、吃好，住的是宾馆，还带二叔两口子上很有档次的酒家。望着满桌色香味俱佳的美味佳肴，二叔两口子哪里见过这个场面，这回他们是"大姑娘上轿——头一回"，算是见了世面，不知如何下筷。"哇哇，这一桌子好菜，肯定很贵吧，得花多少钱呀？"二叔边吃边问。段传林笑着说："值不了几个钱，你们就尽管吃。"二叔两口子认不出这些菜，段传林一一告诉他们："这道菜是龙虾，这是石斑鱼。"

几天后，二叔两口子带着一大包段传林买的礼物回乡下去了。段传林终于松了口气。妻子细细和他算了一下账：这几天，家里为接待二叔两口子花了一大笔开支。妻子不由得心疼肉痛起来，嘴巴噘得老高。段传林安慰她："二叔他们是头一回来省城，难得来一趟，招呼一下是应该的。"

再说二叔两口子回到村里后，二叔母没少在二叔面前念叨段传林的好："这次我们去广州，传林对我们真是太热情，招呼这么周到，让他太破费了，我真过意不去。何况，他过日子也不容易，负担重，每月还得还贷。"

"你别听他胡扯!"二叔撇着嘴巴,"说什么房子、车子是按揭的,谁信呢?十有八九是装穷,还不是怕我们借他的钱。他都当科长了,会没钱?如果没有钱,他能那么爽快请我们玩,让我们吃山珍海味吗?"

原刊责任编辑　李青风

【作者简介】陈耀宗,广东省作家协会会员,广东省小小说学会常务理事,平远县作家协会主席。在《小说选刊》等八十多家报刊发表过各类文学作品。

兄　弟

文敬芳

一天,我和阳总陪同区科委徐主任一行,到公司材料厂考察。领导们对我们各方面的工作都很满意,半天下来,彼此熟络了不少,关系自然越来越融洽。考察完后顺理成章地请领导一行到公司接待中心用餐。

宾主落座,美味佳肴已然上桌。阳总站起身,热情洋溢地端起酒杯,对着徐主任一行说:"先干为敬,我敬兄弟们一杯!"意欲一饮而尽。只听"啪"的一声震响,徐主任怒气冲冲地把杯子重重地摔在地上:"谁是你的兄弟?谁跟你是兄弟?"我见状大吃一惊,吓得赶紧从隔壁包房把正在接待重要领导的总裁请来。见徐主任他们还僵在那里,总裁赶紧赔着笑脸说:"徐主任,我们小阳一介书生,不懂规矩。多有得罪,还请您多多包涵。"好不容易,气氛缓和下来,大家才勉强把那顿饭吃完。

一年之后的一天,徐主任一行再次来考察指导工作,照例在公司接待中心吃饭。正在我们吃喝正酣时,只见总裁端着酒杯笑盈盈地推门进来:"来来来,阳局长给兄弟们敬酒了!"总裁话音落地,阳局长也端起酒杯说:"来,来,来,兄弟们一定要一块儿干了这杯酒!谁也不能不给我阳某人面子哟!"一听是局长来敬酒,徐主任赶紧起身,端起酒杯一饮而尽。在放下酒杯的瞬间,徐主任与阳局长四目相接,徐主任顿时像木鸡一样呆在那儿,语无伦次地说:"阳,阳局长,您、您什么时候成了阳局长?怎么能、能让您先来这边敬酒?我,我应该先去您那边敬您才、才对嘛……"阳局长看着徐主任,笑而不语,现场气氛非常尴尬。总裁赶紧打破僵局:"来,来,大家兄弟,不要见外,一切都在这杯酒中了!干!"说完,总裁端起杯和大家一起喝了一杯,然后扶着阳局长离席而去。徐主任则傻傻地愣在那里,一时感觉手足无措……

阳总名校高才生,博士毕业,才智过人。不久前国资委在全国范围内公开招考局级领导干部,阳总笔试面试均名列第一,脱颖而出,当上了局级干部,正好分管我和徐主任这班人……

原刊责任编辑　晓星

【作者简介】文敬芳,当代微篇小说沙龙名誉主席。先后在《微篇小说》《国际日报》等中外报刊发表作品数百篇。某上市公司资深高管。

儿 菜

谢俊芬

儿菜长到一定阶段，会从叶腋处长出许多嫩芽苞儿，一个个翠绿的嫩芽苞儿环抱着粗根，如同无数孩子把当娘的围在中间，儿菜因此得名。

小时，我细身条，脸色白中带黄，幺婶见我就咋呼："仔儿，你瘦得怕人哟！"我妈一把将我藏在身后然后轻声说："她不爱吃菜，怎长得好嘛！"我妈生怕幺婶因为我太瘦而说出不吉祥的话来。

但那回，去外婆家，我偷听到另一个版本的对话。外婆说："大妹，你管管玲儿，昨晚家里来了一大桌客人，玲儿只顾狠命吃她面前的那盘儿菜，好吃的人将来婆家嫌弃。"

我妈听说女儿贪吃，肯定无比羞窘，因为她默不作声。第二天，我妈从后山掰回两朵儿菜，洗净，切开。切开的儿菜有着洁白的心，翠色的边。我妈熬块猪油，撒进碎红椒，煎香，兑进儿菜片，锅里开了花：红的、绿的、白的……那天，我自然又一次狼吞虎咽。

"仔儿习惯吃浓香浓辣,以后不会过寡淡日子……"爸敲着碗沿说,"以后不准放辣子。"我妈早已习惯唯命是从,家里的菜肴又如斋饭,不辣不咸不肉,寡淡!

念中学我住校,但我却一天天壮实。因为每次出门,我妈都会偷偷塞给我一个玻璃罐,她说:"别让你爸看见,他吵人。"我把罐子藏进书包,紧捂着去了学校。偌大一栋木楼,木楼地上一人铺上一张草席,就是一个人的窝儿。夜里自习后,正饥饿的年龄,大家变着法找吃的,或是家里的炒玉米粒儿,或是土大红番茄……最奢侈的是刘富贵带的兔肉,她爷爷上山打的野兔。她与我挨床,等灯熄下后我俩掐开电筒,躲在被窝偷偷嚼兔肉,细碎的嚼声生怕招惹来老师。我没啥可与她嚼夜的。那夜我掏出妈塞给我的玻璃罐,揭开盖子一股辣子兑姜蒜的香味弥散开来,我夹起一丝浸泡在辣子里的儿菜丝,放进富贵嘴里说:"我妈偷偷给我泡的。"

富贵嚼了嚼,啧啧着嘴,用手扇扇嘴说:"够辣,够脆的,再给我夹根儿菜丝。"富贵说完,仰着脖子嘟着嘴等待儿菜丝,她还顺势反手从枕下掏出十元钱说:"这罐香辣菜丝,值姐一周饭钱。"看着她的馋样儿,我故意把菜丝晃着不让她吃,我俩像亲姊妹一样闹腾着。

第二天她拉着我:"玲儿,塌天了,我枕下的钱不见了,我家穷你是知道的。"富贵失魂落魄,谁能忍受单单吃白米饭过上一周?我把香辣儿菜丝拿出来,她略迟疑,接过玻璃罐儿走了。

我以为她会感激我,那可是我妈给我的开胃菜,但她却是此后躲着我,独享儿菜丝。且那以后,我俩再无夜嚼兔肉的快乐了,一直到毕业。偶尔,我主动向她示好,她也斜着身扭头走过。深深的失落令我许久尝不出香辣儿菜丝的鲜美来,但终因有香辣儿菜丝相伴，我渐渐白胖起来。

如今，我已上班许久，她偶尔也会窜进我的回忆。我爸老了，多病，前阵去菜地回来，浑身起疹子，我带爸去镇医院看大夫，竟然遇见多年未见的她——富贵。她那极具韵致的身姿晃在白大褂里，我发现，富贵竟然那么美，那么美！

"嗨！"我朝她晃手。

"玲儿……"她跑过来，亲热地抱住我。

她是爸的主治医生，她耐心细致地给我爸擦疹子。爸出院后，我发现钱包落在医院了，我回去取，听见富贵说："我与玲儿那妇人扯平了！这次她爸患皮疹，我多开了十元钱的美肤膏。读书时她做了错事，虽然那时大家都穷，情有可原，但不惩罚她，我心绪难平。"她们嘎嘎地笑起来，我躲着，直到她们离开，我才进去取走我的钱包。

又到了吃儿菜的季节，从医院出来，我带爸去了我家。我切开儿菜，儿菜有着洁白的心，翠绿的边，特好看。爸在边上说："炒时兑点辣椒圈儿，趁你妈没来。"我笑了笑，切碎了红椒说："吃浓香浓辣，不会过寡淡日子。"

"不是我不让吃辣子，是你妈生你后，患了炎症，吃辣就犯病，咱爷俩吃辣，那不是折磨你妈呀？"

听完，我从碗柜里拿出一瓶老妈做的香辣儿菜丝说："尝尝吧，我妈做的，我一直有吃呢。"

"你俩？"

那天，我讲了我与富贵的事儿。

"富贵心结解了。"爸说，沉吟了会儿他又说，"你得感谢她，她怀疑你，但没告诉老师，也没在同学间随意传播！"我听着，用力铲炒着锅里的儿菜,锅里又开了花:红的、绿的、洁白的……

原刊责任编辑　何光占

【作者简介】谢俊芬,笔名红风,重庆忠县拔山中学教师。作品散见于《小小说选刊》《百花园》《参花》等,并在各种征文比赛中多次获奖。

水 蛇

戴玉祥

水蛇水性好。

村部东边有座水库,一里路宽,水蛇经常头露在水面,过去,又回来。水蛇说,那是踩水,双脚在水底,像走路一样。水蛇说得很轻松。水蛇越是这样说,我越是眼馋。常常,水蛇在水里"走",我在库埂上鼓掌,为他加油。这样的时候,水蛇就向我挥手,那气派,威武!

我崇拜水蛇。

一天,水蛇不知怎么惹恼了他爹。水蛇爹让他跪下,水蛇不跪。水蛇爹就用竹棍往他身上乱抽,还说,不跪,就打死你。水蛇还是不跪。水蛇爹就往死里打。后来,水蛇可能是受不了了,趁他爹喘息的时候,跑了。往村部东边跑。水蛇爹手举竹棍,边追,边骂。毕竟,水蛇才十一岁。水蛇跑到水库埂上时,水蛇爹已经追上来了。情急之下,水蛇纵身一跃,跳进水里。水面溅起一片水花后,平静下来。

　　水蛇爹知道水蛇会潜水，能在水下待会儿，便一屁股拍到库埝上，坐下来，说你小子，要是有能耐，就别冒出来。我当然也知道水蛇会潜水，但我还是跟水蛇爹说，叔，你看水蛇都这样了，你还是回去吧！我这样说，是想等水蛇爹走了，好喊水蛇上来。水蛇爹翻眼看看我，没理睬。

　　水库边的麦穗开始泛黄了，微风轻吹，阵阵麦香漫过来。

　　好长时间了，水蛇还没有从水里冒出来。水蛇爹坐不住了，站起来，目光插进水里。我开始害怕了。我与水蛇在一块儿玩水时，水蛇经常藏到水底下，吓我，可最长的，也没有超过抽一根烟的时间。我说，叔，我怎么感觉有些不对头。水蛇爹白眼我，没作声。

　　又过了会儿，水蛇还是没有冒出来。我说，叔，水蛇会不会……我还没有说完，就听水蛇爹突然哭起来，边哭边喊，水蛇，你快出来，爹不打你了，不让你跪了。见水面上仍无动静，水蛇爹知道事情严重了，大声哭喊。

　　有村民闻讯赶来，跳进水里，搜。

　　这时候，水蛇从水里冒了出来。

　　水蛇爹见了，停了哭喊，伸手拉上来水蛇，说水蛇，爹以后再也不打你了。说后，水蛇爹抱住水蛇。

　　事后，我问水蛇，说从没见你在水下待那么长时间呀，怎么回事？水蛇顺手拔了一根麦秆，掐头去尾，放嘴里噙下，说明白吗？我点点头。原来，水蛇嘴里噙了根麦秆，麦秆的另一头，是露在水面的，通气。

　　我更崇拜水蛇了。

　　我央求水蛇，让他教我踩水、游泳、潜水，水蛇不干。水蛇的理由是，淹死的，都是会水的。但我不甘心，我说水蛇，我们这么好的朋友，就这点小忙，都不能帮？水蛇说，正因为我们是好朋友，才不能害你。看来，指望水蛇教，是没有可能了。

我就偷学。

很快，水蛇发现了我的企图，与我再玩时，不去水库了。

我爹擅打鱼，有一天卖鱼回来，带回来几个红彤彤的大苹果，我藏起来一个，后来拿给了水蛇。我目的很明显，是讨好水蛇。后来被爹发现了。那时候，像我们这样的少年，能有苹果吃，是很荣光的。爹打我，我跑，跑到水库埂上时，爹手里的棍子已挨上我的屁股了。我什么也没想，也没有时间想，就跳进了水里。跳下的一霎，我还是明白的，我不是水蛇，没有水蛇那样好的水性，不该狗急跳墙。但，迟了，我扑腾几下，感觉身子开始往下沉了。

是水蛇救了我。

水蛇知道真相后，被感动了。水蛇说，我教你。

水蛇像个小老师，给我做示范，讲动作，一个多月后，我会游泳了。

一晚，我躺在房前的竹床上数天上的星星，水蛇溜过来，拽起我，往后岗走。后岗有一片瓜地，四周都是水塘，看瓜的老刘，在水塘的窄处，搭块木板，供出入。老刘离开瓜地时，就将那木板拆掉，游过来。

水蛇指指那木板，说木板拆了，老刘准是又找人喝酒去了。老刘爱喝酒，在村里是出了名的。我不明白水蛇的意思。水蛇好像也不需要我明白。水蛇脱掉汗衫，塞给我，跳进水里，上了瓜地。回来时，怀里搂着一个大西瓜。我欣喜，说这么大的西瓜，吃起来，真过瘾。水蛇说我就知道吃，而后将西瓜放在那窄处的土埂上，拽着我，走了。

水蛇说，老刘看见了，就再也不敢出去喝酒了。

谁知，老刘那晚喝醉了，没回瓜地。第二天早晨，生产队长发现了，扣老刘一个月工分，不让老刘看瓜了。

水蛇知道了，连续几天不吃饭。水蛇爹找到我，要我问问水蛇啥事饭都不吃了。我去看水蛇，水蛇放声哭起来，说他害了老刘。

此后，水蛇再也没有炫耀过他的水性。

原刊责任编辑　黄灵香

【作者简介】戴玉祥，笔名弗尼，发表小说、美文一千一百余篇；多篇作品被多家选刊转载，入选年度选本、排行榜、高考语文模拟试卷。

群 主

黄红卫

老娘对着老人机,声音像蚊子,大儿吓一跳,以为出啥大豁子。老娘说腰疼,钻心刺骨一晚上,不敢吵你们,熬到大天亮。

这老娘,怎么做才算子女孝心?太固执太固执!教导了无数遍无数遍,不肯接纳智能手机。老娘不是没有,有,好几部,小米、OPPO、苹果5、苹果6、苹果7……这老娘,怎么做才算子女孝顺?太任性太任性!宁可孤零零待在老屋,不愿住儿女高楼大厦,大儿家三室不愿去,二儿家四室不愿去,三儿家别墅不愿去,唯一的闺女,女婿搞房地产开发,房子多得数不清。猜老娘啥话?房子再多人家的,金窝银窝不如自家草窝!

大儿松了口气,原来是老毛病。老娘年轻时三轮车倒腾煤渣子,不慎连人带车翻扣河里,落下腰疼的病根。

老娘说,这次疼得厉害,不能翻身,不能落地,遭罪!

大儿说,忍一忍,我立马过去。大儿点开兄弟姐妹群,这群建于三年前,当初包括老娘十八人。

大儿抛出一条语音,除四兄妹,那三个儿媳一个女婿,拿外姓不参内政为由,从不轻易冒泡。也有冒泡的时候,比如大儿家孙子上了洋学校;二儿家孙子迷上跆拳道;三儿孙子尿不湿上黄金般的屁屁……

率先回应的是闺女,闺女发了张小孙子睡自己怀里的照片。现在孩子懂享福,才几天就知道躺在怀里比躺在床上舒服。闺女说保姆回家了,屋里人逛街去了,等喊亲家。第二个回应的是三儿,三儿发过来一坨红红白白的肉,说自己正在市场"扫一扫",正宗农家土猪肉,要不是路远,扛一头回去送老娘。三儿亲家在外地,夫妇俩利用双休看孙子去了。

二儿出乎意料安静,不声不响画了几个字,说已上了滴滴车。二儿家在新城区,新城区到老城区,不堵车也得三十分钟。

大儿跨上电瓶车,正欲开足马力,手机叮叮咚咚的,牌友在催:三缺一!三缺一!正欲开足马力,手机叮叮咚咚的,是儿子。老娘最疼这个大孙子,可惜远水救不了近火,大孙子定居新加坡。

老娘的脸色,像吊在枝头的枯叶。

大儿扶起老娘,老娘喊疼,疼啊!大儿说再忍忍,就一会儿。大儿替老娘披上外衣,捋顺头发。老娘听大孙子要接见,努力瞪大眼睛,努力堆足笑容。大儿又把老娘视频摆到群里,不料噼里啪啦炸了锅,三个儿媳统一口径似的说老娘气色超好精神超棒!说虚惊一场!连那个赚钱到手软的女婿,也翘了大拇指。大儿说老娘你看你看,都在夸你呢,来,打个招呼,摆手势做"胜利"。

这当口,闺女托着手机赶来了,闺女对着手机说老娘乖,小孙子认生,这会儿在哭闹。闺女屁股没坐稳,点开亲家群,挤眉弄眼逗小孙子。闺女在兄弟姐妹群甘愿做群众,在亲家群可是威风凛凛的群主。老娘眼巴巴看着,嘴巴动了动,想说啥,啥没说。

这当口,二儿托着手机下了滴滴车,二儿对着手机说老娘乖,驴友们跟我急,本答应今明两天玩短线。二儿热衷于旅行,天南地北、五湖四海。驴友们不听二儿解释不买二儿握手、抱拳的账,要群主自罚红包。二儿只得发红包,一个不行两个,两个不行三个。老娘眼巴巴看着,嘴巴动了动,想说啥,啥没说。

最忙的是大儿。大儿已退休,凡陶冶性情、延年益寿的项目都要试一试,除打牌群,还有鸽子群、太极群、美食群。群多是非多,这不,几个太极爱好者吵着闹着要散群。不说大儿也清楚,有人群里玩太极。老大无奈死,眼睁睁自己变成光杆司令。老娘眼巴巴看着,想说啥,啥没说。

"扑通",像平地一声雷。大儿、二儿、闺女齐刷刷扭转脖子根。

老娘想悄悄行动的,都怪这腰不争气,都怪这屎呀尿呀不争气。大儿、二儿、闺女急赤白脸说,老娘为啥不早说?

老娘趴在地上,有气无力说,不早说了吗⋯⋯

原刊责任编辑　吴莹

【作者简介】黄红卫,从事教育工作,以微小说创作为主,发表作品数十篇,有多篇入选《小小说选刊》《微型小说选刊》。

灯

侯发山

周末,小伟回乡下看望父亲。

看到小伟回来,父亲的眼角、眉梢,还有皱纹、舒心的笑意都一起弥漫出来。小伟算个孝子,虽然在城里上班,平时没少回家看看,有时忙,回不来,打个电话,或是在微信上视频聊天,真的是远在天边近在眼前,这一切都让父亲自豪、欣慰。

吃罢晚饭,父亲提出要带小伟到东江钓鱼。

晚上钓鱼?黑灯瞎火的能钓到吗?父亲要给自己做鱼吃?还是父亲缺钱花啊?小伟心里打了不少的问号,嘴上还是爽快地答应了。他知道,老和小,人上了年纪,往往跟小孩子一样,会做出一些看似可笑或是愚蠢的事。小伟还知道,什么是孝顺,顺着老人的意思就是最好的孝顺。母亲死得早,是父亲一把屎一嘴饭把自己带大的,风里来雨里去,靠捕鱼供自己吃喝,供自己上学。小伟毕业参加工作后,想把父亲带进城,父亲执意不去,说自己在乡下习惯了,说自己还能干得动，每天活动活动筋骨对身体有好处。小伟也就没再坚持，他心里清楚，最主要的，家里有母亲的影子和味道，父亲舍不得离开。

来到江边，天已经完全暗下来，江和天似乎连接到一块儿了，只能听到江水不安分的波涛声。

父亲没有拿出鱼竿，没有带鱼饵。小伟以为父亲忘了，正要自责自己没有提醒他，父亲笑了笑，说，孩子，不用鱼竿，照样可以钓鱼。

小伟吃惊不小，心说父亲什么时候会徒手逮鱼了？从未见过，也从没有听说过啊。难道是父亲早就有的绝技，今天要露一手给自己瞧？

小伟正在胡乱猜测，父亲拉着他来到浅水处，让他往水里看。顺着父亲的手势，小伟辨认半天，才看清水底下有个闪闪发光的东西。那是什么？小伟心里疑惑，正要问父亲，父亲说，小伟，那是蛤蟆鱼，也叫老头鱼，学名安康鱼。

还有这种鱼？它怎么会发光呢？小伟惊诧不已。他又往水里细看，看到这种鱼头顶上有一根钓竿，这根钓竿不时会发出星星一样的闪光，像一只悬挂明灯的钓鱼竿。

父亲说，蛤蟆鱼基本上是吃等食的，平时潜伏不动，以背鳍第一棘的皮瓣为钓饵，诱捕那些趋光的鱼虾类。

说到这里，父亲挽起裤脚悄悄下水，探下身子，手猛地一伸，就抓到了那只蛤蟆鱼。

蛤蟆鱼在父亲手里扭曲着身子，但被父亲牢牢抓在手里。小伟打开手机的电灯，看到这种鱼头大、口宽、胸鳍宽大、尾部细小，背紫褐色，腹面淡色。

小伟呵呵一笑，对父亲说："爹，这就叫作螳螂捕蝉，黄雀在后。"

这种鱼肉少，吃起来不过瘾。父亲甩手把鱼扔进了江里，然后继续说，咱江边好多渔民都喜欢逮蛤蟆鱼，好逮，不费劲。孩子，人跟这蛤蟆鱼一样，不能太出风头。

父亲这是哪里话啊？小伟心里打了个愣。

父亲说，你下乡扶贫，你改造危房，你资助贫困大学生，这些都没错，不要传到朋友圈嘛。

原来，父亲天天去自己的朋友圈里转，时时关注着自己呢！小伟恍然大悟，心里一下子热乎起来。天天点赞的不一定是朋友，不点赞的不一定就不是朋友，看来这话真是没说错。

父亲说，你若挺不下来，或是做得不够圆满，让人揪住把柄，可就不好喽。你是单位的一把手，有时不能太招人眼。

小伟说，爹，我是故意那样做的。

父亲愣怔了一下。

小伟说，我那样做，一是督促自己坚持到底，不能半途而废；二是让大家监督自己，杜绝自己有谋私利的行为；还有一点，就是做一个样子给他们看！爹，无欲则刚，有什么好怕的呢？

龟儿子，咋不早给我说呢？害得我担惊受怕，好几个晚上都睡不着。父亲说着，拿起拳头轻轻捶了小伟的胸脯一下。

有轮船的汽笛声从江面上飘过来。父亲指着远处的灯塔，自豪地说，小伟，爹希望像你说的，要做灯塔发出的光，不要做蛤蟆鱼身上的光！

小伟依偎着父亲，感觉到父亲的身板还是那样的结实，那样的硬朗，那样的温暖。

回家的路上没有路灯,黑瞎瞎的,有父亲在身边,小伟走得很踏实,一点也不用担心会迷路。

原刊责任编辑　浦建明

【作者简介】侯发山,在《北京文学》等刊物发表小说、散文上千篇,有二百余篇被《小说选刊》《读者》等刊物转载,公开出版小说集二十三部。

大 哥

唐 绰

有时候，大哥只是个概念，童年记忆里有些模糊，没有二哥那样具体真实。大哥很早离开家。那年我五岁，大哥十四。

十四岁的大哥到镇上住宿读高中。临别时，母亲把包袱放在大哥肩头的那一刻，我突然就想哭，我拽住大哥不放，担心大哥再也不会回来。大哥摸着我的羊角辫子，他说的话相当豪迈。大哥说，哥去造原子弹，记住听话，有谁欺负小三妹，哥就把原子弹扔他们家院子里，嘣，他们完蛋了。大哥说得很认真。这话有些暴力不好，但在小时候，这是我坚强的后盾，除了大哥，没有小朋友的哥能造原子弹，我常常会实施"核讹诈"，你们等着，等我大哥把原子弹扔你们家院子里吧。

大哥说话不算数，每月回家一次，每次都没有把原子弹扛回来，倒是要把家里大米扛回学校。他说，太沉了，等有拖拉机就运回来，这复杂，说也听不懂，大哥正在研究，大哥绝不说谎。说完话，大哥扛着大米又走了。正是长个的年龄，大哥扛走的大米一次比一次沉。我不乐意，省下的米，都让大哥吃了，我的事，大哥一件都未办过，每次需要大哥的时候，他都不在。二哥个矮，穿大哥的旧衣服要长一截，冬天棉袄的袖口特长，手缩在里面先生每次用戒尺打手都找不着，只能在棉袄上拍两下，弹起的尘土让先生不得不避过脸去。二哥乐意穿大哥的旧衣服，他乐意的理由，同样是大哥要造原子弹。二哥比大哥实用，有事都是二哥出头，大哥给未来带来希望，但这希望过于遥远。

大哥真有原子弹的梦想。母亲从县城带回来的消息让大哥有了新理想。外婆家邻居狗蛋考上清华，本硕连读，宣称国家安排造原子弹。狗蛋是谁，大哥见过，大哥人小心高看不上狗蛋，狗蛋能造原子弹，他也能，狗蛋造单黄的，大哥就能造双黄、三黄的。大哥开始寻找原子弹的书籍。这种书现在没有，以前就更不可能有。大哥只找到《东海民兵》和《二进制运算基础》，这两本书都没有核弹知识，只有《东海民兵》上有地雷、手榴弹的工作原理等知识，大哥差点因此丢掉性命。大哥在制造地雷时，自制火药爆炸，大哥被喷一脸黑灰。大哥唯一能利用的只有《二进制运算基础》，大哥研究"0"和"1"这两个数，有半学年，大哥有点走火入魔，有时会把十进制写成二进制，先生看不懂，先生说，大哥脑子有问题。

这条路堵上，大哥又开辟新课题，这个课题大哥有信心。书上说，把香蕉悬吊在海龟的正前方，海龟看到，却吃不到，这样海龟就可以永远向前爬行。大哥很兴奋，这可以解决去镇上步行与摆渡的困难。有一天，大哥真去寻找海龟，我们那里离海边很近，越过滩涂就可以摸到海水，海水是黄色的，所以叫黄海。大哥是头天去，隔天才回来，不知道大哥有没有见到海，有没有见到海龟，大哥回来时，满身泥巴，他没有骑着海龟回来，大哥满脸沮丧地拎只甲鱼。大哥终于明白狗蛋能造原子弹是因为考上清华，从此，大哥不再折腾，开始努力争取考中学、考大学。高考时，大哥的清华大学未能实现，十七岁那年，大哥去南京读"公路与桥梁专业"，或许这个专业与"海龟交通"比较接近，同属交通行业，大哥还是满意的。

大哥与原子弹擦肩而过。大哥的眼睛里满是愧疚。

大学毕业之后，很难再见到大哥，大哥工作是流动的，他总是跟着工程项目走，有时在陆地，有时在长江，有时崇山峻岭，有时戈壁荒滩，大哥的工作环境远离城市，有时也会出现在城市里，家乡建造城市高架时，大哥就回来主持过项目。父亲很有脸面，每次上高架时，不问地段，不问方向，父亲手一舞说，是我那小子造的。大哥是个业余作家，出过两本书。大哥还是个考霸，结构、咨询、建造师等，这些证书他都有，大哥最自豪的是注册核安全工程师证，或许这是大哥离原子弹梦想最近的地方。

去年六月，全家汇集到同一个地方，前后有两个月，这是与大哥相处最长的时间。母亲生病需要手术治疗以后，大哥就请假在家，不再上班，先在家乡联系医院，后又在上海、南京联系，跑切片诊断结论，跑医学专家与病床。我的泪点忒低，一提起母亲病情就禁不住流泪。大哥却安慰说，别担心，大哥能造原子弹。我知道大哥造不了原子弹，却奇怪地止住了泪水。确定在上海手术，母亲住院出院都是大哥开车接送。他不放心别人开车技术，但最终大哥自己却在高架匝道口违章，现场处罚。为此，大哥很忐忑，不是扣分与罚款的事情，而是因为车上有母亲，大哥有"不顺"的心理暗示，大哥自觉违章行为触犯神灵，神灵要惩戒的。大哥说，他要救赎。大哥有交警朋友，驾照年审时盖个章这事就能过去。大哥偏不，大哥按时到"交规培训班"上课考试，笔试合格后又去岗亭做"义务交通引导员"。二月家乡的早晨特别寒冷，风又大，小红帽和红马甲对大哥很不合身，但大哥指挥行人过斑马线却很认真规范。大哥自拍，把站岗场景发在朋友圈里，写了一行字："祝妈妈早日康复，爸妈永远健康，全家人我爱你们！"

点开相片的一瞬间，我看到大哥风里零乱的白发，大哥五十三岁，大哥也老了，他的岗哨站得那样认真，那样虔诚，突然间我已是泪流满面。

原刊责任编辑　石淑芳

【作者简介】唐绰，笔名盐夫、盐米，江苏盐城人，现居江苏常州，高级工程师，从事建设项目咨询服务工作，自由职业与撰稿人。

初　心
邢庆杰

太阳刚刚落山，千户营派出所指导员钟方格就接到县公安局指挥中心的指令，要他组织全所所有干警、辅警在晚上八点前到局里集结。

千户营是本县最偏远的一个乡镇，离县城四十多公里，而且全是窄窄的乡村公路，没有一个小时到不了。自从李所长半个多月前被局里抽调到外地执行任务，所里的工作一直由钟方格负责。他当即把所里的十几个人召集起来，分乘三辆车赶赴县公安局。

今天又是什么任务呢？钟方格脑子里打了一个大大的问号。作为一名刑警出身的资深警察，他已经多次被抽调参加局里的紧急行动了，知道只有集合起来，把手机都收上去以后，才会得知行动地点和目标。

一个小时后，钟方格接到了具体的抓捕任务，去端一个涉毒的地下酒吧。

行动起初很顺利，钟方格他们从前后两边同时破门而入，把七八个正在吞云吐雾的人堵在了屋子里。

"蹲下蹲下，抱头抱头……"

在一片呵斥声中，钟方格看到了一个人，脑袋"嗡"地响了一下，暗叫：真倒霉。

那个人既不抱头，也不蹲下，他安坐在沙发上，悠闲地吸着一支烟。

竟然是县公安局新到任的副局长刘东来。

见他不配合，一个民警拿出了手铐……

怎么办？钟方格的大脑急速运转起来。

钟方格原是刑警大队的一名中队长，参加工作以来，屡次立功，本来前途一片光明。六年以前，他打掉了一个拦路抢劫的团伙，团伙的头头，竟然是局长的表侄。局长让他想办法给表侄脱罪，但当时已经铁证如山，他不愿昧着良心办假案冤案，最后局长的表侄被判了十年。事后不久，他就被派到那个偏远的千户营派出所，成了一名普通干警。几年来，他一直被压制着，几次升职的机会都与他擦肩而过。直到去年，那个局长被纪委"双规"，新来的陈局长上任，了解到他的情况后，才把他提拔为派出所指导员。最近，局里空出一个刑警大队长的位置，听说要搞竞争上岗，钟方格觉得自己东山再起的机会来了……可是，就在这个节骨眼上……偏偏这个刘副局长就是分管刑警大队的，今天要是得罪了他，恐怕这次竞争上岗又没戏了……唉！刘局长怎么会有这么个恶习呢？

钟方格的这些思想纠结，只在电光火石之间。他下了决心的时候，那个民警已经给刘东来戴上了手铐……

钟方格大喝了一声，都带走！

刘东来冷漠地扫了他一眼，顺从地和其他"瘾君子"一起被押了出去。

钟方格把抓捕的人员全部押送到局里，关进拘留室，就算完成了任务。

他在公安局院子里转了好几圈，纠结了一阵子，觉得还是应该把刘东来的事儿给一把手汇报一下。

陈局长上任以来，只要晚上有行动，他肯定在办公室值守，随时听取汇报，下达指示。

他敲了门，刚进了陈局长的办公室，就听到有人喊道，钟大指导员回来了，刚才好威风呀！

竟然是刘东来，正坐在陈局长办公桌对面的椅子上，冲他微笑。

他吓了一跳，问，刘局，您您……您是怎么跑出来的？

陈局长笑了笑说，提前没有告诉你，今天晚上，刘局是卧底，是配合你们行动的，要不，你怎么会抓得这么准？

钟方格恍惚大悟，心里的一块石头总算落了地。

他不好意思地对刘东来说，刘局，对不起，我怎么也想不到，这么个小案子，您会亲自去卧底。

陈局长哈哈大笑了两声说，刘局可不是专门为了去做卧底，主要的，是对你进行了一场特殊考查呀！

钟方格的汗都要下来了，今天晚上的行动，竟然包含着对自己的考查，好悬呀……

陈局长过来，拍了拍他的肩膀说，方格同志，我知道你以前受到过不公正的待遇，所以我想了解一下，你经历了那一次挫折之后，还有没有保留那一颗初心。

刘东来过来，紧紧握住他的手说，方格老弟，谢谢你，你给我们递交了一份合格的答卷。

钟方格心情骤然舒朗起来，他大着胆子问，领导，那这次竞争上岗，什么时候开始？

陈局长和刘东来相视一笑，几乎同时说，已经结束了。

见钟方格不解，刘东来说，这次我们不搞上台演讲那一套，玩儿的实战！

钟方格大喜，他立即给两位领导分别打了个标准的敬礼！

几天后，钟方格如愿地担任了刑警大队长，干上了他所热爱的老本行。

原刊责任编辑　付小悦

【作者简介】邢庆杰，中国作家协会会员，国家一级作家，德州市文联专业作家，德州市作协主席。已发表小说作品二百余万字。

接会啊

田 夫

正月初八职工都上班了，但农民却都闲着，农民的年还远远没有过完。这不，鞭炮声刚消停点，锣鼓声又响起来。太阳还没冒红，邻村二组就有动静。老秦就把刚点着的烟掐灭，说："快放桌子吧。"好在，老婆已把饭做好。平常老婆都不会晚起，何况今天。

吃饭时，锣鼓声似乎更急了。老婆往嘴里扒拉饭就有点匆忙。往实了说，老秦也没往日那么淡定。但他还是反过来劝说老婆："甭那么忙，秧歌队得过一会儿进村。他们敲锣打鼓是往一块儿聚人呢，还得化妆，绑高跷腿子……"老婆停下嘴，说："你忘记前年了？"

前年，也是正月初八。是五组的队先进的村。头一天晚上老秦在别人家打麻将，你说一点刺激不带那是骗人。不过真不大。按照老秦的话说也就是"支眼棍儿"。要不谁能坚持一宿不睡觉？老秦说，来大的犯法不说，谁把谁赢够呛也不落忍。这都是辛苦钱啊！包括我，你们别觉得我有啥"外落儿"，现在谁还敢啊。可这晚老秦还是赢了点。谁赢了都会高兴，老秦回到家这高兴劲儿还没过，就胳肢被窝里的老婆，迷糊着的老婆伸手把钱塞到枕头底下，说睡吧。老秦说，就这么睡呀？人家给了你钱呢……下面的故事不用我讲了。这一天，两口子睡过了头，被五组的秧歌队堵了被窝子！

那天，本来是沉脸人的老秦笑得比哭还难看。也难怪，现在的秧歌队都用汽车拉着，航空兵似的，自天而降。

"要是不从咱家开始就好了。"过后，老婆红着脸说。

"那怎么可能？"老秦说。

历年都这样，不管哪个组秧歌队进村，都先给村中的老秦拜年。然后再去村东头，按街巷一家家打场。当然得是事先接了喜帖的。接喜帖的家要准备茶水、烟、糖和赏钱。老秦当然更不能例外，不仅准备那些东西，他的赏钱还要比别人多。当然，秧歌队先来给他拜年，跟赏钱多少没关系。

就冲这开年"头一个"，就显出了我老秦的与众不同。我老秦该这样。他们应该这样待我老秦。老秦这样想，乡亲们更这样想。假若不这样想，假若不是老秦，换了别人，秧歌队先进村中给某个人打场，然后再去村头挨家轮，不给骂出来才怪！

就冲这一点，也够老秦自豪一阵子！

老秦还有更自豪的呢。去年，一下两个组的秧歌队同时进村涌进他的院子：哈，别说舞龙，人都盛不下。一向沉稳老辣的老秦都有点乱方寸，给他拜年的人太多啦。七嘴八舌头的，他都听不清他们都说些啥拜年话。后来一声哨响，锣鼓声停，秧歌队的人后闪围起圆场，场中间只剩了穿着小红袄、叼着口哨的会首熊二爷；只见熊二爷抬起左手一把抹去胡子上的鼻涕，右手举起小彩旗；随着唢呐响起，熊二爷亮开嗓门唱：

锣鼓响，鞭炮鸣

秦府挂着红灯笼

红灯笼、红对联、红挂钱

秦员外的日子好红火

二组秧歌队来拜年……

    秧歌队走出好远了，院里只剩下他和老婆。看着满地的爆竹屑，老秦耳边还回响着熊二爷的声音。老婆说："这个老熊头到谁家也是这句话，只是把姓改了。"老秦说："这个你不懂。秧歌是老辈子留下来的，跟着留下来的还有那些老称呼，这叫文化。"其实老秦很得意"员外"这个称呼。他觉得用在他身上是最恰当的。至于别人，那都是虚的。

    匆匆吃罢早饭，两口子把过年脱了的新衣再穿上，然后忙活起来。老婆把一只擦得铮亮的高腿桌子搬到房檐下，然后往桌子上放茶壶、茶杯、糖果盘……老秦却挥起大扫帚扫本来很干净的院子。看他扬场似的，老婆赶紧喊他："你轻点，别尽顾你自个!"老秦干脆就不扫了，开始到仓房拿鞭炮。

    鞭炮是必须到院外放的。等秧歌队快到时一齐点燃。老秦出来了，院外已经像往年那样等了许多人。这些人都是来老秦家看秧歌表演的，因为秧歌队会先来老秦家。当然老秦有啥需要帮忙的吩咐一下就是。比方放鞭炮，只要老秦一声令下，那七八个捻就被一齐点燃了，因为这些人的嘴里都叼着烟。

    人们帮老秦把一万头的鞭炮挂到树枝上时，锣鼓声也近了。

    于是人们说："快了，快了!"有的人都把烟火对准了炮捻。老秦却赶紧招呼他们："先别乱来。"

老秦觉得锣鼓声有点不对劲：看样子秧歌队今年不是"空降"我家门口，是村头了。这也好，扭着进村，来到我家，也让村民少些难堪——嗯？不对呢，听声音不像是直奔我家的样子！村头一家鞭炮响了，夹带着冲天的礼炮，秧歌队从那里开始的。

快傍晌时，秧歌队才轮到老秦家。先是秧歌进院，接着高跷进院，最后是龙进院。龙在老秦的院里耍的时间最长，而且舞得最精彩。一声哨响，锣鼓声停，秧歌队的人后闪围起圆场，场中间只剩了穿着小红袄、叼着口哨的会首熊二爷；只见熊二爷抬起左手一把抹去胡子上的鼻涕，右手举起小彩旗；随着唢呐响起，熊二爷亮开嗓门唱：

锣鼓响，鞭炮鸣

秦府挂着红灯笼

红灯笼、红对联、红挂钱

村主任的日子好红火

二组秧歌队来拜年……

老秦老婆扒着老秦的耳朵说："这老熊头到底是把词改了。"

老秦刚要说啥，锣鼓声骤然响起，而且越来越大，老秦竟感觉像洪流涌动！

原刊责任编辑　李倩

【作者简介】田夫，实名田福，农民。已出版小说集和长篇小说。有多篇微小说作品被《小说选刊》转载。

中 奖
金 狐

"闲听三五色,静坐品茶香。"每逢节假日,郑林常常和朋友在休闲茶吧一坐半天,煮茶论道,焚香听琴,一杯淡淡的茶,一首沁人心扉的曲子,于喧嚣的都市中,带给人清静的感受。

可是,今天郑林的手机不停地响,不停地响,母亲扰了他的兴致,也扰了大家的。不到五点就有朋友主动提出散伙,他心里有些不安,便上前几步抢着结账。一百八十元的账单,服务员给了四张定额发票,分别是一百、五十、二十、十元。每张发票都有兑奖联,他要了一枚硬币认真刮起来,刮到最后一张,赫然露出"100000元"的字样。

天啊,天啊!他简直不相信自己的眼睛,反反复复地数着那几个零。

我中大奖了!他一激动,声音比平时抬高了八度。

柜台上的全体服务员都把头凑上来,旁边的客人也都围拢过来,他朋友张浩把他手上的发票猛地一把夺过去，他立即又闪电般地夺回。

你小子运气好啊！另外几个朋友笑闹着给了他结结实实几拳头。

兑奖！兑奖！他兴奋地拍着柜台。

对不起，先生，我们这里只兑二十元以内的奖，这样的大奖得去税务局才行。

明天我请客，不见不散！我先去把奖金领了。

不行，不行，你现在就掏钱请客。柜台上的服务员起哄说，见者有份。他觉得人家说的不无道理，就把身上的口袋翻个底朝天，二百多块全部拍在柜台上，来不及等大家的反应，急忙溜了。

开车一小时才赶到目的地，郑林满头大汗。税务大厅人满为患，郑林好不容易排到窗口，一位梳着马尾辫的姑娘给他开具了税单，并告诉他必须先到银行缴纳两万元个人所得税，然后再来领取这笔奖金。

太麻烦了吧？

对不起！马尾辫微微一笑，露出一排整齐的米粒般的牙齿，说，中国银行就在我们对面，只有几百米的距离，过一个红绿灯路口就到了，你快步跑过去就行。

于是，一路飞奔！

二十分钟后，他又出现在马尾辫面前，气喘吁吁。

银行停止营业了！我可不可以直接把税钱交给你们？

对不起，我们这里不直接收税款！

什么？那我今天岂非白跑？他想到母亲还在等他，便有些着急，声音大起来，为什么你们不可以直接代替我们扣缴呢？兑个奖这么麻烦，你们这不是存心为难纳税人吗？

马尾辫没有生气，更没有发火，她站起来，面朝他微笑。

本来嘛，先生您中奖，说明您运气特别好，这是一件值得庆贺的事情，我们也为您高兴！现在出了点小麻烦，您就当是好事多磨呗。其实这样的规定，我也觉得挺麻烦，不过，您不妨换种想法，明天早早去银行缴税，早早领奖，争取做这里的开门红！

说完，她顺手给郑林抄了一个电话号码——办税服务厅的热线电话。

若是以后您再中奖的话，可以先问问情况，省得再白跑哦！

看着姑娘认真的模样，郑林一下子笑了，再中奖？托你吉言！

简单的几句"玩笑话"，设身处地地"移情"，化解了郑林心中的不快，他忍不住多朝姑娘看了几眼，一身深蓝色的税务工作服衬着一张眉清目秀的脸，他在心里夸赞道：好姑娘！好脾气！

这时，老妈的电话又来了。

林子啊，你在哪里？我们已在今世缘酒店等候，你要早点过来，不能让对方等我们。

知道了！我马上就到。郑林态度格外的好，都是因为眼前这位姑娘。

挂了电话，他朝马尾辫挥挥手，说，我明天保证第一个来领奖！

赶到酒店。老妈正和一个四十几岁的女人聊得开心，说是姑娘的小姨妈。

阿姨好！郑林冲着那女人欠了欠身子。

坐，坐，坐！阿姨目光灼灼，把他从头到脚打量个仔细。

郑林浑身不自在，摸摸头，又挠挠耳朵，说，我先出去一下，马上回来。

老妈狠狠地剜他一眼，拍拍身边的凳子说，别站不住坐不住的，等一下姑娘就要到了，你还是别再到处跑。

我去去就来！他朝她们敬个礼，又扮个鬼脸，一转身同一个姑娘撞了个满怀。

怎么会是你?

姑娘朝他微微一笑,露出一口洁白的米粒牙。

都说喜事成双,一点不假,郑林中了大奖又找到了好女孩。

隔些日子,他打电话约朋友们吃饭,结果约了一圈,只有一个答应来,他这才感觉到情况有些不对。

怎么回事?

电话里,那朋友喃喃地说,张浩说你这人不够意思。

为啥?

他说那天是他约了大家喝茶聊天的,地方是他选的,客也是他请的,结果被你抢了结账。

郑林愣了半天,恍然大悟般地一拍脑袋。

事情又过去几个月。郑林结婚了。朋友们都来贺喜,张浩也来了。两个朋友一见面就来了个拥抱,互相拍拍后背。

张浩悄悄扒着郑林的耳朵说,昨天我们几个都收到了团市委送来的锦旗,谢谢你以大家的名义为希望工程捐款,资助贫困学子圆梦大学。

洞房花烛夜,郑林搂着新娘说,谢谢老婆做了一个最正确的决定!你是我中到的最大奖!

原刊责任编辑　李佳怡

【作者简介】金狐,江苏省作协会员。有作品发表于《作品》等刊,多篇微小说被《小说选刊》《特别关注》等选刊转载并入选各类精华本。

记者的责任

蔡中锋

有一天我外出采访路过一个建筑工地,看到正午的炎炎烈日下,有近百名农民工正汗流浃背地劳作,就忍不住去采访一位工人:"请问你叫什么名字?"那名工人说:"我叫张有为。"我问:"现在正是一天中太阳最毒的时候,你们干的又是这么重这么累的体力活,怎么不休息一下呢?"张有为说:"谁不想休息一下啊?可是老板不同意啊!"我又问:"那你一天要干几个小时的活呢?"张有为说:"一般从早上六点就要起床干活了,要干到晚上七点。有时还得加夜班,一干又得几个小时。"我再问:"那你每天平均要干几个小时的工作呢?"张有为说:"每天平均最少也得十三四个小时吧。"

采访完张有为,我的心很难平静:这么大热的天,这么繁重的体力活,老板怎么能让工人干这么长时间的工作呢?回到报社后,强烈的责任感让我寝食难安,于是我连夜写了一篇题目为《建筑工人也要实行八小时工作制度》的文章,第二天一早就刊登在了我们的市报上。这篇文章引起了市领导们的高度重视，好几位市领导都在报纸上作了批示，要求全市所有建筑工地，以后都要实行八小时工作制度，并立即组成了专门的工作组监督检查这项工作的贯彻落实情况。

过了几天，我去那个建筑工地上回访张有为："现在你们的工作时间不会再那么长了吧?"张有为说："是啊，现在我们实行的也是八小时工作制度，和机关干部一样了。可是我们干活实行的是计时计件工资啊！我们虽然现在每天少干了五六个小时的活，但我们也少领了将近一半的工钱。我们干的时间长点没关系，我们吃点苦受点累也没关系，可是若领不到更多的钱，我们上有老，下有小的，都没法养活啊！"张有为的埋怨，大大出乎我的意料。想想也是，他们这些农民工和机关干部是不一样的。机关干部工资都是固定的，干与不干，干好干坏，每月都会按时发放，和他们的工作时间长短与工作效率高低基本上都没有多大关系；可是建筑工地上的农民工领取的基本全是计件计时工资，少干了，自然就要少领钱！

回到报社之后，强烈的责任感让我更加寝食难安，于是我又连夜写了一篇题目为《必须提高农民工的工资》的文章，第二天一早又刊登在了我们的市报上。这篇文章又一次引起了市领导们的高度重视，又有好几位市领导在报纸上作了批示，要求全市各建筑工地，以后都要至少给农民工增加一倍的工资，并立即组成了专门的工作组监督检查这项工作的贯彻落实情况。

又过了几天，我再次来到那个工地，准备再次回访张有为，却发现那个工地上已经没有一名建筑工人了。我非常奇怪，就问一位正在那儿看守建筑材料的老人："这个工地上现在怎么没有一名工人干活了？我上次来采访时还听说你们的工期非常紧啊！"老人说：

"也不知道怎么回事，前几天上面下了严令，不让工人每天的工作时间超过八个小时，而老板想实行两班倒或三班倒又找不到这么多工人，这样，包工头就不能按时交工，面临着巨额罚款。最近几天，又听说上面再次下了严令，要包工头增加工人一倍的工资。这样一来，包工头若干完这个工程，不但赚不到钱，还会把老本全部赔光，所以，他就偷偷地跑人了。而他这一跑，工人们既没人组织干活，也没人给发工资，也就自然而然地散了……"

原刊责任编辑　于双慧

【作者简介】蔡中锋，山东省菏泽市人。中国作家协会会员。在中外报刊发表作品三千余篇，出版作品集二十余部，主编图书三百余部。

一条大辫子

鲁兴华

每当想起那条大辫子,李梅的胸口都隐隐作痛。

十年前,农村女孩白雪与城市姑娘李梅,分别从不同小学考进县城一中读书。开学的第一天,在学校新生报名处,容貌俊秀的白雪引起不少同学的关注,尤其是她的两条又黑又粗的大辫子,更是让城里的女同学们眼热不已。报名结束,同学都在猜测:这么漂亮的女孩会和谁同桌呢?让人没有想到的是相貌平平的城市女孩李梅,居然和白雪同桌。看到同学们投来的羡慕目光,李梅得意极了。

人越美事越多。同桌时间不长,李梅便得出了此结论。

白开学那天起,每天课间操,总有一些同学围在李梅桌前跟白雪热聊。有时一些调皮的男同学借聊天,还会突然伸手拽一下白雪的大辫子,然后咯咯一笑跑远了。碰上这样的事情,女孩大多只是恼怒地瞪一眼同学,然后事情也就拉倒了。起初李梅觉得相貌平平的自己与美女同桌挺不错,可是不久便有了心病。美丽的白雪,不光引来同班同学的喜爱,连外班竟也有了不少粉丝。如果仅仅是这些倒也罢了,更使她不畅快的是学校里不论举办什么样的文艺活动,白雪总是被老师指定为主角,而她大多是配角。

每天,看着甩着两条大辫子的白雪,一脸灿烂地随着老师跑前跑后,李梅的心就像火烧一样特别难受。一个农村女孩凭什么就比她长得美?凭什么就能长出两条让人羡慕不已的大辫子?李梅常常被这些无厘头的问题搅扰得夜不能寝,以至于发展到上课总是神思恍惚。然而在人前她却装的什么事情也没发生。跟白雪在一起,她尤其热心体贴。偶有同学议论白雪,她必定第一个站出来维护。对此所有同学都一致公认,李梅是白雪最要好的同学。

然而有一天,当白雪兴高采烈地告诉李梅,说县剧团要排演话剧《李铁梅》,导演看上了她独一无二的大辫子,已经通知她去试演,她若能演好李铁梅,以后有可能被招进县剧团当一名正式演员。说完这一切,白雪俊秀的脸颊立即笑成了一朵花儿。看着一脸兴奋的白雪,李梅嘴里说着一些祝福的话语,心里面却是五味杂陈。

几天后的一个清晨,一声惊呼吵醒了女生宿舍的所有同学。大家一脸迷茫地从床上坐起来,互相对视着,都不知道发生了什么事情。当其中的一个女生手指着白雪时,同学们才看清楚,白雪傲人的两条大辫子竟不翼而飞了。发现大辫子被人齐肩剪短,白雪不由得号啕大哭起来。白雪的哭声惊醒了仍在沉睡中的李梅。当清醒了的李梅明白了事情的原委后,先是惊讶,接着一脸悲戚地对白雪说:"你的大辫子不能白丢,我一定帮你追查到底。"同学们都被两个人的友谊所感动。

白雪丢失辫子不久,县剧团原定让其主演的李铁梅一角,因诸多原因也化为了泡影。而希望能被县剧团招为正式演员也成了一种空想。遭此一劫，白雪的性格一下变得安静起来，与之相反的是，以前不怎么爱说话的李梅，忽然间变得爱说爱笑了。

高二那年，白雪被父母转到另一所学校去读书。据说是因为搬家，也可能是别的什么原因。白雪走了，好像把李梅的魂儿也一起带走了似的，有一段时间，同学们发现李梅不论上课还是课间总是心神不宁。

高考落榜不久，李梅应聘到一个福利厂工作。上班后李梅到处打听白雪，但大家都不知其踪影。越是打听不到白雪的消息，李梅越是思念万分。当年白雪丢失了大辫子，县剧团没进成，若是高考也落榜，现在该会是一种什么样的生活境况呢？李梅在心里为白雪设想着种种结果。

十年中，李梅恋爱、结婚、生孩子，后来因为福利厂效益不好下了岗，日子过得极其艰难。为了生计，她在街头摆过地摊，商城卖过服装，餐厅端过盘子。手头有了些积蓄后开了家小卖店。

每天，只要小卖店的生意不忙，李梅的脑海里都会闪现出一个画面。画面中，一个阳光明媚的中午，一位苍老的农妇，手推一车蔬菜正好经过小卖店，透过门口的玻璃，她无意一瞥，发现那人竟是她朝思暮想的白雪。她激动地跑出小卖店，一把拉住白雪的手，一番寒暄后她收下了白雪的所有蔬菜，并付出了超过菜价几倍的钱。她还跟白雪说，以后她要常常帮助她。

然而世事真是难料啊！

一天，当一个时尚的女士走进小卖店里买东西时，她呆住了。那位时尚的女士便是白雪。眼前的白雪依旧是那样的美丽，唯一不同的是美丽中又添了几分优雅与成熟。凝视着白雪，李梅很想说，当年大辫子是被心怀妒忌的她偷剪后一直珍藏在家中。很想说，这十几年来，每当看到那条辫子她都悔恨不已。很想说，这些年，她是如何思念她，如何想帮她。但是，白雪却抢先激动地跟李梅说，当年丢失了大辫子，因为心情不好，父母将她转到外校读书，没想到换了学校，自己的学习成绩进步很快。高考考了一个不错的师范，毕业后被分配到县城中心小学教书，儿子现已上初中，丈夫是机关公务员，一家人日子过得很幸福。

白雪尚未说完，李梅已泪流满面。

原刊责任编辑　蓝月

【作者简介】鲁兴华，宁夏吴忠市作家协会副主席，宁夏作家协会会员，中国散文学会会员。已出版文学作品集三部。

锻　刀

郭　敏

沧浪沟是一个名不见经传的小村庄，村子里有户姓张的铁匠，他们家靠给村人们锻打铁具为生。

这张姓人家的主人叫张现硅，是张小山的父亲。说起这张现硅，早些年，这四里八乡，还没有不知道他的大名的，他是远近闻名的老锻刀手。听老人们说，这张现硅的菜刀，是真正靠一身粗重力气锻打出来的，而且，他家的这一门手艺，是从祖上一辈一辈传下来的。当年，他家屋子中间摆着一个大火炉，大火炉里的炭火，经年不息，叮叮当当的锻打声，常年不停地在村子上空回荡。

听说，附近村庄也有些做铁匠生意的人，只是他们锻打出来的器具都不如老张家的好。不说别的，单单是菜刀这一生活用品，就与众不同。可以说，凡是经过张现硅之手锻打出来的菜刀，那真是拿握顺手，使用方便，刀锋锐利，实用结实。每每在集市上，只要有他老张家的菜刀在卖，别人家的菜刀就都成了摆设，无人问津。

这一年，张小山初中毕业了，没有考上高中的他无所事事。也就是在这一年，已经六十多岁的张现硅也觉得自己年龄越来越大，实在拿不起手中的铁锤了，他就想：老张家的这份手艺，不能丢，说什么也得让儿子跟着他学习学习。所以，当有一天他把这个想法告诉儿子张小山的时候，张小山说什么也不同意："你别想让我在家打铁锻刀。这事儿没得商量，一点门儿也没有！"用张小山的理论说，打铁锻刀有什么出息，咱们老张家从老一辈子就开始打铁锻刀你们富了吗？打了好几辈子刀还不都是一穷二白？我才不干，我要出去挣大钱，我才不会窝憋在这个小山村里打铁锻刀！就这样，在一个天还不明的早晨，张小山偷偷背着一个大尼龙袋子离开了这个叫作沧浪沟的小村庄。

张小山在城里也不容易，由于他没有读过几年书，大字不识几个，几年下来，什么脏活累活他都做过。拾过垃圾，扛过大包，送过外卖，还给人家当过货车司机，去饭店给人家当服务员，老板看他诚实老实，就让他跟着厨师打下手，就这样锻炼了好几年，最后，才做了厨师。

张小山在厨师这个岗位上一做就十好几年，可以说，他用过的刀不计其数，可最喜欢的是一种刀面上边刻着三条水纹的菜刀。这种刀，形状轻巧，握拿舒服，刀刃锋利，刀柄是那种暗红色的香椿木做成的。"还是人家做的这种刀好！"每次开始做饭以前，张小山都先拿着手中的刀好好欣赏一番。他的心里想着，我父亲如果也能够制造出这样一把好刀的话，我还用独自跑出来给别人打工为生吗？

这一年的腊月，张小山载着大包小包回家过年，除了给父母买了好吃好喝的外，他还特意给父亲买了一把他认为很好的那种刀，目的就是要让父亲好好看看人家的刀是怎么锻造出来的，这种刀才

入围佳作 **259**

是高端大气上档次。

到家以后，张小山拿出这把刀，对着父亲先把锻打这把刀的人大夸特夸了一顿，然后，才正式地对父亲说："你要好好看看人家打的这把刀，跟人家好好学学，几时等咱们家也能打出这样好的刀时，我就不在外面做了，回家来继承你的事业！"

父亲听完这话后眼睛不觉亮了一下，但他很快就低下了头，然后一声不响地走出门去，不一会儿，他就抱着一捆菜刀走了进来，"哗啦"一下都扔在地上，然后，弯下腰去摸起一把，拆开上面的包装纸，把刀递给有些懵懂的张小山。张小山接过来一看，发现这把菜刀与他从外地买来的菜刀一模一样，他扔下这把，再抓起地上的一把，只见上面也刻着三条水纹，他不敢相信似的一把一把把地上的刀都拆开来，才发现每一把刀上都刻有三条水纹。

父亲不紧不慢地对他说："你说话算话，这下你可以回家做我的事业了吧？"

原刊责任编辑　郭晓霞

【作者简介】郭敏，中国乡土诗人协会会员，山东省作家协会会员，沂南作家协会副主席。出版诗集《郭敏的诗》、散文集《花香满径》。

我要提个要求

李晓楠

柱子大名王铁柱。柱子躺在床上想心事。他几次想再去猪舍看看，可是由心门翻上来的惆怅，压得他翻不动身子。参军前在家放猪，当兵了还是放猪，压根就没摸过枪。在给家里的信中，他没敢说，怕火暴脾气的爹骂他没出息，当个兵还是猪倌。柱子明天就要离开部队，一直有件烦恼事压在心头。从接到离开部队的通知起，柱子就在心里想，一定要提个要求，不管是排长来还是班长来，自己一定要说出口。

床铺上靠着墙的是一拉溜的书，整整齐齐四十八本，那是排长送他的，书边都翻翘着，却没有一粒灰尘，除了照看猪，就是这四十八本书陪伴着他度过漫长的黑夜。起初，初中毕业的柱子哪看得懂呀，每次排长来都要抽查学习成果。起初柱子并不理会，放猪不丢猪也就行了，密密麻麻的字，我认识它，它也不理会我。排长那可不干，基本是一个月一次，后来亲自下了命令，每个月定出一定的阅读量，每次来还带来试卷，现场答卷，现场阅卷。答错的题，排长就耐心地讲，一次竟然讲到了深夜。柱子心里不舒服，排长这不是有病吗？《政治经济学》《管理学》这些书让柱子头疼。直到知道那次排长深夜回连部摔进了水沟里，断了腿，柱子才渐渐地化解了心头的怨气。工作之余，柱子总是偷跑到四十里地之外的书店买一些家畜养殖和防病的书，渐渐地，柱子喜欢上了读书。第二年，部队给养殖场配了图书架和二百多本的图书，这可让柱子乐开了花。这养殖场其实说白了就是四个当兵的养着五百头猪。其他的人等不到母猪怀胎五个月下崽就溜了。养殖场就在离连部四十里外的山坳里，每天臭烘烘的，谁愿意干这养猪的活？柱子每次想提出调离，前两天总是有人调走了，心里想，再等等吧，下次早说，就这样，柱子慢慢地习惯了，习惯的还有这里的环境和五百头猪。给家里寄照片，他都穿戴整齐，以大山为背景，满脸的微笑。家里回信说，当兵就是不一样，英姿飒爽，就是瘦了、黑了。看罢信，柱子都苦笑着将信整理好压在枕头底下。

想着想着，柱子眼睛不由地湿润了，翻过身思索着什么，每到阴雨天，他的腰就是天气预报，前一天腰隐隐的痛，第二天肯定阴天。那是令他刻骨难忘的一次，天像破了一道口子，雨水倾倒下来，平时乖乖听话的猪，受了惊吓，四处乱窜。虽然只有五十头猪和他出来放风，雨水、汗水拼命地往下淌，好不容易赶到了小路上，瓢泼的雨水打在脸上使人睁不开眼，柱子还是拼命地清点数目。少了一头，看着猪们顺着路往回跑，没有一头猪回头看他一眼，他放心地又折回去寻找那头丢了的猪。放猪的地方是一处浅滩，绿油油的野草早已经被浑浊的雨水淹没。突然，恍惚看见水中露出的一个猪头，他扑到水中，水流不急，他用身子顶着猪的屁股，慢慢地向岸边游。水不是很深,但呛了水的猪好像蒙了,乖乖地听他的话,这是柱子没有想到的。事情进行得好像非常顺利,就在接近浅滩露出的石头的时候,猪猛地甩动了身子,柱子没有提防,重重地摔倒在一旁的石头上,随之腰咔嚓一声。等他醒来时,那头猪就站在那里,好像犯了错似的,人畜同理,它也许知道是柱子救了它的命。柱子整个身子不能动弹,雨水铺天盖地的,突然远处传来战友的呼唤,那头猪伸长了肥嘟嘟的脖子,张开大嘴大吼,刺破雨幕,在山间回荡。柱子还是第一次听见比去屠宰场的哀嚎还响亮的猪叫声,就是那声猪叫,救了柱子。

窗外的雨声急促起来,柱子下意识地摸了摸自己的腰。四年部队生活锻炼了身体,也锻炼了意志。柱子不用看记事的本子,他如数家珍,排长口头表扬二十八次,班长口头表扬四十八次,每一次的事由和时间,清清楚楚记在本子上,记在心里。排长最庄重表扬的一次是奖励他连续四年没有让猪得瘟疫,为部队后勤保障做出了贡献。要离开了,柱子也很失落,最多的一次放猪二百一十二头,他站在前面,就像是指挥官,喊着口令,猪们向左又向右,转身当然是稀里哗啦的,但柱子心里敞亮,好像自己在带队伍。想着想着,柱子自己偷着乐了,想到这里仿佛才是自己四年当兵生活的最大乐趣。

排长是带着朝霞来的,远远地传来朗朗的笑声。柱子高兴不起来,合计一宿的话卡在喉里。"铁柱同志,就要离开部队了,还有什么要求吗?"排长谦和地说。柱子欲言又止,他忽然觉得,自己的要求提出来是不是显得自己没有觉悟了?"我是有……"排长笑着递过来三张纸,柱子接过来,顿时呆了,不敢相信自己的眼睛。分别是解放军学院的免试通知书、长虹畜牧集团的聘任书、三等功的嘉奖令。排长伸出双臂将铁柱紧紧地揽在怀里,眼里充盈着泪水,喃喃地说:"铁柱同志辛苦了,四年时间里养猪场来来走走五十六名战士,你是唯一一个坚守下来的。"柱子豆大的泪珠滴落在排长的肩头,排长为了自己用心良苦。忽然,他笑了,笑自己傻气,要提的要求庆幸没说,其实,他的要求就是想要一份纸质的表扬。

霞光万丈,雨后的青山被薄薄的轻雾笼罩着,仿佛泼墨山水画,柱子悄悄地走出画面,离开了工作四年的地方,总是不时地回头张望,却发现已是远方。

原刊责任编辑　张蕊

【作者简介】李晓楠,中国电力作家协会会员,天津市作家协会会员。曾在《短篇小说》《天津文学》《天津日报》等报刊发表作品一百多万字。

藏起来的爱

黄超鹏

坐了四个小时的长途，车子终于在高速休息区停了下来。我也有机会下去解手，顺便解决午餐。吃完一碗牛肉面，我坐在靠近路边的桌子上抽烟休息，等待司机重新开车。

突然，一个小孩不知从哪里跑了过来，猫着腰，一下子躲到我的桌子下，又时不时探出头来，用一双机灵的黑眼睛朝我后面张望。我正纳闷，就听到身后传来一阵急促的脚步声，有个粗重的声音，夹杂着喘气声，朝这边喊道："别躲了，都瞧见你啦。"

小孩忙低下头，刻意掩饰行踪，令我觉得十分好笑。

"浑小子，看我不打死你。"男人越走越近，骂道，"赶紧给老子出来。麻利儿地。"

孩子一听，脸上没有显出害怕的神色，似乎在思考些什么。男人可容不得他犹豫，三步并两步，走上前来，低身弯腰，想用蛮力把躲在下面的孩子拉出来。

"有话好好说,可别伤到孩子!"我见状出言劝阻。

男人有点睡眼蒙眬的样子,没有理会我,调转方向,一个弓步向前,想从侧方进攻。小孩也不傻,滴溜溜地转身,像个陀螺似的,灵活地移到右边,一点都不畏惧男人的大声责骂和恐吓。双方躲避进攻了几个回合,男人身材魁梧,也直喘气。

"你给老子出来,我不打你。"男人对孩子说道。

"说话算话,爸,动手打人是小狗。"孩子调皮地笑笑,从桌子下钻出来,不过他很聪明,防着一手,把我当成屏障,挡在两人中间。

原来是一家人,我终于明白他们的关系。

"把钥匙还给我。"男人伸出大手。

孩子小心地把钥匙递过来,带着些许不情愿。

"还给你就还给你。不过,我现在又尿急了,得多上次厕所。你再等会儿啊。"说完,小孩不等父亲答应,飞也似的朝厕所方向跑去。

男人急眼了,想要大骂,可没骂出口,眼睁睁地望着儿子的背影远去。接下来,他坐到我旁边的凳子上,掏出一根烟来,边抽边摇头,显得有点无奈。

"小孩子都这样,调皮,你可别气坏了。"我开玩笑地搭话。

"唉!你不知道。"男人使劲叹了口气,答道,"这小子,鬼点子可多了。一路上折腾得我够呛。坐在我后边,不是唱歌,就是要讲故事给我听,一会儿把手机音响调到最大,一会儿又扮导航给我指路,吵得不行。刚才进站加完油,他说肚子疼,要去上厕所,我便停在旁边等,等着等着我都迷迷糊糊睡着了,他都没回来。等我醒过来,发现半个小时过去啦,吓了我一跳,再一瞧,车上的钥匙不知道被谁拔掉了……给我急的,再一瞧那小子在下边直乐,我就知道肯定是他搞的鬼……"

真是个调皮的娃!我心想,边听边乐。从男人口中,我得知,他是个长途车司机,长年累月在路上跑,这次要送货进城,刚好儿子放假,就想着捎上孩子去亲戚家暂住两天。

一根烟快抽完了,孩子还没有回来。男人急了,嘴上又开始骂骂咧咧,甩掉烟头,向着厕所疾步走去。谁知男人前脚刚走,小孩不知从何处冒了出来,胸前还抱着两罐红色的能提神的功能饮料。

"叔叔,等下我爸回来,你跟他说我先回车那边了。"小孩礼貌地请我帮忙。

我点下头,看了下不远处的大货车,嘱咐道:"乖点,别惹你爸生气啦。"

"其实我是故意的!"孩子朝我挤了下眼,说,"他昨晚上跟人家打牌打了半夜,我怕他疲劳开车不安全,才一路上故意气他,让他保持清醒。"

我似乎有点明白,问道:"那么你故意在这里上厕所,还拿走车钥匙,也是为了让他多睡一会儿?"

孩子不好意思地点点头,腼腆地转身走开。

我笑了,望着这个比实际年龄要成熟许多的孩子,一步步走进阳光里。

原刊责任编辑　李素灵

【作者简介】黄超鹏,中国寓言文学研究会闪小说专业委员会理事,广东省小小说协会会员,天涯文学、网易云阅读签约作者。

如 意
黄丹丹

如意的名字源于一枚玉如意。

如意家,祖上也曾阔过。作为寿州孙家的表亲,如意听爷爷说起过,爷爷的爷爷曾阔过的往事。可惜,时间里的变革把那曾经的花团锦簇给揉旧了。如意家过得并不那么如意。尤其是,如意祖辈几代单传,传到这里,居然生出了如意这个女孩儿。

爷爷倒不特别介意如意是女孩儿这件事。他心肝宝贝似的疼她,到哪家吃饭都要捎着她,她打小就跟着爷爷被人家尊贵地给让到上座端坐着。

如意在爷爷的庇护下长大,成人,遇见良人,决定嫁了。

出嫁前,爷爷揣着一个脏兮兮的旧布囊进到如意的小屋。

不太亮堂的灯光下,如意把爷爷让在一张油漆斑驳的木头椅子上坐下。这椅子,还是如意刚上学那年,爷爷从单位搬回家的。一起搬回来的,还有一块大理石板,爷爷让人把大理石板搭在一张旧方桌上。这一桌一椅,成了如意的书桌椅,独属于她自己的。二十世纪八十年代初出生的孩子,有自己的一间小屋,有自己的书桌椅,甚至还有一只琉璃杆的台灯,如意算幸福的了。

爷爷的手抖抖嗦嗦地将那个布囊一层层揭开后,摊在掌心里的居然是一截黄色的小东西。

什么呀?爷爷示意如意伸过手来。如意伸手接住它,问道。

它是如意,玉如意。爷爷说。

玉不是白的吗?如意接过玉如意,怀疑地捏着它,不太珍重地把它在手掌里掂掂,轻飘飘地看了两眼说。

这是黄龙玉,也叫黄蜡石,在玉里头,它的硬度低,过去的老人,几乎不把它当作玉。所以,我们家里以前的那么些好东西,都毁了,只独独留下了它。只这一件老东西了,你好好收着,以后去了人家家里,爷爷护不了你的时候,让它护着你,保你如意。

爷爷的"如意"两字还没说完,嗓子就哽住了。

时下正流行铂金钻石。夫家买了一套金首饰给如意作订婚礼物。结婚的时候,如意佩戴的是通灵珠宝的一串钻石项链,她喜欢通灵的那句广告词——为下一代珍藏。

而那个被几代人传下来的,黄色的玉或石头如意,一直未见天日地躲在如意家的抽屉里。

一晃,很多年过去了。如意的儿子就快读中学了,小城早已发生了新旧城区的变迁。学校都迁到新城区了,为了儿子,如意打算处理掉老城的房子,选套新城区的学区房,方便儿子就学。

房子选好,买好,装修好,要搬家的时候,如意去看爷爷。

爷爷已经八十八岁了,米寿之年。但他还硬朗,每天还能喝两顿酒。那天如意去,他非要如意也陪他喝一盅。如意下午还要去五公里外的新城区新家看着人安装窗帘，需要开车，她就拒绝了。四个月大时，她就被爷爷拿筷头子蘸酒，培养酒量。这些年，只要回爷爷家吃饭，她就会陪爷爷喝杯酒。那天，她因为怕酒驾，就拒绝了爷爷。

安装好窗帘的新家，很像家了。如意拍了段小视频，准备发给爷爷看。爷爷有手机，有微信，微信就为了和他心爱的重外孙视频通话。人老了，心都在后人那里。

如意的小视频正在发送中，却被电话打断了。

姑姑说，快到医院吧。爷爷突然栽倒了，已经打了120。

那条没有发送成功的小视频在如意的微信上已经保留整整两年了。

爷爷的两周年忌日，如意佩戴着这枚黄色的玉如意，去履新。她被组织提拔了。

早上出门的时候，如意鼻子一酸。越来越如意的生活，爷爷却看不到了。

原刊责任编辑　魏振强

【作者简介】黄丹丹，女，鲁迅文学院安徽作家研修班学员。安徽省作协会员，寿县作协主席。发表作品百万字。有作品入选多种年度选本。

银 洋
陆涛声

江南小城毗陵有个姓汤的人，开了一爿小小的南北杂货铺子。他有个交情很深的老朋友，姓宋，在离城七八里的乡下种十亩水田，日子过得还算富裕，每逢上城来买点儿什么，总要到汤老板店里来坐坐聊聊天。汤老板也总要备一些小菜与他一道小酌两盅。老宋自酿了米酒，逢年过节总要给汤老板送上五斤十斤；汤老板到外地添货捎回上好的高粱烧，也总要给老宋留三两瓶。老宋早年曾走南闯北到过大半个中国，很有些见识。汤老板遇到什么疑难事，总要找老宋商量。

汤老板开了十年杂货店，段祺瑞当民国总统时，年终结算，积攒了三百块银洋，想用这笔钱做市面大些的生意，究竟做什么好，拿不定主张。新年正月初五，老宋来拜年，汤老板想与老宋私下商议，特地在房内四仙台上备下小菜两人对酌。喝酒时，汤老板就向老朋友吐了心事，还兴冲冲地从枕头下取出用布卷着的银洋让老朋友也过眼。

老宋停杯凝望着银洋愣了好一会儿，说："当年'长毛造反'，江南被烧了不少屋，如今砌房造屋的人家逐渐多起来，需要用木材的多了，你这后门处就是城河，可以放木排，不妨到江西山里进一批木头开一家木行。这生意大进大出，赚钱快，又没有风险。"汤老板觉得是好主意，当即说："过几天就到江西山里去买。"

老宋却又叫他莫慌，到江西去批货，路途遥远，这季节砍伐下的木头还都堆在山里，用人力往外运很麻烦，花用又大。不如等两三个月，雨季发水时，他们那边就会有大批木排顺山涧水流放出山，从河道撑运过来，沿河在各城镇兜售，经过我们这里。到时只要多留心河道里过的木排，就地收买，既方便成本也低。

汤老板又佩服又感激，收起三百块银圆放到枕头下，陪着老宋一杯又一杯喝了个痛快。一瓶酒不够，汤老板又出去到货橱里拿了一瓶。

眼睛一眨，三个多月过去了，果真有一批江西木排经过毗陵城河。汤老板和木材商谈妥交易，便到枕头底下去取那三百块银圆。哪知晓，翻遍床上床下，一卷银圆竟不翼而飞了！十年积蓄，一下丢失，怎么了得！

汤老板一时急得浑身冷汗直冒。想来想去，这钱除了妻子只有老宋一人知道。记得那天把银圆摊在台上时，老宋一直盯着发愣。他又想起他把银圆放在枕头下时，老宋也看见的。他还想起，那天他出去添第二瓶酒时，姓宋的曾一个人留在房里的。汤老板想去报官，怎奈无据无凭。他便先叫木材商等两天，然后备了点酒菜，连夜赶到乡下，把老宋请来。三杯酒过后，他客客气气地说："哎，宋兄，我枕头底下的三百块银圆，是你借去用的吧？"

老宋一脸愕然:"银圆?"

"嘿嘿,你当时……你当时可能跟我说了的,都怪我酒喝多了,记不清了。"

老宋愣愣地望着他,一言不发,嘴唇一直微微动着似在品酒。

汤老板又皱起眉头,苦苦哀求道:"老兄啊,你知道,我苦了十年,才积下那么点儿钱。刚才找不到,急得我正想投河、上吊,想到是你老兄借的,才稍微放心。只是眼下与木材商谈好了交易,正等这笔钱用……"

老宋紧皱眉头连喝了几口酒,突然笑着说:"老弟别急,三百块银圆……既然你有急用,我后天一早一定送来。"

果然,第三天老宋送来了三百块银圆。

汤老板买下几排木头,木行开张,生意兴隆,当年就赚了一大笔钱。自从有了三百块银圆的纠缠,他再也看不起老宋。老宋也不再露面。

汤记木行,越开越兴旺。三年之后,便着手扩大店面和改善住宅。拆除旧屋撬起地板时,汤老板突然发现地板下有个布卷,解开一看,三百块银圆一块不缺。原来房里的地板年久失修,床头下靠墙有一条三指宽的裂口。显然是他当时放的银圆,不知何时从床头落下掉了进去,而且滚到了另一块地板下。

汤老板醒悟到自己冤枉了好朋友,想想自己这几年生意发达,本是靠老宋指点,而且是用了老宋的本钱,万分愧疚,准备诚诚恳恳赔罪还钱。

汤老板带上三百块银圆,匆匆来到老宋住的村上,大吃一惊:三年前,老宋为凑足三百块银圆给他应急,除了倾一生积累,竟还卖掉了三间堂屋和十亩上好的水田,如今住着简陋的茅草屋,只种

入围佳作　273

三亩薄田，生活十分清苦，人也苍老得多了。汤老板望着老朋友，悔恨不已，不由落泪，双膝一屈跪下，捧上银圆说："老兄，我害苦了你，我真该死！这三百块钱你收下，我还要加倍还你，还要……"

老宋连忙和蔼地把他搀起："老弟不必这样。三百五百块钱，与你我之间交情相比又算得了啥？别再提它。我有三年不到你家喝酒了，走，上你家喝几杯。"

汤老板心里更加难受：是啊，真诚的情谊和信任，哪是三百五百块银洋能买得到的！

原刊责任编辑　王彦艳

【作者简介】陆涛声，中国作家协会会员，早年从事美术创作，20世纪70年代末起发表小说、散文、评论，短篇小说《再见千岛湖》选入高校语文教材。

悦见山

许 仙

柏君的骨灰就藏在儿子松子的双肩包里。我带他们乘火车去八百里外的浙东南山区。那是柏君的老家,也是我的老家,但我们不同镇。这是今年春天的事。柏君在遗嘱里说,这是他唯一的心愿。我没有理由不帮他实现,尽管我们离异十年,但他毕竟是我前夫、松子的父亲。

去浙东南山区的,仍旧是绿皮火车。午后我们抵达县城,在街上匆匆吃了碗面,赶汽车进山,九曲十八弯,回到悦见山下林家漾村时,已近傍晚。山里原本暗得早,淅淅沥沥的小雨,又平添了几分忧愁。松子的爷爷奶奶早就在村口候了半天,见到孙子,他奶奶直抹老眼。他爷爷默默地抢过行李,沉重地走在前面。家里准备了丰盛的晚餐,但谁也没有胃口。松子十五岁了,已经懂事。他爷爷让我们早点歇着,说明天要起早上悦见山。

是夜,隔壁呜呜咽咽,如泣如诉,我也整宿不能入眠。

第二天天蒙蒙亮，我们吃了点热的，就出门。他爷爷带路，我和松子在中间，他奶奶断后。我们哑巴似的绕过神奇的林家漾，找到小路上山。林家漾是山脚下一个不大的水潭，为何叫"漾"，不得而知。据说村里早年失踪的人，都是跳进漾里不见的。我们跟着他爷爷在白雾裹腰的山上绕来绕去，原始森林难走，头上的树叶冷不丁就浇下一阵小雨。走了个把时辰，松子累了，问我在找什么？我说在找你爸的树。

"我爸的树？"松子不解地问。

我说："你爸灵魂所寄居的那棵树。"

"迷信！"松子嘴巴一噘，一脸真理化身的表情，很可爱。

无论性格、神情，还是说话口气，松子都像他父亲。我告诉他，山下那些村里人都相信人是有灵魂的。这是种信仰。他们相信在出生前，他们的灵魂就寄居在山上的某棵树上。你有你的灵魂树，他有他的灵魂树。所以他们稍微长大点，就会年年上山来找自己的灵魂树。松子双眼清冽地望着我："我爸找到吗？"

"找啦，"我说，"他八岁那年找到的。"

"他是怎么找到的？"

柏君是个诗人，他应该出生在唐朝，而不是当下。虽说他是写现代诗的，但和贾岛一样属于苦吟派诗人，一天能熬制一句诗（而不是一首诗）就狂喜不已。我和他是在省城相识的，因为是老乡，非常谈得来，就谈进了婚姻。当时他在市公交公司当司机，开车时经常灵魂出窍，跑去找诗了。出过几次事故后，就被降为修理员。当修理员他也绝不称职，常常丢三落四，四颗螺帽只拧上三颗是常有的事。最后，他就拎着水桶和拖布，沿着国道去清洗一路上的站牌。即使如此，他对诗的狂热依旧不减丝毫。某天吟得一句"夕颜耽于殉道,耽于攀缘",或"今夜,所有的故事都微张着眼",他就能狂妄到发疯,跟我滔滔不绝。过去,我敬重他,但诗当不得饭吃、当不得衣穿,有了松子后,被生活所逼,我不得不带着儿子离开了他。不然,我们都要被他毁了。他一天抽两包烟,饮酒无度,购书成癖,家里连生活费都没了,我们还得掐住脖子供他的诗。他不食人间烟火,可我们得食呀。我说了多少年,我跟他说首先得生活,然后才是诗。但他不听,他说让他放弃诗,不如死了来得痛快。

我是不懂什么叫诗,吟到一句"大地有时也不在地上"这样的诗句有意思吗?我带松子离开后,柏君依旧故我,贫困潦倒,颓废消沉。今年春天病故时,他只给松子留下半箱·每张白纸上只写了一句诗的零散的诗稿。他在生前尚未用这些碎片拼凑成一首完整的诗。我把半箱诗稿收藏了,等松子再大些,他上大学时再交给他。

终于找到了。那是株苍劲奇特的老栎树,冠如华盖。松子的爷爷和奶奶在树下摆上供品,焚香点烛,施酒,祭典山神和树神。松子突然叫:"那儿有个人。"我问哪儿,他手指着上坡道:"那棵树下。"可是没有人呀。他爷爷问是怎么个人,松子说老人。他爷爷说柏君八岁那年,就是在这株树下遇到成年的自己。他还说,在自己的灵魂树前,童年的你会遇到年老的你,年老的你也会遇到童年的你,因为灵魂是永恒的。我听得头皮发麻,浑身起鸡皮疙瘩。

我们将柏君的骨灰撒在老栎树的根部。

我们双手合十,默默祈祷,愿他的灵魂在此安生。

当我们离开时,他爷爷带我们去找松子刚才见到过人影的那株树,距离老栎树不远,隔了数株大树。那是株高大的三角枫,孤傲而从容。松子拍拍粗糙的树干说:"老人站在这儿,还冲我笑呢,忽然就不见了。"他爷爷说:"那是将来的你。"又郑重其事地说,"这是你的树,你的灵魂树。"松子不信,问他爷爷:"怎么才能证明是我的呢?"

他爷爷从三角枫树上剥下一块手掌大的老树皮,让松子带回去。他爷爷说:"你把泪水滴到它身上,久而久之,它就会在黑夜里开出雪白的花朵。那是食泪花。只有自己灵魂树的树皮,用自己的眼泪浇灌才会开花,你懂了吗?"他爷爷又说,"你父亲也有过一块。"

"是吗?"松子将信将疑,双手紧紧地握住它。

返回省城后,那块老枫树皮就成了松子的宝贝疙瘩,他喂以泪水,天天问我啥时候开花。那段时间我忙于把半箱诗稿整理到电脑上,读着这些诗句,我常常落泪,想到悦见山,想到柏君。我对松子说:"那天悦见山上本无风,但我们听到树林的风声,知道为什么吗?因为风生在树的心里。"松子一愣,夸我挺有哲学头脑的。我说:"这是你爸说的。"

原刊责任编辑　王彦艳

【作者简介】许仙,中国作家协会会员。在《十月》《小说选刊》《中华文学选刊》等刊发表作品五百万字。有作品入选年度选本及排行榜。

奶奶的火车梦

刘林波

那时,他还是嘴边刚长出毛茸茸胡子的愣头小伙子;她还是八月苹果一样未成熟的青涩少女。

一个初夏的下午,社员们把晒好的小麦刚入了囤,光坦的晒麦场就像刚烙完饼的平底锅,散发出热乎乎的香气。别急,好戏即将开始,社员们你一团我一伙地聚在晒麦场周围的麦秸垛下休息,有人耐不住了喊:"开火车了!"

一辆、两辆、三辆……汉子们把干活用的平板车连在一起,捆好,拼成了"火车",分成五六个小组进行开火车比赛。说是开,其实是推,"火车"上横七竖八坐满了人,他们嘴里齐发着"呜呜"声,参赛者便撅起屁股,从后边拼命地推着车子跑。他们谁也不服输,谁"开"得快,到达目的地所用的时间最短,谁便是冠军。

那天的冠军是他,他成了众人眼里的大力士,"乘客"们合力将他抛了起来。被抛向空中的时候,他无意中瞅了坐在麦秸上的她一眼，正在纳鞋底的她也刚好向他投来羡慕的目光。

闹够了，他特意走过去问她："你咋不来坐'火车'呢？"

她害羞地低下头，轻声嘟囔："要坐就坐真的，假的就是假的。"她和众多的乡亲一样，只是在电影里见过火车，火车站还在山外很远的市里，首先得坐一个多小时驴车到乡里，接着从乡里坐一天仅一班的客车到县里，再由县里转车到市里，总有一百多公里的路，而她最远才到过乡里。

"假的都坐上了，离真的还会远吗？"他开导她。

"是吗？"

"肯定啦。"他做了一个请的姿势后，很大声地说，"下面，请美丽的蛾子姑娘坐专列。"几个爱凑热闹的女人一哄而上，不管蛾子愿不愿意，就将她抬上了车子。在众人的狂叫声中，蛾子的"专列"启动了，他铆足劲儿一边推着车子跑，一边问道："好玩意，刺激吗？"

"感觉一点都不美，太慢了。"她给他一个坏笑。

"火车到哪里了？"

"到上海了。"

"下一站到哪里？"

"北京。"

"北京啥时候到？"

"早着哩。"

"让我停下缓口气。"

"偷懒是孬种，我是指挥官，我说啥时候到就啥时候到，不到站不准停，快啊！"她看着他狗一样喘着气，满身的汗水往下淌，幸福地笑了。

夕阳西下，橘色的阳光染红了她青春的脸，温柔了他和她的距离。

这是我爷爷和奶奶的初恋故事。爷爷告诉我，奶奶是带着"火车梦"嫁给他的。奶奶在订婚时就对他说，你一定要陪我美美地坐回火车。爷爷发誓，等结了婚，手头有了钱一定去。

我好奇地问道，奶奶的梦圆了吗？

爷爷说，婚后的头一年，秋收农闲，钱袋子也鼓了，他决定带奶奶坐火车上北京玩，她兴奋得一夜没合眼。可是，早上临出门的时候，她忽然觉得身子不舒服，一直呕，只好去了村卫生站，幸好那医生会把脉，一看是喜脉，北京是去不成了，但他们心里乐。他故意挑逗她说："快走，晚了就赶不上火车了。"她用拳头直擂他的胸口。

有了孩子缠身，奶奶再也未提坐火车的事，爷爷以为她早忘记了。后来，为了生计，爷爷去了省城打工，奶奶不但没有离别的难受，反而很高兴，每次来信都是先问"火车"方面的事，问得十分详细，他便来信说，趁孩子放假你娘俩赶快来。她来信却说，你是真傻假傻，我一走，家里的牛、猪、鸡谁来喂？田谁来管？家里的房子旧了，过两年还要翻新，咱可不能乱花钱啊。

她说的是实情，两个孩子在一天天长大，他们上学、盖房、娶媳妇、生孩子，一件件事儿接踵而至，结果她熬成了四个孙子的奶奶，又要每日照看他们，还是忙，她怎能有闲钱有空闲时间？

我小的时候，一次饭桌上，爷爷对我爸爸说："你妈还没坐过火车，有空……"爷爷话还没完，奶奶立马大怒，拍着桌子呵斥："你老糊涂了，火车谁没坐过？我年轻时北京上海哪儿没逛过？"我们都不敢接茬。晚上，我听到奶奶在屋里教训爷爷："孩子过日子容易吗,别给他们添麻烦好不好?"

后来的后来,我在省城上班了。第一次领了工资,我匆匆回到家,准备接爷爷奶奶去一趟省城,圆奶奶的火车梦。

到了村口,我远远地看到田间的小路上有一对熟悉的身影——爷爷佝偻着身子,一摇一晃地推着一辆平板车前行,车上坐着我的奶奶,一副很陶醉的样子。

爷爷时不时地嘶哑嗓子喊:"坐火车美吗?"

奶奶说:"你老开着就美。"

"下一站是哪里?"

"上海。"

我躲在村道边的一棵柳树下,看了半个多小时才现身,爷爷奶奶看到我的时候,满是皱纹的脸上泛起了红晕……

原刊责任编辑　张琳

【作者简介】刘林波,山西运城人,客居东莞,中国微型小说学会会员,在各级文学报刊发表文章百余篇。

涵元阁

岑燮钧

舜江府有个著名的涵元阁,旧主据说是前清的一个大员。少爷是个书痴,收罗了不少海内孤本。暮年,少爷膝下荒凉,曾不止一次对仆人谢玉良说:

"不知涵元阁会落在谁手?倘也是个爱书的,我也放心了。"

"老爷,你放心,有我在一天,就不会让涵元阁丢失一本书。"

少爷曾跟着一个高人,学会了古书修复。谢玉良是书童,自然也懂七八分。少爷过世后,涵元阁捐给了舜江大学的图书馆,他就成了古籍部的修书匠。他有一手当年跟着少爷混的绝技——借尸还魂法,能把整个旧书纸更换,让原来的墨迹附着在新的纸张上。这一技法,江湖罕见。眼见得谢玉良也渐渐老去,就让他带了一个徒弟——龙志安。

龙志安是个年轻人,学古典文献的。修古书是一件精细活,须坐得冷板凳。拆线,清洗书页,处理虫眼和书病,替换册页,重新装订，那可不是一件简单的事，一天糊不了几页。尤其是借尸还魂的技法，那可是秘密，不轻易传人。入了这个行，就得守着这个活。龙志安虽不敢怠慢，却也没多少热情。

谢玉良闲了时，就给龙志安讲当年的事。"我是答应了老爷的，他守一辈子，我也守一辈子。"谢玉良像义仆一般，忠心耿耿，仿佛这藏书楼就是他的旧主一般。

可惜，形势逼人。日本人攻下了上海，舜江府也危在旦夕。舜江大学西迁，搬走了涵元阁的一半藏书——车马颠簸，已不能再多带了。

"师傅，你跟我们一起走吧。"

"我老了，跟不了你们年轻人了。这半楼藏书，耗费了我老爷的一世心血，宋元孤本，尽在其中，你要好生看管，剩下的，我守着。"

"师傅，你要好好的，等我们回来！"龙志安眼睛红了。

龙志安一走，谢玉良有好一阵失魂落魄。剩下的半楼藏书，虽不是珍本，却也是燕子衔泥，好不容易收集拢来。他记得很清楚，有一回，太阳下山，老爷还没回门。他一路寻过去，在舜江桥下，只见老爷坐在石阶上，守着一地的旧书，不知所措。原来，书太重，他用手杖扛在肩上，谁知下桥时，一颠一颠，咔嚓一声，手杖折了，书散了一地。

日本人进城的那一夜，谢玉良住在涵元阁。他提着一盏马灯，前前后后仔细查看。他听到了外面的兵荒马乱，把灯芯旋得只剩一点点，一灯如豆，却又不绝如缕。他上楼下楼，坐立不安。过了会儿，他听到了外面日本兵一队队经过，感觉楼都在震动，那靴子仿佛就踏在古书上一般。

终于有一天,一个日本人进入了涵元阁,身后跟着两个侍卫,还有一个翻译。翻译官说,太君想上楼参观参观这江南著名的涵元阁。谢玉良说,涵元阁除了一堆破书,又没什么好看的。

"破书?我就是要看破书!"日本人说着半生不熟的汉语。

"把书柜都打开!"翻译撂下一句话。谢玉良徘徊不前,侍卫厉声喝道:"打开!"谢玉良没法,他只得一一打开。"下去!"日本人把他赶走了。

谢玉良弓着背,在楼下坐也不是站也不是。他迟钝的耳朵变得特别灵敏,上面的些微声响都牵动着他的心。他几乎说得出每一个书柜里的书的来历,其中最东边一柜的最上层的一套书,少爷第一次用"借尸还魂"法把书病严重的册页替换掉。看着旧墨迹重新附着在新书页上,少爷说有了这门绝技,古书可以不朽了。前几日,谢玉良检视书柜,发现这一套书竟然没有"西迁",让他心头一沉。

日本人走下楼来,捧着一函旧书。谢玉良眼睛直了,他伸出手去,想把那函书夺回来,侍卫把他挡住了,他喊:"书不下楼——不能拿走啊!"这一说,仿佛是提醒了日本人:"你的,知道,孤本在哪里?"谢玉良装糊涂道:"我只是个管门的,什么孤本不孤本?"谢玉良意欲再上去拦回时,侍卫一把把他推倒了。

第二天,涵元阁门口的牌子换成了"东亚文化联谊处",日本兵已经站上了岗。

谢玉良再也不能进入涵元阁。他撑着手杖,绕着涵元阁一圈圈地走。涵元阁虽不高,却仿佛是九层高台一般。他几乎每天都要沿着涵元阁外边的小路,绕着往里看,走近了看,站在高处看,透过花墙看,或者远远地看。他看见涵元阁旁的银杏树,一天一天变黄,叶子一天少似一天,终于变成孤零零的一株。他又看着它慢慢返青,长出新叶。他就这样一圈一圈绕着涵元阁,日本兵换了一茬又一茬,有时诧异地看看他,有时又习以为常。他的背越来越驼,他的痰越来越多。他总是对着对面的药膏旗不住地咳嗽,对着"东亚文化联谊处",一次又一次吐痰,却总是吐不干净,如骨鲠在喉一般。

他终于病倒了,时好时坏。他梦见路上鼓乐喧天——龙志安回来了。

那一天,他发着低热,真的看见了一个瘦削的男子,握住了他的手:"师傅,我回来了!"他愣愣地看了半天,两行浊泪流了下来。半晌,他的精神好了些,就让龙志安扶着,去看了四年多没有进去的涵元阁。他抚摸着楼梯,一步一步撑上去。涵元阁已打扫一新,只是珍本尚未归位。他翻到一本很破的古书,对龙志安说:

"你'借尸还魂'一下吧。"

走时,他回头看了看那株银杏树,金黄的叶子三三两两地悠然飘下。

五更时分,谢玉良死了。他双目紧闭,似乎没什么痛苦。

龙志安哭着赶来,把那本刚刚替换好册页的古书放在他的胸口。

原刊责任编辑 于双慧

【作者简介】岑燮钧,浙江慈溪人。浙江省作家协会会员。现致力于短小说创作,在《小说选刊》《小说月刊》《四川文学》等杂志多有发表。

亿年之约

罗光成

这里要变成野生扬子鳄自然保护区了。

村子处在核心区。所有村民都要外迁。目的是让扬子鳄不受惊扰舒舒服服安安全全自自在在。

消息传来,池塘里的水像平日一样平静,可村民们不平静了。

凭什么人要给动物让地方?它比我们人还重要吗?有村民质问。

我家祖宗八代就来这里定居了,族谱里写得明明白白,叫我们世代不离,不信到我家翻族谱看去,反正我不拆,我不走!有村民犯犟。

这个鬼扬子鳄,真恨不能抓上来宰吃了——一边是部分群众抵触犯犟,一边是上面三天两头督办问责,基层办事人员两头受气急火攻心,当着群众面,苦口婆心笑脸劝迁,背地也是"别有幽愁暗恨生"。

四十年前。

还是大集体,还是生产队,还是人民公社。

早起的李长生到屋后水塘挑水。一担水挑回倒进水缸，回头再去池塘，忽听水塘扑啦啦一片惊响。刚才还在水中惬意嬉耍的生产队鸭群，伸长颈脖狼狈四窜，平日嘎嘎的欢叫，像被谁捏住脖子堵在了肚里，看上去就像无声电影。

李长生一惊。鸭群慢慢稍定下来，渐渐吐出的"嘎嘎"掺和着余悸未消的惊恐。巡视鸭群哀怨恐惧的目光，李长生发现，五十只鸭子，怎么数也只剩了四十九只。

莫不是眼花了吗？

扑啦啦！就在李长生疑惑之间，鸭群再次魄飞魂散扑翅落荒。李长生这下看清了——一张硕大的锯齿黑嘴，箭一般从水下向天伸张，又一只大麻鸭，还没明白怎么回事，就被铁齿大黑嘴夹住沉入水底。

土龙，土龙，土龙来了！

土龙在村里的出现，引起了一片恐慌。

池塘里的鸭子，依然隔三岔五，消失一只两只。

有小孩调皮吵闹不听话，大人烦了，就说，再不听话，土龙来了。小孩立即噤若寒蝉。

怎么办？村里分成了两派意见。一是鹰派，以村东胡石匠为代表。主张立即围捕，不留死角，赶尽杀绝，以绝后患；一是和派，以李长生和黄卫东为代表。黄卫东是上海下放知青，住在李长生家，父母都是大学生物老师。和派认为，不能伤害土龙，应与土龙和平共处。黄卫东说，土龙是俗名，学名叫鳄，是珍稀动物，应该保护。

放任不管，吃鸭子事小，到时要是伤了人，哪个负责？秋后收获的晒场上，鹰派向和派首先发问。

李长生没读过书，讲不出什么理论，只是从内心本能觉得不该伤害土龙。黄卫东说：鳄在地球上生存上亿年了，比我们人来到这个地球不知要早多少年。鳄性情温和，只要不故意惹它，它一般是不会主动攻击人的。

我们可以不故意惹它，但你能保证大人小孩在塘里洗澡不被土龙咬伤吃掉？鹰派的发问隐藏着恐惧。

唉，这也是天意哟，土龙这里不跑，那里不去，怎么偏偏就来我们村里，说不定就是看我们村里人德行好，有善心哦，咳咳。九十岁的刘奶奶，一手拄着葛藤拐杖，一手打住自己的胸口：都不要争了，过段日子看看再说吧，咳咳。

在鹰派与和派时而平息时而又起的争论中，四十多年流水一样过去。知青黄卫东回城了，刘奶奶走了，生产队解体了，李长生年近耄耋了……土龙在村里一波三折生息下来了。

蓝天保卫战！碧水保卫战！净土保卫战！一场前所未有的环境保护战役，在九百六十万平方公里大地上同步打响。

村民们逐渐知道，土龙不只是下放知青黄卫东说的鳄，而且是大名鼎鼎的扬子鳄。环保的人一次次来村里，发宣传单，放宣传片，说扬子鳄是研究地球的活化石，再不保护就要灭种了。又说，全世界这样野生种群只有两三百条，你们一个村就有四五十条，这几十年，你们村真是为人类自然保护事业做了一件天大的善事啊！

受到表扬的村民们，心里自然涌起一丝安慰，还有一些自豪。但对自己搬迁，还是不能完全想通。

最最想不通的，就是村东的胡老石匠。想不通的老石匠，就着几粒花生米，闷在家里喝闷酒。喝着喝着就抬头闭眼念叨起来：老祖宗喂老祖宗，你当年来到这里开荒立业，叫我们世代不离，现在要把场子让给土龙了，你说怎么办哦？这里是我的根哦，我舍不得走咧！老石匠拳头擂桌，闭眼皱眉，摇头鼓腮，痛不能已。

老祖宗没有回应。老石匠抓起电话，拨通上大学的儿子。

儿子说，这还用问，搬呗，肯定搬！人类环保问题已严重到什么程度了，爸你不知道，再不保护环境，继续破坏生态的话，人类最终也会被自己逼得走投无路了。我今天刚看了《流浪地球》，到那时，人类说不定真的要被迫流浪了……

初夏的朝阳，洒在村庄，洒在田野。

一辆辆装载家具的货车，在村道上迤逦而行。

前面的车辆忽然停下，车上的村民也跳下，望向路边不远的池塘。

池塘埂上，四十多条土龙，魔幻般一字排开，一改往日慵懒趴伏、半睡半醒的模样，昂头摆尾，眼睛映射着朝阳的辉芒。有一颗两颗晶亮的露珠，正从土龙的眼睛里滚落。"嗵——""呜呜——"村民们从没见过土龙这种阵势，从没听过土龙这么震撼人心的集体呼吼。"嗵——""呜呜——"的呼吼，透泄出大自然的密码，让村民心灵瞬间破译：是感激，是感恩，是不舍，是再见……

村民们震惊无语，向着土龙挥手，又深深地弓下腰去，让自己眼里滚落的露珠，借助初夏朝阳的金丝，与土龙眼里滚落的露珠，电接相映，念念相惜。村民们重新上车，摁响汽笛。汽笛在初夏的晨风里，与土龙的呼吼，被朝阳搅融渲染成壮烈而空阔的情绪，在村子的上空，在村民们的心头，惊雷般滚过，清泉般润流。

原刊责任编辑　魏振强

【作者简介】罗光成，中国作家协会会员、安徽省作家协会理事、安徽省报告文学学会副会长。在《人民文学》等期刊发表文学作品数百篇。

借与不借

黄大刚

自从老婆桂花卧病在床,每学期开学前,老科都要借钱给女儿交学费,老科平时的工资都进了老婆的药罐和用来对付女儿的生活费。女儿今年大三了,再熬一年就毕业,不用花家里的钱不说,还可以干活挣钱。

老科在头脑里把关系近点的人梳了一遍,他决定向老张开口。老张和老科同一批进单位,就他们两个人。那时候都年轻,刚从学校毕业,都人生地不熟的,老科和老张自然走得近些,一起上下班,同住一个出租屋,喝老爸茶或有了小酒,都相互唤一声。

"老张,你看眨眼快要开学了,我的情况你也知道,小琴学费还没着落,能不能借五千块应应急,小琴一毕业,马上还。"

"好呀,老科,你说什么时候拿?"老张应得很爽快。

老科这下放心了,他想,离开学还有二十来天,到发工资再张口吧,谁家都是领那点工资过日子。

工资还没发，老科却领到了一千块钱奖金。老科的岗室报送的一篇调研报告在单位组织的评比中得了一等奖，奖金是奖给岗室的，但岗长考虑到调研报告是老科执笔写的，他的家庭也困难，便决定把奖金给老科。

老张心里一百个不乐意，当初，岗长曾叫老张执笔写，老张嫌辛苦，找了个借口推了，没想到，评比结果还有奖金。老张怪自己当初没弄清楚就推了，要是自己写，说不定奖金就是他的了，老张觉得便宜老科了。

老张提议，拿这奖金咱们岗室撮一顿，庆祝庆祝。岗室人不多，就五个人，岗长、老张、老科，还有两个女的，一个年近中年，一个小姑娘。老张的提议得到了热烈的响应。

老科也很高兴，抖着装奖金的信封，问去哪好呢？岗长把奖金交给他，他推来推去的，岗长简直是硬把奖金塞到了他的口袋里，他还要推让，岗长翻了脸，骂了几句，老科才讪讪地把奖金收下了。老张在一旁看老科和岗长推让的样子，心里如打翻了醋瓶。

岗长定了个大排档，到海边买了些刚捕捞回来的海鲜加工，大伙儿吃得高兴，喝得开心，老科直叫人加菜，想把这奖金花光。可结账时，岗长抢先了一步，岗长说，这次调研，也有经费，就当集体调研吧。

饭吃了，奖金还好好的，老科心里不安，那奖金像烙铁烫得他难受，他把心事跟老张说了，老张脸上不动声色，心里却暗骂："这老科，看不出来，得了便宜还卖乖，赶在我面前显耀起来了，这人真是假得恶心。"

终于发工资了，老科又提借钱的事，老张面露难色："老科，你提慢了，有个亲戚住院，急着救命，不能不借啊，现在手头没钱了。"

"我不是早跟你说了……"老科忍不住憋出了一句。

"是呀,可我寻思,你不是还有奖金,可以垫垫,不需要了,所以我就答应了。"

"那奖金……"老科欲言又止,无奈地转身离去。

看老科垂头丧气的样子,老张有一股出了口气的快感。

县里开展金秋助学,岗室收到一张捐款证书,岗室捐了一千块,开始大家莫名其妙,后来都猜到了,老科把奖金捐了出去。

"老科,你怎么能这样?"岗长嗔怪。

"这奖金本来就是大家的嘛。"老科认真应道。

"不行,这钱补给你。"

"岗长,别折腾我了,这钱揣在口袋里,我心里不安呀。"老科一副求饶的样子。

"这老科……"岗长摇了摇头。

老张也想不到,老科还四处借钱呢,怎么把到手的奖金给捐了呢?老张突然觉得前两天不借钱给老科,有点过意不去,原先说得好好的,却变了卦,和老科还同一批进机关呢,老张觉得自己心眼有点小。

老张做好了准备,只要老科再向他开口,无论借多少,立马掏出来,要是凑不够数,向别人借,也要把钱借给老科。可老科的女儿上学了,老科也没有再向老张张口。

老科因以岗室名义捐款,推荐先进时,成了不二人选。老张心里一紧,"老科简直就是拿公家的钱往自个儿脸上贴金,哼,这种人也借钱给他?做梦。"

一年后,老科的老婆花光了家里的积蓄,留下一屁股债,撇下老科走了,老张心生同情,觉得老科太凄苦了,"要是老科来借钱,我立马就给。"

又过了几年,老科重新娶了个老婆,不但年轻,看着也养眼。

"这老科,艳福不浅,还四处借钱来筹办婚礼,要是向我开口,没门。"老张又来火了。

原刊责任编辑　孟东

【作者简介】黄大刚,海南省作家协会会员,作品散见《小说选刊》《小说月刊》《小小说选刊》《微型小说选刊》等,部分作品入选年度选本。

我一定帮你

谢昕梅

老赵和老卢都身居公司高职,一个为人正直,一个左右逢源。曾经还是一同扛过枪的战友,不知什么原因,俩人后来竟闹得不可开交。

在一次董事会上,老赵提名让小王和小韩进入中层,可老卢却极力反对,说小王太嫩需要再锻炼,小韩嘴拙还需要好好培养。而他自己推荐小姜和小张,说她们两个年轻漂亮,一旦加入中层,对公司的对外协调肯定大有好处。老赵却又有不同看法,他说小姜进公司时间太短,没有任何业绩,而小张因为作风问题,曾被派出所传去谈过话。会上双方各执己见,争得面红耳赤。董事长轻蔑地瞟了老赵一眼,就头也不回地走了。结果,第二天公布的中层名单上,只有小姜和小张,却没有小王和小韩。

如此事件发生了三次,老赵在公司声誉大跌,职工们私底下议论纷纷,都把老赵看成了"撂货"。老赵也在反思,如何化解当前危机……

又一次董事会,老卢提议让小姜进入公司领导层,专门负责对外接待……没等老卢说完,老赵就抢着发表意见,他说小姜人机灵会办事,品行又好,特别是外交能力,无人可及。老卢一听老赵连声夸小姜,浑身不舒服,赶紧又连连摇头。可想而知,小姜提拔一事因此搁浅了。

小马来找老赵,想请他帮个忙。老赵觉得小马人不错,也明白他的意思,就一口答应了。

年终最后一次董事会,老卢提出让小马和小许加入领导层,想不到老赵又跳了出来,说小马年轻气盛,缺乏群众基础,口碑差,不适合。老卢不但不气,反而眉开眼笑。

结果公布,小马赫然在列,老赵偷偷地笑了。

原刊责任编辑　蓝月

【作者简介】谢昕梅,中国微型小说协会会员,江苏闪小说委员会副会长,江苏省作家协会会员,《海外文摘》签约作家。作品多次获得各类奖项。

老照片

蒋先平

中午下班刚进家门，老杨就兴冲冲地跟媳妇说，告诉你一个好消息，俺们单位的老于终于调走了。

也难怪老杨高兴，自打老于到局里当一把手后，老杨这个任劳任怨的老实人就是干活的命，科里前后四五任科长，退休的退休，转岗的转岗，可老杨仍旧是个干活的科员。老杨知道，一把手老于喜欢吃吃喝喝，当上科长的哪个少请他吃了？可能还有人背地里不知道送了多少呢。不善言辞的老杨在单位嘴里不说，但心里却憋着一口气，他巴不得老于早点退休或调走。

晚上老杨下班时破天荒买回两样熟食、两瓶啤酒，非要让媳妇陪他喝两杯。

是买彩票中大奖了？还是捡到钱了？媳妇问。嘀，比中奖和捡钱还重要啊。老杨高兴地一仰脖干了一杯啤酒。

还卖起关子，说得俺不稀罕听了。说着媳妇起身要走。快坐下，听我说，是我高中同学邵成从省里下派到局里当一把手，后天就到任了。说完老杨又干了一杯。

那你可得好好抓住这次机会啊。媳妇乐呵呵地说。

老杨有滋有味地喝着，突然他问媳妇，我以前的那些老照片还有吗？你那些破照片和日记啥的都在乡下老家的仓房里呢，你找老照片干啥用？媳妇不解地问。这你就不用操心了。说着老杨又把剩下的一杯酒干了，随后下楼。

老杨贪黑打车回到乡下老家。不年不节的咋黑天回来啊？父母见到儿子很是意外。老杨说要到仓库里找点东西。父亲举着手电筒，老杨弯腰撅腚翻箱倒柜，终于从一堆老照片中找到一张。老杨像找到宝贝一样，小心翼翼地把这张老照片放在兜里。

第二天大清早，老杨带上这张老照片来到装裱店，请师傅做一个相框把这张照片裱上，还必须用旧材料，相框越旧越好。师傅说手里的活太多，一天时间做不出来，老杨就咬咬牙，多掏二百块钱加班费，师傅才答应他明天早上可以取裱好的照片。

老杨翻来覆去一宿也没睡好，吃过早饭他就去装裱店取回裱好的老照片，喜滋滋地上班去了。

早上，新来的局长在会议室给大伙开见面会。会后果然不出老杨所料，局长挨个办公室走走，转转。当来到老杨办公室时，局长特意坐了一会儿，俩人一块儿回忆起高中生活。老杨说你现在变得好看了，脸上的那块疤痕不见了，单脸皮也变成了双眼皮，是不是做过美容啊？局长笑了笑说，上学时我就是双眼皮，当年的那个小疤长来长去就长没了。你看你当年是单眼皮，下巴这边还有个疤痕，你一定是做过美容了。说着老杨故意指了指立在办公室窗台上的老照片。

局长走过去，认真地端详起老照片。老杨在旁边说，可能是年纪大了吧，现在我经常想起咱们这些同学啊，这张咱俩合影的老照片十年前我找出来加了个框,放在单位这么多年都旧了呢。

局长点了点头,说难得你的一片真情,同学情谊无价啊。

临走时,局长笑着说,我这张老照片找不到了,你这个就送给我吧。老杨高兴地说,好、好,放在你那里和放在我这里都一样啊。

下班回到家,老杨兴奋地跟媳妇说,看来我这功课没有白做,我的同学局长老邵对我昨天加急做的老照片很感兴趣,特意把老照片要走了,看来我老杨的春天就要到了。

那你就等着美事吧。媳妇瞥了他一眼。

半个月后的一天晚上,老杨去单位值宿,路过门卫室时见到打更老头正在地上收拾东西,他看到有一个东西很是眼熟。老杨捡起来一看,竟然是局长前些天从他办公室里拿走的那个带框的老照片。

你,你,这是从哪儿拿的?老杨指着手里的老照片问。是从局长室拿的呀,局长让我把这些没有用的东西扔到垃圾站里,我挑一挑,看有没有能卖钱的东西,这个老照片你相中了啊,那就给你吧,反正这玩意儿也卖不了钱。打更老头边挑着东西边跟老杨喋喋不休地说着。

我喜欢收集老照片,这照片我要了。老杨说完带着老照片上了楼。

老杨把老照片仔细地擦洗一遍,又立在了窗台上。

坐在椅子上的老杨盯着这张照片,看着看着,他突然站起来,用力把老照片掰得七零八落,随手扔进身边的垃圾桶里。

原刊责任编辑　白东阳

【作者简介】蒋先平,黑龙江省作家协会会员。在《小说选刊》《天津文学》《小说月刊》等中外报刊发表微小说作品五百余篇。

陌生人的欠条

徐 东

那时我刚来深圳不久,租住在劳动村,有份赚钱不太多的工作。每天早上我去同一个早点摊吃早餐。摊主是个中年男人,卖些肠粉、汤粉之类的早餐。

有天早上我在路边的桌子上吃肠粉,有位二十岁出头的年轻人走过来,伸着一只手,不好意思地对摊主说:"我就这一块钱了,可以给我一份吗?"

一份肠粉当时需要三块钱。摊主看了一眼那个落魄的年轻人,拒绝了他。摊主不确定那个年轻人是不是故意想要占他的便宜,他那么忙,没有时间多想。

我看着那位被拒绝的年轻人失意地走开,便飞快地吃掉余下的肠粉跟了过去。我本应该去相反的方向,当我故意走过并回头看他时,我看到一张苍白无助的脸。大约因为忽然有个人回过头来看,他吃了一惊,身体微微地向后顿了一下。

我向他点点头，不好意思地说："你……需要帮助吗？"

他犹豫着，点了点头。

我说："你是从什么地方来的呢？"

他有些语无伦次地说："兰州。我到了深圳的蛇口，手机、银行卡、钱包都丢了……我上过大学，在找工作，可现在特别不顺利，找不到工作……我也可以干体力活儿，我想好了，总得让自己生存下去！"

他很瘦，胳膊上还有一块擦伤。可能因为没有钱，也没有住处，他身上的衣服有些脏。

我说："你需要钱吗？"

他看了我一眼说："你……"

我说："你需要多少？"

他想了想，说："十块，五块也可以……"

我笑了一下，说："为什么不多要一些呢？"

他也笑了一下，说："我不知道什么时候能找到工作，也不知道将来该怎么还……"

我说："没关系，就当我送你了。你觉得需要多少？"

他说："谢谢你！我想我要十块钱就好了。我两天没怎么吃上东西了，如果能吃上一顿饭，我就可以走路去找工作了。"

我说："你也不一定今天就能找到工作啊！"

他说："可是，我觉得不该向一个陌生人开口要太多的钱——除非你愿意留下你的联系方式，将来我有钱了可以还你。"

那时我刚发了工资不久，钱包里还有一千多块钱。我想着要不要给他五百元或者三百元，但最后还是按照他的要求，给了他十块钱。

他接过钱的时候,感激地看着我。

我说:"祝你一切顺利。"

他点点头,给我鞠了一躬,说:"谢谢,谢谢你!"

我看着他那样有礼貌,想了想又拿出两百块钱,说:"拿着吧,不用考虑还了。"

他犹豫着从背包里掏出纸和笔,说:"请留下您的联系方式吧,等我赚到了钱给您寄过去。"

我说:"不用了。"

他说:"如果您不方便留联系方式,我不能接受您这么多。"

我说:"为什么呢?"

他说:"我也说不好,我只是觉得两百块钱不是个小数目,我不该平白无故地接受这么多。"

我想了想又从钱包里掏出三百块钱,说:"好吧,我给你留个地址,等你有钱了再还我。"

他笑着接受了,非要给我写个欠条:

本人来深圳找工作,举目无亲,因不小心丢失了钱包,遇到困难,有幸遇到××先生,他好意借我500元(伍佰元整),本人承诺找到工作、领到工资后第一时间还清欠款。

×××

2007年10月5日

十二年后的一天,我又见着了他。

我早忘记了他的模样,或者他的变化太大,让我想不起曾经的那个年轻人。

他微笑着说:"当年我写给您的欠条还在吗?"

我说:"早就丢了。"

他说:"我还能认得您。当时我给您寄了欠您的钱,还写了一封感谢信,但后来退回来了。那时我刚找到工作,很快就被派到外地去了,等我再次回到深圳,去您地址上留的单位,可您的单位也不知搬到什么地方了。"

我说:"你是怎么找到我的呢?"

他说:"我在网上搜您的名字,又与发表您小说的编辑取得联系,这才找到您的联系方式。我真没想到您是位作家。如果您愿意,我想给您五十万。对于现在的我来说,五十万并不算一个大数目。"

我想了想说:"我不能接受,因为一直没有得到你的消息,我在心里早就把你当成了一个骗子,把你忘了。"

他笑笑说:"您是个好人,实在人。现在我想给您一百万,如果您可以接受的话,我会十分开心的,因为我一直想要感谢您。"

我说:"如果现在我再遇到像你当初的情况,可能不会再那样做了。"

他说:"人都是会变化的,这个我理解。这十多年来,我也经过多次蜕变才有了今天。"

我说:"虽然我变得现实了许多,但仍然很难接受你那么多钱——虽然我仍然租住在别人的房子里,很需要一百万付个首付,买一套自己的房子。"

他有些吃惊地说:"您这样的好人竟然还没有自己的房子?这样吧,我是真诚的,我给您五百万,去买上一套吧。我想和您成为朋友,如果您不嫌弃的话。"

看着他真诚的目光,我仍然觉得他是陌生的,因此我说:"对不起，我无法接受。"

他急了，有些生气地说："您必须接受。因为当初我都快饿死了，没有您就没有我的今天。您一定要给我一个报答您的机会。"

我说："可是我觉得不该接受，因为我的生活还过得去，和你当初不一样。"

他说："您可以这样想，您就当买了一张彩票，不小心中了。"

我摇摇头说："我当初对你的好意，或者说好心，不应该用金钱来衡量，不是吗？"

他说："那我该怎么样报答您呢？"

我说："不需要。如果你想要报答的话，请今后遇到需要帮助的人，去力所能及地帮助一下他吧！再说，您今天的出现，已经算是报答我了。"

他郑重地点了点头，留下了五百块钱，走了。

回到家，我对着镜子看，觉得镜子里的自己多少有些冒充高尚，没有出息，不由得有些痛恨自己，觉得自己这一辈子，再也没有什么飞黄腾达的机会了。

由于丢掉了那个人的欠条，我至今不知道他叫什么名字。我觉得这样也好，省得我总是记起×××曾经欠我一份人情。

原刊责任编辑　吴万夫

【作者简介】徐东，出生于山东郓城，现居深圳。中国作家协会会员，一级作家。出版小说集《欧珠的远方》《旧爱与回忆》《欢乐颂》等。

价　值

陈修平

"小李，快把宣纸还回来，你怎么老这样呢？"张老追到工作室门口，这已是张老第二次追着李平的屁股喊。

"我就拿了几张宣纸，您老就追着我喊个不停，陈义多次拿您老的书法作品，您老也没说啥呀！"李平看着身边的陈义，尴尬地笑着说，"不信你看，他衣服里又藏了一幅您的书法！"

"我就让你送回来，我只看见你拿我的宣纸，没看见他拿我的书法。"张老继续对着李平喊。

李平只好红着脸，把宣纸送回工作室。

陈义和李平生活在同一座城市，两人属于文艺界的朋友。空闲时，陈义和李平经常相约去本市文艺界前辈张老的工作室玩。

陈义业余一直写小说，而且写得不错，总能在小说中将人物描写得活灵活现个性十足。他创作的小说中，就曾出现过李平的影子。

李平原来写诗，外界评论他的诗写得颇有灵气，但他四十多岁了还未成家。有人说他太孩子气，虽然没有什么坏心眼，但不怎么懂得人情世故；也有人说他太小气，谈恋爱也不舍得请女朋友吃饭，更不要说送花、买衣服等浪漫之举。近几年他看到画画可以卖钱，就玩起了绘画，画鱼、画虾、画莲、画竹，居然也画得颇有几分灵性，但他却不舍得买好宣纸，所以经常从张老的工作室顺手牵羊……

张老曾担任市文联主席，原来写小说，退休后开了间工作室。上了年纪的人，小时候读书大多认真学过毛笔字，不像如今的年轻人，很多没捉过毛笔。张老写作之余，因为有着原来的书法底子，又练起了书法，本市众多文艺爱好者常常聚集于此观摩。看到张老泼墨挥毫，大家纷纷赞美。一些手头宽裕的文艺爱好者，时常还会拿些润笔费或者买些烟酒茶叶，向张老索要书法作品。张老没什么架子，经常会推荐一些文学爱好者的作品给当地报刊发表，于是工作室的人气越来越旺。

在这些文艺后辈中，陈义和李平结伴来张老工作室的次数比较多，张老对他们二人的才气也比较认可。

"也是怪事，张老明明瞥见你拿他的书法放在怀里，还乐呵呵地装着没看见；我拿几张宣纸回去画画，他却总是这样。你说这是为啥呀？"返回的路上，李平不解地问陈义，"未写字的宣纸与写了字的宣纸哪个贵，张老也不知道呀？不会是老糊涂了吧？"

陈义哈哈大笑起来："宣纸是张老花钱买来的，他用的宣纸，都是好纸，价格不低。你经常拿走宣纸，就如同拿走了他的钱，你说他能高兴吗？他在宣纸上写了字，就是他的作品，我拿走他的作品，就代表我看重他的作品，他当然心里高兴啰！一句话，你看重的是宣纸的价值，是对物，这还只是一般意义上的商品；而我尊重的是宣纸上面书法的价值，是对人，这已经上升为人的成果。这就是境界的不同啊！你说张老怎么会喜欢你的行为呢？"

"哦，是这么回事呀！"李平口里这么说着，脸上依然流露出迷惑……

原刊责任编辑　王晓莉

【作者简介】陈修平，供职于江西《九江日报》，作品散见于《小说选刊》《天津文学》《散文》《散文选刊》《诗刊》等报刊，入选多个全国性选本。

推 磨

高 军

朱大爷老两口看到胡同志住进来后很担是非，见了面总是笑着打招呼。这些日子，和同志们接触多了，朱家人也早已没有了任何拘束。现在整个沂蒙山区正在春耕备播，老百姓都在忙农活。胡同志也是忙得脚不沾地，要么出去一天不着家，要么招来一些人商量事情。大家都各忙各的，相互见面的时候并不多。

在这里的风俗堂屋是主屋，胡同志被安排到家里来住，朱大爷老两口一直想把他让到堂屋里住。胡同志看到西屋虽然低矮，但里面东西并不多，就坚持住了西屋。从西屋门里就能看到左前方的堂屋西窗下那盘磨，磨眼圆筒状向天空敞开着，磨台周边凸起一层边沿儿，只有正南方留出了一个稍微向前伸出的石嘴儿，方便从这里向下刮煎饼糊子。沂蒙山区家家户户在院子里都有一盘磨，用来磨糊子然后在鏊子上烙煎饼的。

其实，胡同志是带着重大使命来解决山东分局和某师一些关系问题的，所以非常忙。他经常到深夜还不休息，在灯下一会儿皱眉思索，一会儿奋笔疾书，实在太累了就站起来活动一下腰身，然后又坐下了。

第三天鸡还没叫，窗外漆黑一团，沉睡中的胡同志就听到院子里有了动静，他抬头从窗棂里向外看去，影影绰绰看到是朱大爷和朱大娘每人抱着一根磨棍已经开始推磨了。他两眼辣辣的，连着打了几个哈欠，应该是自己刚睡着才不长的时间。但是磨盘有规律转动的咕噜咕噜声和两个人杂沓的脚步声交织在一起，在黎明前的寂静里显得格外清晰，他知道自己想再休息一下已经不可能。于是他也就起来了，他小声制止随行同住的警卫人员起床，打开门走出去。

朱家老两口停下了脚步："哦，把胡同志聒噪醒了吧？"

他赶紧说道："不是，我每天都是这个时候醒。怎么这么早就起来推磨啊？哦，是了，农活忙了，早干完家务好去忙地里的活儿哟。"

"是啊，三春大忙时候，都这个样子。"老两口不好意思地笑笑。

"来，我推一会儿，"胡同志说着就接过了朱大娘的磨棍，推起来，"你来添磨吧。"

朱大娘一会儿往磨眼里添上一勺地瓜干糁子，磨台上的糊子就逐渐多起来。

胡同志和他俩继续说着话："我们老家那里也有磨，只是形状不太一样。还有一个花鼓戏专门唱磨豆腐，怎么唱来？哦，这样——我叫张古冬，做事好懵懂，老婆说我呷饭，要呷一水桶。时来铁树开花，运去生姜不辣，抓到朴鸽子飞上天，做一套豆腐五天还发芽……"

"哈哈哈。"老两口被逗得大笑起来。

一边推着磨，胡同志一边了解村里的各种情况，并征求对根据地开展减租减息运动的意见,老两口异口同声地说:"这个事主要在东家,老百姓哪能有不欢迎的?"

太阳从东边露出红红的脸,一大瓦盆地瓜干糁子磨完了。

白天,分局的同志知道这个情况后立即表态说:"我们马上安排有关干部和朱大爷老两口谈谈,让他们不要这么早就推磨,以免影响您休息……"

他使劲摆摆手,笑道:"千万不要小题大做,群众都忙于春播春种,起早贪黑干完家里的事,好去忙地里的活儿呢,何况也没有影响我休息,反而让我听到很多真心话,你们绝对不要去说这个事儿。"

翌日一大早,胡同志又在那个时辰醒来,可是院子里推磨的声音并没有响起来。他感到很奇怪,就悄悄地起来走进院子,来到作为厨房的东屋,只见泡好的地瓜干糁子还静静地在那里,于是他回到西屋,轻轻叫起警卫员:"来,咱们推磨去。"

他们一人抱起一根磨棍,咕噜咕噜推起来,走几圈就往磨眼里添上一勺地瓜干糁子,不一会儿就推下糊子来了。这时候,朱大爷老两口急火火走出堂屋门:"这可使不得,胡同志!俺这不是想让你和同志们多眯一会儿,怎么……唉……"

"你们都能起来,我们怎么还要多睡,真的不用见外哟。"胡同志一边说着,一面继续推着磨,脚步显得更有劲,"那个歌子怎么唱来?我叫张古冬,做事好懵懂,老婆说我呷饭,要呷一水桶。时来铁树开花,运去生姜不辣,抓到朴鸽子飞上天,做一套豆腐五天还发芽……"

大家都爽声大笑起来,气氛是那么融洽。

多年后省里有个下乡演出活动来到村里,有个来看演出的青年人竟然很有韵味地念白道:"我叫张古冬,做事好懵懂,老婆说我呷饭,要呷一水桶。时来铁树开花,运去生姜不辣,抓到朴鸽子飞上天,做一套豆腐五天还发芽……"

演员们很奇怪:"啊,这是湖南花鼓戏《磨豆腐》啊,在咱们山东你是从哪里学来的?"

"俺爷爷过去经常这样念叨,我小时候就学会了,他说当年有个姓胡的革命同志住在俺家里,从他那里听来的。"

演员们一下子明白了:"哦,原来你们家里住过大人物啊。"

原刊责任编辑　何光占

【作者简介】高军,山东沂南人,出版小说集、评论集、散文集十七部,被《小说选刊》转载多次,作品收入三百余个选本。

称　呼

李国新

老刘从领导的岗位上退居二线,觉得一身轻。

单位没给他分配很多工作,让他去休息。所以他想来上班就上班,不来上班就回去,或者找几个已经退了休的同事打打小牌。

老刘第一次去老干所玩,大家都知道他内退了,都对他笑一笑,既不称呼他过去的官职,也不是十分的热情。有人竟然这样称呼:喂,老刘,你也来了,欢迎。

老刘一听,觉得自己是不是老了,还没到退休年龄哩。老刘不自然地笑,说还有几年才退休。旁边有人说,我那时还不是这样,其实也算退了。

老刘想,上个月我还到老干所讲话,作报告,提要求,大家对我格外亲热,一口一个刘书记。老刘和老干所的人打了半天牌,感觉不舒服,主要是大家都显得特别认真,牌出了不许悔,少一块钱不依不饶,大家起初有人叫他刘书记,后来就不叫了,都叫他的大名。他的大名已经有好些年不被人叫了,能叫他大名的人,都不是一般的人,现在被重新叫起来,太刺耳了。

老刘打了一次牌,就再也不去老干所了,他想去会同学。他的几个很好的同学都在市区,无论是级别还是单位都不错。当初老刘在当书记时,同学们隔三岔五找他玩,老刘就把他们带到乡下农庄,让他们玩得开心。老刘退了后,他想去找在职的同学,后一想,自己退了,当初在岗时他们是冲着书记去的,自己不当书记了,或许他们就不会再有很高的热情。那就找和自己一样已经退了的同学,这样彼此都有共同的语言。这样想着,老刘先打通了老张的电话,老张过去在文联工作,他告诉老刘,他要去外地参加一个书画之友的聚会,也邀请老刘一起去,吃住都是主办单位的。老刘觉得这倒是可以,但一想自己的字写得太差了,就婉言谢绝了。于是就又给另一个同学打电话,同学也是内退了,但很快进入一家大型企业担任高管,待遇不错。同学说他没有时间接待他,给他一个许诺,放了假约他来玩。

老刘只好答应,等待着。到了同学约他的那天,他搭公交车进城。一上车,就有几个人认出他来,这不是刘书记吗?您也坐公交,是不是体察民情了?他不自然地笑,哦,我已经退了。

有人就笑,刘书记,您应该多年没坐公交车了,您坐得习惯吗?

老刘就笑,习惯、习惯。

老刘到了同学那里,同学把他带到一间别致的酒店,带来了几个好友陪他,还给老刘介绍。老刘对他们的名字都熟,但没在一起共过事,彼此显得客气。同学提议先打牌,老刘推辞着,说不太会玩,他说的也是实话,过去整天忙工作,但人家不相信,都哈哈大笑,说,刘书记,您是不是瞧不起我们啊!

老刘听了,觉得刺耳。同学悄悄问他,是不是钱带少了?我先给你垫着。老刘说,钱当真带的不多,关键是牌艺不精。

有个同学说,牌艺不精要得,也不要紧,只要开钱就行。

最后老刘被安排上了桌子,但其他人在打牌中不是抽烟,就是打电话,有些心不在焉,最终老刘赢了。事后,同学告诉他,牌打小了,那几个朋友纯属好玩在陪他。老刘听了,再也不去找同学了。

老刘在家里待了一段时间,无所适从,他每天在家待着,不久,他生病了,家人把他送到医院住下了。

护士每天给他打针,做检查,总是一到他的床前,就直呼刘茂茂,刘茂茂,你是刘茂茂?

他先是一惊,后点头,我就是。

原刊责任编辑　李彬彬

【作者简介】李国新,中国作家协会会员,在《小说选刊》《北京文学》等国内外数百种报刊发表作品三百多万字,上百篇作品收入权威选本。

镜 子

李 艳

当初，女人不顾家人的反对，执意要跟着男人走。

两人在外面过着飘萍般的生活，却从不叫苦。女人经常鼓励男人："生活是一面镜子，你对它笑，它就对你笑；你对它哭，它也对你哭。"男人则抱紧了女人说："不，你才是我的镜子，只有你笑了，我才会笑；你哭了，我也会哭。"

一晃十多年过去了，他们在镜子中哭过也笑过，他们的付出让他们成为坐拥数百万资产的成功人士。

男人越有钱，女人就越喜欢买镜子。家里、办公室里、车里、手提包里，各种各样的镜子。女人也特别喜欢送人镜子，越是她喜欢的朋友，她送的镜子越昂贵，为此，别人都觉得女人有点病态。

一天，女人和闺蜜逛街时，看到男人停在咖啡馆门前的车。女人就打电话问："那边的事办完了吗？你什么时候回来？"

"没这么快,还有点事没处理完。"

挂了电话,女人径直走进了咖啡馆。

男人正拥着一位风情万种的妖冶女人坐在沙发上,卿卿我我、耳鬓厮磨的样子,让她顿失理智。她端起咖啡泼了妖冶女人一脸,然后甩了男人一个耳光。冲出咖啡馆后,她攥紧拳头走到男人的车前,把倒车镜砸了个粉碎,殷红的血,染红了她的衣裙。

从医院回来,她躺在床上不停地流着眼泪,嘴里呢喃着:"碎了,都碎了。"闺蜜拿出女人送的镜子:"你现在伤心的样子让我很不安,你看看,镜子里的你变得多么吓人。"

女人闭着眼不敢看:"我哭了,镜子里的她也会哭。"闺蜜收起镜子,安慰着她:"一切都会过去的。"

"恨,原来让人这么痛苦。"

"那就试着原谅吧!"

不久,伤口愈合,女人从家里搬出来后,开了一家专营鲜花和镜子的店铺。她在店外挂了个牌子,上面写着:"生活是一面镜子,无论你对它哭还是笑,请别让鲜花缺席。"

因为这一句有情怀的广告语,女人的生意越来越好,脸色也越来越粉嫩。

一天,店里来了一位上了年纪的大叔。大叔来得晚,女人正准备打烊。"我想买把化妆镜,听说你这店里什么样的镜子都有。"

女人听了一笑,让大叔自己挑选。

琳琅满目的陈列柜中,摆着各种精致的镜子。老人看了一圈,问道:"你这里有没有珐琅镜?"女人摇头说:"以前进过几把高档掐丝珐琅银镜,这种轻奢品,我一般不卖,只拿来送朋友。"

大叔"哦"了一声，就不再看了。"她年轻时特别喜欢照镜子，尤其喜欢珐琅镜。"

"大叔，你是送给爱人的吧？"

"是的，我们多年前离了婚，现在两个人的老伴都过世了，我们又都变成了单身，比来比去，还是觉得原配好。明天是她生日，我想借这个机会送她个礼物，重新追求她。"

大叔的话触动了女人的心，她从自己包里拿出一个精致的珐琅镜子："大叔，如果您不嫌弃，我这儿有个国外带回来的小镜子送给你。"

大叔欣喜地拿起镜子看了看，圆形的折叠镜盖上，一朵怒放的红玫瑰上镶着水钻，看上去热烈奔放却又大方迷人。"这么好看的镜子，老婆子肯定喜欢，只是，这镜子，你真不需要了吗？"

"我呢，现在活亮敞了，已经不需要镜子了。"女人笑笑，接过镜子用绸布仔细擦拭着，并拿出最漂亮的包装盒，帮大叔包装好，"但您，需要这份走心的礼物去换回她的心。"

那面镜子是男人在国外签完第一个订单时给买的，那时，男人说："我要让你天天对着镜子笑。"女人听了就咯咯地笑个不停。自从发生了那次咖啡馆的事情后，俩人就成了陌路人。虽然还没办离婚手续，但生活中已处于分居的状态，期间，男人也上门来道歉请求过原谅，但女人说自己还没想好。

一个月后，大叔来送请柬。他告诉女人："多谢你那面镜子。老太婆说，光从工艺和镶的几百颗奥地利水钻就知道这镜子不是一般的小物件，而我对这些根本就不懂，于是就讲了你送镜子的事，老太婆说一定要请你参加我们的婚礼，她说我们的'破镜'是你帮着'重圆'的，这恩，大呢。"

大叔走后,女人摘了一朵玫瑰花别在耳后,看着满屋的镜子,面若桃花的她,对着镜子笑了。

原刊责任编辑　杨晓敏

【作者简介】李艳,广东省小小说学会会员。作品散见于《羊城晚报》《小小说选刊》《意林·少年版》《红豆》《中国少年儿童》《文化参考报》等。

写情诗的男孩
秦 俑

暗恋是会生根的。

他的暗恋，全长在诗歌里。

他每天都写诗。整整一年，他写了三百多首诗。

每一首，每一行，每一个字，都是他对她美好的幻想。

这些诗写在本子上，写在博客上，写在校刊上。很多人都知道，在中文系，有这么一个写情诗的男孩。

她似乎蒙在鼓里，毫不知情，她始终只是他生命中那个渐渐远去的模糊的身影。而他最终也没有勇气，将这份爱公之于众。

后来出现了另一个她。

第一次，有女孩主动邀他看电影，去夜色朦胧的江边散步。而且，这个女孩还红着脸说，都说学长你有才华，我觉得学长你长得也很好看啊。

就是这样，好像只有经历过无望的爱恋，才真正懂得珍惜触手可及的缘分。

他们走到了一起。谈婚论嫁,生儿育女,只是时间的问题吧。

但他还是忍不住,偶尔去翻翻那些长满了诗歌的日记本。

那一天,他决定要将几大本诗歌与她分享。他讲他的第一次心动,那些冷的热的、甜的酸的,暗恋的日子。

她笑着说,其实我都知道啊。

你知道什么?

我知道你这些诗都是写给我的啊……其实,学姐早都告诉我这个秘密了。那个叫穗子的学姐,你还记得她吗?

他又怎么忘得掉这个名字?

那个他曾经暗恋的她,那个叫穗子的女孩。

原刊责任编辑　张晓林

【作者简介】秦俑,中国作家协会会员,《小小说选刊》主编,出版有小小说集《纪念日》《被风吹走的夏天》。

父亲出差
李立泰

父亲老咳嗽,半夜咳醒,披衣服坐起来,母亲也坐起来陪父亲,母亲给父亲倒杯水喝。

母亲拿不出好的补品,母亲最好的东西就是早晨的一个鸡蛋花儿,叫父亲喝。

药嘛,厂医务室薄荷片、止咳糖浆啥的。

父亲是市劳模、石油系统先进工作者,工作勤勤恳恳、兢兢业业、吃苦在前、享受在后、服从领导、团结同志、任劳任怨、以厂为家……这些四个字的词,毫不夸张用在父亲身上不为过。上班三十年从没请过假,没缺过一天勤,全厂有名的老黄牛!

一次父亲随领导陪客人吃饭,父亲拘谨地光拣青菜吃,最后把剩下的半瓶酒,一盒烟,一个打火机,交到办公室。

看看这就是新中国五六十年代的国家主人,工人阶级父亲,公家的好处一星一点不沾,厂里的一草一木,一个钉头,半截铁丝也不住家拿，真真的大公无私。

这次领导也是变相地奖励父亲，安排他出差，看看大城市，开开眼界。

父亲工作以来，从没出过远门，这次母亲为父亲做了件新上衣。母亲嘱咐父亲，给厂里办完事，转悠转悠，看看景致，再到大医院看看咳嗽。父亲说，行。

父亲火车票买硬座，住旅店，不住宾馆，在小吃摊吃饭，给厂里省钱。厂里搞建设需要资金呀！最后一天上午办完事，逛了天津市区，还是大城市，真漂亮呀！然后去火车站买了返程票，下午去了天津第一人民医院。

大夫听诊器的金属头抓在手里暖着，待温暖了，让父亲解开扣子，给父亲听诊，大夫感觉有问题，开了单子叫父亲透视，父亲不情愿去，一个咳嗽，还用透视啊？去吧，诊断需要。大夫说父亲。父亲透视完，把X光片报告交给大夫。

大夫只看了一眼就问父亲："谁跟你来的？"

父亲说："我自己来的。"

大夫说："你不能回去了，需要住院观察。"

父亲的脸"腾"地红了，说："大夫，我的火车票都买了，晚上七点的火车，要不火车票就瞎了。"

大夫说："老同志，我不是开玩笑，你真的需要住院观察治疗，马上去邮局给您厂里打电话，告诉家人。"

父亲无奈地说："好吧，那我给厂里说，让家里来人。大夫您写住院手续，我去去就回。"

父亲出了医院，回头看看没情况，就撒了丫子，奔火车站去了。到了天津站候车室，父亲找个座位眯起来。你叫我住院，虽是好意，可是有那必要吗？厂里上新设备，人手紧，一个人当俩使。家里也离不开我，孩子小，老伴顾不过来。再说了，我不回家，住院了，还不把她吓个半死，啥病啊，这么严重吗？假如真需要住院，我再回来不迟。

想到这里，父亲还暗自庆幸逃出了医院，只是觉得怪对不住大夫的，态度多么好的人啊！俺这不是不知道好歹吗？好同志啊，对不起了！

在天津跑蹬几天太疲劳了，父亲迷迷糊糊地打着小呼噜困着了。

睡梦中父亲忽然听到火车站广播喇叭喊："各位旅客请注意，各位旅客请注意，下面广播寻人启事，钟祥明同志，钟祥明同志，听到广播后，请到进站口，有人找。"播音员喊了两番儿。

父亲惊醒，扑棱坐起来，揉揉眼睛，朝进站口快步走去。

谁呀这是，进的设备有变故？是刘科长啊？还是机床厂的胖科长？

当父亲走到出站口，朝人群望去，没刘科长也没胖科长，却见医院的大夫下了救护车，冲父亲快步走来。

父亲看见大夫后，眼瞪得老大，惊呆了！哎呀，大夫追到火车站来了。

大夫喊父亲："老钟同志！老钟同志！"父亲的脸又"腾"地红了。

大夫说："老钟同志，你说出去打电话告诉厂里，我一等不来，二等你也不来，到下班你也没回来。"

父亲不好意思地说："大夫，对不起，对不起，别生气，俺是怕家里人挂着我。"

大夫说："别说了，你是我的病人，马上跟我回医院，你这病耽误不得。"

父亲涨红着脸，鼓了鼓勇气，对大夫说："我、我都买火车票了。"

大夫说："老钟啊老钟同志，病要紧！票好办，我帮你退掉。"

这是那个年代的事。

原刊责任编辑　师力斌

【作者简介】李立泰，中国作家协会会员，在《中国作家》《北京文学》等发表小说散文两百万字。出版中短篇小说集十部。

赶　脚

相裕亭

应该说，四毛头能为吴老爷赶车，管家陈三起到了好些作用。否则，四毛头一个马厩中打扫马粪的帮工，纵然有天大的能耐，也混不到吴老爷跟前去。

但是，陈管家在交派四毛头去为吴老爷赶车这件事情时，压根儿没说他是怎么帮衬四毛头谋到那份差事的。陈管家看似很稀松平常地跟四毛头说："赶明儿，你跟着吴老爷赶脚吧。"

赶脚，就是赶车。

这对四毛头来说，可谓是天大的乐子。

陈管家却面如止水地跟四毛头说："你个四毛头，说话磕磕巴巴的，以后，跟在老爷身边，可要少磕巴。"

陈管家那话，看似是说他四毛头有口吃的毛病，以后跟在吴老爷身边，少磕巴几句，省得磕巴多了，惹得吴老爷烦。可细琢磨起陈管家那话，好像远不止那个意思。你想啊，他四毛头，一个下等的奴才,一跃伴在大盐商吴老爷身边了,吴老爷所接触到的人,所见到的世面,那是你一个奴才能随便说出去的吗?再往深里想,四毛头能为吴老爷赶车,虽说本身还是个奴才,可他的地位变了,他能给吴老爷拎夜壶(尿壶),扶吴老爷上马车,也能陪吴老爷逛县城、看大戏、听小曲、下馆子,甚至还可以窥视到吴老爷在戏园子里揉摸戏子的那些乐子。那一切,只怕他大管家陈三都难以享受得到。

所以,陈管家在交派四毛头为吴老爷赶车的那一刻,就已经对四毛头敬畏了三分。

四毛头心里乐,想说几句感激陈管家的话,可他张个大嘴,磕巴了半天,只说:"哦,哦,哦!"

陈管家知道他想说什么,扔过一块小牌牌,嘴角挂着一丝浅浅的微笑,说:"刚嘱咐你少磕巴,你又磕巴上了,快去第一池泡泡吧。"

第一池,是盐区最大的一家洗澡塘,幕后老板是军阀白宝山,他向盐区的大户们摊派了许多"免洗牌"。而那些"免洗牌"到了吴家,就掌控在陈管家的手里。当然,陈管家在吴家所掌控的远不止那几张"免洗牌",吴家的大半个家业,都在他的操控中。

陈管家让四毛头去泡澡的同时,并准许他去账房预支三个月的薪水,交派他泡澡过后,把身上那些携带马粪味的衣衫统统换掉。

四毛头撇大嘴傻傻地乐。

陈管家却板起脸来,半真半假地呵斥他说:"指甲也要剪一剪。"

当下,四毛头下意识地把他那双乌黑如泥的手,往袖口里面缩了缩。

回头,四毛头预支到薪水,不仅把他自己收拾一番,还给陈管家的宝贝儿子买了一双羊皮的高帮靴子,给陈三女人带了两瓶香水还有一盒擦手油呢。

事后,陈管家好像忘记当初四毛头"预支薪水"的事,照常又给他发了一份薪水。至于,那笔"预支"款,陈管家暗示四毛头,从马车的换件上冲掉了。

吴老爷乘坐的那驾马车,定期要到城里太和洋行去修整,脚踏呀、座椅呀、扶手呀,那些事关吴老爷舒适、安全的地方,向来不能含糊。加之马车的轱辘、轴承,还有马车上方遮风挡雨的篷布啥的,一旦发现哪处不妥,立马就要更换。这是陈管家交代的,也是他四毛头的职责。

所以,每回四毛头提出马车上的某个部件该换了,陈管家看都不看,就手批给他去账房领银子。

吴家上上下下近百号人,吃的穿的用的玩的,哪样不是吴老爷赏赐的?吴府里的管家也好,车夫也罢,甚至是后院里的太太、姨太、丫鬟们,大家的心愿都是一致的,那就是要把吴老爷侍奉好。

四毛头虽说是个磕巴,可他的眼睛里有水——很会做事的。他从账房里领来银子,先是把吴老爷的座椅、靠背给收拾妥了,随之又把马车上的脚踏、扶手包了软皮,车厢上面的篷布,门帘两边的流苏、挂坠啥的,全都换了新的。入冬以后,四毛头还在车厢内,给吴老爷备下了火盆和一把银质的小夜壶呢。

四毛头的做派,很讨吴老爷的喜欢。只是到了这一年的年底,陈管家按惯例,向吴老爷陈述这一年的开销时,吴老爷守在火炉旁,眯着眼睛听了半天,看似很困的样子,一边打着哈欠,一边伸了个懒腰,问陈三:"当今,购一辆新马车,需要多少银子?"

乍一听,吴老爷是想换辆新马车了。其实不然,吴老爷听出来,这小半年，马车上更换部件的开销，似乎已经超出一辆新马车的用项了。

那一刻，陈管家似乎有些紧张了。但他在吴老爷面前，却装作略有所悟的样子，说："这件事，待我下去查一查！"

第二天，四毛头赶车的差事被罢免了。随之而来的是，一笔笔贪赃枉法的款项，呈送到吴老爷的手上。

原来，四毛头利用他赶车之机，将马车上能换的部件，都换下去变卖了。同时，在购置马车新部件的时候，他还翻倍地加了价儿。

陈管家请示吴老爷："要不要把四毛头移送到县衙去惩办？"

吴老爷沉思片刻，说："算了，家丑不可外扬！"

之后，吴老爷就懒得过问四毛头那事儿。但是，管家陈三却抓住不放，他劝解四毛头，赶快另谋高就——卷铺盖走人。

其间，陈三的女人出面求情，陈三没有搭理。但是，陈三让女人请四毛头吃了一顿送行酒。原因是，四毛头所贪赃的那些银子，有相当一部分花在陈三的女人和孩子身上了。

事后，也就是四毛头被驱逐出吴家后，陈三的女人听说四毛头去码头上扛大包了。再后来，听说他从一艘货船的跳板上掉下来，把腿跌断了。

女人出于怜悯和同情，选在一天晚饭后，问陈三："我们要不要去看看他？"

陈三冷冷地白了女人一眼，说："忘掉他！"

原刊责任编辑　张琳

【作者简介】相裕亭，中国作家协会会员。著有长篇盐河系列小说三部，其中《盐河人家》获"五个一工程"奖。

刘二黑借粮

代应坤

刘二黑半夜就被冻醒了,连一个完整的梦都没能做成,他气得直拍大腿,心里说,穷人真可怜,连好梦都不给做完!

他梦见鹅毛大雪变成了白乎乎的小麦面,庄上男女老少都提着木盆在抢,他也在抢,刚刚抢到半盆小麦面,突然看见霍老四从远处走来,他一惊慌,半盆面不见了,他甩开膀子四处寻找,大喊:"谁看到我的面啦?"这时,梦醒了。

刘二黑不是孬种,轻易不会服软,可是这个冬季跟往年不一样。春上到冬天,老天爷就没有给过庄户人太平日子,春冰雹,夏洪水,秋干旱,几乎颗粒无收,除了霍老四家靠余粮过日子,庄户人家没有几家好过的。深秋到了,水冷草枯,村民们拖家带眷走出黄土地,或投亲,或逃荒,或卖艺,可是他不能走,八十岁的老母躺在床上,等着他一日三餐呢。

二黑,二黑,我饿……床那头传来母亲微弱的喘息声。刘二黑说，娘，俺天一亮就弄粮食去。他说完这话，眼睛红红的，家里断炊好几天了，明天又到哪儿弄粮食去？

刘二黑生得高高大大，人又憨厚能干，擅长逮鱼摸虾，按说不会打光棍的，但庄上的姑娘都知道，他母亲是药罐子，挣再多的钱不够交给郎中的，所以，对他除了惋惜，还是惋惜，没有人愿意嫁给他。那年邻村的一个姑娘看上了他，轮到正式订婚时，女方开出了条件：倒插门，但不得带着老母亲。刘二黑气咻咻地甩袖而去，说，有俺在，就有娘在，不订婚拉倒！这件事传遍了四乡八邻，牛脾气所带来的直接后果便是继续打光棍。

俗话说：饿死大英雄，饿不死手艺人。刘二黑"捕鱼王"的美称不是虚的：再深的沟塘、河泊、水库，他只要走一圈，就能断出是否有鱼，鱼多鱼少。往年的时候，从春天到冬天，撒网、粘网、穿着皮萨潜水摸鱼，到什么季节用什么渔具，他家从来不缺鱼吃。他捕捉的鱼，足不出庄就能出手，当然，霍老四除外，这让一向爱面子的霍老四很不爽。

霍老四问，为啥不卖鱼给俺，俺不付钱给你吗？

刘二黑说，俺就不卖给你，满大街都是鱼，你到街上买。

霍老四说，俺就要买你的鱼，今儿个你不卖还就不行！

刘二黑说，你媳妇进门那年冬天，俺娘躺在床上饿得嗷嗷叫，俺向你借一升白面，你都不借，凭什么要卖鱼给你？

霍老四说，两码事，你是借，俺是买。

刘二黑说，一码事，你不仁，俺就不义，就不卖给你！

两人说着就动了手，霍老四毕竟是读书人，三下两下便趴在地上。刘二黑轻蔑地冲他笑了笑，把竹笼内的鱼抛进塘内，说，俺就是扔了，也不卖给你！

人有前后眼，富贵一万年。谁能想到，这先淹后干的年份，农田的草被吃完了，庄前屋后的树皮被剥光了，地上跑的水蛇、蛤蟆、老鼠也吃尽了，沟塘河渠旱得底朝天，到哪里捕鱼呢？没有鱼，捕鱼王也就什么都不是了。刘二黑只要一闭上眼睛，仿佛就看见霍老四那张窃喜的脸。

如今，这庄上只剩下他家和霍老四两户人家了，不向霍老四借粮，自己饿死倒没有什么，早死晚死都是死，但娘亲是天，决不能眼看着娘死在自己前面！刘二黑紧紧裤袋，一跺脚，消失在黎明前的夜色中。

雪一阵紧似一阵，刘二黑艰难地挪动着脚步，这半里地平时一袋烟工夫就到了，今天怎么了？显得好远好远！走到霍老四家门前，刘二黑整整上衣，拍拍裤子，双膝下跪，高喊：霍老四啊，俺来借粮了，救救俺瞎眼在床的老娘吧！悲怆的声音回旋在黎明的上空。

这时，门"吱呀"一声响了，接着透出红灯笼的光亮，霍老四夫妇走出大门，见刘二黑跪在雪地里，赶忙上前：哥哥折煞人了，快起！刘二黑说，你不借粮，俺就长跪不起。霍老四说，好商量，好商量，你要借多少？刘二黑说，俺只要半升，这半升到了娘的肚子里，俺心意尽了。霍老四说，哥哥，俺借你一升，你也不能饿坏了。

刘二黑"腾"地站起来，迟疑了一会儿，突然抱住霍老四，眼泪在风中决了堤。

原刊责任编辑　朱天明

【作者简介】代应坤，中国寓言文学研究会会员，安徽省作家协会会员，2017年全国小小说十大新锐作家。

愚城烧饼

曾宪涛

全城最繁华的彭城路有家门面,店面很小,租金却要得高,一直租不出去。店主人好像并不缺钱,宁愿将店铺闲着,也不肯降低租金,似乎降低了租金就降低了身份。

这天来了两个外地客人,一个戴副墨镜,看不清眉目,另一个看是乡下人。那戴墨镜的站在店外看了良久,最后联系了店主,价也不讲便租下门面。店主惊奇,想打听,客人神秘一笑,到时便知。

店面开始装修,过往行人都看不出要做什么生意。装修完毕,一辆车送来一块牌匾,牌匾用黄绢蒙着,掀去黄绢,显出四个大字:愚城烧饼。戴墨镜的指挥将牌匾挂上,跟随他的乡下人放了一挂鞭炮,店铺算是开张了。

就一卖烧饼的!看来戴墨镜的是老板,乡下人是伙计。

真相大白,人们更好奇,愚城烧饼是个啥烧饼?何以要把一个烧饼铺开在全城最繁华之处。牌匾下人们指指点点,走了一拨又来一拨。

愚城烧饼的样品摆出来了,与本地烧饼稍有不同。本地烧饼要么圆形,要么椭圆形,也有长方形的小油酥烧饼,愚城烧饼是六边形的,这倒少见,制作起来也有些麻烦,其他都差不多,一样的成色,一样的撒有芝麻,只是价格叫人瞠目。当地烧饼一块钱一个,他却卖百元一个。真敢要!

墨镜老板亲自坐店前,样品摆在一尘不染的玻璃柜里,制作在里面,外面人没法看得见,这当然不同于本地的烧饼摊。

第一天,没人买烧饼,看了那天价,过往行人只是摇头讥笑。

连续很多天都是如此,看那老板却端坐店前,脸上架着墨镜,一副宠辱不惊的样子。

据说西红柿最初在南美叫狼桃,没人敢吃,一个年轻画家实在抵挡不住它鲜艳欲滴的诱惑,才咬了一口。什么事总有第一。终于有人忍不住了,不就一百块钱吗!买个尝尝,到底啥滋味。他付了钱,老板叫稍等,烧饼是现做现卖。不一会儿,烧饼用一个精致的小筐端出来,老板装进印有愚城烧饼字样的纸袋,递与客人。客人接过愚城烧饼,看看精美的包装,带回去与家人分享了。

既然有人开了头,后继者也就陆续而来,花百元品尝天方夜谭般的愚城烧饼似乎也值。当然,也没人好意思问品尝过的人到底值不值。

于是,花百元品尝愚城烧饼便在全城蔓延开来,而且还成为一种时髦。越来越多的人想参与进来,没体验过的快乐总是会诱惑着人们去体验,店前竟排起了长队。虽说品尝过的人并没吃出特别的味道,但全城没吃过的多着呢。

愚城烧饼的名气越来越大,先前那些品尝过本不打算再吃的人,因欠着朋友同事的人情，便去请他们吃一回愚城烧饼。也有专为恋人、老人还有领导排队买烧饼的。愚城烧饼再不单是烧饼，已融进了情分情爱、孝敬和讨好……

都说老板发了，但从老板的脸上，却始终看不出挣钱的喜悦，架着墨镜的脸上依然宠辱不惊。

就在愚城烧饼如日中天之时，小店却突然关门了。算来也就半年的光景。

还未吃过的人急了，还有那些需要愚城烧饼的人更焦急，都在打听。可小店的门关得紧紧的，再没开的意思。

直到店面的出租告示贴出来，小城人才知道愚城烧饼再也不会有了。

于是，吃过的人便津津乐道于自己的口福，没吃过的人只能耳闻嘴馋追悔莫及了。只是人们想不通这烧饼店正在兴隆旺盛之时，为何就关门了呢？但也无从去问，那神秘的墨镜老板和乡下伙计都遁迹不见了。

约莫又过了半年的光景，在小城一条偏僻的街道上，有乡下来的夫妻俩新开了一个烧饼摊。这街道又脏又乱，开了很多门面，有卖早点的、卖菜的、卖水果的、杀鸡的、做防盗网的、砸白铁皮的，还有原来的一家烧饼摊。这新开的烧饼摊屋子很小，打烧饼的炉子只能放门外，一张油腻腻的桌上摆个黑乎乎的箩筐，烧饼打出来就扔在箩筐里。令人称奇的是，门框上竟挂块硬纸板做的牌子，上面用毛笔写着：愚城烧饼。烧饼果然也是六边形的，只是价格比人家贵一块钱。

这下惊动了不少人。打烧饼的乡下人向前来询问的人述说，原来彭城路的愚城烧饼就是他做的。他老家是禹城乡下的，本来在禹城打烧饼过活，是墨镜老板看中了他的烧饼，说带他出来发财。老板确实发财了，可分他的钱太少，他不愿意了，最后罢工跑回家乡，半年后带老婆来到这里。

"愚城"竟是从"禹城"而来。有人认出他还真是那个乡下伙计，挂牌那天放鞭炮的就是他。

虽说证实了他就是愚城烧饼的制作者，却很少有人买他的烧饼。有人问他，人家烧饼卖一块钱一个，你要两块，比人家贵一倍？

他很委屈，这还叫贵？以前卖一百块不还排队吗？

问的人笑起来，你这能比吗？

他不明白为啥不能比，但他的烧饼确实卖不动，根本无法和另一家竞争，最后只好跟人家卖一样的价钱了。

早知这样就不离开家了，还以为回来能发财呢。乡下人边打烧饼边叹气。

然而，一个月黑夜，过来两个黑影，合力将乡下人放门口的烧饼炉推翻，抡起锤一通乱砸。一个问，大哥，跟一个打烧饼的有啥过节，非要砸人摊子？另一个道，兄弟不知，公司大小头都吃过我请的愚城烧饼，要是让他们知道就这玩意儿，我还有啥脸面！

原刊责任编辑　刘兵

【作者简介】曾宪涛，居徐州。作品见《小说选刊》等报刊，收入各类文集与年选。获全国微型小说奖四次。

如果在冬夜，一个旅人

何君华

离家还有七八里路的时候，中巴车还是抛锚了。像一个突发心肌梗死的老人，在寂静的山村公路上再也不肯动弹。

乘客早就质疑这破车不行，叮儿当啷的，路上肯定要出问题。司机叼着烟说："坐不坐？不坐拉倒，哪儿那么多废话？"乘客们一个一个都上去了，徐刚也跟着上去。因为除了这辆破车，镇上实在看不到任何其他车的影子。

果不其然，车坏了。司机又叼起一支烟，冲车里仅剩的四个乘客喊道："都走吧，车动不了了。"

徐刚只得拎着行李疲倦地走下车。漫天飞舞的大雪依然在跳跃，大地早已被染成白色，白茫茫一片分外耀眼。

村庄霍地胖了一圈。

已经是除夕夜的十点钟了，当然不会再有任何一辆车来。徐刚只能拎着行李往家的方向走。

这个年徐刚本来是不打算回来的。徐刚在电话里对娘说:"娘,我过年不回来了,工地不放假。"

娘说:"儿,回来吧。"

隔了一天徐刚又给娘打电话:"娘,火车票不好买。我去了车站一趟,没买着。"

娘说:"儿,回来吧。"

娘反反复复就是一句话,徐刚只好决定回来。

包工头跑了。徐刚一年白干了,这个年他怎么过?

徐刚一个人慢悠悠地走在乡村公路上,心里盼望着早点到家,又盼望着永远走不到家。一年到头,两手空空,怎么面对娘呢?

或许是雪压断了电线,公路穿过的村庄竟没有一户人家亮着灯。徐刚的心情也似这寒冷的村庄一样降到冰点。

徐刚虚无地朝前走着。没有一个人知道他此刻正走在回家的路上,除了娘。此刻娘一定站在屋门口等他,想到这里,徐刚赶紧加快脚步。

所有的鸟都躲了起来,四周一片寂静,只有徐刚踩在雪地上的脚步嘎吱作响。终于,他走到了青石桥头。

过了青石桥头就是家。徐刚没有加快步伐,反而减慢了步子。他又犹豫起来:"怎么面对娘呢?"

这时桥头的一座白色雕像突然开口说话了:"是我的儿吗?"

徐刚吓了一跳,但马上听出那是娘的声音。娘在青石桥头站成了一座白色雕像。

"娘,是我。"徐刚连忙扔下行李,掸掉落在娘头上和身上的雪花。

"娘,怎么不在家里等?"徐刚责问。

"我来望我的儿呀。儿,你回来了啊。"娘摸徐刚的脸。娘的手在颤抖。

徐刚握着娘的手说:"娘,我们回家吧。"

娘说:"儿,我们回家。"

徐刚远远地看到了山坳上家里的灯。那是一盏微弱的、昏黄的、跳跃着的煤油灯,整个雪夜里唯一的一缕光。

徐刚和娘坐在灯光下吃饺子。

徐刚说:"娘,包工头跑了。"

娘把饺子夹到徐刚碗里。娘说:"儿,吃饺子。"

徐刚说:"娘,我一年白干了。"

娘把饺子夹到徐刚碗里。娘说:"儿,吃饺子。"

好像这些都不是娘关心的,娘反反复复就是一句话:"儿,吃饺子。"

原刊责任编辑 马端刚

【作者简介】何君华,现居内蒙古通辽。著有小说集《少年与海》《请听清风倾诉》《阿莱夫与牧羊犬巴图》《旧时之舞》等多部。

知了叫声声

非 鱼

院子里的苦椿树、泡桐树上爬满了知了，吱哇吱哇叫得大妞心烦。大中午的，整个院子全是它们的天下了。

娘在窑里歇晌，门一关，隔开了热气和知了，倒显得格外凉爽安静。大妞躺在娘身边，左翻腾，右翻腾，睡不着。她在等一个声音。

该来了啊。今儿晌午去别村了？车链子断了？掉水渠里了？半路被狗咬了？

不停翻腾的大妞终于把娘吵醒了，她的屁股上挨了一巴掌："身上生虱了，安生睡会儿。"

挨了打的大妞一动不动，使劲地闭着眼，装睡。她知道把娘吵醒的下场，那意味着即便是等来那个声音，她也不能跑出去。

窑里重新静下来，娘发出细微的呼噜声。大妞从炕上溜下来，轻手轻脚开了门，在院子里站了一会儿，除了无休止的知了叫声，别的任何声音都没有。

她打开院门,上到崖头上,路上空无一人,甚至连一只鸡一条狗都没有。远远地能看到苦楝树下的碌碡上蹲了一个人,赤脊背勾着头。大妞知道,那是有望叔在吃饭。有望叔跟那个碌碡最亲,早上的酸滚水,晌午的蒜面条,后晌的红薯黄面汤,他都巴巴地从地坑院端到崖头上,还得蹲在碌碡上吃。

大妞溜达过去,从地上捡起一个苦楝籽,扔进有望叔的大海碗里:"有望叔,给你加点菜疙瘩。"

看见是她,有望叔从碗里挑出那个苦楝籽,笑了:"吃嘴娃又等卖凉粉哩?为嘴伤心,跑断脚后跟。老吃嘴将来都寻不下婆家。"

听见他说寻婆家,大妞脸憋通红,额头上立马沁出一层细汗。她扭身爬上老柿子树,找一个枝杈靠着,两条细瘦的长腿晃来晃去。她揪下一片油光肥厚的柿树叶,卷成喇叭筒,小头捏扁,嘟嘟嘟吹起来,比知了叫还难听。

她终于听到了那个等了一中午的声音:"凉——粉——挠凉粉——"

人应该还在后沟。

她麻利地爬下柿子树,回到自家院里,悄悄打开上窑门,娘还在打着呼噜。拉紧上窑门,从做饭窑里拿一个瓷碗,再到西窑里装一碗玉米,她的计划基本大功告成。按下来要做的,是一路跑上崖头,等待那个推着自行车的卖凉粉的人出现。

这凉粉和别处的不同,叫一生凉粉。绿豆做原料,磨浆发酵,闻起来一股酸浆味。凉粉切薄片,放在大铁鏊上烙干水分,再和葱花、蒜汁、辣椒一起炒热,耳朵里满是斜了半拉角的大铁铲子在鏊子里叮叮当当,一碗炒凉粉,配上石子火烧,再来一碗醪糟汤,哎呀呀，美气哩。观头村有句俗语：不吃凉粉腾板凳。这卖凉粉的摊子都挤不下了，撵着人走。

吃炒凉粉要到集上去，娘不领着大妞，就意味着她只能不停地想，不停地流口水，肚子里不停地抓挠。好在一到夏天，卖凉粉的人会推着自行车转村叫卖。车后一个大掌盘，盘里一整块凉粉，一只大搪瓷茶缸里半缸清水，挂一个黄铜的挠子，卖凉调的挠凉粉。可以用钱买，可以拿麦子、玉米、绿豆换。挠好的一碗凉粉，回家蒜汁、醋、香油一调，哎呀呀，照样美气哩。

拿钱买，是不可能的，实在想吃，大妞只能偷偷地拿粮食换。换回去，娘再生气，顶多骂几句，或者打一顿，横竖不能倒了喂狗，总是要让她吃的。

大妞等的就是这个声音。大多时候，娘在干活，或者醒着，她只能硬生生听着那个声音一点一点走远。

有望叔端着空碗还在碌碡上蹲着，看见大妞，喊她："吃嘴娃又偷换凉粉。"

大妞白她一眼："你管。"

有望叔说："卖凉粉的拐北沟那边了，今儿吃不上了。"

大妞说："你骗人。"

有望叔说："你听他在哪儿吆喝，走远了。"

大妞好不容易把一碗玉米偷出来，卖凉粉的又走了。她快急哭了，站在大太阳底下，不知所措，顺脖子汗流。

看着她的样子，有望叔笑了："不哭，不哭。我给你喊喊。"

嗳，卖凉粉的——

嗳，有人换凉粉。

嗳——来哩。

听到那个熟悉的声音应答，大妞红嘟嘟的小脸立马换了笑模样。

有望叔让大妞在苦楝树下等，她不，非要站在路上，生怕卖凉粉的看不到她。

一杆小秤称了玉米，换算成凉粉。揭开搭在凉粉上的湿布，凉粉坨上撩点水，黄铜挠子左弯一下，右弯一下，一缕一缕筋道的凉粉放进大妞的碗里，称完，有望叔说：给娃再搭点，等你一晌午了。

卖凉粉的都是乡里乡亲，好说话，拿起挠子又挠两下："端好了。"大妞赶紧抓起一缕放进嘴里，生怕吃晚了那点凉粉跑了。

一碗玉米换了大半碗凉粉，大妞的心快飞起来了。柿子树、榆树、楸树上的知了依然在吱哇吱哇地叫，大妞啥都听不见，两条细瘦的长腿已经奔进了门洞。

有望叔在后面喊："编好瞎话啊，看咋给你娘说。"

大妞哪里管得了那么多，在挨打和凉粉之间，当然凉粉更重要。

原刊责任编辑　张晓林

【作者简介】非鱼，河南三门峡人。中国作家协会会员，三门峡市作协副主席，河南省小小说学会副会长，曾获第四届小小说金麻雀奖。

遗 产

李 方

凑巧得紧，空简老先生赶在农历十月一送寒衣的前一天谢世了，享年八十岁，距他老伴亡故已整整过去了十三年。

空这个姓氏在当地并不多见，空简独木一根，夫人孤苗一朵，老辈子亲戚没几个，子女也想不起要告知哪些人。空简在机关一直担任会计职务，那种在大机关瞧领导眼色行事又谨小慎微的生活，导致他一生都活得战战兢兢而又精打细算、锱铢必较，因此很难有知心的朋友。21世纪之后，数字化生活日趋紧逼，他又学不会电脑，加之老伴生病在床，便退休回家。现在十余年过去，物是人非，子女们连通知原单位的想法都没有了。

长子空云说："算了。等事办完，直接到社保局办手续得了。"

次子空雨说："就是。来上一帮子不认识的科长、处长，送上一匹挽幛两个花圈，还得费心思招待，不值。"

女儿空雪眼睛瞅着别处，有一搭没一搭地说："嫁出去的女，泼出去的水。两个当哥的做主，我没意见，你们说咋办就咋办。"

倒不是几个子女对空老先生薄情寡义，没有感恩之心，而是他生前对子女们太"狠"。

老伴第一次重病住院，空先生尚未退休，以他那样为人处世的习惯，还不敢请全假在医院陪护。空云辞职下海，白手起家正创业，全部重担托给妻子，床前守了一月。

出院回家算账，空先生让三个子女平摊医疗费。空雨、空雪愿意，空云反对。理由是他在医院陪护一月，已损失不少，那一份，应由空先生负担，说完就走。空先生拉住他说："账还没有算清，怎么就走人了呢？"然后扳着指头，从空云生下吃第一口奶算起，算了一大堆，然后说，"刨除你这一个月的护理费，你再出医疗费的三分之一，就算是我老婆的喂奶费，两清了。"

空云到银行取了现金，回来一五一十点清楚交到空先生的手里，从此不再登空先生的家门。

空雨公司扩张那年，急需要钱，空先生正好办了退休，住房公积金可以全部取出。结果空先生对二儿子说："那是我们的养老钱，一分钱你也别想拿到。倒是你们从现在起，每月得给我们一份生活费。空云不上门没关系，你给传个话，生活费得给我们，直接转到我的微信上，免得他拉下脸来上我的门。"

空雪在商场跌打滚爬多年，成了老姑娘，结婚的时候，空夫人已经过世，只剩下空先生孤寂一人，还住在那逼仄、昏暗的楼房里。空先生既不去参加婚礼，也没给女儿置办一分钱嫁妆，但彩礼按照"市场价"照单全收了。两个哥哥看父亲太不像话，合力操办将泪痕满面的小妹出嫁了。

空先生算是把三个子女得罪完了。

生意一天好似一天,但老父年老体衰,都成了"老总"的空氏三兄妹聚在一起,动议给"吝啬鬼""葛朗台"请个保姆,让空雪传话。结果老父回话:"自个儿还能烧开一壶水,不需要,用不着,按时把生活费转过来就行。"

现在,当他们把先父瘦弱成一把的身体从床上抬到客厅,撤掉床上的被褥时,他们惊呆了。

红彤彤的百元大钞,成扎地平铺在床上,大致清点,差不多百万。

算计来算计去,身低下压着这么些钱,还月月讨要生活费!空云觉得那个已经躺到客厅地上再也不能说话的人简直不可理喻。

也许……也许……空雨不知道该怎样表达。

空雪抽出钱扎中的一张纸:

1942年,河南大饥荒,我只有两岁多。全家逃难,河南、陕西、甘肃,一路到宁夏,死得只剩下了我和你们的爷爷。固原鞍鞍桥边开车马店的胡掌柜收留了我们。他们家也是两个人,胡掌柜,一个比我还小的女儿。新中国成立,胡掌柜送我去上学,教我打算盘;1950年你们的爷爷去世前,把我托付给胡掌柜,要我改姓胡,胡掌柜死活不答应。1960年低标准,没吃的,胡掌柜饿得皮包骨,全身是绿的。临死前,把女儿托付给我,后来成了你们的妈。我因为识文断字,又会算盘,参加了工作,而你们的妈,因为成分问题,一生都是家庭妇女,抑郁成疾。我一生谨小慎微、与人为善。对你们一毛不拔,就是要你们白手起家,艰苦创业,克勤克俭,知道生存艰难。不要手里有了两个钱,就烧包耍横,忘了姓啥。我们空姓,来自河南虞城,你们的妈,也不是固原城里人,老家在甘肃平凉。万望你们,不忘来路,不辱先祖,对社会、对家人担负起责任,努力做一个好人。至于这点钱，对于现在的你们，也不算个啥，或分或捐，全由你们。

空氏三兄妹，望着那页纸，觉得那真是先父留下的一笔巨大遗产。

原刊责任编辑　刘琼

【作者简介】李方，固原市文联《六盘山》文学双月刊执行副主编，宁夏文学院签约作家。有多篇作品被转载。

鸡 公
王 溱

蟋蟀警觉地竖起触须,惊慌失措地蹦过一堵水磨青砖墙。不好,鸡公来了!

鸡公依旧是醉醺醺的,左脚绊右脚,右脚绊左脚,啪啪啪,人字拖结结实实砸在水泥地上,溅起各种水花。刚下过雨,水泥路是崭新的,铺满晚霞的余晖;洗刷过的"人字面墙"上,青苔嫩得发亮;最美的要数那道大大的弯弯的彩虹,一抬头就能看到。

可鸡公始终低着头。

捡废品哪有不低头的。他吆喝"好靓鸡公大过榄",捡起一个牛奶盒,再吆喝"好味道,真正爽",又扒到一个奶粉罐。他踉踉跄跄,一步一晃,捡到的宝贝都被他塞进挂在胸口的大麻袋里,鼓成一座小山。重吗?不重!比起当年驮着十几斤重的"五彩大公鸡"走街串巷卖鸡公榄,这算啥?

鸡公早就不卖鸡公榄了。不卖鸡公榄的鸡公依旧被人叫鸡公。

胖婶从木趟栊探出头来："喂！鸡公！来把纸箱搬走！"

高叔在天井里扯着嗓子骂："死鸡公，又拿走我浇花的铁罐！"

鸡公把胖婶的纸箱顶在头顶上，快步绕过高叔门前，又拐进另一条巷子。这一块叫"十八曲"，小巷子纵横交错，像好多条长蛇胡乱纠缠在一起。鸡公就住在这儿，某条蛇的蛇尾，某个连窗都没有的屋子。其实有窗没窗都一样，鸡公天天睡到日落西山才起来，屋里屋外一般黑。通常他会先喝上二两白酒，套上麻袋，再跌跌撞撞地闯进巷子，惊起无数寄居在此的老鼠蟋蟀蟑螂。

走到最宽的那条巷子的时候，鸡公就会停下来，默默注视着拐角处那栋骑楼，确切地说是注视楼上两条罗马柱中间那个窗户。

路过的调侃："鸡公，又在望二小姐呀？"

鸡公骂了句"滚"，又把视线移回窗户处。他自然是望不见二小姐的，二小姐早得病死了，那栋楼好几年没人住了。但鸡公又坚信自己是望得见二小姐的，看哪，二小姐就倚在窗户上，托着腮帮子眺望远方，听见鸡公的吆喝声才把眼睛转过来，巧笑倩兮，像往常一样扔下一块钱来。鸡公接住了，掏出一条鸡公榄拧紧了往上扔，不偏不倚，正入二小姐怀中。二小姐拧开鸡公榄，往嘴里塞了一颗，又继续凝望远处。鸡公看着她手中飘动的手帕，心痒得很，她到底在望什么呢？

想着想着，鸡公不自觉把手伸进麻袋里掏，掏出来的却是个易拉罐。再一抬头，二小姐不见了，空荡荡的窗户飘过一阵孤寂的风。鸡公把易拉罐摔在地上狠狠踩了几脚，摸出小酒瓶咕噜灌了一口，又弯腰捡起踩扁了的易拉罐。

但今天不一样。鸡公望了一阵，窗户上竟真有人探出头来，是个打扮齐整的女人，看见鸡公就喊："喂，收废品的，上来搬一下，这些旧东西都给你了。"

鸡公忙应："来来，马上来。"

鸡公上楼，见地上堆了一堆满是灰尘的杂物，有书，有梳妆盒子，有废旧的小家具。女人说："就这些，都搬走吧。"

鸡公卷起袖子开始搬书，一摞，两摞，忽地从书里掉落一沓纸来，一看，竟是压得整整齐齐的鸡公榄纸！鸡公摸着纸发呆了好一会儿，哆哆嗦嗦走到窗前，学二小姐一样眺望远处。远处有一条江，江上有星星点点的船只，夕阳照在江面，闪着令人向往的璀璨光芒。

鸡公正看得入神，那女人忽然问："看啥呢？还不搬？"

鸡公吓一跳："看，看落日呢，落日真好看。"

女人笑了："日出更好看呢。听房东说，以前住这儿的一个大户人家小姐最喜欢在这个窗口看日出。"

鸡公连连点头："对，对，日出更好看。"

鸡公把东西全搬走了。接下来好长一段时间，鸡公像凭空消失了一样，谁也没见他出来捡垃圾。"十八曲"少了他的吆喝声，寂寥了许多。

两个月后，吆喝声忽然又响起来了，伴随着吆喝声的还有尖锐的唢呐声，街坊们大跌眼镜，鸡公竟又变回名正言顺的鸡公了：身套一只五彩缤纷的"大公鸡"，头戴尖顶"叉鸡帽"，手里一只小唢呐，走几步吹一吹，吹几声又喊起"好靓鸡公大过榄"。

有人摸着崭新的大公鸡问："你做的？"

鸡公说："对啊，我很小就会做啦。"

又有人问："你躲起来这么久就是做这个哇？"

鸡公掏出一条鸡公榄："还有这个！买不买？有辣有不辣。"

就这样，鸡公不喝酒了，走街串巷卖鸡公榄。也怪，以前这玩意儿无人问津，现在重出江湖竟十分走俏，不仅不愁卖，还经常被拉着合影拍照。街坊们啧啧称奇，这个鸡公，还能预测市场风向啊？

更让人惊奇的是，鸡公居然给自己的屋子挖了个窗户。窗户不大，正好够探出半个身子。每天清晨天还没亮，鸡公就套上五彩公鸡从窗口探出身子来，高高抬起胸前的"鸡头"，摆开了打鸣的架势。

住对面的忍不住推开窗户问："大清早的干吗呢？这么早也没人买啊！"

鸡公说："我在看日出哇！"

那人疑惑地看了看他窗户对面高高的青砖墙，砰的一声关了窗户。"呸，垃圾佬。刚挣点钱就学会显摆了！"

原刊责任编辑　李佳怡

【作者简介】王溱，80后，广州文学艺术创作研究院专业作家，广东省小小说学会秘书长，广东省作家协会会员，广州市文艺评论协会会员。

铜锣李
杜景礼

李家营子秧歌队领头的没旁人，当然是拎着一面铜锣的李文强，人称铜锣李。这面铜锣据说是当年县衙里的物件儿，清朝传下来的。李家的先人给县太爷鸣锣开道，县衙门一撤，这面锣就跟着先人一起，解甲归田。于是，李家就多出一面铜锣来：直径五十公分，重十五斤，提锣柄用润而不滑的紫檀木，系锣绳用油而不腻的熟牛皮，打锣棒用直径五公分的水曲柳木，棒头用棉絮和布条缠裹，紧挨棒头系块红绸。

村里办秧歌会，来借锣。李文强说："借锣可以，但必须让我打。这锣可是传家宝啊。"会首当场同意。回来写分工时，会首忘了李文强的大名，就在"铜锣"后面缀上个"李"字，"铜锣李"由此在村里出了名。

打锣这活儿，实在没有多大技术含量。可是铜锣李愣是弄了个仪式感出来。他说祖辈有话：鸣锣开道，活轻分量重。用今天的话来说，那就相当于给领导开道的警车，是上着警灯、装着警报的。

秧歌出场，锣鼓先行。"当，当，当当当——"铜锣李左手提锣前举，右手挥槌敲击；左臂吃紧，锣身稳住不动；右臂舞圆，锣槌虎虎生风。再看铜锣李，那真是昂首挺胸，神色庄严，高视阔步，大步向前。他说这是他的仪式，还真让人没话说。这铜锣锣声清亮，穿透力强，足足传出十里地。

铜锣李一马当先，鸣着锣，开着道。举旗的举起红旗，秧歌队踩响高跷，耍起竹扇，舞起彩带，扭起秧歌。拉大衫的、扮公子的、扭拉花的、青蛇白蛇、取经师徒、傻柱子、老麦、娶亲车、狮子队，后面跟着文武场。踩高跷最怕的，莫过于地面的贼冰——表面上覆层土，下面却是滑溜溜的冰。这时，铜锣李最紧张。他停下身儿，举起槌儿，让路过的秧歌队员借个力，免得高跷打滑，摔坏人。

秧歌队打场的时候，铜锣李靠边儿歇脚。原本内定的打锣手刘金锁过来，摸摸锣，笑嘻嘻地打趣："大表叔，这锣，你怎么舍不得多打几棒呢？"铜锣李笑得很寡淡："有讲究的！""那有啥讲究？大表叔你舍不得，我看这就是讲究！"铜锣李站起身："秧歌该起场了。"

打旗的刘金亮是刘金锁的堂弟，再歇场时，笑问："大表叔，打锣真有讲究？""有，"铜锣李顿一顿，"给县官开道，打七棒锣；给府官开道，打九棒；给省官开道，十一棒；只有给皇帝开道，才打十三棒。""那你打几棒？""这可不能多，我只打五棒锣。""还有讲究吗？""有，像——鼓怕戳，锣怕闪，小车子怕跑偏。还有——打鼓听音，敲锣敲心。哎，锣心就是当中这个地方，也叫锣堂。"

一帮小年轻纷纷找铜锣李，想要锣打几下。铜锣李不给，弄得风凉话比锣声还响。铜锣李可不管这些，依然走在秧歌队最前面，打出自己的仪式感。

　　铜锣李心里明镜似的，问题出在刘金锁这儿。刘金锁是光棍一条，说大话，喝大酒，和寡母过着不咸不淡的日子。但他却有一样好：本地习俗有一条，人死下葬前，要有一个送浆水的，领着晚辈给长辈祭奠，这活儿犯阴，刘金锁却不怕，干起这活儿来，挺认真。

　　这一年正月，刘金锁因为平时冷一口热一口，胃病早已十分严重，却又从不在意，胃一疼，就喝一片镇痛片顶一顶。这人也怪，没打成锣，别的活儿就都拒绝。有了闲工夫喝酒，一下子把胃病喝犯了，吐血拉血，眼看着一天不如一天。

　　正月十三日傍晚，散了场的铜锣李来看他。铜锣李说："金锁，我这锣不能撒手啊。老辈传的，你可得谅解表叔。"刘金锁的心一热，吞吞吐吐地说："我……我没啥……想法。"铜锣李依然左手提锣前举，把锣槌塞进刘金锁手里："你打吧，打五棒。"刘金锁眼眶里含满了泪水，敲响了五棒锣。

　　这天夜里，刘金锁去了。新的问题来了：送浆水的刘金锁去了，谁给他送浆水？铜锣李挺身而出："打锣也是开道，送浆水也是开道，我不在乎有什么不好。"

　　送浆水时，铜锣李左手提灯前举，右手拎壶倾洒浆水，仍然走在队伍最前面，走出一种新的仪式感。

原刊责任编辑　韩艳

【作者简介】杜景礼，赤峰市小小说创作委员会副主任，内蒙古小小说沙龙秘书长，东北小小说沙龙理事。

日上三竿

李春华

我应聘到某制药厂办公室当文秘。

头一天,我头脚迈进工厂大门,后脚碰上一人,他龇着黄黑的牙,嘶哑的嗓门喊:新来的王秘书?

嘀,真是巴掌大的地方,啥事都瞒不住。我没吱声,他又补充道,我是看门的李老四,这是"张三"。

我一愣,低头一看,一条黄褐色的柴狗,机警地盯着我。

李老四?张三?我心里发笑,他看透了我的心思,问你羚姐吧。哈哈!他手里攥着墨绿色的尼龙绳,牵着狗扭头就走。他跛着一条腿,柴狗的一条后腿一颠一颠的——骤然,我心里生出一波酸涩。

羚姐说,李师傅在家排行老四,大名被人淡忘,李老四倒叫得山响。

那年唐山大地震,他老爸和姐弟们震亡,剩下老妈和砸残了的他,老妈伤心过度,得了失心疯。有个黑白颠倒、精神错乱的妈,他的腿又有残疾,谁家闺女肯嫁他?李老四年过五旬,还是光棍儿,当门卫兼锅炉工。

起初,张经理说工厂养狗像啥?李老四便递上笑脸,经理呀,可别小看它,真有了贼,它可比我好使。张经理瞅了瞅,瘸一条腿的狗,坏死的一只眼,眼球灰白,泪眼婆娑。就它防贼?气得张经理直翻白眼,可当着婊子不说短话,也就默认了。至于为啥叫"张三",羚姐闭口不谈。

没人知道"张三"的来历。看它机警的眼神,对周围环境的敏感,我估摸它遭遇过同类的攻击,或是人为残害。遇到李老四,也算它幸运。这小可怜,通人性,好像知道李老四就是它的天。在李老四跟前,温顺得像只猫,狗爪子搭在他的手上,与他贴脸,极尽讨好。每次看"张三"的特技表演,大家都笑得泪花闪烁。

李老四常到食堂收集剩饭,流浪狗来了喂饱它们,有的狗就不走了。

李老四还经常跟大家说,狗会引领我进入一个更慈爱、更温柔的世界。

由于李老四对狗的关爱,我对他更加敬重。

李老四的趣闻也不少。有一天,单位着急发货,员工都争着抢着装货。半小时里,李老四愣是跑两趟厕所,工友们见他来回跑,调侃他耍滑。他诡异地打着嘻哈,嘿嘿,最近老犯尿频的毛病。

李老四其人,不是三言两语能说清。不管咋说,李老四幽默风趣。一来二去,我跟他熟了,好奇地问,咋给狗起名叫"张三"?他巧妙荡开话题,笑而不答。

药厂要通过药品生产质量体系认证,张经理让我陪药监局的领导吃饭。

饭毕，又蜂拥到歌舞厅。我硬着头皮，应付差事，轮到我和张经理跳舞，他醉眼迷蒙，像只嗜血的蚊子叮住了我起伏的胸脯，"咸猪手"在我的后背摩挲，我下意识地躲闪，脚下一乱，踩了他的脚面子。他哎呀一声，我顺势抽出手，逃离了让人窒息的舞厅，扎进漆黑的夜。

当晚，眼泪在我的眼窝打转，有匹野马在大脑里狂奔，心乱如麻，一夜未眠。天亮了，我打定主意，递交辞呈。

谁想，李老四站在门口中央，歪着头打量我。

小王，昨晚没事吧？我躲闪着他的目光，没、没事。呃，没事就好，难道他学好了？我问，谁呀？张经理啊！你不问我为啥狗叫"张三"吗？这是不公开的秘密哟。哈哈。丫头，防着点吧，他气跑好几个女秘书了……

对于我，一个新人。他的话倒像一枚太阳，在我心里忽地爬上了三竿。我决定不逃避，往后也不再去陪舞。

下班洗澡，我们隔三岔五，听到隔壁男澡堂传来狗的嗷嗷号叫声。我猜，准是李老四给流浪狗们洗澡呢。他忒敬业，烧水温度忒高。女工们一不留神，烫得哇哇惨叫。

女人们也不轻饶他，若碰到李老四，呼啦围上，如一群母老虎，大有要活吞了他的架势。李老四，你个挨千刀的，你没安好心。水也忒热，你想把我们烫秃噜皮咋地？

李老四不搭茬接话，捂着嘴嘿嘿地坏笑，拨开人群，牵着"张三"一跛一跛地逃。

我下车间巡视，李老四从车间通道窗口探出头，跟尹师傅神秘地比画，躲闪着我悄悄地走了。我凑近尹师傅，你俩比画啥？尹师傅诡秘地笑，晚上，我俩吃……算了，小姑娘甭打听。尹师傅扭头没影了。他好喝口，半斤八两白酒是家常便饭。一定又和李老四喝酒、偷馋。我撇撇嘴扭头也走了。

有个文案要完成，我忙到了晚上。八点左右，我拎着包路过门卫，尹师傅像个不倒翁从门卫室晃出来，酒气扑来。他的手在空中画着圈。

王秘书，咋刚回？进去吃点狗……跟你说这干啥？

我愣了一下，伸长脖子看门卫室，恍惚看到李老四正在啃着啥东西，喝着小酒。

我打个冷战，不会吧？我宁愿相信是听错了，拖着疲惫钻进了黑夜里。

翌日，我哼着小曲，进了厂门，没看到李老四，又朝门卫室张望，也没见他。"张三"也没影了。

我满脑子问号，进了办公室。

羚姐，咋不见李老四和"张三"？

昨晚，"张三"咬了李老四逃跑让车撞飞了，李老四救它让车撞了，住进了ICU……

啊？"张三"咋会咬他？

昨晚，他杀了母狗莉莉……

窗外，三竿的太阳，躲进了云层。

原刊责任编辑　王菁慧

【作者简介】李春华，《唐山文学》特约编辑。唐山市文艺评论家协会理事。全国公安文联会员，河北省作家协会会员。

一九八四年夏天的秘密

王　锐

1984 年，我十岁，读小学三年级。

学校建在大队正中间，既不在堤边，也不在沟边，而是在河沟靠外的地方围成的院子。我和同队的小伙伴们每天早上沿沟边村道步行，过一座石拱桥，学校便到。

自小学一年级起，我就是一名较为用功的学生，时不时担任学习委员等职务。母亲尽管读书不多，但对我们姐弟要求很严，每次考试结束，总要追问分数，甚至还要确认老师用红笔批注在试卷上的分数才放心。

那年期末考试后不久，我们返校取回考试成绩，数学试卷"79"分的红色钢笔字格外刺眼。回家的路上，我走走停停，停停走走，心里很不踏实。我见那个 79 分的"7"字弯折处老师写得较为圆润，便用红笔偷偷改成"9"字。心想，99 分的数学加上本就分数不低的语文，应该排在全班第一名了，回去也好轻松面对母亲。

改完分数，时间还早，为了不让母亲发现试卷改动的痕迹，我磨磨蹭蹭，走了沟边走堤边，走了堤边上堤面，一公里多的路程，我一个人走了整整一个下午，傍晚时分才回到家。那时电灯也少，厨房点着煤油灯，母亲正做晚饭。

"回来了？"母亲问。

"嗯。"毕竟心虚，我不敢高声应答。

"分数呢？"平时母亲不说试卷，只说分数。

"在这里。"我抖抖索索从书包里掏出试卷，小心翼翼搁在饭桌上。

"拿过来！"母亲见我慢慢吞吞的样子，估计我没考好不敢拿给她，抬高了音量。

我便从桌上递给她。

"95、99，考得蛮好呀！"母亲刚刚严厉的眉头舒展开来，"第几名？"

"第一名。"我举了举食指。

母亲看了下分数便将试卷放下，没有产生任何怀疑。

整个暑假，母亲都很高兴。母亲是一个内敛的人，她的喜悦总是藏在心里，一般不会和人分享。那时，对于小孩读书成绩的优劣，大家关注度也没有如今这样高，尤其在为吃饱饭奔忙的"双抢"季节里。暑假假期较长，平时写写作业，帮着家里干些晒谷送茶水之类的农活，日子过得简单而充实，我也渐渐忘了上学期期末考试成绩的事。

一转眼，又到了九月份的开学季。

开学典礼上，校长宣布了一个前所未有的消息：为了激励学生刻苦上进，学校决定举行一个游行仪式，让期末考试年级第一名的学生肩挎红飘带和大红花,并敲锣打鼓把奖状送到学生家里,同时各年级第二、三名的学生佩戴小红花,一并参与游行。

开学典礼后的班会上,班主任老师公布了我们班的名次。由于上学期是全公社(乡镇)小学统一出题考试,数学试题增大了难度,因此同学们分数都不是很高,我的综合成绩排名全班第三,获得了参加表彰游行的资格。

为了不影响正常开学和上课,学校此次行动迅速,上午开学典礼结束,下午紧锣密鼓开展表彰上门。游行队伍从学校出发,时而沿着沟边,时而转到堤边,参加游行的同学们兴高采烈,社员们不约而同站在路旁用称羡的眼神看着渐行渐远的队伍。游行队伍里的我却低着头,红着脸,心里默默祈祷,希望母亲这时在田地里忙碌。但这种可能性微乎其微,因为校长通过大队广播已经将游行活动进行了播放,消息已是人人皆知。

那次,与我同队、低我一个年级的李同学偏偏考了个第一名。我们队在大队的北方末端,游行活动接近尾声时,长长的队伍和着鼓点也就到了我们队里。经过家门时,我看见我家的大门敞开着,禾场打扫得干干净净,禾场上摆放着许多木椅和一张小桌,桌上摆满了平时难得一见的瓜子花生饼干。我看见母亲换上了走亲戚时才偶尔穿上的新衣裳站在禾场中间,我知道她在用全部的热情做着迎接游行队伍的准备。

队伍经过我家门前禾场未做片刻停留,而是沿着连接沟边的小道径直往李同学家而去。当游行队伍与我家禾场擦肩而过时,我望见母亲那突然变得满是疑惑不解却又深深失望的迷茫眼神。她已经看到了我胸前的小红花,与李同学胸前的大红花相比,那朵红花小得可怜。

那天游行完毕后回家,母亲并没有像往常一样问这问那。从此,她仍一如既往关心重视我的学习,但不再追问我试卷上的分数。

自那以后,我更加勤奋更加努力,成绩多次名列第一,一直持续到外出求学。

1984年的夏天,曾经有过那么一个秘密,一直潜藏在母亲和我的心里并共同守护着,谁也不会主动去触碰它、说起它。

原刊责任编辑　徐志雄

【作者简介】王锐,湖南省安乡县人。湖南省作协会员,作品发表于《中国作家网》《读者》等,著有《醒着的村庄》。

养 女

张 弘

车上除了司机和售票员外，乘客就母女俩。

他们四人一直无语。最终，还是小女孩打破了宁静，她问道："妈妈，我们去哪啊？"

母亲没理会她，歪着头看向窗外，脸上写满了心事。

小女孩噘着嘴显得不太开心，但也没敢多问。

售票员看着小女孩那闷闷的样子，终于没有忍住，对她说："小闺女，我们是去岩村。"

"岩村？我们真的是去岩村吗？"小女孩兴奋地摇着妈妈的手臂问。

"嗯，我们是去岩村。"

"那我就能见到大外婆啦，岩村的大外婆。"小女孩一提到大外婆，这位母亲沉默地望着窗外，两只手不自觉地搓着衣角，似乎岩村和大外婆都是她的禁区。

"大妹子,你是岩村人吗?我跟这条线路那么多年,好像没见过你呢?"售票员疑惑地问,仔细端详起这位母亲。年轻的母亲则低下了头,好像生怕被认出来。

"我想起来了,你是小红,老李头家的?这么些年了,你终于知道回来看看了。"认出小红之后,售票员并不友好地说,"老两口把你从三四岁养那么大,到头来你还是回了亲妈那儿,你可真能做得出来……"

被叫出名字的母亲将女儿的双手紧紧地攥在手里,抬起头用乞求的眼光看着售票员。售票员望着小红渐红的眼睛,再看看边上的小女孩,把余下的话咽到肚子里。

直到岩村她们再没说话。汽车吱呀一声,停在路边,小红拉着女儿慌忙逃离了车子。她抬头看到了站在路边的养父,眼泪终于没有忍住。

老李头拉着小红的手,关切问道:"你妈妈好些了吗?这么多年难为你了。"

"爸,是我不孝,这么些年苦了您和娘,要不是二叔来找我说起,我都不知道娘得了这么严重的病。"小红哽咽着,想要擦干眼泪,却越擦越多。

"闺女,不哭,不哭哦。让爸看看你的孩子。"

"来,叫外公,你不是一直想看看岩村的外公外婆吗?"小红将女儿的手交到老李头手上,一边招呼着女儿。

"这就是你上次说领养的那个小姑娘吧?我来抱抱!"老李头轻声地对小红说。

老李头拉着小姑娘,满脸爱惜,"大外婆身体不太好,不能来接你,我们去见大外婆好吗?"

"太好了,我要见大外婆喽,我要见大外婆喽!"小姑娘搂着外公的脖子高兴地说。

"我第一次见到你时,你也就这么大。"老李头感慨道,像是对小红说,又像是自言自语。

原刊责任编辑　李跃

【作者简介】张弘,1994年生,2012年毕业于北京邮电大学。广西作家协会会员,广西新锐作家扶持人之一,多篇小说获奖。

发 现

芦芙荭

第一次遇见那对老夫妇，是在去年冬天。

那天，我去一个山区采访。陪我一起去采访的是当地县委宣传部的小苗。小苗是我们报社的通讯员。我们两个在一条山沟里走了好长时间，没见到一户人家。

已是午后了，太阳的光都有些往回收了。我们都有些疲惫。小苗走在我身后，不知啥时候，她竟然弄了一根树棍拄在手上。

这时候，我们看见有一缕烟从前面的树林里冒出来，淡淡地。

转过弯，果真就看见了一户人家。

走近时，就看见一个老太太正坐在门前的场院里晒太阳。她的面前还有一个火盆，火盆里的一只铜水壶正咕嘟咕嘟地往外冒着热气。烟大概就是从那里冒出来的。

老太太远远地看见我们，就伸长了脖子往我们这边看。眼神里满是好奇。等我们走近，老太太就站起来，说，来了？好像我们是她的熟人似的。

我说，老人家，您好！

老太太说，烤一会儿。

说着，老太太就弯腰往火盆里添了些柴。火盆里顿时又蹿起一股浓浓的白烟。

我们就走过去。刚走到场院口，旁边突然就冲出了一只黑狗，那狗不叫，却吓了我一跳。小苗尖叫了一声，竟然扔了手里的棍子，一把抱住了我的膀子。老太太就在那里嘿嘿地笑，说，它不咬人呢，是稀奇你们。果然那只狗摇着尾巴一蹦一跳地在我们身前身后撒着欢。

这真是个不错的农家小院。冬日的阳光铺满了院子。院子边有一块竹园，一群鸡正叽叽喳喳地在里面觅食。还有些鸟儿的叫在竹叶间飘来飘去。叽叽喳喳的，很热闹。竹林旁边有一棵柿树，柿树的叶子都掉光了，一颗颗柿却红红地挂在枝头。

这时，我闻到了一股异香。我回过头，就看见房山花的一块场地里，挂着两排刚刚熏好的腊肉，那些腊肉在午后的阳光里冒着猩红的光。一个老人正忙着把那些油旺旺的肉往一间屋子里运送。

老人看见我们，也说了一句，来了？算是打过招呼。就提着肉进屋了。

我向老人走过去，香味越来越浓，我还闻到了一股松木间杂着柏木的香味。顺着那股香味走近门的那一刻，我一下子被眼前的景象惊呆了。那间屋子的房梁上挂的全是腊肉，一块挨着一块整齐地排列着，足足有几百块。

我激动地叫了一声。

老人听见叫声回过头来，就在那一瞬间，我按下手里的快门。

之后的许多日子，我的脑子都被这个画面充盈着。那一排排腊肉中，一张古铜色的脸。没有欲望，没有贪婪，平静而安详。

我和小苗帮老人把那些腊肉挂在了屋子里的房梁上，之后，就和老人一起靠在房山花的墙上晒太阳。太阳并不暖和。

我说，老人家，你这腊肉卖不卖？

老人说，不卖。

我说，这么多的腊肉，怎么就不卖呢？

老人说，为什么要卖呢？

是呀，为什么要卖呢？我真不知该怎么回答。

回来后，我把照片做了些技术处理，取名《守望》并参加了省摄影大赛。很快，《守望》就以参赛作品展的形式在省报发表。之后，《守望》以强劲的视觉冲击力，在初赛、复赛中脱颖而出，冲进决赛，成了获奖呼声最高的作品。据小道消息，我的这幅作品很有可能冲击金奖。朋友们已在私底下开始向我祝贺了。五万元的奖金，对于获奖者来说，是个不小的诱惑。更重要的，这是省两年一度的最高摄影奖呢。

我打电话把这个消息告诉小苗时，小苗在电话里沉默了半天不说话。

我说，小苗，怎么不说话呢？

又是一阵沉默。

我说，小苗，是不是出了什么事？

小苗说，老师，那个老头出事了。

什么？老头怎么了？

小苗顿了顿，说，老师，你不该拍他。没等我回答，小苗又接着说，你拍的照片在省报发表后，不知怎的，老头老太太的家就被贼盯上了。一夜之间，只是一夜之间哪，他们一屋子的腊肉就被贼洗劫一空。那个老头一急就脑出血了……

你为什么不早些给我说？我有些急，对着电话喊了一句。

小苗说，我也是不久前才知道。再说，我们领导不让我告诉你。

小苗，我在电话里说，等着我，我立马动身，我们一起再去那里看看吧。

小苗说，老师，你别来，真的你千万别来。那个老头的病已有所好转，你就让他安安静静地养病吧。我们别再去打扰他们了。

我还是去了。

那天，我和小苗再次踏进那个农家小院时，我被眼前的情形惊呆了。

已是春天了，草已绿绿地在院子里铺了一层，院子的周边探头探脑地开出了一些花来。而那个老头坐在椅子上，歪着脑袋，嘴里流着哈喇子，口眼歪斜地冲着我们傻笑。那个院子再也闻不到那股奇异的香味了。我想，即使有香味，那个老头怕也是再也闻不见了。

那个老太太，见了我们，还是那句话，来了？

我说，来了。

那时候，我看见一只鸟从天空飞过，鸟叫了一声，又叫了一声。

原刊责任编辑 鲁顺民

【作者简介】芦芙荭，中国作家协会会员，陕西文学院签约作家，《商洛文化》杂志执行主编。作品散见于《北京文学》《小说选刊》等刊。

秋天的树叶

陆惠明

老张住在锦溪古镇旁边,原来上班的时候身体非常好。可赋闲在家没几个月,老张就病了,住院半个月,出院后就很少出门。

秋天,老张难得到小公园里走走,看到一地的秋叶非常漂亮,就弯腰去捡,一张两张三张……他越捡越来劲,捡满一马甲袋后就拿回家放到车库里。

媳妇小艳下班回家,停车的时候看到了那袋树叶,好生奇怪,没事捡一袋树叶做啥?上楼开门,就问老张:"爸,车库里的那袋树叶是不是你捡的?"

老张回答说:"嗯。"

小艳不解地追问:"捡那树叶干吗?"

老张说:"卖钱啊!"

小艳惊奇地说:"卖给谁啊?我还从没听说过树叶能卖钱的。"

老张呵呵地乐了:"我也是听人家说的。"

小艳觉得可笑，跟老张说："人家说的你就信啊？那人家为什么不去捡啊？要是这树叶能卖钱，还轮得到你去捡啊？早就捡光了。"

老张听着小艳的话，就没再吱声。

一会儿，儿子小张回来了。小艳就告诉他老张捡树叶的事情。

老张不敢正视儿子，耷拉着头，就怕儿子说他的不是。

小张看看小艳，惊喜地说："卖树叶啊！我早就听说过，是真的，树叶真的能卖钱的，听说人家一个老太太捡树叶月收入上万呢！"

小艳一摸小张的额头说："你没发烧吧？真是有其父必有其子。"

小张兴致更高了："爸，树叶在哪里？我去看看，拍几张照片。"

老张也看了眼小艳，嘴角露出了笑意。

父子俩下楼去了车库。小张拎起马甲袋，掏出手机拍了几张叶子的照片，对老张说："我明天就上网打听一下，看哪里要买的。可这太少了，等捡多点一起卖。"

老张乐了："行，明天我再去小公园捡。"

第二天，小张回来告诉老张："还真有人要买，我把照片发过去，人家就回复我，湿的五块钱一斤，干的十块钱一斤。爸，我们也没地方晒，就卖湿的吧。明天我就帮你寄过去。"

老张开心得直点头，好好好。

两天后，小张交给老张二十块钱，说："正好四斤。"

老张拿着钱看了看小艳。小艳却看了看小张。小张看了看小艳，又看了看老张。

于是，老张每天都去公园或是林子里捡树叶。有人问他："你捡树叶干吗啊？是生炉子吗？"老张嘿嘿地笑，他不想告诉别人，于是他就顺坡下驴："生炉子，生炉子。"

小张再帮老张去寄树叶的时候，小艳悄悄地跟在他身后，就见小张来到开发区的垃圾站，将老张捡来的树叶全部倒了进去。小张转身要走，小艳拦住了他。小张一惊，然后是一脸的微笑。

小艳说："为啥要骗人？"

小张做了个鬼脸，说："老爸年纪大了，精神有点压抑，上次住院时医生叮嘱，要让他多动动，我也常劝他多运动运动，但他就是不肯出去。那天，他说树叶能卖钱，我觉得这是个非常好的方法，既能运动，又能呼吸新鲜的空气，对他的身体十分有利。"

小艳白了他一眼："那你为啥连我也要骗啊？"

小张说："我怕你一不当心说漏嘴。"

晚上回到家里，小张摸出二十块钱给老张。小艳在一旁敲边说："爸，没想到你捡的树叶还真的能卖钱啊……"

没想老张的眼泪突然在眼眶里打转，哽咽着说："我没有白养你这个儿子，也没有白娶你这个好媳妇。这普通的树叶哪能卖钱啊？是我太小心眼了，我只是想看看你们有没有孝心，你们都是我的好孩子，明天起，我就不去捡树叶了。"

小张和小艳瞪大眼睛说："爸，你哪能不去捡呢？这树叶能买到比钱更珍贵的东西啊！既能锻炼身体，又能呼吸新鲜的空气啊！"

老张笑了："好，好，好，那我明天继续去公园、小树林捡树叶，但捡好以后直接扔到垃圾筒里。"

三人你看看我，我看看你，不由得相视而笑。

原刊责任编辑　李梦琦

【作者简介】陆惠明，江苏昆山人，中国民文协会会员，昆山市第二届签约作者，作品发表于《小说选刊》《文学报》《微型小说选刊》等报刊。

封　刀

揭方晓

其实，北街侯老五剃头的手艺真不怎么样。

开门立铺数十年，除了会推光瓢子，就是剃短得露着大片青皮的小平头。也难怪"侯老五剃头铺"门庭冷落，比起左边的美容店、右边的美发馆，实在有些寒酸。

所幸，有人喜荤，就有人喜素。

一批老哥们儿，过了爱美的年纪，就图光瓢子或是小平头舒坦，隔十天半月就会找上门来，让侯老五推推剪剪、洗洗刮刮，蔫儿吧唧地来，清清爽爽地走。侯老五总算没饿着。

这群老哥们儿里，就有南街彭老二。

早年前，依托街对面那条大河，县里办起了航运公司，负责竹木、药材、砂石等大宗货物的运输。彭老二别的本事没有，只有一身蛮力，在航运公司里当了一个搬运工，也算吃上了皇粮，成为国家正式职工。

风水东来西往。几年前,航运公司倒闭,上头说是资产重组,彭老二年纪也大了,领了一笔遣散费,守着低微的退休金过日子,不干不涝,也还自在。

最自在的,就是去侯老五那儿剃头。

每回彭老二上门,侯老五总是喜笑颜开,顺顺溜溜地和他斗嘴。

一个说:"怎么啦,您这么大的国家职工,又屈尊来咱这小铺里剃头?莫掉了身价哈,否则赶紧伸手捞着,也好全须全影地装回去。"

另一个回答道:"若不是瞧你这儿便宜,涨了半辈子,到现在也才十元钱,我指定不会来。你这破手艺,害了我一辈子,白瞎了我这一表人才。"

又或是一个问曰:"咦,你这破铺子怎么还没倒啊?"

另一个笑着说:"放心,您归天的那天,我指定关铺子封刀。"

说说笑笑间,这头也剃完了,脸也刮净了。

与彭老二斗嘴,在侯老五看来,是人生中难得的快乐。

这天,侯老五心里总是不得劲,觉得有大事要发生。可哪里不得劲?又说不清楚,道不明白。一上午,除了剃那几个头时还算心神安定外,右眼皮跳个不停,心里慌慌的。

对了,这几天彭老二得来剃头啊,怎么没见他人呢?

想给他打个电话,摸出手机侯老五才发现,自己根本就没存彭老二的号码。手机、手机,在别人那儿如生命般须臾离不了身,低头族、手机控,都快成一种病了。可在侯老五这儿,除了跟外地的儿子联系外,几乎就是一块废铁。甚至,还不如废铁有分量。

也是,除了剃那几个熟悉得不能再熟悉的头,侯老五几乎没有

入围佳作

什么业余爱好，喝酒、打牌、钓鱼，那都不是正经人该干的。侯老五人虽低微，可自命清高，不屑为之。

爱好少了，手机自然就成了摆设。

晌午时分，一辆轮椅远远地轧来，轧得青石板痛苦地"吱呀"作响。还没回头，侯老五就知道，彭老二来了。心突然像被针扎了一样，疼痛得直不起腰。

他回过头，微笑着点头："来了？"

轮椅上，彭老二须发零乱，瘦得脱了人形，如骷髅般。可他勉强撑着笑脸，打趣道："来照顾你生意，怕你饿死。"只是，声如蚊蚋，拼尽全力也到不了侯老五耳边。

推着彭老二来的，是他儿子小小。小小双眼通红，拉过侯老五，低声道："侯叔，我爹卧病在床，这些天滴水未进，今天突然精神好点，挣扎着要来您这儿剃头。我们不让，说请您老上门为他剃头，他死活不肯，硬是要自己来。"

侯老五心头一热。自己从不上门剃头，彭老二自然是知道的。

一块干净的白布，倏地展开，又倏地铺在彭老二胸前。推剪徐徐，时高时低，将彭老二一头乱发推了个干干净净。肥皂沫儿，饱满丰盈，均匀地涂满了彭老二的脸。锋利的剃刀，在彭老二那张灰暗的脸上翻飞，从额头，到左颊，再到右颊……

突然，彭老二头一歪，没了声息。

小小用手指试了试，掩面痛哭："侯叔，我爹去了，莫再剃。"

侯老五不理，将彭老二的头扶正，剃刀依旧翻飞，越过沟壑，跨过森林，溯过激流，穿过时光，将一切骄傲、荣光、失意、寂寥，通通剃个精光。

剃刀归来，已无光芒。

那一天，侯老五正式关铺子封刀。

原刊责任编辑　朱昱颖

【作者简介】揭方晓，江西作家协会会员，发表及获奖小小说若干。《流石如玉》获纪念香港回归二十周年世界华文微小说有奖征文大赛二等奖。

父母的爱情

佟掌柜

母亲躺在病床上，瘦骨嶙峋的背影在昏暗的灯光下显得阴冷。时间的指针，像缀着铅球，动得缓慢艰难。

父亲和母亲一起生活了六十年，我一直不认为他们之间有过爱情。他们年轻时，总是不停地争吵，争吵的原因小到柴米油盐，大到赡养父母。

二十世纪七十年代的时候，家家都没什么钱，我又经常生病，母亲口挪肚攒存点积蓄着实不易。父亲经常将偷偷攒下来的钱，寄给乡下的爷爷和小他二十岁的叔叔。那时我是站在父亲边的，直到结婚后，才开始理解母亲。叔娶婶娘时，父母竭尽全力支持叔盖起三间瓦房。那之后，他们因老人争吵的次数少了，却还是闹个不休。

我曾问过父亲，你爱过我妈吗？父亲讷讷地说，那年月啥爱不爱的，媒人说你妈会过日子，我看她人长得也不错。

我也问过母亲，你爱过我爸吗？母亲眨几下大眼睛，脸色微红地说，那年月啥爱不爱的，媒人说你爸在城里工作，我想城里生活总比乡下好吧。

"水……水……"躺在病床上的母亲又咿咿呀呀地叫我了。我用小勺沿着她已见干瘪的唇，喂她两口水，然后帮她翻个身。我深知母亲已时日无多，心里也早有这样的准备，但面对瘦成皮包骨的母亲，我的心仍然隐隐作痛。

小时候，母亲把家里所有的细粮都留给我吃，又常以莫须有的理由打骂我。有一次，母亲下班回家，看见我坐在大床上读书，突地发起无名火，大骂我不懂事，把新铺的白床单坐出褶子。半夜，她突然穿上衣服，只身投入茫茫的夜色中。父亲叫醒了我，尾随她来到铁轨旁。列车在眼前呼啸着疾驰而去，父亲走向母亲，夜色里两个苍茫的背影让我不知所措，我大哭起来。也许是我的哭声，也许是父亲的安慰，母亲随我们回到家中。

后来父亲偷偷对我说，盯着点你妈和隔壁的大爷。我从他们无休止的争吵中，懵懂地感觉出什么，但最终一切就像从未发生。

"老佟，老佟……"母亲又下意识地喊父亲了。我拍拍她的后背，告诉她，父亲回家了。母亲浑浊的眼神看了我一眼，嘟起嘴生气地说："又回家。"顿了顿又问，"你爸饭没？"我说，爸吃过了。她似乎放下心："翻身，翻身……"

母亲病了十年，心梗、脑梗、小脑萎缩、心衰、呼衰，各种疾病的名称都在这十年里涌入了我们的生活。周末看望父母的时候，听到母亲像小孩告状般和我说得最多的话是："你爸傻，做饭慢……"还时不时用她干枯的手掌，对父亲做击打状。而看到父亲做得最多的是：一遍遍搓着母亲瘦得不成样子的腿，熟练地将围裙扎在母亲的身上，给母亲一勺勺喂饭。

我时常对母亲说："妈，你真是嫁对了人。"母亲好似不认同地斜眼白我，偶尔也会呵呵地笑。

一天，母亲让我找出压在箱底的相册，一张张翻看。看到父亲穿着军装，笔直的脊梁上背着一支步枪，站在工厂大门口背影的照片，停顿片刻，眼睛里竟蒙上一层水雾。

前天晚上，母亲突感呼吸困难，我喊来医生，看着急救中的母亲，忍不住痛哭失声。当意识到这时候最需要坚强的是我时，我发现父亲坐在病房的角落，双手蒙住了脸。我听到他喃喃地说，你要走了，我也不活了。

窗外，黎明的曙光已逐渐吞噬黑暗。

我再次帮母亲翻了个身，回身躺到陪护床上。无边的困倦袭来，竟有了梦境。

梦中，父亲拎着那只用了十年的保温桶，蹒跚地走着。那佝偻得厉害的背影，一点点与母亲在月光下散发着清晖的背影逐渐重叠……

原刊责任编辑　康弘

【作者简介】佟掌柜，本名佟惠军，高级会计师，中国微型小说学会会员，中国寓言文学研究会会员，辽宁省作家协会会员。

错　位
王培静

　　放学刚进家,妈妈对儿子鲁一贤说:你去超市买两袋酱油,回来再写作业。换了笑脸对一起进家的鲁一敏说:一敏,先喝杯水,再去写作业。

　　鲁一贤看了看身边的姐姐,鼻子里哼了一声,愤愤不平地问道:你怎么不让她去买酱油?她比我大,偏心眼。

　　你是男子汉,姐姐是女孩子,凡受累的活都应该你来干。没什么条件可讲,放下书包赶紧去。

　　鲁一贤接过妈妈递过来的零钱,向姐姐白了一眼,姐姐向他做了个鬼脸,他不情愿地出了门。

　　路上他恨恨地想:姐姐比自己大一岁,可妈妈处处向着她,让干活的是他,可有好吃的,却总是让着姐姐吃。买衣服也是,给她买三件,也给自己买不了一件。鲁一贤心里有了一个判断,自己肯定不是爸妈亲生的。

初二时有一天放学后他去找姐姐,姐姐班里的人说,她请假走了。鲁一贤回到家,爸爸问:你姐呢?

他说:放学后我去找她,她班里的人说,她请假走了。

天这么晚了,她会去哪儿呢?你不问问她们老师,她请假的理由是什么,去干什么了?爸爸质问道。

我哪知道这些,我以为她有事先回家了。

你是男孩子,应该保护姐姐,你没找到她,不想想怎么去找到她?你姐姐要出点什么事,看我怎么和你算账。

她没回家,怎么成了我的错了?我算看明白了,在这个家,我是个多余的人。不行,我就离家出走。鲁一贤委屈地哭起来。

哭什么哭,快跟我一起去找姐姐。

高中毕业后,鲁一贤考上了上海的大学。他心里想,总算能离开这个不公平的家了。报志愿时他就想,上大学离家越远越好。大学期间,他也很少回家。

大学毕业后,他留在上海工作。

几年后,他在上海结婚成家。结婚时他告诉家人,他和爱人商量好了,不办婚礼,他们去马尔代夫旅行结婚。

这天,他突然收到两封陌生人的邮件。打开一看,是姐姐和妈妈的。

一贤:

我是姐姐,你在上海过得还好吧?你的手机换号了,也不告诉家人一声,一家人都很挂念你。上个月我去上海出差,走时爸妈嘱咐我,一定要想法找到你,去看看你。可我动用了自己所有的同学、朋友、同事的关系,也没打听到你的下落。

小时候，姐姐经常欺负你，爸妈也总是护着我。姐姐做得不对，你是弟弟，姐姐应该保护你、呵护你才对。姐姐在这儿对你说声：对不起，我的亲弟弟。我保证，姐姐今后一定把小时候欠你的弥补上。

爸爸妈妈头上都有了不少白发，虽然表面上他们不说，但我知道，他们心里很想念你。

姐姐下个月要结婚了，希望得到弟弟的祝福，盼望你能回来参加我的婚礼。

姐姐：一敏

一贤：

你好吗？

你小时候，妈妈对你太严厉了，妈妈在这儿对你表示歉意，说声：对不起。多少个夜里，妈妈从睡梦中哭醒。

你爸爸病倒住院了。他让我告诉你：儿子，对不起，小时候让你受委屈了。你不是怀疑自己不是我们亲生的吗？实话告诉你吧，你姐姐才是我们抱回家的。你两岁时，她爸爸妈妈因为吸毒贩毒被执行死刑，她家里没有亲人了。所以自从她进了家，我们就不想让她受一点伤害，什么事都把她放在第一位。因为你是亲生的，虽然你小，凡事却都要你让着她，现在想想，小时那样对待你，有点太不公平。

儿子，你结婚不让我们去上海，你们也不来家，你知道我们做父母的心里是什么滋味吗？心如刀割啊。知道你心里一直怨恨我们，原先一年还能通两次电话，这几年连电话也不打了。我们联系不上你啊，给我们一个机会，让我们把小时候欠你的疼爱补上行吗？有时间回家来看看吧。

想念你的爸爸、妈妈

一贤任泪水从脸颊流进嘴巴、流进肚子，他拿起手机，拨通了妈妈的电话：爸爸、妈妈，我现在理解你们为什么小时候对待我和姐姐的态度不一样了。你们不要难过、伤心，是儿子这些年太不懂事，我们还是相亲相爱的一家人，我明天就请假回去看你们。

原来，一贤的爸爸是缉毒大队的副大队长，妈妈是法院的一名法官。

原刊责任编辑　李凌

【作者简介】王培静，中国作家协会会员。在《小说选刊》《时代文学》等刊发表文学作品三百余万字，出版个人作品集二十部。

恋爱开始了

何高峰

大楼里的电梯，总让赵文想起学校门前的街。

街是忙碌的，日夜不息的，也是按街的本来正常运行的。可一到了上学和放学，就超负荷了，满街的人流车流，似一条洪水泛滥和肆虐的河，无章和无序着。

街多累呀！每天从那里经过，赵文都要心生爱怜；每天上班下班乘电梯，赵文也生发同样的感慨：电梯太劳累、太辛苦了。四部电梯，红色的数字红上红下，根本没有歇的时候。就这，过道上还是挤满了人，都站到过道外的大厅了。可惜人们还在无声地抱怨，眼巴巴地瞅着急着。

这会儿，赵文眼前的电梯正常了，就像我们的日子，在大多数的时候，都是这样不急不慢也没有多少改变地重复着。赵文刚要跨进电梯，突然，一个人就冲了进去，惊得赵文后退了一步。来人很年轻，又高高的个子，又棱角分明的脸，又西装领带地整齐着，好像还高档着，就更显出青春的朝气了。赵文坐在办公室里，泡好茶都喝半杯了，还在想，如果不是和她争着进电梯，那个人还真帅气还有点气质呢。可是，连"女士优先"这一点常识都没有，一切都归零了，就算是一美男，就算是有权有钱什么的，那又怎么样？

赵文还在想着，越想越生气地想着。电话来了，老同学张莉又介绍对象了，研究生毕业，和赵文一样是公务员，独生子，就在这楼里上班。

今天见这，明天见那，相似的地方，相同的程序，很多时候，她都宁愿放弃。她不知道这是为了自己，还是为了父母亲，或为了身边的什么人。

见面的地方是在张莉家里。赵文怎么也没有想到，要见面的人，就是她之前碰到的抢着进电梯的那个人。于是，一切都简单了。赵文拿出手机看了一下，然后离开客厅去阳台拨了个电话，回来说家里有急事，对不起什么的，就急匆匆走了。当然，什么事情也没有，用母亲的话说，谈恋爱就是她最大的事。但赵文就是赵文，装作拨电话，还一本正经地说，噢，噢，我知道了，我马上就来了。

事后，张莉问赵文拒绝的原因，赵文很无奈，只好胡乱去搪塞。可惜，赵文的无奈没有人能够理解，母亲就常说，人都有缺点，水至清则无鱼，人不能太计较小节。可赵文偏偏不能容忍这所谓的小节，一如连"女士优先"都不懂的没素养。而赵文谈对象失败大多都由于类似的原因。

有一次，两人相处都一个月了，去公园里看花展，经过十字路口时，红灯亮着，赵文停了下来，那人继续走着。

赵文说，停下，前面是红灯。

那人边走边说，这会儿没车。

那是个冬天的太阳把街道照得亮晃晃、暖融融的日子，赵文的心却一下凉了。一条街将两人隔了开来，尽管男朋友在街那边眼巴巴瞅着，赵文还是转身原路返回，只把背影留下。

因这事和对象告吹，赵文被张莉狠狠训了一顿。张莉说，咱这是小城市，不能和大地方比，摩托车都闯红灯哩，这算什么呀？赵文说，文明还分地域吗？

赵文的母亲和赵文摊牌了。母亲说，人生很多时候是要糊涂的。只要把握住大原则，人品好、爱你就行。你大学毕业都六年了，也快三十了，婚姻这事情，一旦过了最佳年龄，挑选余地就少了，真正不敢再耽搁了。

母亲说着眼泪就出来了。

于是，赵文的恋爱又开始了。

恋人叫唐东，汉语言文学专业毕业的，在医院搞行政工作，聪明会来事，不到三十岁就是很能干的科长了。唐东也是张莉介绍的，张莉特别叮咛唐东，要千万注意小节，重要的是要像一位绅士。唐东本来就有良好的家庭教养，为人处世都挺好的，听了张莉的话，就更小心了。

所有人都说唐东和赵文是郎才女貌，其实应该是两人都有才有貌。

赵文自己也觉得不错，一晃，快半年了，于是说好了，五一订婚。

礼拜天，唐东带着赵文去吃饭，本来要去大酒店的，可赵文有些累了，说也吃不了多少，就在前边的小饭馆随便坐坐吧。两个人在熙攘嘈杂的大厅里坐下，赵文要一小碗馄饨，唐东要一碗米线和一个肉夹馍。赵文的饭倒是正常来了，可本来应该是唐东的米线，连续两碗都端到别处去了。

唐东笑笑地对服务员说,你把我给忘了吧?服务员,你没点米线嘛。唐东说,早都点过了呀。唐东是平静和不着急地解释,可服务员却不耐烦了,把一碗米线又给了别人,说我记清着呢,你来得迟还想吃得早,像你这样的年轻人我见得多了。

唐东看了赵文一眼,赵文像没事似的,依旧不紧不慢地吃着她的馄饨。唐东不再吱声,而是去前台说明情况。按说,也就没啥事了,只是服务员却发火了,说,来得迟还想插队,还胡告状,什么素质?唐东说,我没告状呀,就说明情况嘛。服务员说,说啥情况?谁证明你来得早?

按说,还是没啥事情。但服务员又说,人不可貌相,看着整整齐齐的,谁知道是啥人。唐东再也忍不住了,说,我看你年龄大不想计较,你怎么没完没了?服务员说,年龄大怎么了?你就不老?你老了也是这般没素质。唐东提高了声音说,不就一碗米线嘛,你咋总缠住不放,动不动就教训人,像你这样,谁还想到这里吃饭?服务员说,有你不多,没你不少,我们这里还不欢迎你这样的人呢,有钱到大饭馆去,在这里逛什么能?

后面的事就自然发展了,都动粗口了,都骂开了,让人给拉开了……

五一的婚没订成。赵文的爱情就因为那个米线风波吹了。赵文的母亲,还有张莉,还有唐东的父母亲,都为这桩美好姻缘努力地劝说和游说,唐东也进行了苦苦地哀求,可赵文任你千说百说,反正不行。赵文想自己是否太较真太绝情了,可思前想后,还是不能容忍。不就一碗米线嘛,至于吗?发火动怒骂人,不管什么原因,也是没有涵养的表现,以后对自己,这种所谓的一时没控制住当然也会有。

张莉和她不来往了,母亲再也不像从前那样催她恋爱了,而且像是变了一个人,似乎她不再是一个女儿,而是一个什么客人,总是虚情假意地,很小心地应付着、应酬着。

这日,单位院子里的知了一声紧似一声。赵文坐在办公室里,听着蝉声阵阵,很是心疼蝉那短暂的生命。它是叫着夏天不要离去吗?还是呼吁夏天去战胜秋天,让这个世界永远都是夏日的繁华?大约都是一样的,其实人又何尝不是这样,说什么要抓住青春的尾巴,还不是想让青春永留?

终于下了班,赵文默默地出了大门,准备去参加一个朋友组织的小聚。赵文来到酒店二楼,才知道跑错了,刚转身要离去,发现有一场婚礼,司仪高声喊拜父母,她不由得又转过身去看。那一对父母,父亲是一身藏蓝色的西装,在红红的领带那耀眼的热情里,格外精神。母亲是一身红色的套裙,似一团火焰在燃烧,在燃烧着一个母亲的喜悦。父母亲笑得眼睛都成一条缝了,满脸都是激动和自豪。

忽然,赵文的眼泪就溢出来了,转身就向家里奔去,她要回家告诉父母亲,他们的赵文又想恋爱了……

原刊责任编辑　徐晓红

【作者简介】何高峰,陕西商州人,在全国省级以上报刊发表小说、散文等文学作品四百余篇,获各种文学奖三十余项,出版散文集《岁月流淌》。

金 牙

吴全礼

一场暴雨过后，鸡头巷那片自建房本不太顺畅的下水，被雨水夹带的垃圾和泥土堵得严严实实。

郑老蔫的前排邻居韩丽珍要疏通下水道，自然要开挖他家院子，向来还算讲道理的郑老蔫死活不同意，拎着一把铁锹和韩丽珍请来的施工队干上了，软硬不吃。管片民警被邻居喊来处理此事。

前后排相安无事住了将近二十年的邻居，上水下水，哪家没有折腾过？谁也不能只进不出。

要不是这场暴雨，谁愿意折腾臭烘烘的下水道呢？再说，你郑老蔫砌死了巷口，把七八米的一段巷子裹进了你家院里，招呼都没打一下，我也没把你怎么样。我家的下水进了你家的院子，只能怪你！管片民警小张敲开门，郑老蔫死活不让步。眼看下面挨排的邻居下水快修整好了，只剩韩丽珍家。天天拎着死沉的一桶桶废水出去倒，对她一个快六十的女人来说，也是件难心的事儿。刚送走老伴,身边又没儿女相帮,韩丽珍哭天抢地,郑老蔫嘴里叼根烟与他无关似的有一口没一口地抽着,看也不看韩丽珍一眼。

郑老蔫见天紧锁着院门,蹲在巷子里看施工队掏挖下水道。

"你让施工队来挖吧。"第三天早晨,郑老蔫看到吃力地拎着一桶废水的韩丽珍,眼皮没抬扔下这句话,背着手向巷子里面走了。韩丽珍以为自己听错了,抬头看看四周没有别人,郑老蔫的身影从对着巷口的院门一闪就不见了。说起年龄,郑老蔫和韩丽珍差不了几岁,可精神头却差远了。郑老蔫走道的样儿,就像背着百十斤的重物,踢踢踏踏的脚步没个利索劲儿。

郑老蔫和原配老婆离了婚,女儿也被老婆带走了。没过两年他和一个外地打工的女人混在了一块儿,好了不到半年,就开始经常白天黑夜的不是吵就是闹。吵吵闹闹过了五六年,那个胖墩子似的女人突然就不见了。郑老蔫脾气有些古怪,向来独来独往。那个女人不见了,郑老蔫把院子重新收拾了,悄没声息地就把那截巷子扩进了他家院里。

"哎呀,人骨头!"几个施工的人围了过来,随后又挖出几根白骨。施工碰着过无名尸骨不是一次两次,这片居民区原本就是在一块荒地上形成的。一个年龄大的人用块红布将尸骨包好,安顿到附近的山坡上。等郑老蔫从外面回来,施工队已经把整个下水弄好走人了。虽说尸骨是在自家房后发现的,可韩丽珍怎么想都感到害怕。当晚几乎没合眼,天刚亮就跑到派出所去找片警小张。

警察又挖出一些白骨来,郑老蔫挤在人群里看了一眼,转身进了屋。整个白骨拼出了一个完整的人骨架,这片居民谁也说不上这副白骨的来历。根据骨架的腐烂程度,办案的警察说这个人被埋不到十年。韩丽珍心里一惊,这片邻居哪家不是超过了十年的老住户!

"我哪知道？我要知道早搬走了！"警察把郑老蔫从家里带走时，邻居没人相信这事会和他有关。郑老蔫脾气糟糕些，心地还算善良，不至于杀人害命。整整一盒烟抽完了，郑老蔫再无二话。

想起那个和郑老蔫搭伙过日子的女人，在前后邻居七嘴八舌的拼接下，警察很快在纸上画出了大致的模样。可没人说得清这个叫秋葵的女人老家在哪儿，口音像四川的，再具体一些就没人说得清了。DNA检测的结果出来了，从郑老蔫家里搜查出的那颗金牙，和死者的一个牙槽一丝不差地对上了。秋葵的儿子在失踪人口里留下的DNA数据也比对成功。秋葵的儿子曾经来找过母亲，郑老蔫说不知去哪儿了。两个人没有办证，说走就走也是有可能的。证据摆在郑老蔫面前，铁证如山，再抵抗下去又有何意义？

"我天天做噩梦！"郑老蔫双眼黯淡无光，"十多年了，怎么骨头就没化呢？"

秋葵比郑老蔫小十多岁，老乡介绍说郑老蔫过日子节俭，家底肯定有些。千山万水跑到这个矿区来，秋葵想着怎么能给儿子弄点钱，美人计不好使，只好用苦肉计。两颗门牙血呼啦地捧在手心里，郑老蔫咬牙答应给她镶一颗金牙，另一颗至多给三百块钱让她自己看着办。秋葵镶了一颗金牙，另一颗就那么空荡着，天天亮给郑老蔫看。郑老蔫架不住秋葵不疼不痒天天闹，秋葵想着另一颗金牙一进嘴就立马走人，说死不能在这棵歪脖子树上吊着。

郑老蔫是谁？能让你个小十多岁的女人糊弄了？越琢磨越气恼，成心是来揩油的。郑老蔫那晚来了情绪，可秋葵力逼着让他答应金牙的事儿，两个人僵持不下，郑老蔫急火攻心双手掐到秋葵的脖子上。秋葵再壮实也是女人，挣扎了几下就软瘫了。

拿起电话想打120急救，可看到秋葵大张的嘴里那颗灿亮的金牙,积压在心里的恼怒膨胀放大。放下电话,找来一把钳子拔下了那颗金牙。屋里屋外找了几个地方都觉得不合适,情急之下想到了巷道里的下水道。天刚亮就找人将院墙破掉,等天黑后,将秋葵埋了。从不和邻居多说话的郑老蔫,见人就问有没有看到秋葵。对这种搭伙的女人,邻居们没啥好话,秋葵几乎不和邻居们说话。秋葵在邻居们眼里就像一个无法猜透的谜,只是谁也不想在这个谜上下功夫去猜。矿区里,这种搭伙的男女似乎很平常。

案发后的某一天,秋葵的儿子来到刑警队,索要那颗金牙,说要给母亲镶进嘴里。

原刊责任编辑　朱昱颖

【作者简介】吴全礼,全国公安文联会员,宁夏作家协会会员,鲁迅文学院第二期公安作家研修班学员。

六指杨

王 荀

  画家启凡与妻子金菊香走出武陵源景区的时候，已是华灯初上。吃过晚饭，回到网上预订的农家乐酒店，意犹未尽的启凡，情不自禁地吟起了李白"功成拂衣去，归入武陵源"的诗句。

  启凡这次来张家界旅游，有两个目的：一是想领略张家界集秀、幽、野、险于一体的自然风光，丰富创作素材；二是想走访画坛怪才六指杨。听说六指杨绘画不用毛笔，六个手指尖蘸着颜料就画得风生水起。

  启凡正在专心致志地欣赏着旅游照片，窗外突然传来了吵闹声，而且声音愈来愈高。

  "你说，你的小孩把我的画弄毁了，怎么办？"

  "老板，小孩不懂事，她不是有意的。"

  "那也不行！"

  "那你说怎么办……"

启凡实在坐不住了,蹬上拖鞋,走出房间,来到一楼大厅。原来,老板刚画好一幅山水,还没有落款,展放在大厅的地板上,被一个游客的小女孩踩得模糊不堪。当时,那个游客登记好房间,坐在沙发上休息。

也许是小女孩对这幅画感到好奇,就在那位游客把她放到地上时,她直接跑过去,兴奋地在画上走来走去。本来老板用水墨就重,加上国画颜色未干,瞬间那幅画彻底被小女孩毁了,成为一张废纸。

"老板,我女儿雯雯,五岁,癌症,花光了家里所有的积蓄。医生说,雯雯最多只有三个月的寿命了。"游客抱起雯雯,乞求老板原谅,目光干涩呆滞,没有一点儿神采,"雯雯喜欢看电影《阿凡达》,喜欢看影片中的山水云雾。我东借西凑一千元钱,带她来到张家界游玩。"

"你说这些,跟我有啥关系?"老板没有被游客的不幸打动,几乎是在吼,"我这是订单画,每幅两万元。好了,我同情你,赔偿一万元就行。"

"老板,"游客语音哽咽,一副可怜巴巴的样子,"别说一万元,我现在连一千元也没有。"

"别在我这儿玩套路了。这种把戏,我见得多了。"老板恶狠狠地瞪了游客一眼,十分气愤,"骗子,都是骗子。"

"我不是骗子,"游客说着,从行李包中找出医院诊断证明,"老板,你看。"

"我不看!"老板转过身去,不屑一顾。

启凡接过诊断证明,仔细看看,又递到游客的手中,心平气和地说:"老板,宽容别人,也是善待自己。"

"不行!"老板言之凿凿,没有让步的余地,"你能替他交钱,明早我就放他走。"

"这样吧,我给你画幅山水画,弥补一下小女孩的过失。"启凡想到一种补救措施,不知老板能否同意。

"你是画家?"老板从上到下仔细打量着启凡,"明早看过你画的东西再说。几个朋友约我喝茶,我现在出去一趟。"

翌晨,启凡和金菊香吃过早餐,在酒店门前散步。老板看到启凡,热情地迎了上去,紧紧地握住启凡的手,与昨晚简直判若两人。

"您就是国画大师启凡?您画的《武陵源风光》,真是一绝。这幅山水画笔墨大气流畅,立意独特,色调对比强烈,个性凸显,能使人对景区产生无限的向往。"老板说着,打开画室的门,指着案上的画作,滔滔不绝。

启凡微笑着,没有作答。

"我是六指杨,久闻启凡大师大名,真是幸会啊!"

"你是六指杨?"启凡吃惊地反问。

六指杨伸出右手,显示六个指头,笑容可掬地说:"我姓杨,原名杨玉印,因是六指,人们习惯叫我杨六指,后来觉得杨六指不顺口,就叫成六指杨了。"

哦,启凡一下子明白过来。

"咱俩在这儿见面,真是缘分哪。"六指杨呵呵地笑着,脸上的皱纹乐开了花。

"我还没见过你画画呢。"

"现在就画给你看。"六指杨一边说,一边展开四尺斗方宣纸,把各种国画颜色挤到瓷盘边。六指杨先把手指放在水中,然后蘸着瓷盘边的颜料,又蘸了点水,像弹钢琴似的,手指在宣纸上快乐地上下游动,时而黑,时而黄,时而红,时而绿,时而白,时而紫,时而红黄并用,时而黑白相间,不到五分钟时间,一幅气韵生动、潇洒脱俗的牡丹画,就栩栩如生地展现在启凡面前。

落款时,六指杨仍然不用毛笔,右手大拇指甲蘸点墨汁,"国色天香"四个行草字跃然纸上,与国画牡丹相得益彰,浑然天成。

从没见过这种画法的启凡,心中暗暗称奇。六指杨名不虚传。

这时,那位游客背着行李,拉着女儿雯雯的手,从二楼走下来。六指杨主动迎上前去:"兄弟,对不起,昨晚我心情不好,让你受委屈了。你现在可以走了。"

"谢谢,谢谢!"游客紧紧地握着六指杨、启凡的手,含着泪千恩万谢而去。

六指杨热切地对启凡说:"先生准备住多久?我想好好跟先生学习一下。在我这里,一切免费,恳请先生多留几天。"

启凡笑了一下,说:"不必了,你的画技我已经领教了。我们马上退房,去下一个景点。"

原刊责任编辑　屈文平

【作者简介】王苟,河南省作家协会会员,作品散见《河南日报》《河南工人日报》《奔流》《百花园》《大观》等报刊,出版小说集《扶贫县长》。

蝈蝈儿张

范子平

蝈蝈儿张叫张二碰,从小没了爹娘,街坊邻居东一口西一口将他养到十来岁,后来就在均家营北地看地。这儿有高粱玉米,有芝麻大豆,蝈蝈儿张生活在漫山遍野的绿色里,最喜欢大豆地里的蝈蝈儿,肚儿大,后腿长,一叫就是半晌不歇气。他到地里弓着腰,放轻脚步,静静听一阵。那蝈蝈儿促促促叫得正欢,听到点点动静,立即偃旗息鼓,静悄悄一声不吭,好像埋伏的士兵,停多长时候才咝咝小声哼一下,像是拉弦时拉弓轻擦一下琴弦的颤音,也像是浇地时哪条地埂跑了一点儿水从树叶上流过,似有似无的。蝈蝈儿张的耳朵可真是尖,就是微微这一声,他就吃准了,跑过去两手朝那片毛茸茸的豆叶上一合,一只大蝈蝈儿就到了他手里。要说蝈蝈的两瓣硬牙也很厉害,要是咬到指头肚上,没准儿就咬出了血,就是咬到手掌上,虽然啃不住肉皮,但是划拉出红印印也疼。对付这种咬,可不敢乱来,要是一慌张,不是失手扔掉了蝈蝈儿,就是拨拉掉了蝈蝈儿的大腿,那就白逮了。一般的逮蝈蝈者,只要两只手轻轻一夹,夹得蝈蝈儿有点迷糊,就老实了许多,然后放笼里让它慢慢还原去。蝈蝈儿张不这样,他只是按照手掌上的感觉,顺势摸到蝈蝈儿的额头,两根指头抚摸似的轻轻移过去,握住蝈蝈儿的头,蝈蝈儿一点也不受损伤。那时候蝈蝈儿张的蝈蝈儿送人,均家营有孩子的家,差不多都得到过他的蝈蝈儿。到了夏秋季节,村里一片蝈蝈儿的叫声。

  蝈蝈儿张快三十岁的时候,成了亲,有了孩子,家里就得有花销了。旁家卖粮卖菜,他就到城里卖蝈蝈儿。他的蝈蝈笼子也编得格外好,用高粱秆儿脖上的那段,咱这里叫"搁档儿键儿",粗细一致的,颜色一律的,编成各色各样的蝈蝈儿笼,有宽檐儿大堂,有窄檐儿小屋,有四方四正的小阁楼,有通体六棱的三层塔,有顶子尖尖还带欧美式窗子的教堂,有翘翘的玲珑画舫,不重样儿,每个都是艺术品。

  他的蝈蝈儿不愁卖,都是带笼卖,他总是比人多卖几块。也有人问他:"都三块,你咋五块?"他别了头不理他们。当地很有名气的万财公司汪总听说了,专门开车到农贸市场,拿起笼子爱不释手,连连夸奖:"好,这笼子就是好!卖五块,值!"蝈蝈儿张就凝着眉挺不高兴地接一句:"光这笼子编得好?"汪总一愣,一时不知什么意思。蝈蝈儿张说:"我说这蝈蝈儿呗!集市上嘈杂,也分不清个好赖,可你掂了笼子走,一出这里就知道,到家一听,你就放不下了!这是均家营北地的蝈蝈儿,跟别地方的不一样!绿油油个儿大,肥嫩,大腿粗壮小腿长,腿上锯刺儿尖,跳得高,落地轻,更要紧的,是叫得欢实,促促促促,唧唧唧唧,声儿悠长,夜静时候,传出几里地!床头挂几个均家营的蝈蝈儿笼子,你听了,就跟音乐会似的,箫笛琴弦啥都有!"汪总激动起来,说:"你的蝈蝈儿,我全要了,每个六块,给你加一块!长期供货,现钱交易,咱签个合同!"蝈蝈儿张连连摇摇头:"你心意我领,可是你这都弄走,别人不是都要不成了?我在这里卖五六年了,就是卖个人缘,卖个滋味。"后来汪总又找蝈蝈儿张说了几次,这笔生意到底没做成,许多人都说蝈蝈儿张傻,不适应市场,白白丢了财。

  均家营都谈论开发区的时候,蝈蝈儿张还压根儿没往心里去。谁想这形势说变就变,没半年工夫,这儿成了大工地,塔吊林立,推土机、汽车来来往往,北地正长的庄稼被连根拔掉,除了新挖的大坑,到处堆满了钢筋、水泥、木料。哪里还有蝈蝈儿的身影!均家营村一下子富了,光卖地款就上几亿,每个村民一年就补助上万元。到了秋天,蝈蝈儿张住在新起的楼房一层里,一百五十平方米,里边装修和城里人一样。彩电、空调样样有。可是,蝈蝈儿张高兴不起来。他没事总是到老北地那一带转悠,看着高楼大厦唉声叹气的。那天夜晚,蝈蝈儿张先入睡了,老伴儿忽然听见床边响起蝈蝈儿的叫声,还不是一个,有的细长,有的沙哑,促促促促,唧唧唧唧,叫得特别有韵味。老伴儿惊喜地喊:"他爹,咱家来蝈蝈儿了,你听!"话音刚落,忽然发现,那蝈蝈儿声响正是从蝈蝈儿张口中出来的。蝈蝈儿张微笑着戳着嘴,流出的声音绵绵不绝。老伴儿一推他,那声音戛然而止,代之而来的是一连串沉重的呼噜声,老伴儿的泪就出来了。

原刊责任编辑 安晴

【作者简介】范子平,河南省新乡市作协副主席。发表小小说作品数百篇,有作品入选《小说选刊》《微型小说选刊》,曾获得小小说金麻雀奖。

三砖砚小筑与三十砚轩

凌鼎年

陆少贤的祖上是清代道光年间的状元。陆状元曾官至巡察御史。陆状元系著名金石学家,他在任上时,去过陕西、山西、河南等多个省市,收集了几百块铜雀台等秦汉建筑的老砖古砖,运回了老家娄城,后精选三百块品相好的,请制砚师傅琢刻为砖砚,自题书斋为"三百砖砚斋",这成了他一生最大的财产。陆状元驾鹤大去前有遗训:"子孙毋忘读书,后代务重勤廉!忘此违此,非我陆氏子孙也!"

一晃,两百多年过去了,陆氏子孙成了娄城唯一没有败落的望姓大族。翻翻家谱,有为官的,有经商的,有从事科研的,有从事教育的,人才济济,名人辈出。

陆少贤是状元的嫡系,1949年东吴大学历史系毕业的,反右时,差点栽进去,就此沉默为金。晚年练练书法,自得其乐。到了20世纪90年代初,他应政协文史委的邀约,开始写写娄城的文史文章。

发了若干篇后,有了点小名气,有人告诉他:娄城有他祖上的汉砖砚。陆少贤就用自己的书法作品换了三块,抚摸着祖上的遗物,他感慨万千。兴奋之余,用隶书体自题"三砖砚小筑"。

你想想,两百多年过去了,又经历了十年浩劫,还能觅到三块汉砖砚,再怎么说也是值得庆贺的,那晚,陆少贤很难得地喝了两杯当地的"叶复隆"黄酒。

新千年后,陆少贤的小儿子陆韶山从部队转业回到娄城,进了机关,先是某局办公室副主任,再副局长,再局长,仕途挺顺的。可能受了他老爸的影响,也可能是骨子里的遗传基因起了作用,他喜欢上了收藏,他发誓:收藏的汉砖砚要超过老爸。他对老爸说:哪天我集满九块,就请你题写"九砚轩"。陆少贤一口答应。

陆韶山从部队到娄城十年了,娄城与娄城周边的古玩商都知道陆局在收汉砖砚,有信息会第一时间告诉他。但即便重金收买,费尽心思,也只觅到七块,还差两块,所以,他的"九砚轩"迟迟没有题写。

三年前,陆韶山被任命为娄城的组织部部长。这职务很忙的,他也没有心思再到古玩市场去淘货,去捡漏了。

去年,陆少贤九十大寿,陆韶山的贺礼竟然是一方品相甚好的汉砖砚,装在一个考究的锦缎面的盒子里。

陆少贤笑得像孩子似的,说:"知我者,韶山也!"

家宴后,陆韶山提出让老爷子题写书斋匾额。

陆少贤说:"不嫌你老爸手抖,字丑,一定题写。放心,'九砚轩'这三个字我已烂熟于心,早想题了。"

陆韶山很骄傲地说:"爸,是三十砖砚轩!"

"啥?你觅到了三十方汉砖砚了?"陆少贤大吃一惊,几乎不相信自己的耳朵。

"对，三十方。一块不差，都是货真价实的老货，都是祖上的遗物。这点眼力我还是有的。"陆韶山很肯定。

"这书斋匾额我不能题，不能题。"陆少贤脸色凝重了起来。

"为什么？"陆韶山不解地问。

陆少贤把几个子女都叫到跟前，语重心长地说："我，老娄城，人脉关系不比你差吧，这么多年，只觅到祖上三块汉砖砚。你转业到娄城，超过十年了，当局长、副局长也多年，算是钻天打洞，也就觅到七块。现在你出任组织部部长才两年，一下子有了三十块汉砖砚。你说说看，正常吗？你还记得祖上的遗训吗？"

被老爷子这么一说，陆韶山额头上汗都渗了出来，意识到了问题的严重性。

大约十天后，市博物馆收到了陆韶山的无偿捐赠，整整三十块汉砖砚，博物馆馆长激动地说："宝贝啊！我一定搞个隆重的捐赠仪式。"

陆韶山摆摆手说："请无论如何不要说是我捐赠的，也不要搞任何仪式，更不要报道。切记切记！"

前不久，陆少贤感觉到身子骨一天不如一天了，他把陆韶山叫到病床前，一字一句地说道："长命百岁是一种美好的祝愿，我要哪里来哪里去了。我颇安慰的是你让我可以堂堂正正地去见列祖列宗了。为父一生平平淡淡，没有房产没有钱财留给你，这个'三砖砚小筑'的匾额就传给你了，这三方汉砖砚一并给你，也算名副其实。"

"爸，谢谢！"

"不，爸要谢谢你，要不我还真不知咋去见列祖列宗呢！"

陆少贤仙逝的时候，嘴角是带着微笑的。

自低调捐赠后，陆韶山的心里也轻松了许多。

原刊责任编辑　练彩利　张凯

【作者简介】凌鼎年，中国作家协会会员，世界华文微型小说研究会会长，作家网副总编。

两亩小麦的收割权

蔡中锋

那天上午刚一上班,王总编就将我叫到他的办公室:"现在正是小麦成熟和收割的季节,我得到一个新闻线索:咱市某局买下了某县某乡某村某位农民两亩小麦的收割权,要组织全局一百多名干部职工去那儿收割小麦。这是一项具有重要意义的学习实践活动,你抓紧时间去采访一下,回来后力争写出一篇有故事、有观点、有做法、有经验、有典型意义和轰动效应的新闻稿件。"

按照王总编的安排,我立即驱车赶到了他所说的这个局。当我到达局里时,正赶上他们全体干部职工在三楼会议室召开麦收工作动员大会,张局长正热情洋溢地发表着他的动员讲话:

"为了对全局一百多名干部职工开展一次爱民、亲民、为民的学习实践活动,我局投资三千元,买下了某县某村某位百姓今年两亩地小麦的收割权。现在,为了切实搞好这次学习实践活动,我先重点强调如下四个方面的问题:

"一是要充分认识搞好这次学习实践活动的重要性、必要性，主动增强做好这次麦收工作的使命感、责任感和紧迫感……

"二是要努力把握麦收工作的客观规律，认真搞好调查研究和岗前培训，切实提升麦收工作水平，不断推动麦收工作再上新台阶，保证麦收工作达到新的、更高的水平……

"三是要加强组织领导，提供相关保障，切实保证将这次学习实践活动搞实、搞好、搞出成效。为此我们成立了专门的麦收工作领导小组，由我任组长，王（副）局长和李（副）局长任副组长。成立了专门的麦收工作监督检查领导小组，由纪委赵书记任组长。成立了专门的麦收工作绩效考核领导小组，由办公室李主任任组长。这次麦收工作结束之后，我们还要对全局干部职工进行严格的量化考核和检查评比。同时，为切实搞好这次学习实践活动，我们还向市财政争取了三十万元的专项活动经费，调配了四辆专用工作大巴，购买了二百多把（多买了一百多把备用）新式镰刀和二百多箱矿泉水，预订了三家农家乐饭店……从明天开始，我们还将特别邀请来自北京的八位农业专家，在四星级的皇天大酒店对大家进行为期八天的、全封闭式的、专业化的集中学习培训……

"四是我们要进一步做好麦收成果的转化工作。这两亩小麦，按照最保守的估计，我们至少会收获2400斤新鲜麦子。对这些麦子，我们要充分利用现代科技加工好，让它增值几倍、几十倍，甚至几百倍、上千倍，为全国农村下一步农副产品的深加工，探索出一条切实可行的新路子、好路子，为全中国几亿农民以后的发家致富，提供出一整套切实可行的新经验、好经验、成功经验，为振兴我们伟大的中华民族，做出我们局这一百多号人所应有的、特殊的、突出的、独一无二的贡献……"

王局长的讲话结束后，所有参会人员都激动地报以最热烈的、经久不息的、雷鸣般的掌声……

第二天上午八点，我又和这个局的一百多名干部职工一起，赶到了皇天大酒店四楼会议室参加北京来的专家培训讲座：

"敝人姓周，来自北京某大院校。我将我一生的时间、精力、财力和心血，都贡献给了祖国的农村战线。几十年来，我一直都在和农村、农业和农民打交道，所以，虽然我是大学教授，但我从本质上来讲，仍不过是一位农民。

"敝人今天要讲的内容，是如何搞好小麦的收割问题。使用镰刀进行手工收割小麦，是我们中华民族几千年来一直使用的、最传统的、成本最低的一种收割方法，可谓源远流长。方法虽然简单明了，但对于我们这些长期在党政机关工作、很少参加体力劳动的干部和职工来说，仍有很多需要认真学习的地方。为了切实搞好这次学习实践活动，今天，我就重点讲解一下使用镰刀进行手工收割小麦的十八个方面的问题。

"第一，要想使用镰刀收割小麦，我们必须亲临现场。我为什么要强调这个问题呢？原因很简单：试想，你若不直接地、亲自地走进麦田里去，那么你怎么可能用镰刀收割到小麦呢？所以说，我们亲自走到田间地头，是手工收割小麦的前提和基础……

"第二，我再讲讲如何使用我们的左手和右手的问题。收割小麦时，一般要右手拿着镰刀，左手扶抱着一部分麦秆；也可以先用镰刀将前面的麦子秆往我们身前这么轻轻地一搂，然后再抱扶住这些麦子。当我们抱扶好这些麦子之后，再将镰刀往扶抱着的一束麦子秆前面一放，然后再用力往自己身边一拉，这把麦子就割下来了。当然，如果你是左撇子，你也可以用左手拿着镰刀，右手扶抱着麦子秆割麦。对割麦是用左手拿镰刀还是用右手拿镰刀，哪个更好、哪个更有效率的问题，新中国成立这么多年，从中央到地方一直都没有硬性的规定和明确的要求。但依我从多年的实践中得到的经验来看，你用哪种方式都行，关键是要看你用哪种方式感觉更得劲、更舒适，用哪种方式能够效率更高……

"第三，我再谈谈当我们手工割麦时，人如何弯腰的问题。比如腰要弯下多少度才是最佳角度的问题，这就比较复杂了。对此，我从如下七个方面进行严格的论证和深入的剖析……

"第四，我再重点讲解一下如何堆放割下来的麦子的问题。如何堆放割下来的麦子，这是一项技巧性很强的工作。一般情况下，我们要将割下来的麦子放在身体的左边。我们大多数人都是习惯性地使用右手做主要工作吧？这样一来，麦子割下来后放左边就最顺手。当然，如果你想放右边，那你就放右边也行……

"第五，我再详细给大家讲解一下如何捆麦子的问题。一捆麦子我们是捆三百个麦秆好呢？还是捆六百个？抑或一千个？经过我几十年来全面的、系统的试验、统计和分析，我认为应该一捆捆六百个麦秆为最好。那么，如何才能知道你所捆的一捆麦子是不是六百个麦秆呢？刚开始的时候，我们必须是要认真数一下的。而当我们将这项工作做熟练之后，凭感觉就能够准确地知道那捆麦子有多少麦秆了……

"第六，我再重点强调一下如何装卸和运输麦捆的问题。'锄禾日当午，汗滴禾下土。谁知盘中餐，粒粒皆辛苦。'一粒小麦，它上面所凝聚的，全都是农民朋友们的血汗。所以，我们在收割小麦这个环节，务必要做到应收尽收，颗粒归仓。为了做好这项工作，我再强调如下九点……"

北京来的专家的思想境界和专业水平实在是高，周教授根本不看讲稿，上午一口气讲了三个半小时，下午又滔滔不绝地讲了三个半小时，只讲得在座的一百多人个个心服口服，人人五体投地……

在为期八天的全封闭式专题讲座中，八位专家分别从人类与自然的斗争史、小麦的培育演化史、世界农业科技的发展史、中国农副产品的加工史、使用镰刀的具体问题和方法步骤等不同角度，对麦收工作进行了深入细致的讲解和准确科学的分析。

集中培训结束后的第二天，我随着这个局的一百多位干部职工来到他们局购买了收割权的那两亩麦田的地头。一阵大风刮过，我发现地里的麦子因为成熟过度早已全部炸穗，麦粒纷纷被吹落到了地下，所有的麦秆上面空空如也……

正当我望着那两亩颗粒无收的麦田发呆时，忽然听到张局长一声令下："开镰喽！"只见全局那一百多名干部职工，像听到了军队进攻的号角一样，人人手持一把崭新的镰刀斗志昂扬地冲向了整个田野里仅剩的那两亩麦田，一场人欢马叫、热火朝天的收割战打响了……

那一百多名干部职工战天斗地、如火如荼地收割空麦秆的工作场面，那几十名各大媒体记者长枪短炮一齐向麦田猛烈扫射的采访景象，我至今只要回忆起来就心潮澎湃、热血沸腾……

原刊责任编辑　章芳

【作者简介】蔡中锋，中国作家协会会员，菏泽市作协副主席。

大红袍
刘　泷

小镇小，但有个人的名气不小。

他叫孔远，总是笑眯眯的。下颌一丛恩格斯一样很绅士的胡子。面膛微红，恍若蒙古汉子酒后的酡颜。

孔远开一石屋，名曰"无我斋"。

奇人立世，总要有过人之处。孔远亦然，他有两样绝技。

一是雕艺，几乎无人匹敌。无我斋里，摆有他不肯脱手的石雕作品。一件是"甜蜜"，料子为普通巴林石，但他雕工高妙，化腐朽为神奇，居然出现动感的效果。玉样的蜂巢有蜂蜜溢出，有蜂蛹蠕动，有工蜂忙碌，六棱形的窝眼以及封口蜂唾构筑的凸凹，纵纵横横，形似、神似。竟然有真的蜜蜂嘤嘤飞来，徘徊、盘桓，又快快离去。一件他用彩石构思的蜗牛巧雕，冠名"安居乐业"。无论是伏卧的枯黄菜叶，还是背着硬壳爬行的淡蓝蜗牛，惟妙惟肖，栩栩如生，竟有一只真的淡白蜗牛不知从何处莫名其妙地爬来，和他制造的石头蜗牛做了十几天的伴，至死不肯离去。

相石，是孔远又一独家秘籍。孔远相石的功力非常了得。一次，他携朋友到一家新开业的石头城溜达、欣赏。面对林林总总的各类巴林美石、奇石、彩石、图案石，巡视一遭后，他便指着一块面包大小的鸡血石悄悄说，这块石头的价钱绝对标错了，少一个零，应是六万。

朋友看罢，觉得那块鸡血石尽管有红艳血丝，但底子发乌，其貌不扬，标价六千已经不菲了，再说，店主是精明的，咋能把价钱少标个零呢？就说，不可能，什么绝妙的石头啊，价值六千也就到顶了！

孔远竟然像变魔术一样从衣袋里拿出一沓百元钞票来，摇了摇对那守摊的女子说，丫头，请把这块石头给我包上。

女子便拿着钱去找老板。

瞬间，一位衣冠楚楚的男士匆匆走来。男士一脸歉意，说，对不起，先生，这块石头的价钱标错了，不是六千，而是六万。实在不好意思，不好意思。

孔远得意地笑了。说，我说嘛，什么样的石头能逃过我的眼睛？

事后，朋友对孔远说，那老板是不是你的托儿啊？

孔远说，我开石头店，是为了赚钱的，不练就一副火眼金睛成吗？

最让人叫绝的，是一次他在巴林鸡血石拍卖会上的表现。各色美石、奇石的爱好者、收藏者、店家纷纷赶来，集聚一堂。他们像鸭子一样，伸长了脖子，手持号牌，盯视着前台手持槌子的人，以及他面前摆放的一块并不出色的石头。

其石粗约如男人拳头，长有尺许，表皮暗黄、平淡，浮现斑斓色泽,如同破晓之朦胧云层,充其量算作一断藕样的璞玉。

然而,真是邪了门了,众人都眼盯着这块石头,都是一副自我感觉良好、志在必得的气势。

想想,也是,搞石头的人,哪有一个白给的?

起价从十万元水涨船高到了二十万元,渐渐地上升着,终于,有人将价钱推到了二十五万元。立时,众人目瞪口呆,场内鸦雀无声。

此时,孔远却令人猝不及防地举起了号牌,沉稳而自信地说,我加三万,二十八万元!

所有的人都傻了。

人们面面相觑,纷纷摇头,说孔远这小子是不是疯了?

孔远却依然笑眯眯地端坐在那里。

时间一秒一秒如水流走。但是,主持拍卖的人是冷静的,他倒读了秒数之后,一锤定音说,成交!

结果,孔远将买到的石头打磨、抛光之后,令所有爱石的人、内行的人都瞪大了眼睛:石头红艳欲滴,血色连成一片,几无瑕疵,宛若娇艳牡丹!其艳美、灵动、飘逸、妖娆,千载难逢,举世无双。

这样,巴林鸡血石家族一个新石种诞生了:大红袍,和一种高贵的茶叶雷同。

孔远锯其三分之一,就卖了九十万元,其余的部分有人出二百万,他坚决地摇了摇头,说什么也不卖了。

孔远绝非浅薄之人,心无飞扬之波,面无得意之色,依然该干吗干吗,盘桓于无我斋,雕石,把玩。

前年,家乡铜台沟村书记找到他,说要搞脱贫攻坚移民搬迁。孔远说好事啊!铜台沟是地震带,1976年唐山地震这里就裂了一条长长的大口子。咱们选个新址，不建新村，建高楼！

书记叹口气，说，上面拨款有数，别说建高楼，建新村都不够！

孔远说，建设家乡，义不容辞。这事，我来想辙！

他把那段大红袍卖了，三百万。

三百万全部捐给了村里。

楼的形状是按照那段藕样的大红袍设计的，殷红的颜色，书行楷体三字：大红袍。

今年，铜台沟二百户八百口人全部无偿搬进了新楼。

村民去外村做客，总会嘚瑟一番：你知道我住在哪儿吗？我住的楼叫大红袍！

原刊责任编辑　张鹏禹

【作者简介】刘泷，蒙古族，内蒙古作家协会会员，鲁迅文学院第四届少数民族作家班学员，在《人民日报》《小说选刊》等报刊发表文学作品一百多万字。

姨——妈

蔡 楠

父亲走了。也许在他风雪中驾车返回老家的路上，父亲就走了。是本家水泉哥给他打的电话，说父亲突发急病，让他赶紧回去。他扔下手头的工作，叫了救护车，就想飞回老家。可天却飘起雪花。很破碎很疯狂的雪花。他的车子只能爬，不能飞。到了老家门口，他叫的救护车先他而到。炕上炕下围了一堆人，一个戴眼镜的白大褂正给父亲按压胸部，父亲脸色发青，已经没了呼吸。人工呼吸，人工呼吸哦——他冲上前，嘴对准了父亲的嘴。父亲牙齿整齐，却冰冷。父亲八十三年没刷过牙，可牙却整齐。五分钟后，他的嘴都麻木了，父亲的牙仍然整齐，却冰冷。胸部也没有起伏的迹象。我爹没病，他不会死，这到底是怎么回事？说——

我也没有想到，我真的也没有想到——一个怯怯的声音从他的背后传来。这声音知道逃不过他的寻找，就从人堆里挤到了他跟前，这不是下雪了吗？屋檐上有冰锥锥，你爹早上起来就举着竹竿去捅冰锥锥。你爹仰头捅了有一个小时。他捅着，还嘟囔，亏了这屋顶没换，屋顶跑水的地方也坏了，要不哪有这么多好看的冰锥锥！我那时正在熬粥，我说，天气好了，抓紧让双福给换换屋顶吧！你爹说，换什么换？他工作忙。粥熬熟了，我出去叫你爹吃饭，却见他蹲在地上捂着胸口咝儿咝儿地撮牙花。我扶他起来，问他咋的了，他说没事，就是有点憋闷。我赶紧把我的速效救心丸塞进他嘴里两粒。他缓了缓，说，没事了。就又起来去捅炉子，他说天冷，你的心脏不好，让火旺些。谁知道，捅了不几下，他就栽倒在炉子旁——

大姨啊——你真笨，他指着那个怯怯的声音说，我爹这是心肌梗死。你应该给他嘴里至少塞十五粒救心丸，不让他动，就坐着，然后你就去叫医生。我都蒙了，大姨抽噎着，我哪儿想到这么多啊。大姨是父亲的后老伴儿，也没办结婚证，就是一起过日子做伴儿的那种关系。起初，他和姐妹们都不同意父亲再找。他想将父亲接进城。父亲说，他进城睡不着觉，也上不了厕所，他屁股一沾到坐便器，就便秘。父亲就常往婚姻介绍所跑，跑了半年，后来就联系上了这个大姨。一家人吃饭的时候，父亲说，其实是你妈临死前让我找一个伴儿，好让双福安心工作。以后呢，你们就别往家跑了，也不用给我钱了，我还能干，我和你大姨种烟卖烟，再加上国家给的老年补助和粮食补贴，就够了。但他怕父亲被骗，就要过来大姨的身份证。他说大姨，我去给你办医保。他没用大姨的身份证办医保，却给大姨重办了身份证。身份证和医保卡的名字都换成了母亲的名字，大姨的身份证他就收了起来。他没有上报母亲去世的信息。派出所的户籍上，母亲还健康地活着。然后呢？然后就是大姨和父亲一起过了十年。再然后呢？就是现在了，父亲走了。有着十几年心脏病的大姨平安无事，而健壮如牛的父亲却骤然离去了。父亲不能

入围佳作　413

复生了。救护车要走了。他握住戴眼镜的白大褂的手说，辛苦了！戴眼镜的白大褂说，救护车的钱谁付？五百元。他打开微信付费，乡下却没有网络。大姨急忙从西屋里取出了钱，递给了戴眼镜的白大褂。一屋子的人都闻到了钱上的烟味儿，原来父亲和大姨的钱是藏在烟叶子里面的。接下来，就是他料理父亲的后事。父亲圆坟那天，大姨的儿子风尘仆仆地来了。开着一个面包车，他是来接他母亲回家的。他当然希望大姨走，尽快走。哪怕给她十万块钱，甚至将她儿子的面包车装满东西都行，只要大姨别提继承房产的事情。自从雄安新区成立以来，附近县市的房价直线攀升，听说开发商正策划乡村征地事宜。他想找大姨商量一下善后的事情，可找不到她。这时候，一个电话拨了进来，是村主任水泉哥。

  他揣着十万块钱的银行卡来到了水泉哥家，就看到大姨端坐在沙发上，茶几上是父亲赶集卖烟常带的小背包，脏兮兮的，散发着浓烈烟味儿。大姨见他进来，就打开小背包，拿出了几张卡。大姨说，双福啊，我吃完中饭就要走了，有些事情得当着你水泉哥的面交代给你。这第一张卡里，有两万七千八百五十五元钱，是我和你爹种烟卖烟的积蓄。密码是你的生日。你爹说哪天交给你，给孙子买房用，钱不多，添点儿是点儿吧！这两张卡，是我和你爹的医保卡。还有这两张，是俺俩的老人补助卡和粮食补贴卡，要到镇上邮政银行去支。你爹腿不好，不能长时间骑三轮，我们也没支过，你就开车去支吧！还有这个粮食本，里面有四千多斤麦子。你爹不让卖，怕哪一天遇到饥荒，有钱也买不到粮食，就将麦子存到了面粉厂。你啥时候吃，啥时候去取吧！我要走了，只要两样东西，一个是那台电视机，就是你买了大电视替换下来的那台。你爹爱听戏，我就把频道锁在了中央十一台，我带回去守着它，也是个念想。另一样东西呢,就是我的身份证,你还给我吧!我的真实姓名叫赵芙蓉,家住内蒙古赤峰市三座店。

他朝面前的女人走过去,扑通跪倒,扶着她的膝盖,哭喊着,姨——妈——

姨——妈走了。他却多年没有联系她。他想将来有机会亲自去看她,然后接她回来,给她养老送终。

可至今,他都没勇气成行。

原刊责任编辑　陈克海

【作者简介】蔡楠,中国作家协会会员,河北小小说艺委会主任,在《人民文学》《中国作家》等杂志发表作品,著有《行走在岸上的鱼》等作品集二十部。

神奇的咒语

黄旭华

七月的天恰似一个大火球,烤得人嗓子直冒烟。工地上的大周和小刘每搬一会儿砖就停下来补水,只有大齐一连几个小时没休息,还像打了鸡血一般精神抖擞。

"你听,大齐一边干活一边念叨,不知他在念啥咒语?"大周问小刘。

小刘恼怒地说:"还能念啥?念工头给他加工钱嘛!"

正说着,工头走过来了,对正在擦汗的大周和小刘说:"你们这么磨磨唧唧,工程啥时候才完工啊?"

大周小声辩解:"天太热了……"

"就你们热,大齐不热?你们看看大齐搬了多少砖了,抵得上你们俩了!这个月我要给他发双倍的工资!当然,得从你们的工资里扣……"

工头一走,小刘强压着心中的怒火对大齐说:"大齐哥,这么热的天干这么多活,总要休息喘口气吧!当心累坏了身体!"

大齐只是憨厚地笑了笑:"不妨事,我还能行,多搬砖就能多赚钱。"

大周不满地嘟囔:"你是赚多钱了,却连累我们扣工资又遭训!"

大齐反驳道:"想多拿钱你们也多干活呀!"

这下群情激奋了,大家纷纷说:"就你能是吧?信不信我们集体罢工,让你把活全包了,看你有多能?"

大齐一见犯了众怒,压低声音说:"兄弟们别这样!不如我教大家几句咒语,只要咒语一念,就都有干活的力气了。"

大家说:"你拉倒吧,咱们又不是三岁小孩!"

谁料大齐真的一本正经地大声念起了他的咒语:"大齐,你一定要振作,不能倒下去!你母亲卧病在床,急需一大笔钱医治。你儿子马上要考大学,也急需一大笔学费。你还答应过你老婆,在结婚二十年纪念日送她一只金手镯……"

泪水模糊了民工们的双眼,大家使劲鼓起掌来。

第二天,工地上出现了一些奇怪的人,他们边念咒语边干活,个个都像打了鸡血似的精神抖擞。

原刊责任编辑　王文静

【作者简介】黄旭华,湖南湘潭人,新疆维吾尔自治区作家协会会员,中国微型小说学会会员,有作品被《小说选刊》等转载。

放 水

王　往

放水最好是白天。才下去一锹，渠里的水就挤进了田埂，挤进了稻田，顺着交叉的裂缝跑去。放水的人听着这声音，感觉凉快，充实。

可是，白天的水紧张。上游总是有人拦起坝子，或者堵住桥洞。

小永子家的田在下游，而且地势高，要放水，往往要选择在晚上。

晚饭过后，地势高的几家人就扛了铁锹，往上游的肖庄方向去了。肖庄那一段渠道，有两个桥洞，都是直径七八十厘米的水泥筒子，十有八回是塞着杂草的，他掏了杂草，再往上走，看看有没有人打泥坝子。有时，他们会遇到肖庄的人，他们看着桥洞看着泥坝子，不准掏不准挖。前几年，为了这事，上游和下游的打过，上游的一个人被打断了腿，成了残疾，下游的一个人被抓进了大牢。后来，下游的人就不跟上游的人争了，有人守着，就等，不说等他们放好了水，起码也要趁他们不在才下手。

那个致人残疾的人就是小永子他爸。他爸一蹲牢，小永子书就读不成了，在家帮他妈做些杂事。他爸回家后，也出去打工了。

这样等啊等的，要到上游的田吃饱喝足了，水才能到下游。这时候往往是下半夜了。水在渠里奔涌着，他们在岸上急走着。水比他们走得快，可是到了自家田头，水也不是一下子能放进去的，他们先挖好水口子，等水位涨高了。这个过程是折磨人的，他们互相走动着，看别人家的水进去了没有。要是别人家的水进去了，就急着往自家田头跑。

终于，水位涨高了，田野里响起了快活的声音："我家田进水了，你家呢？"

"进了！也进了！"

于是，他们又聚到了一起，有人铺下塑料薄膜，大家坐到一起，烟头子就亮了起来。

小永子家的田进水了，他还要去帮二婶子家的田挖好水口子。二婶子的两个女儿小玉子和小彩子都在昆山打工，二叔也在外打工，二婶子一个妇道人，忙了一天，哪里经得住深更半夜地熬？夜里的水声听着比白天响，流进田里，也流进人的心里。他们说着村里的事，不时地拍一下蚊子，笑着。小永子很少说话，他们的话都很粗，以男男女女的事为多，小永子插不上嘴，笑的也少，他常装着没听见。

坐累了，小永子就拿了手电，沿着田埂，看看自己家的稻田进了多少水，然后再去看看二婶家的。在二婶家田头，他总是想到她家的小彩子。小彩子没打工的时候，经常和他来放水。两家的田地势都高，白天很难放上水。放不上，他们俩也要来看看。有一回，他去稻田尽头的芦苇丛里小便,小彩子以为他去摘野果的,溜到他后面大叫一声,"小永子",他吓得一抖,小彩子这才晓得他做什么的,红着脸跑了。也没跑多远,就在田埂上等他。他却不好意思走近她,对小彩子说,你回去吧,我晚上和人家来放水,给你家也放上。小彩子说,那我们一起回家吧。小彩子大大方方地看着他,眼睛清亮亮的,像阳光照着的水一样。小彩子脸不红了,他却红着脸,跟在她后头。那天晚上,他放水一直放到天亮,回去告诉二婶,说给她家的水也放上了。二婶子说,难为你了,小彩子早和我说了,一早就跑你家两趟,看你回来没回来,这会儿正在锅屋里给你煎鸡蛋呢。他说,不吃不吃,我回家了。说完就跑。哪知,二婶找上门来,说你去不去,小彩子在家掉眼泪呢。他只好去了二婶家,小彩子一见他就别过身子,眼睛像沾着露水……

天快亮了,稻田的水和渠里的水一样平了,他们打起水口子,回家了,一个个身上都是湿漉漉的露水。

小永子先去二婶家,隔着窗户喊:"二婶子,水放上了。"

屋里头回应:"小永子啊,难为你了,我这就起来。"

"二婶子,不要起来哟,我还要回家睡觉呢。"

屋里灯亮了,小永子已经走了。

到了家,往床上一躺,睡不着了,心里有什么东西在响,听听,还是渠水流进稻田的声音。

秋天,稻子泛黄了。小永子家的稻子长得不错,二婶家的稻子长得也好。二婶子说,小永子,全亏你呀,摸着黑给我家稻田放水。

小永子笑了。

二婶子又说,我打电话跟小玉子小彩子都说了,稻子长得不错,全亏小永子放水呢。

小永子脸红了，过了一会儿问二婶子："小彩子回不回来收稻子？还有小玉子？"

二婶子说："不回来，不回来就算，你二叔要回来的。"

小永子说："哦……"

小永子他爸回来收稻子了。父亲说，收了稻子，就带他出去，他在苏州打工时碰见了以前的狱友，那人修摩托车，他叫人家收小永子为徒。

小永子说："要是我也不在家了，明年谁去稻田放水哟？"

父亲说："随它去，种这两亩田有什么指望。"

小永子不作声了。

一旁的二婶子说："小永子，你爸说得对，还是学个手艺好哦。就是你这一走，不晓得哪个还会帮我放水哟……"

二婶子说完，眼圈就红了。

小永子默默离开了父亲和二婶子，去了稻田里。

稻子更黄了，平原上所有的穗子都在他的泪水里垂了下去。

原刊责任编辑　朱云毕

【作者简介】王往，江苏省淮安市文学艺术院作家，著有小说、诗歌集多部，作品多次入选《小说选刊》等选本。

咬老婆

娟 子

秀丽是从外地嫁到矿上来的。

一天,秀丽正看电视,电视中正播到男女接吻的画面时,丈夫程明推门进了屋。他们俩新婚刚出蜜月,正是情浓爱浓之时。

中午饭好没?

秀丽的眼睛还看着电视,男女主人公忘情吻着。秀丽红脸,转身望着丈夫,嫣然一笑,仰起脸,闭上眼睛。

我问你中午饭好没?干一上午活,饿死我了。

秀丽不说话,闭着眼睛,把身体往程明怀里靠。

怎么啦?也不发烧呀。程明把手放在秀丽额头。

世上竟有这么不解风情的男人。秀丽推开程明,从厨房端来饭菜,往桌上一放。转身,给程明一后背。

你到底咋了?一会儿笑,一会儿生气,是不是有病了?

你才有病!秀丽哭起来,对门邻居郭嫂敲门。

程明看了一眼秀丽，叹了一口气，出门。

郭嫂一直劝秀丽，不哭后，才离开。

当初就应该听我妈话，不嫁给这个煤黑子，一点情趣都没有，刚结婚，就这样。以后日子怎么过？秀丽越想越委屈，眼泪流成了小溪。

不一会儿，程明回来了，他见秀丽还在生气，就二话不说过来亲她的嘴。

滚一边子去，现在过来献殷勤了，我不吃你这一套，秀丽气得把程明推出屋外，锁上了门！衣服也不脱，直接趴在床上，自己越想越觉得委屈了！

屋外，程明"砰砰砰"敲门。

床上秀丽拿被捂住自己的耳朵。

程明把门一脚踹开，喘着粗气，走了进来。

程明一直向她走来。秀丽没想到程明扑在床上，压住她使劲亲吻她。她紧闭着嘴，不停摆头，不让程明亲吻。

越不让亲程明越亲。秀丽看程明那个疯劲儿，觉得程明不是在亲，更像是在咬她。程明双手抱住秀丽吻她的嘴巴，甚至还把舌头探进她的嘴里……

几分钟后，程明放开秀丽，开门出去。

处于羞涩中的秀丽，有些不解程明的举动，风风火火又亲又咬一阵子，扔下人家就走人，有这么做事的吗？

有一天，秀丽把心里的这个委屈，对邻居郭嫂讲了出来。

郭嫂听后呵呵笑着告诉发呆的秀丽，这里有个缘由你不知道，其实程明是从心往外疼你，只是他嘴笨。程明的哥和他嫂子生气，嫂子想不开就喝药了，喝完就后悔了，嫂子又不好意思说，就让程明的哥吻她一下。嫂子寻思他哥一吻，不就知道她喝药了吗！

而他哥在气头上，就没搭理，等发现就晚了。

她嫂子死了，他哥疯了。

从此以后，整个矿上的男人，只要和媳妇生气吵架，过一会儿，就会回家亲媳妇，怕媳妇喝药。如果媳妇不让亲，丈夫会强行亲，这不叫亲，这叫煤黑子咬老婆，要咬一辈子的。

秀丽听得心里美滋滋的。

原刊责任编辑　王菁慧

【作者简介】娟子，原名康雅娟，毕业于辽宁大学中文系汉语言文学专业。在《经典故事》《西部文学》等各大报刊发表多篇作品。

老实人

李国新

老程和老许年龄差不多,职级差不多,能力差不多,在机关各管一个部门,可谓旗鼓相当。

老程善于汇报,总是不失时机将工作进展和成绩向领导陈述,所以领导大会小会做总结时经常口头表扬老程。老许不善于汇报,除非领导找他有事,他才会去一次领导办公室。几年后,机关换了领导。老程继续老作风,经常找领导汇报近期工作。领导不予置评,只是默默地听,偶尔点点头。老程以为,领导已经把他的汇报装在心里了。可在机关大会上,领导表扬了很多工作,就是不提老程做的事,老程摸不透领导的心思,更想不通何以领导会对老许赞不绝口。莫非老许也开始勤汇报了?老程想了想,又猛摇头:不可能,他属老黄牛的,不爱说话也不会说话。

老程依然改变不了爱汇报的习惯,认为领导对自己不够重视是因为汇报力度还不够大。每次见领导一个人在办公室,他都会进去聊几句，现在主要聊的不是工作，而是身体。比如工作压力大，身体快吃不消了，或者血压不稳定，经常失眠等等。他想让领导知道，自己为了工作是如何鞠躬尽瘁，如何不容易。领导听了几次，有一天对老程说："那我给你减减担子，让你工作压力小一些吧。"

很快，党委开会研究，决定对中层干部的工作进行调整。老程被调到一个事情没那么多的部门，工作压力小了许多。老许的情况正相反，他被安排兼管另一个部门，事情多了不少。

老程整天无所事事，这个办公室转一下，那个办公室坐一下，要不就是待在自己办公室上网看新闻。见老许办公室整天人进人出，又几次见领导和老许在一起，老程心里特别失落。

更让老程失落的是，领导在一次会上说："现在提拔干部不论年龄只论才干，更要紧的是不能让老实人吃亏。"这话怎么听都像是在说老许。老程坐不住了，决定找领导谈谈。

领导问："工作调整后，健康情况是不是有好转？"老程当即说："身体现在好着哪，如果有担子，请给我加加压。"

领导听了点头微笑："我正在物色人选，因为老许要进班子了，让你接手他的工作怎么样？"

原刊责任编辑　苏露锋

【作者简介】李国新，中国作家协会会员，在《北京文学》等报刊发表作品三百多万字，结集出版图书十二部。曾获"冰心儿童图书奖"。

担 当

滕敦太

谁也没想到,老郑退下后到恒山红色景区做了义务讲解员。虽说是义务,但他却当成了正经工作。每一个景点,他都能讲出一个抗战故事,就像演讲一样,让游客听完意犹未尽,很多人在介绍恒山景点时,特地提到老郑,说他这人讲解特别好,听得过瘾。

听到外界的评价,老郑难免生出点小得意。自己三十年的政工磨砺,想不到退休后派上了用场,于是他越发看重这个义务活。逢年过节,游客增多,老郑连春节也不在家过了。孩子在国外,老伴脾气好,看他讲解得高兴,也就顺着他,由他乐呵。

老郑每年再忙,有一天,他必在家,雷打不动,已经三年了。

这天是正月初六。

老郑退下后,老部下纷纷打来电话,要摆酒祝贺。老郑一一婉拒:"你们都忙,不必破费。以后每年正月初六小聚一下,大家几十年的感情了,我也想你们啊!"

入围佳作　427

老郑印象最深的是第一次"小聚",来了十几个老部下。七个正科,四个副科,幸亏老郑的房间大,不然还真坐不了。望着这些自己一手带出来的嫡系部队,老郑有一种功成名就的感觉。那天,他放开肚皮,喝得尽兴,用他的话说,差点就"现场直播"。

美中不足的是,老部下中少了一人,秦局长。老郑不止一次地提起他:"这人很稳的呀,怎么就出事了呢?我带出来的干部,没少政治教育啊,你们可不能学他!"众部下几乎异口同声:"老领导放心!"老郑就放心了,说:"咱们今天开心喝酒,明天安心工作。"

老郑看重每年正月初六的"小聚",老伴李梅就全力配合,提前备好酒菜,但她的辛苦几乎派不上用场。来拜年的老部下就像商议好的一样,每人带一箱或者几瓶好酒,都是山西名酒,饭店里打包好的菜,一个正月也够吃了。老郑就批评:"我还管不起大家一顿饭吗?"众人嘻嘻哈哈:"老领导,我们这又不是送礼,大过年的,上谁家的门也不能空手啊,人之常情呢。"老郑无奈,只好搬出官场的话:"下不为例啊!"众部下唯唯诺诺,第二年还是如故。

轮到今年,第四个年头了,好几个老部下已经提前电话拜年,正月初六那天去看老领导。老郑放下电话,眉头皱了起来。

按惯例,老郑在春节那几天最忙,老伴李梅已经习以为常,想不到老郑给了她一个大大的惊喜:"老李同志,我已经请了假,今年春节咱老两口旅游过年,走一遍'抗战路',陪你过个与众不同的年!"

老伴自然喜出望外,忙着准备。当然,老郑没忘了在群里发消息,今年与老伴旅游过年,正月初六小聚取消。很快,一些老部下回了消息,有的祝老领导旅游愉快,有的说以后再去看老领导,也有的没有回复。

让老伴李梅大跌眼镜的是,老郑带她到了平型关大捷纪念馆,拍了几张将帅广场的照片发到群里,然后租车带她来到城郊的一个农家乐，管吃管住七天不足一千元："咱们就在这里，安安静静地看电视过春节。"

李梅愣住了，她伸手摸摸老郑的额头，不放心地问："你没事吧？怎么搞了这么一出？说好的旅游过年呢？"

老郑嘿嘿一乐："这叫声东击西，别忘了我是军人出身，会政工，也会战术。"

李梅跟老郑几十年，自然也受到了熏陶，随口接了一句："那你这是打的什么鬼子？"

老郑脸上的笑容消失了，长叹一声："这次，目标是自己人啊。老李同志，这三年的小聚，你发现少了几人？"

李梅的脸色也暗了下来："你说过多少次了，我都记下了，第一年，秦局长，多稳的一个人啊，进去。去年，余局长，年轻有为，也被调查了。每次喝酒，你都为这两人惋惜流泪。今年不聚了，也好，省得为他们难受。"

老郑很严肃地点头："以后不再小聚了。这些老部下都是有头有脸的人，上我的门带东西少了拿不出手，带好东西不得花钱吗？他们混了这么多年，不仅我一个老领导啊！你想想，他们有人大着胆子捞钱，是不是我这个老领导也有责任？"

老伴点头也不是，摇头也不是。

"恒山天下脊，一直有好传统！我这个红色讲解员，要担起责任！"老郑像对老伴说，又像对自己说。

原刊责任编辑　刘同华

【作者简介】滕敦太，中国微型小说学会会员，江苏省作家协会会员，《朔方·精短小说》杂志副主编。有作品被《小说选刊》选载。

守 夜
朱士元

这两天，万大爷饮食不香，儿媳做了好多花样的饭菜他就是吃不下。

儿子似乎看出了父亲的心思，问了一声，是不是还放心不下村里的那几十户人家呀？

万大爷听了儿子的话，没有吭声。不过，儿子是知道底细的，真是一靶中的，但我可不能就这么把自己的心思抖出来哦。

儿子到这座城市来打工，已快十年了。老伴走得早，他一个人在家除了做饭就是与同龄人打打麻将，消磨时光。眼见村里的年轻人都出去打工了，一下子村子里少了许多活力，不觉心里有种莫名的酸楚感。这么大的一个村子，一下子走了这么多的人，剩下的大都是些妇女、老人和孩子。那些老人中，像自己这样的身体还不多呢。这么多年了，村里人总把自己当主心骨。看来呀，我这个主心骨一时两时还下不了岗。

那天天刚亮,庄西头三狗子媳妇跑到万大爷家说,昨夜自己家养的鹅被人偷走了两只。万大爷听了,火不打一处来,看来是来欺侮我们村的男人不在家呀。这些狗娘养的,老毛病又犯了,我要他们把伸出的手给缩回去。

一下子离开麻将桌的万大爷,吃了饭就闷在屋里睡觉。好多人都说万大爷犯了毛病,要带他到医院去检查检查,他只把头摇了摇。看着万大爷那股子劲,大伙也就不再劝了。

半夜起来上厕所的刘老叔,在月光下抬眼看见村头有个人影在晃来晃去,心里头犯起了嘀咕,这是怎回事呀?他轻手轻脚地向村头走去。走到跟前一看,让他大吃一惊,原来是万老头儿在这儿守夜呢?刘老叔忙走过来说:"是你呀,老哥!"

"别大声!"万大爷低声说。

"原来你白天不打麻将就是为了替大伙夜间守夜呀!"

"三狗子家的鹅被偷,这是这么多年没有过的事。眼下,这么多的男人都走了,不防着点看来是不行啊!"

"难怪你白天在家睡大觉呢?"

"那叫养精蓄锐!"

几个鬼鬼祟祟的家伙,看见那万刘村半夜里突然有人影在村头来回走动,想再动点心思,一直无从下手。他们私下打听,是万老头儿捣的鬼。听说万老头儿这名字,心里都有点胆寒。他们早就听说那个人凶得很,对那些伤害别人利益的人是手下无情的,也就不敢轻举妄动了。过了好一阵子,听说万老头儿进城了,他们才又动起了二牛子家的心思。刚进入万刘村的地界,好远就看见村头仍有人影在晃动。这不知是怎么回事,都缩着头溜走了。

就在那几个家伙进入万刘村地界的那天晚上,让他们没有想到的是万大爷白天从城里回来了。

从城里回来那天,万大爷着实费了不少周折。儿子一再劝他,你才来几天呀?大雨天跑出去守夜,小腿摔成了骨折,以后再发生这事又叫我怎么办呀?

听了儿子的话,万大爷不觉流下了两行泪水说,儿子,我知道你们待我好,我也不想走。可你们知道吗?现在村子里可不是你刚出来的时候,男人们几乎都出来打工了,村子里剩下的都是些老人、孩子和妇女,遇到事儿谁是个主呢?这么多年啦,你是知道的,乡亲们都把我这个老头儿当作主心骨,我能撇下他们不管吗?就说那天夜里下大雨,我身穿雨衣到张福河去查看水情。到那一看,水已漫过坝子,要不及时去开闸,后果可就遭了。回来时,我摔了一跤,是你刘老叔和其他几个老年妇女把我弄到医院里的。你说,我的伤在你这儿已治好了,我不回去能放心吗?

听了万大爷的话,儿子点了点头。

中午,万大爷刚端起碗,来了几个愣头青,手里还拎着两只鹅。万大爷看得莫名其妙,连忙问:"你们,你们是……"

"万大爷,我们都是水柳村的,是你们村三狗子和二牛子的好朋友!"一个叫小大毛的说道。

"你们提着鹅干什么?"

"不瞒您万大爷说,我们都是和三狗子、二牛子一起在苏州打工的。前些日子,我们几个一起回来休假了。回来前三狗子和二牛子夸下海口,说他们的老婆精明,他们家的东西谁也偷不去。我们和他们打赌,要是偷到了,等我们回去请我们喝酒。我们先动了三狗子家的手,前天晚上又想到二牛子家——可你像个天神似的降到了村头。我们看您老人家为大伙这样操心,真叫人佩服。我们把这鹅给带来了,请您帮我们送给三狗子媳妇!"

"你们这几个家伙,真会开玩笑,害得我在儿子那里多过几天都不能。"

"是的,这我们知道,特来向您赔不是!"

"你们啦——"

"大爷,我们为您准备了酒和菜,一起喝吧!"

"好,喝!"

原刊责任编辑　朱学诗

【作者简介】朱士元,江苏省作家协会会员。曾在《清明》《雨花》等报刊发表作品二百多万字。出版小说集《面对一朵花微笑》等十二部。

歪脖鸡

刘贵赓

歪脖鸡是只怪鸡。

说它是公鸡，它没有红公鸡绿尾巴的雄伟英姿，也没有发现它主动叫母鸡去吃米的柔情。说它是母鸡，它成年以来不曾给主人下过一个蛋，却昂着脖子结结巴巴地学公鸡打鸣，甚至还会跳到公鸡身上叼住公鸡的冠子抖动屁股。它歪脖的原因是一场鸡瘟，它大难不死变成了歪脖鸡。

我家院子的东边地势很低，一下雨就存水。有一天暴雨停了以后，小鸡们陆陆续续地从水边走回来了。歪脖鸡特殊，只见它展开翅膀扑啦啦飞落到水中央，然后双翅浮在水面，歪着脖子瞪着一双毫无表情的小眼睛，和鸭子一样神态自若地向岸边游来，上了岸，使劲地抖了抖身上的水，然后和别的鸡一样觅食去了。

可能大家发现它是个另类，就一起围攻它，它的鸡冠子经常被叨得鲜血淋漓。

为了防止它被群鸡啄死，我把它和一只大白母鹅放在了一起。没想到那大白鹅也不是个善类，竟然把它掐成了光腚子鸡。它自知不是对手，只好跳到高处，趁鹅不备俯冲偷袭，母鹅猝不及防，竟然被它干翻了好几次，吓得母鹅不再敢招惹它。等它羽毛丰满伤口愈合，我又把它放在鸡群里，这回它力挫群雄成为鸡王。

成为鸡王后，它的胆子更大了，经常和狗抢夺食物。它的对手是我家的花花，一只蝴蝶犬。一天它趁花花不注意，一下子飞到花花身上，把花花叨翻。花花恼羞成怒，起身便咬，格斗中，鸡王逃窜，被花花咬掉了几根鸡毛，从此它俩成为仇家。其实歪脖鸡不是花花的对手，但是它不屈不挠，喜欢偷袭。终于有一天，花花被它啄伤了一只眼，吓得花花一见到它就跑开了。

一天早上我去喂鸡，发现一只大耗子躺在地上正在蹬腿儿，一只眼睛流着血，奄奄一息。看到我的到来，歪脖鸡似乎受到了鼓舞，又连叨了那耗子几下使其毙命。这只耗子很肥大，连尾巴算上近一尺长，我下耗子夹好几次都未能夹住它，饵料却被它吃光，是个很狡猾的大耗子，没想到竟惨死在歪脖鸡嘴下。

歪脖鸡吃耗子一炮打响，成为我们这小地方的名鸡。我多少也有一些小自豪，毕竟是咱家的鸡。可是还没有自豪几天，它就惹事儿了，它把邻居老王儿子的小鸡鸡啄伤了。老王的儿子和我的儿子在一起玩儿，打闹中我儿子吃了败仗。就在老王的儿子得意洋洋炫耀胜利的时候，歪脖鸡一个突袭，啄伤老王儿子的小鸡鸡，鲜血淋淋，老王儿子哇哇大哭，急送医院。大夫一检查好悬，幸亏抢救及时，否则孩子将成为太监。

老王很生气，劝我把歪脖鸡杀掉，否则还不知道给你惹出什么事来。

我说快过年了，这些鸡都得杀掉。

老王自告奋勇地说我帮你杀！

老王杀猪出身，杀鸡自然不在话下。抓鸡、割气管，扔到地上扑腾几下完事，最后笼子里就剩了歪脖鸡。老王对歪脖鸡恨得咬牙切齿，他钻进鸡笼关上门，大喝一声哪里跑！伸手去抓歪脖鸡。歪脖鸡似乎意识到了不妙，迎面向老王扑来，老王躲闪不及脸被抓破，吓得赶紧退出鸡笼关上门。

我说歪脖鸡太凶狠，找别人杀吧。

老王捂着伤痛的脸，恶狠狠地瞅着歪脖鸡冷笑了一声说：不信我收拾不了你！

他把六十度的老白干儿掺上水倒进水槽里。

快到中午，我和老王去察看，歪脖鸡果然中招，卧在地上昏睡。老王大喜，把它提溜出来，急不可待地一刀割开气管，狠狠地丢在一边儿。

歪脖鸡抽搐几下，哀鸣着，脑袋和脖子依然连着，血往外涌着，它颤颤巍巍地站起来，跟跟跄跄地一步一步地向老王逼近。

老王冷笑道：想报仇啊？不，不可能啦！边说边往后退。

歪脖鸡忽然扇动翅膀向老王飞奔而来。

老王大叫一声：不好，这鸡成精了！拔腿想跑，情急之下一脚踩在一泡鸡屎上，摔了个仰面朝天。

歪脖鸡一爪子抓伤了老王的眼睛，然后奋力地向空中飞去，撞在墙上跌落在雨搭上。随后，气绝身亡。

原刊责任编辑　李文宏

【作者简介】刘贵赓，赤峰市小小说创作委员会副主任。出版作品集《贾二愣的经商之道》《还留一手》《她，为什么不再爱我》《刘贵赓短小说选集》等。

白龙寺

揭方晓

西城乔先生,自幼饱读诗书,奈何屡试不中。心灰意冷之余,在私塾随意地教了几个弟子。没事时就去后山白龙寺,静听梵音、动观松涛,以为人生第一乐趣。间或与寺中长老觉空谈佛论经,下几盘闲散之棋。恍然间,已近饭点,觉空长老自然留他吃斋饭。

这斋饭极其简单。一碟煎豆腐,素油细煎,两面金黄,外焦里嫩;一碟盐水花生,软糯清新,入口即化;一碟小白菜,油汪汪的,白的梗绿的叶,间杂铺开,令人食欲大开。饭只一碗,大锅蒸煮,沥汤为粥,剩米为饭,清香扑鼻。

乔先生每回吃罢,总是惬意地抹抹嘴,心满意足。觉空长老呢,每回都是微笑地看着他,好似比他还惬意,还心满意足。乔先生口袋里没钱,这斋饭钱自是不付;觉空长老心中无钱,这斋饭钱自是不向他讨要。

许多年以后,乔先生曾经的弟子纳兰,文才武略,扬名朝野,皇上使其经略西北。临行时，纳兰将乔先生带上，以为幕府。乔先生孤身一人，上没家眷之累，下无田宅之困，拍拍屁股就跟着去了。

纳兰经略西北，十余年间，整顿军备、奖励耕织，气象为之一新。北方诸游牧部落闻之胆寒，莫敢南侵。西北之民，也男乐其畴、女修其业，一派祥和景象。西北这一苦寒之地，俨然已是塞外江南。这其中，乔先生出谋划策于内，奔波巡抚于外，功不可没。

皇上知纳兰干练，升其为宰辅。纳兰不肯贪乔先生之功，上奏皇上为乔先生谋了一份好差事，许多身有功名的人都为之眼热。可乔先生不愿京城为官，觉得身在朝堂，一举一动都舒展不开，好似背着无形枷锁似的，不几天就辞官归隐。

隐到哪里去呢？俗话说"外面一幢屋，不如家里一片瓦"，乔先生回到了家乡西城。

才落定脚，乔先生就来到后山白龙寺。嚄，这哪还是那座清冷的乡间小寺啊，经历几次扩建，规模已是当初的数倍有余。进香之人、还愿之士，络绎不绝。所幸，梵音还在，松涛还在，觉空长老也还在。

棋盘，还是那样不经意地摆着，黑棋、白棋，各自分明。乔先生和觉空长老，如多年前一般，你一手，我一式，闲散地下着。觉空长老不问这十余年间乔先生的蝇营狗苟，乔先生也不问这十余年间觉空长老的点点滴滴，仿佛这十余年的时间从来不曾有过，他们一直都在这儿下棋似的。只有鬓角轻扬的白发、唇上轻颤的白须，才知时光其实真的来过。

午时已至，这盘棋也堪堪下完，沙弥送上了斋饭。这斋饭，可与十余年前的大不相同。一盘红烧鱼，纹理分明，鲜沽生动；一碗红烧肉，肥瘦相间，红亮诱人；一盆母鸡汤，母鸡全须全脚，配以香蕈野笋，风味醇厚。当然，这肯定比不上真正的荤食，只是厨师手艺高超，用素材料巧夺天工，模仿荤食的样子罢了。

乔先生皱了下眉，知道寺里条件大为改善，斋饭丰盛些，也无可厚非。可本是豆腐、面粉之类的素食之物，偏偏要做成鸡鸭鱼肉之类的荤食之状，虽僧众、香客食来，没有犯半分口腹之戒，可心中却难免没有一点犯戒之念。

觉空长老仿佛知道乔先生心中所想，没等他开口，便轻声问道："这寺庙大了，早已不复当年的样子，梵音可有丝毫走样？"

"没有！"乔先生不假思索地回答道。

"这松林大了，松涛可有丝毫懈怠？"觉空长老又问。

"没有！"乔先生肯定地回答道。

"这时间久了，棋盘可有丝毫世故？"觉空长老再问。

"没有！"乔先生断然回答道。

"梵音、松涛、棋盘，都是本我，斋饭只是外相，只要本我不变，外相就由他去吧。"觉空长老声音虽小，却有如狮吼，乔先生一阵轻松。

乔先生吃罢这斋饭，惬意地抹抹嘴，心满意足。觉空长老呢，微笑地看着他，好似比他还惬意，还心满意足。这回，乔先生口袋里有钱，这斋饭钱仍是不付；觉空长老心中无钱，这斋饭钱自是不向他讨要。

第二天，乔先生快马加鞭，上京去找纳兰，请求复职。他知道，只要本我守得住，不做丝毫改变，朝堂之上又怎么会有枷锁呢？

原刊责任编辑　朱昱颖

【作者简介】揭方晓，江西作家协会会员，发表及获奖微小说若干。《流石如玉》获纪念香港回归二十周年世界华文微小说有奖征文大赛二等奖。

钓 鱼
钟 雄

后山洼地的秦叶平时空了喜欢钓鱼,这次参加了"僻山角落杯"钓鱼邀请赛活动,得了一些奖金。秦叶自己也认为,这次比赛比较公开公平公正,获取的报酬凭劳动——钓鱼,按成绩排一、二、三名分配奖金,心安理得。秦叶着实高兴了一阵。

当几个朋友祝贺秦叶,顺带叫秦叶请喝酒吃饭时,秦叶一脸笑容,满口答应。秦叶出资,与朋友在一家中等餐馆晚餐,在祝贺与被祝贺,感谢与被感谢中,生了些醉意,晚上八九点钟,身子歪歪扭扭回到家,倒在客厅沙发上就睡,睡到晚上十一二点,被一阵手机铃声吵醒。秦叶拿起手机,接听:"祝贺你钓鱼比赛得奖!奖金拿到了吗?"

"你是谁?"秦叶反问。

"我是这次钓鱼比赛的外围服务员,负责你们钓鱼比赛台对面鱼塘边的塘边事务。"

一听是钓鱼比赛的服务工作人员,"可能是在认真细致地核对奖金的发放。"秦叶想,如不及时如实回答,他可能还会在各种场合问这问那。乍一听,好像秦叶一锄挖个金娃娃,来钱太容易,有啥不可告人的行径。于是秦叶赶紧回答对方:"收到了,钓鱼第一名,4567元奖金,外加价值1234元的商场购物券。""第一名是怎么得来的?"该外围服务人员似乎又意有所指地问。

"是呀,第一名怎么得来的?"秦叶自问了一下,"确实来得比较轻巧,令人意想不到的轻松。"

秦叶想起来了,钓鱼比赛时,自己和七八个钓鱼复赛选手走上钓鱼比赛台,有的选手抓起一根钓鱼竿,拈起身旁预先放置的鱼饵挂在鱼钩上,然后甩竿抛线,只待鱼儿上钩,有个别选手嫌鱼饵黏糊糊的,脏了手或脏手后还得去水池边洗,便叫赛事服务人员将蚯蚓或别的鱼饵穿挂在鱼钩上,甚至懒得站起来,欠着身子使不上多大劲地甩竿抛线,钓钩线就在浅水区随波纹晃动。秦叶右手拿起鱼竿,站着理了一会儿鱼线及其与鱼钩的连接处,再俯身伸出左手欲去拈条蚯蚓时,身旁一位漂亮的女服务员抢先一步拈起了蚯蚓,并快速挂在了秦叶的钓鱼钩上。秦叶站直甩竿把鱼线鱼饵用劲抛出后,坐上矮凳,欲慢慢垂钓。漂亮女服务员又走过来俯下身子在秦叶身子一侧耳语说:"秦先生,今上午风凉,请你到休息室去喝一杯热茶,再吃点糖果糕点。"女服务员着重说,"鱼儿上了钩,我会及时代你把战果拉上来的。""好吧,昨晚我睡得迟,今早上又起得早,起床后,见只差二十多分钟到比赛时间了,早饭没吃就匆忙赶来,现在隐隐约约有些口渴,我去品尝一下美食香茗。"秦叶在休息室边喝茶吃糕点糖果,边与周围的三四人天南海北摆龙门阵。

大约过了半个钟头,照看秦叶钓鱼位的那个女服务员急匆匆跑来说:"秦先生,有喜了,你抛出的钓鱼竿四两拨千斤,钓起了六大顺六斤来重的生态鱼。据观察，你的钓鱼赛绩不是稳坐第一，也是名列前茅！"真是好手气！"沙发上的秦叶边说边站起来，去看比赛成果。一个多小时后，比赛终哨，秦叶以实钓活鱼八九尾，七斤三两的骄人战绩夺冠，水到渠成顺理成章按比赛规则"摘得"4567元奖金及奖品。"难道这次比赛结果有啥疑问吗？"秦叶反问起电话那头的外围服务人员。

"也没啥。"电话赛事那头的外围服务人员轻轻松松地说，"就是有个叫吴芷音的观者散步到了钓鱼赛台的对面，隔着宽阔的水面看钓鱼比赛。他怪兮兮地拍摄到了你钓位钓起的六斤大鱼，是钓鱼比赛台面下，一个贴着鱼塘壁的披短雨衣背帆布包的人，用不易察觉的钢丝钩钩拢你的钓鱼线，把大鱼挂上你鱼钩，你钓位的漂亮服务员再把大鱼拉上去的小视频。这人辗转几次找到了我，想和你在茶楼茶室商量一下，由你在偏僻路段例行查看小建筑运渣车超载时，偶尔关照关照的小事。"

"哦，明白了。"秦叶不再多说。秦叶觉得，他自己闲来钓鱼，如今却被鱼钓了。第二天一早，秦叶把钓鱼邀请赛的钓鱼竿连同垂钓上岸的几斤鱼，以及垂钓的鱼对应的那些"阿堵物（钱）奖"，交给了他所在的基层单位，由有关部门进一步查证了解后处理。单位叫秦叶先继续上班。

秦叶又回到偏僻路段，更加严格地检查小建筑运渣车超载问题了。

原刊责任编辑　黄莺

【作者简介】钟雄，重庆市作家协会会员。一级肢体残疾人。在《法制日报》《工人日报》等报刊发表小说、散文、诗歌等文学作品九百多篇（首）。

施先生

张晓林

已经没人能知道施先生的名字了。

据见过施先生的人说,他长着一头油光可鉴的黑发,发梢长长地拖到脚跟。在街巷深处行走、会友、雅集,或者行医,那头黑发就像一面黑色的旗帜,能瞬间刻印在人的心底。施先生好像不怎么喜欢吃面食,一个月都难得吃上一顿。他平日吃得最多的,是一些时令果子,然后,再饮上几杯淡酒。倘若有人硬强逼他进主食,他也不拒绝,一顿饭能吃光一升糙米。

施先生原是一介书生,醉心于科考,一心想金榜题名。从七岁开始攻读《论语》《中庸》《春秋》等圣贤典籍,为此也曾头悬过梁,锥刺过股,遭受过里间人的嗤笑。但他并不把别人的看法放在心上,依然青灯黄卷,夜点油灯下苦功。果然,在秋天的一次科考中他中了进士。穿戴上朝廷御赐的鞋帽衣衫,他落下了眼泪。终于熬出头了。

然而，喜悦的眼泪还没有干透，御赐的鞋帽衣衫便被追缴回去。有人向朝廷举报了他，说他在这次科考中舞弊，而作弊的工具就藏在他那头茂密的黑发之中。那个时候，施先生的头发还没有留长，但已经很惹人眼目了。对于这种莫名的诬告，施先生极为愤怒，但却无法辩解得清楚。作为功名象征的进士帽被摘去的那一刻，施先生忽然大笑起来。

成为郎中之前，施先生还画过一阵子的画。他不画花草，也不画虫鱼，画人物。施先生画人物有天赋，他不仅能惟妙惟肖地画出人物的面貌，而且人物的内心都能通过他的笔端鲜活地映现在练素上。练素是白色的纸和绢帛的统称。画画花费很大，颜料、纸或者帛绢，需要大把白花花的银子，施先生原来家境还算殷富，可画的画卖不出去，渐渐地也有些扛不住了。后来，施先生的母亲得了重病，长时间卧在病榻上，他得四处去借钱来给母亲治病了。他才知道，这世间，画是个可有可无的东西。

习医是个漫长的过程，因为施先生这个人骨子里很孤傲，怕医术不精，误了患者性命，让人戳着脊梁骨说是个庸医。有一段时间，施先生见过太多的庸医，太多的病人因为遇上了庸医而倾家荡产，人财两空。因此，施先生认为从医之道，攸关性命，比考进士画画都要艰难得多，甚至说凶险四伏。他曾指天为誓，行医不能辨病症的细微处，决不贸然出手以取其辱。

施先生读私塾时，有一个同窗，姓孟，二人趣味相投，结为了异姓兄弟。姓孟的同窗不屑于科考，却走上了另一条道路：经商。做的是丝绸生意，很快成为一方巨富，出手阔绰，家里豢养着十几个歌妓，夜夜丝竹管弦之声不绝于耳。他曾数次邀施先生来府上雅赏歌舞，对饮小酌，都被借故拒绝。孟同窗也不勉强，一笑置之。

在母亲病重卧床，施先生四处筹借银两期间，孟同窗隔三岔五就会送些银子过来，帮了施先生的大忙。施先生也不言谢，都记在了心里。

孟同窗有一个黄发小儿，尚在髫龄之年，很顽皮。有一天突然病倒了，遍请方圆数百里的名医，用尽了无数剂验方，病情依然不见一点起色。孟同窗很是焦虑，嘴周遭起满明晃晃的燎泡，丝竹之乐也没有心情听了。孟先生知道了这件事，登门造访，在孟同窗惊异的目光里，他给黄发小儿把了脉，然后，开了药方，对孟同窗说："先服用三天，三天后我再来。"

孟同窗看着药方，有些狐疑不决。

施先生笑笑："你难道还有别的方法吗？"

等施先生再次来到孟同窗府上时，黄发小儿的病竟有了很大起色。施先生给他调了调药，叮嘱孟同窗，一定要照药方煎服，不可有半点差错。孟同窗诺诺。一个月后，黄发小儿的病彻底痊愈，又开始去院子里蹦蹦跳跳了。

孟同窗很吃惊："只耳闻你在探求医术，没想到已精深如此，你是用什么药医好小儿的呢？"

施先生淡淡地回答："几味平常草药而已。"

孟同窗愈发的惊奇："别的郎中多用犀珠金箔尚且束手，年兄真是当世良医啊。"

施先生的医名迅速地传扬开去，来延请他治病的人一天比一天多。秋天到了，正是疾病的高发季节，一天下来，施先生常常累得沾床就能进入梦乡。这天黄昏，他睡得迷迷糊糊的，听到有人拍打窗棂。披衣下床，来到院子里，见一个衣衫褴褛的老者瘫卧在东窗底下。施先生急忙跑上前去，半蹲在地，去摸乞丐的脉搏，已经很微弱。他疾速将乞丐背进医室，放在病榻上，解开衣衫，正要施救，不想乞丐已断绝了气息。

施先生怅然叹息，乞丐如果早一刻敲门，或许还能救活。重病可医，死者难救。

抬起头，窗外，月亮已爬上村东的土岗，又大又圆。他忽然意识到，今夜是中秋节了。

原刊责任编辑　周婷婷

【作者简介】张晓林，中国作家协会会员，河南省作协理事。《大观》杂志社社长、主编。有小说被《小说选刊》《长江文艺·好小说》等选载。

对门的男人

王举芳

红玲急匆匆从超市里走出来,迎头把一个人撞了个趔趄,刚想说"对不起",看到男人的脸,她把到嘴边的道歉活生生咽了回去。

"没长眼睛啊!"男人没好气地甩给红玲一个大白眼。红玲也毫不客气地扔给男人的背影好几个狠狠的白眼。

男人是红玲的邻居。

红玲家搬到这个小区还不到一个月,通过暗中观察,她发现住在对门的只有一个脾气古怪的男人,白天窝在家里静悄悄的,天擦黑的时候才出门活动。红玲猜测:"这昼伏夜出的,不像什么好人。"

母亲想起了什么似的,说:"前天晚上我遛弯儿回来,在楼道里碰见他,他光着膀子,把 T 恤衫搭在肩膀上,他胸膛上有个女人头,看着挺瘆人的。"

"准是刺青,好人谁往胸口整个女人头啊,瞧他那德性,每天把垃圾、酒瓶、破烂衣物堆在门口,也不捎带着扔进垃圾桶里,熏死人了,明天我就去找物业。"

"算了,咱们是邻居,还得处下去。"

一天,红玲下班回家,门口堵着一个大大的纸箱子,红玲没好气地踢了纸箱几脚,可纸箱纹丝未动,红玲探身往纸箱里看,里面装着很多杂物。红玲铆足劲儿想把纸箱拉到男人门前,可纸箱像被施了"定身法",一动不动。红玲气急了,朝着男人的门挥起了拳头。

男人开门,睡眼迷离地望着红玲,一脸无辜:"怎么了?"红玲指着纸箱,这是你家的吧?堵在我家门口,我都进不了门了。

男人一拍脑袋,说:"你住对门啊,我忘了对门住着人了。"说着砰一声关上门。红玲又狂风暴雨般地敲门,男人置之不理。

忍无可忍的红玲打电话叫来了物业,把男人的"罪行"一桩桩说给他们听,最终物业以"在公共场合乱堆杂物"为由给男人开了罚单。

没过几天,男人在楼道里点起了煤球炉,红玲最受不了煤球燃烧散发出的味道,闻到就感觉要窒息一样。红玲又找物业投诉,男人又挨了罚。男人恨恨地说:"怎么遇到你这样的人!"红玲毫不示弱地回应:"跟你这种人做邻居,真是倒了八辈子霉!"

此后小摩擦不断,两个人的积怨越来越深。对门住着,却比陌路人还冷。

一天,红玲下班回来,楼头拐角处看见对门的男人弯着腰,手捂着肚子缓慢行走,不时抬手擦一下脸上的汗水。红玲走了过去,思忖了一会儿折回来问:"你怎么了?"

男人没吱声,继续走,看他痛苦到扭曲的表情,红玲说,叫救护车了吗?男人摇摇头。红玲赶紧拨打了120,又说:"快通知你家里人吧。"男人摇摇头,说:"我没有家里人。"救护车来了,红玲犹豫了一下,还是跟着上了车。

是急性阑尾炎,做完手术醒来,男人看着守在病床旁的红玲说:"谢谢你!"

红玲拿了一根棉棒蘸了水,轻轻擦拭男人的嘴唇:"医生说现在你还不能喝水,这样润润,舒服点儿。"看男人有些不好意思,红玲说:"人总有需要别人照顾的时候,我们是对门,这点小事,你不用放在心上。"

红玲还有自己的事情,帮男人请了护工。

那天,有人敲门,红玲开门,是男人,手里提着一个礼品盒:"多亏了你,谢谢!"

此后,男人没再"闹事",偶尔碰面的时候,男人的脸不再是僵硬的,眼眉间有了笑意。

中秋节,红玲和母亲商议让男人来家里一起吃饭,母亲同意了。红玲偶然听说男人自小是个孤儿。饭后闲聊,红玲禁不住问:"你以前为啥老和我们过不去啊?"

男人沉默了一会儿,说:"我不想让你们住对门。"

"为什么?"红玲很惊讶。

"那是我女朋友的家。"

"你女朋友的家?"

"嗯。五年前她出国了,听说现在已结婚了。她出国后,她的父母无人照顾,我就租了这间房子,搬过来照顾他们。两年前,她父母先后去世,她委托别人卖房子,我想买,这房子里有她的味道,可是我没那么多钱。她是我唯一心爱的女人,即使她不爱我,我还是想靠她近一些,再近一些。在你们之前有几家买过这房的,住些时日，受不了我折腾，都搬走了。我，是不是像个神经病？"男人苦涩地笑笑。

红玲望向男人的眼神多了几缕温柔："过去的那些无法挽回的事儿，就放下吧，让它一笑而过，淡然相对，给过往和自己留一份优雅。"男人望着洁白的墙，眼里慢慢起了雾，用力点点头。

那天红玲回家，楼道上和门口又堆满了杂物，红玲敲开对面的门，走出来一个陌生人："不好意思，今天我们搬过来，有点乱，很快会收拾好的。"

几天后，红玲收到一个陌生号码发来的短消息：不说再见，也不说珍重，但，祝你幸福。

原刊责任编辑　于双慧

【作者简介】王举芳，作品散见《儿童文学》《山东文学》《清明》《当代人》《安徽文学》等，多篇入选中学语文辅助教材及中考语文试卷阅读题。

深圳是否相信眼泪

廉世广

临近暑假，华芳接到老公发来的一则招聘启事，深圳有所有名的中学招聘语文老师，名额只有一个。老公在微信中说，招聘名额虽然少，但你也有你的优势，不妨来试一下，万一可以呢？

看着老公的留言，华芳仿佛看到了他那双渴望的眼神。老公到深圳工作已经三年多了，华芳还在哈尔滨的一所中学当老师。一南一北，两地分居。当冰城哈尔滨的雪花漫天飞舞的时候，深圳的蒲桃仍然郁郁葱葱。对于新婚不久的他们来说，能够生活在一起，过同一个春夏秋冬，是最大的梦想。

华芳痛下决心，和校长请了几天假，飞往深圳应聘。她的优势是，名牌师范大学毕业，年轻，有教学经验且业绩突出。最重要的一点，作为语文教师，她的普通话和南方人相比，确实标准得多。这一点，华芳很有信心。

按照应聘要求，华芳参加了笔试、面试、试讲等环节的考核。

最后，在上千名应聘者中，只剩下华芳和徐蓉两位。

当然，徐蓉也很优秀。她来自离深圳不远的东莞，是名牌大学毕业，也是毕业班把关教师，还在报纸杂志上发表过多篇有关语文教学方面的论文。

两者选其一，都很出类拔萃，都不忍舍弃，这让校长很为难。

校长是位五十多岁的男人，干练而不失温和。他将华芳和徐蓉请到他的办公室，泡上一壶茶，为两人斟上。

茶色金黄，香气浓郁，品上一口，滋味浓郁甘醇。

校长问："知道这是什么茶吗？"

两人对看一眼，然后摇头。校长说："这是凤凰水仙，原产于广东潮安凤凰山区。传说南宋末年，宋帝赵昺南下潮汕，路经凤凰山区乌崠山，口甚渴，侍从们采下一种叶尖似鸟嘴的树叶加以烹制，饮之止渴生津，立奏奇效。之后多年，因为此茶，赵昺对凤凰山区念念不忘，每年都到潮汕巡视。当地百姓将此茶称为宋种，迄今已有九百余年历史了。"

华芳和徐蓉又品了一口茶，连连称奇。问："校长是广东人吗？"

校长摇头，说："我也是后来深圳的。俗话说，一方水土养一方人，一方水土育一方文化。可深圳是一座新兴城市，它的包容性显示了大海般的胸怀，各种文化在这里相容相生，彰显出蓬勃的活力。"

校长问徐蓉："你是广东人吗？"

徐蓉说："我也是北方人，几年前到的东莞，人往高处走水往低处流，这里的条件比我以前工作过的任何地方都好，我非常希望来这里工作。"

校长点头，又问华芳："听说你爱人在深圳工作三年多了，你的条件又这么好，为什么才想到来应聘？"

华芳低下头，说："我喜欢我的家乡哈尔滨，更重要的，是我舍不得我的那些孩子们。从初中一年级开始教他们，我答应一直把他们带到毕业……我不能让孩子们失望。"

校长喝了一口茶，朝窗外看了好半天，说："想留在我这里工作，我有个条件，就是一周内就要来学校上班，你们能做到吗？"

徐蓉说："能做到，我马上就可以离开原来的单位。"

华芳又低下头，说："校长，我带的毕业班还有一个月就要毕业了，我得等他们毕业！"

"那你的机会就没了！"校长说。

华芳眼里流出眼泪。她缓缓站起身，说："对不起了，校长。"

华芳走出校长室。

没想到的是，一个月后的暑假，那位深圳的校长亲自给华芳打来电话，问她所教的学生们是否已经毕业，当听到肯定的回答后，校长通知她，她被录用了！

这绝对是一份惊喜。惊喜中的华芳还是忍不住问校长："您是同情我吗？我不该在您的办公室里流眼泪，因为我听说，深圳那个地方不相信眼泪。"

校长温和地笑了，说："我们可以不相信眼泪，但我们相信爱和责任，因为这才是教育的本质。"

华芳眼里闪动着泪花，她笑了。

原刊责任编辑　李佳怡

【作者简介】廉世广，黑龙江省作家协会会员，哈尔滨市文学创作所签约作家。曾在《天涯》《北方文学》《鸭绿江》《飞天》等刊发表作品。

电梯 13 楼

马 犇

这几年,高层公寓在二线城市的城郊"疯长"着。

既然是高层,电梯也就成了标配。上下学、上下班的人早出晚归,所以早晨和傍晚是电梯的活跃期,六七个背着包、提着包的人挤在同一间电梯是一种常态。一群群彼此陌生的"邻人"挤在电梯里多半是不交流的,好在人们早已习惯了这个现实。

白天的时候,小区里进出的人很少,电梯多处于静止状态。但三号楼有点奇怪,无论白天,还是晚上,电梯总是停在一个楼层——13 楼。

起初,楼里的人以为是巧合,没有多想。但时间一长,尤其是不管你什么时候进单元门,或者什么时候从家里出来,电梯按键屏幕上都会显示一个红色的 13,谁能不多想呢?

有个年轻人还为此做过实验,他乘电梯下至一楼,出电梯后,他故意没走,不到一分钟,这电梯便上去了,最终停在 13 楼;他再次把电梯按下来,乘电梯回他所住的7楼,从7楼出来,盯着按键屏看,不一会儿,电梯仍然上了13楼。

很多邻居常在楼下议论这件怪事。有一回,几个聊得火热的老太太拦住了同单元的一位年轻的大学老师。

"小伙子,你是个读书人,你认为13楼到底怎么回事?"有个戴毛线帽的老太太抢先问道。

"读书人'两耳不闻窗外事,一心只读圣贤书',你们问我,我问谁去?"大学老师无奈地调侃道。

"你比我们都有见识,还是说说吧。"一个拄着拐杖的没牙老太太说道,那声音没有经过牙齿的缓冲,有点奇怪,也有点刺耳。

"13,在西方是个不吉利的数字,犹大的故事我就不跟你们说了,回去让你们的孙子孙女上 iPad 查给你们看吧。但那就是个西方传说,咱们国家,13不犯说道啊。"见老太太们挺执着,大学老师便又说了几句。

"照我看啊,13楼指定不吉利,不然电梯也不会总往那儿跑。"一个叼着卷烟的老太太,俨然一副事后诸葛亮的样子。

"几位大娘,你们也别猜了,还是组团上去看看吧。我还有事,失陪了。"大学老师急忙摆摆手,跑进了单元门。

这个公寓是一梯两户。几位老太太先展开外围调查,她们发现靠东边的这家是对小夫妻,刚结婚不久,男的做生意,长期在外地,女的是空姐,隔几天才回来一趟。显然,这电梯的问题出在13楼靠西边的这户人家。

有一天,拄拐的老太太待在一楼,那个常戴毛线帽的老太太和那个总叼着烟卷的老太太乘电梯到14楼,她们没敢按13楼,怕和13楼的人碰上。她们事先商量好了,两人乘电梯到14楼,再从楼道步行至 13 楼，让拄拐的老太太将电梯按回一楼，以便她们隔着楼道门听动静。

两人在 13 楼的楼道里，紧挨着楼道门。她们听见 13 楼确实有动静，先是听到几声金属敲击的声音，然后又听到一句不易辨识的话，就是那种中风对语言造成障碍的病人发出的声音，好就好在那人不断重复着这句话。再后来，又传出一个年轻女人的声音，"奶奶，丽姨回家了，请她进来吧。"

楼道外的两个老太太有点迷糊，但她们通过年轻女人方才说的"丽姨"能推断出 13 楼老太太那句含糊不清的话——"丽丽，你才回来啊。"

仍然没搞明白的两个老太太轻手轻脚地爬上了楼，乘电梯到一楼。三个老太太会合后，连同单元门外的几个老太太，继续围绕"丽丽，你才回来啊"这句话展开分析。

几天过去了，也没什么大的进展。拄拐的老太太有点不耐烦了，让她们都别上去，她准备直接找 13 楼的那个年轻女人。

拄拐老太太爬楼梯不便，便直接乘电梯到 13 楼。13 楼的电梯门开了，她拄着拐踱着步子走出来，刚出来就吓一跳。只见 13 楼靠西边这家的门大敞着，门里是个坐在轮椅上的老太太，老太太拿着一根空心的不锈钢棍，往电梯按键上捅。年轻女人边说"奶奶，丽姨回家了，请她进来吧"，边把老人推回去。

年轻女人知道拄拐老太太是同一个单元的，见她好像有事相求，便把她也让进了屋。

将老太太推进一间卧室后，年轻女人和拄拐老太太聊了起来。

"有什么事？您尽管说吧。奶奶听不懂。"

"为什么她总把电梯按到 13 楼？"

"真的很抱歉,也怪我,我一直没好意思向邻居们解释。是这样的,奶奶只有一个女儿,叫丽丽,是个科学家,过去一直在美国。前些年,她得了绝症,她去世之前回来过,我是他们的远房亲戚,丽姨信任我,把一大笔钱交给我,请我替她照顾好母亲,给她母亲养老送终。"

"她一直盼着孩子回来?"

"是的,丽姨当初回来时,奶奶还没糊涂。后来她糊涂了,什么都不知道了,但她只要醒着,就常常像刚才那样捅电梯,并笑着说'丽丽,你才回来啊'。"

原刊责任编辑　黄灵香

【作者简介】马犇,江苏淮安人,现居吉林长春。中国作家协会会员,阅读推广人。有作品被《小说选刊》《中华活页文选》等刊转载。

眼　泪
李　方

吵架跟习惯性流产一样，可怕的是有第一次。为贷款买房吵、为装修的时候一个水龙头吵、为睡觉把腿搭在了肚子上吵、为又一次流产吵……五年间吵下来，已经习惯了。这一次吵，是因为肖雅的手机。

肖雅的手机坏了。别人给她打电话她能接通，但她喊破了嗓子对方也听不见她在说什么。她给别人打电话，电话通了，对方说："你说话呀，怎么不说话？"肖雅在心里发狠："我都说了八百句了，你他奶奶的个脚却连一句都听不到！"

高挺推推鼻梁上的眼镜，很内行地说："肯定是送话器坏了，传不出声音了，去手机店修一下吧。"

肖雅没有看他，低头看握着的手机。结婚的时候，高挺给她买过一部高档的手机，没用上五个月，逛商场时被偷了。她觉得手机就是个通信工具，犯不着花太多的钱，就买了一款价钱便宜功能单一的，但机型好，粉红色，很小巧。四年时间过去，手机的四角和两侧都被磨去了粉红的颜色，露出金属的银白色来，显示屏就像是患了浅表性胃炎，黑一块，白一坨，油渍麻花。现在谁还把一部手机用四年？每个月挣着几千块钱的工资，何苦受这个气？肖雅就说："扔了去，我买个新的。"

高挺拿过手机，翻来覆去地看了看说："我拿着，明天上班抽空到店里让看看，实在修不了，就预存话费免费领一个。"

肖雅的气就上来了："我自己有工资，又不靠你养活，我不屑于领免费的。好货不便宜，便宜没好货。我为什么不能买一部高档的？"

高挺把手机丢在茶几上说："买去吧，没人拦着。一部手机再贵也不过万儿八千，是小钱。"

每次都一样。肖雅想，和"丢掉十万"相比，万儿八千真的是小钱。三年来，因为眼睛一花手一抖，一个键摁下去，款没追回来，整十万的窟窿背上身，每月用大部分工资填窟窿不说，还被联社从总社踢出来，贬到乡镇储蓄所，也让高挺的轿车梦相当容易地破碎了。

按说，夫妻吵架不记仇。可那说的应该是新婚吧。这五年吵下来，日积月累的那些鸡毛蒜皮，足以成垃圾堆，压在各自的胸口上，有时候想起来，连呼吸都变得困难。高挺原本还想挣扎着进城，找这个攀那个，调动无影无踪，酒量倒是练出来了。没想到肖雅"失职"，被贬到了乡镇。领导找她谈话："能保住公职已是万幸。现在必须将你调到乡镇，但到哪里，你自己选。"

肖雅选择到川口乡储蓄所，高挺在卫生院，起码夫妻可以在一起。

好在川口乡离城区并不远，也就十公里，出城即到，他们就每天骑着摩托车上下班，用不了十五分钟。

正常情况下，肖雅要比高挺下班早，因为储蓄所到五点就停止营业，盘点、对账、交库后，就可以锁门离开了。而高挺就说不准了，即使临下班，来了危急重症患者，回不去也很正常。但现在，村民稍有个头疼脑热，都去县城医院直接住院，费用可以报销，谁还愿意到卫生院去花钱？

肖雅用储蓄所的座机给高挺打电话，说高跟鞋的鞋跟掉了，要带回去修，让他没事早点儿过来。然后她就提着高跟鞋出了储蓄所，站在储蓄所门前路边的土台子上等高挺。

高挺沉着脸骑着摩托过来了。车停了，高挺也不下车，也不说话，也不看她，只是"呜——呜——呜——"地拧着油门把手。肖雅知道昨晚上的"鸡毛"还塞在他心上，也就不说话，拧着屁股往后座上重重地一蹾，摩托车狰狞地吼了一声，"嗖"地窜了出去。

两耳朵都是风。

高挺想，联社营业柜的工作压力确实大，除了正常办理业务，还得拉存款，考核业绩。她感冒发烧，连假都不敢请，为的是挣那份年终全勤奖。出了错，赔了钱，从总社被下调到乡镇储蓄所，还念着和他在一起。手机坏了，买个新的就买个新的，也花不了几个钱。自己是男人没本事挣大钱，不能给她优越的生活，还时时处处拿她的过失讥笑她、讽刺她。这几年，还房贷，填黑窟窿，吃保胎药，女人也是不容易啊！真是不应该。高挺就大声问："你说要修鞋，是修了鞋回家，还是吃完饭再出来修，顺便买手机？"

没听见任何音讯，高挺就减了速回头去看，哪里有肖雅的影子？

嚓！

这一刹那的惊吓，让高挺双腿发软，浑身发飘，头脑一片空白：人哪儿去了？半路上摔出去了？死了？残了？他拿出手机，习惯性地拨了肖雅的手机，才想起昨天晚上她把坏了的手机扔在了茶几上。他掉转车头，用疯狂的速度往回返。但没过两分钟，他就不得不降下速度来，因为泪水完全模糊了双眼，他看不清前面的道路。等擦完了眼泪刚起步，他的眼眶里又涌上了一层泪水。

远远地，高挺就看见了坐在储蓄所门前路边土台子上的肖雅，一边看着越来越近的他，一边扬起手里提着的高跟鞋用胳膊擦着眼泪。

原刊责任编辑　吴万夫

【作者简介】李方，固原市文联《六盘山》文学双月刊执行副主编，宁夏文学院签约作家。有多篇作品被转载。

东方美人

燕 芷

"世界上的女人分两种，一种就像白开水，喝不喝都知道是什么味；另一种就像茶，有回甘，需要慢慢品，越品越有味。"

优洋端坐在茶桌前慢条斯理地说。铁壶炖在陶炉上，沸腾的水向上蹿着白色雾气，他专注地把水倒进公道杯，再放回原处温着。从架子上拿来两个青花瓷杯子，让公道杯里的沸水，拉长着撞击进入空杯，任水拍打杯壁，动作流畅地重复几次。雅楠看呆了，仿佛置身于高山流水中。

"我呢？像什么？"良久，她才悠悠吐出这句，似在询问，又像自语。

优洋停下手中的动作，饶有兴趣地看着她。

她的小心脏漏了一拍，又漏了一拍。故作镇定地拨了一下眼前的刘海，对方还在看着自己，她下意识地咬了咬手指，她一紧张就会咬手指。他突然就笑了，她窘迫得不知所措。

"你就像'东方美人'。"

"嗯?"

"一百度的水太热,温度需要刚刚好。"

雅楠端起小杯,轻轻呷一口。一阵温温的热流划过喉咙,暖暖的感觉在胃里漫延开。喝的正是"东方美人",温度刚刚好,雅楠不觉嘴角轻轻上扬。

优洋和雅楠是在一年前作协组织的一场采风中认识的。聚餐时,大伙诗兴大发,一句诗一杯酒,一行词一杯酒……雅楠没有捷才,平时文思泉涌的她这个时候一个字都蹦不出来。罚酒自然落在她身上。她委婉拒绝,有人觉得她作,她也不好申辩什么。说实话,她也不知道自己能不能喝,因为没有喝过,所以没醉过。她只是胃不好,小时候做过手术,那种痛苦,她一辈子都忘不了。所以,她不会做伤害自己的事。

文人哪有那么好对付。"小丫头,还真是不给面子。"几个大男人干脆将酒杯端到她面前。她紧张地后退,不知说啥好,只顾咬手指。

优洋看着她楚楚可怜的模样,有些看不下去了。"好了,别为难一个孩子,我替她喝。"他穿过人群,端起她那杯酒,一饮而尽。

她仰起头,给他投来一个感激的眼神。

优洋是个商人,和一个同学一起经营民宿。在乡村租了许多老房子,装修得古色古香。周边是高山流水,还租了田地种下油菜花、天竺葵、格桑花等花草,还种了枇杷、葡萄、火龙果等水果。一年四季花开结果,吸引了许多游客前来赏花、摘果子。特别是一些文人雅士,更是流连忘返。优洋琴棋书画诗酒花茶样样都懂,据说他大学就是中文系的。用圈子里的话说,他是"文人圈里最有钱的,商业圈里最有文化的"。

那以后,雅楠将优洋的朋友圈翻得滚瓜烂熟。他看过的书,她都一一读了个遍;他去过的地方,她攒够钱就一个人去走一遭;知道他喜欢运动,她每天下班都在公园跑步;他喜欢喝茶,泡茶,她周末就去茶艺馆兼职做"茶保"……她只是想去体会他的心情。

每次他发信息过来,她都是"秒回"。常常找些话题,和他谈天说地。他问:"你工作怎么那么闲?总是有那么多时间聊天。"她突然觉得很悲凉,她无论多么忙,都会放下手中一切事情去回复他的信息。而在他眼中她不过是闲得慌。

多少个日子,她会在凌晨猛然醒来,拖着迷糊的双眼,点开微信看他有没有回复晚安,然后微笑,或者失落。

母亲从老家打来电话催她早点找个男朋友,她脑海中浮现的是优洋替她挡酒时的样子。

"优老师,我很喜欢您那副《荷》的工笔画。"终于鼓起勇气,给他发了个信息。

"呵呵……是吗?不是为了让你喜欢才画的。"这话太噎人了,她如鲠在喉。

他邀她去他工作室喝茶,一杯"东方美人"还未咀嚼完,又来一女子,素颜浅黛。她看着女子大方走来,又大方坐下。

"小丫头,这是你未来嫂子,怎样?我们般配吗?"他笑。

"嫂子是白开水还是茶?"她答非所问。

"白开水,生活必需品。"他再笑。

她呷一口茶,苦笑:那个她踮起脚尖去爱的人,不爱自己。和白开水无关,和茶也无关。

不久,她在茶艺馆里听前辈们介绍:东方美人茶,因为叶芽被一种叫浮沉子的小虫咬食，叶身就会分泌出抵抗小害虫的白色结茧。生长不易，所以珍贵。当东方美人遇到浮沉子，浮沉子却成了一种特殊美妙的香气引子，最终使得东方美人能创造出独特的生命价值。

这一段还没有开始就结束的感情，会是她生命中的浮沉子吗？

原刊责任编辑　张琳

【作者简介】燕芷，本名冯燕花，广东河源人，广东省作家协会会员。2016年开始文学创作，作品散见于《安徽文学》《美文》《青年作家报》等报刊。

蒙古马

申 平

那匹蒙古马，是赵氏家族的荣耀。它，就葬在赵家的祖坟旁。每年赵家子孙来烧香祭祖的时候，也要顺便给它烧上一炷香，拜上几拜。

蒙古马的故事，在赵家人的口中已经讲了三代了。但是这年，他们却突然闭口不提了。村里人主动问起，他们也是支支吾吾。

这倒引起大家的好奇心了。人们一边重复着那耳熟能详的蒙古马的故事，一边开始四处打探起消息来。

有关蒙古马的故事，听过的人都说挺来劲儿的。

原来赵家的爷爷，曾经是一个出类拔萃的木匠。在这方圆百里的地界，一提赵木匠，人人都竖大拇指。起初，赵木匠是靠着两只脚、一副担子行走四方的。后来，他去内蒙古给蒙古族老乡打家具，人家没有现钱给他，就给了他一匹蒙古马顶工钱。从此，赵木匠外出就有了脚力。

蒙古马本身就是那种个头不高、其貌不扬的品种。赵木匠的这匹蒙古马，就更谈不上威武雄壮了。但有一点，它身上的毛是黑色的，四蹄是雪白的，正好应了"乌云踏雪"之说，如果它的个头再高一些，说不定也算个名马哩！

赵木匠就整天骑着他的"乌云踏雪"走村串乡，翻山越岭，他和这匹蒙古马之间，渐渐结成了形影不离、生死与共的关系。

这一天，赵木匠又骑马外出了。就在他走后不久，村里来了几个骑着高头大马的日本人。他们找到村长，让村里人都到打麦场上去集合，家里有马的都要牵上，原来他们是来和村人赛马的。

赛马，庄稼人只听说过，但是很少见过。再看他们牵来的马，一匹匹灰头土脑，都是些拉车犁田的料，哪能上得了台面！日本人见了，一个个面带嘲笑。再看他们骑的东洋战马，一匹匹高大漂亮，往那儿一站，威风凛凛，吓得本地那些马老往后躲。日本人更猖狂了，通过翻译叫板："中国的马，你们敢不敢应战？只要你们敢跟着跑，就算你们赢！"

满场的人大眼瞪小眼，没有一个敢应战的。日本人就乘机轮流讲起日本民族如何优秀，你们支那不但人不行，马也不行，必须接受我们的"统治"的道理来。他们讲一段，翻译官翻译一段，没完没了。

要吃晌午饭的时候，赵木匠骑着他的"乌云踏雪"回来了。他远远看见村人都在打麦场上站着，就直接走过去看究竟。

这时候，只听那个翻译官又在叫喊："刚才，几位太君的训话，你们都听清了吧？咱们就是人也操蛋，马也操蛋嘛！现在我最后再问一遍，到底有敢应战的没有？没有，你们村从此就改名叫操蛋村了。"

那几个日本人便在马上哈哈大笑起来,就连他们的马也跟着刨地嘶鸣。

众人都低下头去。这时只听赵木匠吼了一声:"你们别欺负人,我跟你们比!"

赵木匠喊着,双腿一夹,"乌云踏雪"就冲过去,和日本人那几匹高头大马站在了一起。这一比就更看出悬殊了,赵木匠不但马矮小,他还穿着旧棉袍,戴顶破毡帽,哪里像个比赛的?日本人看看他,一脸不屑,挥着手说:"你,先跑的干活,先跑的干活!"

但是赵木匠竟然不肯。在商定好路线之后,铜锣一响,几匹马一起冲了出去。

谁都没有想到,赵木匠的"乌云踏雪"居然有如神助,它就像一道闪电,一眨眼就飞到了天边,再眨眼它已经飞了回来,把那几匹东洋战马,甩得七零八落。"乌云踏雪"到了半天,那几匹马才气喘吁吁地跑回来。

村人拼命拍手叫好。这时只见那几个日本人纷纷滚鞍下马,一起上前给赵木匠鞠躬行礼,还给他的"乌云踏雪"行礼,最后奖励给他一套和服……

这个故事是真材实料的,也是荡气回肠的,可是赵家人为啥突然不说了呢?

消息灵通的人士,这一天终于寻到了真相:原来,赵木匠的亲孙了,一年前竟然不顾家人的反对,跑到日本留学去了。赵家人认为这是有违祖训的"变节"行为,所以他们就觉得无颜再讲祖上的故事了。

哦,原来如此!村里人不由得更加佩服起赵家的人来。

可是几年后的一天,赵家突然张灯结彩,喜气洋洋,说是那个留日的孙子要回来了。众人就作怪道："他们赵家这是唱的哪一出啊？"

赵家孙子回来的时候，是坐着一种很奇特的小车回来的。这车没有方向盘，只按电钮操控，也不用加油，走山路沟渠如履平地。车子进村拉上赵家的几个人，直奔赵家祖坟，一眨眼就上了山顶。

赵家孙子率先跳下车，到爷爷坟前磕了几个头，又去拜了一下蒙古马，然后他大声说："爷爷，我回来看你了。我用从国外学的知识，研究设计出了这样一款最新型轿车，世界领先，国家已经准备投产了。爷爷，你知道这车要用什么牌子吗，您听好了，它的名字就叫作：蒙——古——马——！"

山鸣谷应。

原刊责任编辑　李文宏

【作者简介】申平，中国作家协会会员，文学创作一级，广东文学院签约作家，省作协理事，广东省小小说学会会长。

加个微信吧

蓝　月

她是我的微友,每当我发布微信到朋友圈,她总会给我点赞。

对此我心怀感激,也心生愉悦。

心生愉悦还有一个重要原因,她是一位美丽温婉又不失大方的女子。

那天中午,我拿着餐盘找了一张空桌子坐下来,几乎同时,她也坐了下来。我们相视一笑,互说了一句"你好"。

她中等身材,肤色白皙,一头齐耳短发,优雅中又稍带几分俏皮。不可否认,男生对漂亮有气质的女生总是会产生浓厚的兴趣。

我一边吃饭,一边没话找话和她闲聊起来。当她听到我是一位写作爱好者的时候,眼睛亮了,她说,她很喜欢看文学作品,但自己写不好。能不能加一个微信?

好啊!我差点欢呼雀跃,但我还是保持了作为文艺男的良好修养。

我来加你吧?我拿出自己的手机。

不不不,我加你。她也拿出手机,打开微信扫一扫。

"滴——"

静等花开,好诗意的名字。她愉快地说。

你的也不错,出水芙蓉。和你的气质很吻合。我赞美道。

从那一刻起,"出水芙蓉"进入我的手机,成了我的微友,当然,我也进入了她的手机,成了她的微友,这感觉,美妙得不要不要的。

下午的时候,我瞄了一下手机。好家伙,很多条未读消息,打开一看,全是她点的赞。我不由得心花怒放,仿佛置身于春天的花园。

接下来我发朋友圈的积极性更高了,而她总会第一时间为我点赞,看着她的头像我就忍不住开心,忍不住点开她的朋友圈,看她的动态,看她甜美的笑容,想象她银铃般的笑声。当然,还为她点赞。

可惜后来的日子,在饭点一直没有再遇上她。

我的心像热石头上的蚂蚁,烦躁而凌乱。一遍遍点开她的微信对话框,琢磨着要不要发一个微信,问下她中午一般什么时候吃饭。

但我还是放弃了,怕给她带来我是轻浮男的错觉。

我翻回她的朋友圈,看到了她身处异地的相片。我不禁笑了,原来她外出了呀!

少安毋躁,有缘自会相见。我对自己说。

日子在我的期盼和等待中一天天过去,心反而越来越淡然。

她一直在我的朋友圈里,让我感到最好的朋友时刻和我相伴,现实中见不见面有什么要紧呢?有句话叫距离产生美。

没事逛她的朋友圈成了我的习惯,静静地欣赏她,为她点赞。

三个月后的一个中午,我终于再一次和她不期而遇,我们相视一笑,互说了一句"你好"。

然而，我从她的眼神中并没有看到重逢的惊喜，她的眼神一如第一次见我。

难道她已经把我忘了？今天早上她还为我点了赞呀。

我试探着问，你还记得有一位叫"静等花开"的微友吗？爱好写作的。

她抬起头，眼神迷茫地想了一会儿，说，好像有这么一位微友，怎么，你也是他朋友？

我打着哈哈说，是啊，我经常和他一起，从他的手机上看到了你，看见你经常给他点赞。

是吗？她调皮地一笑，说，点赞是一种礼貌，应该的。既然你们也是朋友，要不咱们也加个微信吧。

我……好吧，可是，你不会嫌微信朋友太多吗？我哭笑不得地问。

呵呵，怎么会？朋友多，关注就会多呀！她发出银铃般的笑声。

她的笑容和她朋友圈晒出的一样美，但今天我一点都愉悦不起来，我掏了掏口袋，一脸无奈地说，不好意思，今天我没带手机，这样吧，我让"静等花开"把你的微信名片推送给我。

好的，那再见了。她微微一笑，站起身优雅地离开。

我看着她的背影发了一会儿呆，拿出手机，看着她的微信头像，忽然感觉很虚幻。

原刊责任编辑　赵莉

【作者简介】蓝月，中国作家协会会员。作品散见于《小说选刊》《四川文学》等报刊及各种年选文丛，有作品选入初中、高中试卷、大学考研试卷。

丁磨爪
谢俊芬

丁磨爪是我上驾校时的朋友。

丁磨爪是女人,却长得像男人,虎背熊腰,马脸,憨实,毫无婉约之美。我们这里人把推磨的"丁"字形磨杆叫磨爪,她姓丁,驾校的朋友就叫她丁磨爪,她无所谓,哈哈一笑。

练车时,丁磨爪每天都挂着一个鼓囊囊的军用包,包里有青脆的李子、辣翻天的鸡翅尖、油亮的猪蹄。

她肥胖的手一挥:"来来来,学车累人,吃零食,歇息歇息。"趁大伙塞窣抢吃零食时,她便把马脸凑近教练,附在教练耳边一阵细语。矮瘦的教练皱眉,往边稍让,唯恐丁磨爪碰着他。丁磨爪从裤兜里掏出香烟塞给教练,教练才讪讪一笑,接过烟吞云吐雾。

丁磨爪是生意人,练车时常姗姗来迟,但这并不妨碍她的练车进度。她来场地练车,教练总让人试练一把,每次都由她去示范。只见教练手把手,和颜悦色与她分解动作,其余练车人则脸露艳羡,心生嫉妒，一女人撇嘴嘀咕："贱人丁寡妇。"一句丁寡妇听得我心一颤。

我与丁磨爪有交集是那次练完车，天色渐晚，又下着小雨，丁磨爪会骑摩托车，她说顺带捎我一程。我紧搂着她的粗腰，似环抱着一棵大树。途中我问她："丁姐夫呢?"问话一出口，摩托车便在丁磨爪胯下癫疯地蹦跶起来，似会摔下我。

我凄厉地尖叫："慢点，慢点!"

她哈哈大笑："叫啥叫，不过一段烂路，走过了就好。"

果真摩托车瞬间平稳了，丁磨爪回头秒看我一眼说："他跟卖馒头的女人混在一起。我踹了他，我当他死了，当我是一寡妇，活得自在!"

我说给她介绍一个在县城收废铁的男人，她不言语，此后她每回都多给我一块糕点。

练车的苦期终于熬出了头，我们一行人到县城路考。

夜晚，丁磨爪拉熄灯便幽幽地说："你上次说的男人，就不用介绍了。"这话让我一惊，我早忘了要给她介绍男人的事，我连忙说："考完就带你去见那男人。"她说不用了，她有一个苦追她多年的男人。男人叫彭六，一米八的个子，虽然近五十了，不秃顶，不油腻，宏盛房产的老板，她丁磨爪不差钱。

"是金龟，你就钓了吧。"

她说男人没离婚，男人心疼她，她房间的气灶、气罐、锅碗杯盏都被他归置有序，根本不让她插手。我羡慕地说："你可别上他当。"她摸摸厚唇说："你看，我高鼻梁，大胸，他离不开我呢。只是她媳妇生病，咱们不能把事情做绝。"我不再言语，末了，她说："别鄙夷，我不是小三，这事我从不告诉别人。"我说，不会。其实我真心瞧不起这胖小三，我趁黑探身细看她胖胖的身材，老想分辨出小三与常人的区别。

第二天清晨，我到洗漱台，怎么也寻不见香皂的影儿，我大声问丁磨爪，香皂呢？她提溜着裤子，从她的挎包掏出那块小香皂递与我说："扔了可惜，我收着呢。"

路考时，丁磨爪紧张得脸发紫，肥大的手汗涔涔的，抓得我手生疼，她说："彭六在就好了，可他出差过几天才会回来。"我紧紧抓住她的手，给她安慰。

路考结束后，我到宏盛房产去为弟妹询房价，宏盛的售房小姐说啥也不愿打折出售，我就说我认识他们老板彭六，望她看在彭六的面上打折。没想到我不说还好，一说她就大笑，她说他们公司根本没彭六这个人，更别说彭六是公司老板！房价没有任何松动余地，我只得无奈离开了宏盛公司。

出了宏盛公司，远远地，我看见丁磨爪正在进货，她像男人一样扛着空调内机，空调内机把她压得很低很低……

原刊责任编辑　于强

【作者简介】谢俊芬，中学老师，作品散见于《百花园》《天池》《短篇小说》等刊物，著有长篇小说《苗耳山的孩子》。

附 录

2019"善德武陵"杯·全国微小说精品奖获奖名单

一等奖

穿袜还是戴帽	戴　希
中华神耳	蔡中锋
面　子	文敬芳

二等奖

昨夜无故事	聂鑫森
糖醋张	唐波清
船家	蔡　楠
打米糖	三　石

奶奶的小木船	吴　建
搞笑的房子	徐　东
谁寄来的快递	陈秀荣

三等奖

梨花白	赵淑萍
三更月呜咽	肖建国
学　武	高　军
拼　车	刘　浪
爱情红烧肉	欧阳华丽
琢　舞	李佳怡
抢镜头	黄　标
古　风	徐水法
猫　眼	岑燮钧
面　子	纳兰泽芸

2019"善德武陵"杯·全国微小说精品奖终评委名单

吴义勤：中国作协党组成员、书记处书记，中国作家出版集团管委会主任、党委书记，作家出版社社长，兼任中国小说学会会长、中国当代文学研究会副会长

夏义生：湖南省文联党组书记、副主席，著名评论家

李晓东：《小说选刊》副主编

夏一鸣：中国微型小说学会会长，《故事会》杂志社社长、主编

刘海涛：教育部"微文学与新读写"课题组负责人，岭南师范学院基础教育研究所所长、教授

秦　俑：《小小说选刊》主编

张　越：《微型小说选刊》主编